Klaus Möckel

Die Gespielinnen des Königs

Frankreichs berühmteste Mätressen

Das Neue Berlin

Inhalt

Vorwort

Ist von Gespielinnen des Königs die Rede, denkt man vielleicht zuerst an leicht bekleidete Schönheiten, die sich auf samtenem Pfühl ihrem leidenschaftlich entflammten Herrscher hingeben. Oder man stellt sich elegante Damen in raschelnden Seidenkleidern vor, bereit zum stürmischen Tête-à-tête mit der entzückten Majestät; Bilder, die sich nicht von ungefähr ergeben: Im Bett errangen Mätressen aller Zeiten ihre nachhaltigsten Siege.

Doch die Rolle der Schönen, die meist aus dem hohen Adel stammten oder zumindest in diesen Stand erhoben wurden, erschöpfte sich keinesfalls im Liebesdienst. Wohl widmeten sie sich dieser Aufgabe mit Leidenschaft, zumal sie zum Dank dafür Gold, Edelsteine, kostbare Gewänder, Ländereien und prächtige Schlösser erhielten.

Sie glänzten aber auch in anderen Bereichen. Sie besaßen Bildung, brillierten mit Worten und mit ihrem gesamten Auftreten, verfügten über natürliche Eleganz. Bei Hof wurden sie zu wichtigen Persönlichkeiten; sie redeten in der Mode, in der Kunst und oft sogar in der Politik mit. Zur »Maîtresse en titre« ernannt, verstanden sie sich als Partnerin an der Seite des Königs und liebten den Herrscher meist wirklich.

Im Schutz des Monarchen konnten die jungen Damen ihren Besitzstand sichern und ihre Familien in einflussreiche Stellungen bringen. Über die Liebe zum König versuchten sie, Machtpositionen zu erobern, die Frauen ihrer Zeit sonst verwehrt waren. Zugleich waren sie aber in jeder Hinsicht von der Zuneigung des Herrschers abhängig, gerieten in größte Bedrängnis, wenn sie diese Gunst verloren oder der König aus dem Leben schied.

Um sich im höfischen Intrigenspiel zu behaupten, bedurfte es all ihrer Wachsamkeit und Intelligenz. Von den Königinnen, die sich gekränkt in die Rolle der betrogenen Gemahlin zurückzogen, wurden sie vornehm mit Madame angesprochen, insgeheim jedoch Hure genannt. War die Demütigung zu groß, geschah das manchmal sogar in aller Öffentlichkeit. Die Verschwendungssucht der Mätressen, die den Staat ein Vermögen kostete, wurde ihnen vom Volk verübelt und lieferte Neidern gute Argumente. Doch sie brauchten den Glanz, um bei Hof Anerkennung zu finden. Nur so konnten sie sich auf längere Zeit neben dem König behaupten.

Was den Rang bei Hof betraf, mussten sich die Favoritinnen der Herrscher den Königinnen, die für die Bewahrung der Thronfolge zuständig waren, unterordnen. An Glanz und Schönheit jedoch, oft auch an Reichtum und besonders an der Möglichkeit, den Monarchen zu beeinflussen, standen die Mätressen den Königinnen voran. Je nach Klugheit oder Raffinesse, nach Geschick oder Wendigkeit erhielten sie sich diesen unschätzbaren Vorteil auf möglichst lange Zeit. Sie versuchten nicht selten, ihre Stellung zu festigen, indem sie Kinder gebaren und den König dazu brachten, diese zu legitimieren.

Die berühmteste aller französischen Mätressen ist die Marquise von Pompadour; ihr ebenmäßiges Gesicht mit der hohen Stirn, der schmalen Nase und den wachen Augen schaut uns von den Einbänden vieler Abhandlungen und Werke über die Epoche Ludwigs XV. an.

Sie hatte es darauf angelegt, die Geliebte des Königs zu werden, und gelangte, als das erreicht war, zu beachtlichem Einfluss. Sie war gebildet und kunstbegabt, verschwenderisch und mitunter großherzig. Sie verstand es, Allianzen zu schmieden, und mischte sich – keineswegs zum Wohl des Landes – in die Politik ein. Als sie den Herrscher mit ihren Liebeskünsten nicht mehr zu erwärmen vermochte, schaffte sie es, ihre Stellung zu behaupten, indem sie ihm jüngere Gespielinnen zugestand.

Mit der Renaissance tauchen erstmals jene Damen aus dem Schatten der Geschichte auf, die als königliche Favoritinnen zu Macht und Ehren kamen. So gilt Agnès Sorel, die später mit entblößter Brust sogar auf einem Altargemälde dargestellt wurde und dem Leben Karls VII. entscheidende Impulse verlieh, als erste offiziell anerkannte Mätresse in Frankreich.

Die Schicksale bekannter französischer Mätressen, die in diesem Buch nachgezeichnet werden, sind eng mit den Kämpfen und Wechselfällen jener Jahrhunderte, den Religionskriegen und dem Niedergang des Ancien Régime, verbunden. Ihr Leben in Prunk und Überfluss stand häufig in schroffem Gegensatz zum Elend der niederen Schichten. Kriege und Hungersnöte im Verein mit Seuchen wie der Pest oder den Pocken dezimierten immer wieder die Bevölkerung.

Das Buch setzt im 15. Jahrhundert, dem Zeitalter der Jeanne d'Arc, ein und behandelt Lebensläufe bis hin zur Französischen Revolution. Die Gestaltung bewegt sich im Rahmen der geschichtlichen Überlieferung, ohne dass Fakten sklavisch aneinandergereiht werden. Einer anschaulichen Darstellung mögen die zum Teil etwas freier geformten Szenen und Dialoge dienen, genau wie die ins Geschehen verwobenen Anekdoten, die das Denken, Fühlen und Handeln der Protagonisten zeigen. Wie stets im Leben bilden Tragik und Komik, Intelligenz, Dummheit, ja selbst Verbrechen dabei ein Ganzes.

Das Buch handelt von Frauen zwischen größtem Ruhm und tiefster Verachtung, zwischen Macht und Ohnmacht, zwischen Leidenschaft und Resignation, für die es eine Ehre und mitunter ein Fluch war, die Geliebte des Königs zu sein, und genauso widersprüchlich sind ihre Wege. Bisweilen stark und selbstherrlich, dann wieder schwach und verlassen spiegeln sie »Glanz und Elend« des höfischen Lebens wider, um den Titel eines bekannten Buches von Balzac abzuwandeln. Sie haben geliebt und gelitten, verschwendet, geherrscht und manchmal auch bereut. In ihrem Drang nach Besitz und Macht, aber auch mit ihrer Hoffnung auf erfüllte Liebe stehen sie für eine vergangene Zeit, die unserer Gegenwart dennoch nicht so fern ist, wie es auf den ersten Blick scheinen mag.

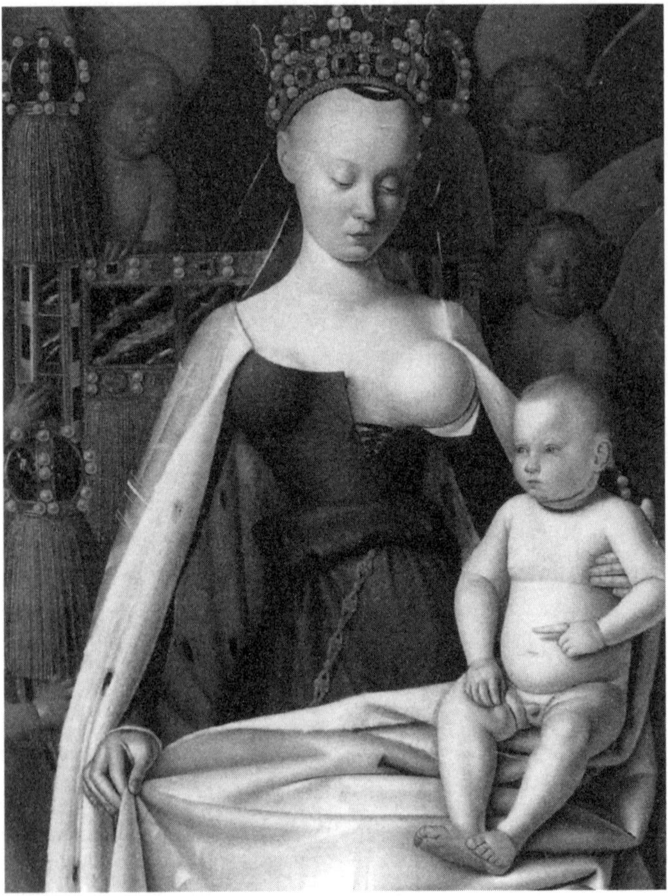

Agnès Sorel (gest. 1450)

I. Agnès Sorel: Auftritt einer schönen Dame

1

»Schamlos, dieses Weib! Dass sie es wagt, sich so vor dem Hof zu zeigen!« Jean Juvénal des Ursins, Bischof von Laon und ein einflussreicher Staatsmann, kochte vor Empörung. »Ich bitte Euch, Majestät, wir dürfen das nicht länger dulden.«

Marie von Anjou, die fromme Königin, die sich meist dunkel kleidete und nach Ansicht einiger Höflinge ein Gesicht »wie ein Frettchen« hatte, warf ihm einen resignierten Blick zu. Durch zahlreiche Geburten in langen Ehejahren war sie zudem dick geworden, was ihr Selbstvertrauen gewiss nicht stärkte. »Ihr habt ja recht, Monseigneur, Madame geht diesmal wirklich zu weit«, erwiderte sie leise. »Dabei war sie so züchtig im Denken, als sie zu uns kam, so bescheiden. Sie hat sich sehr verändert. Aber was soll ich dagegen tun? Meinem Gemahl scheint es zu gefallen.«

»Ich verstehe Euch nicht, Maman.« Ihr Sohn Ludwig, der nicht weniger wütend war als der Geistliche, fasste seine Mutter ungestüm am Arm. »Begreift Ihr denn nicht, dass sie uns mit ihrem sittenlosen Auftreten provoziert und demütigt? Sie hat den König ganz unter ihren Einfluss gebracht. Widerlich, wie er um sie herumscharwenzelt.«

»Lasst mich los und sprecht nicht so respektlos von Eurem Vater. Was auch geschehen mag, er ist der Gebieter und wir müssen uns seinem Willen fügen.« Marie wandte sich schnell einer ihrer Hofdamen zu, um die Unterhaltung nicht fortsetzen zu müssen.

Die Dame, um die es in diesem Gespräch ging, schien von der Aufregung um sie herum nichts zu spüren. Sie war sich ihrer Schönheit bewusst und es gewohnt, im Mittelpunkt zu stehen. Spätestens seit der König sie zu seiner »Maîtresse«, seiner offiziellen Geliebten, erwählt hatte. Ein solch offenes Bekenntnis wäre seinen Vorgängern nie in den Sinn gekommen. Natürlich hatten sich die Herrscher Frankreichs, um sich zu amüsieren oder um sich von ihren meist tristen, weil der Staatsräson geschuldeten Ehen abzulenken, schon immer die Frauen und Mädchen ins Bett geholt, die ihnen gefielen. Illegitime Nachkommen waren auch bisher nicht selten gewesen, und die eine oder andere Konkubine hatte es durchaus zu Reichtum gebracht. Aber vom König vor der Öffentlichkeit als Mätresse anerkannt und der Gemahlin nahezu gleichgestellt zu sein, das war neu und etwas Besonderes. Sie, Agnès Sorel, Tochter eines verarmten Provinzadligen und einer Frau aus nicht weniger bescheidenen Verhältnissen! Gut, sie hatte eine sorgfältige Erziehung genossen, war klüger und gebildeter als die meisten Höflinge ringsum, doch was bedeutete das schon, in dieser Zeit, diesem durch Kriege zerrissenen 15. Jahrhundert, in dem nach wie vor die Abstammung zählte. Nichts hatte darauf hingedeutet, dass gerade ihr ein solcher Aufstieg beschieden war.

Neider allerdings gab es genug, und Agnès brauchte nicht erst in den mit Goldranken verzierten venezianischen Spiegel zu schauen, um zu wissen, was das Getuschel hinter ihrem Rücken, die feindseligen Blicke des Prinzen und des Bischofs von Laon besagten. Vielleicht hatte sie diesmal auch ein bisschen viel gewagt. Eng geschnittene Kleider mit extrem langen Schleppen, mit Brokatbesatz, feinen Spitzen und Zobelbordüren, das mochte noch angehen, selbst wenn sie die Gewänder von Gräfinnen und Herzoginnen an Pracht übertrafen. Aber es war ein Unterschied, ob man ein Dekolleté wählte, das bei aller Großzügigkeit den halben Busen bedeckt ließ, ob man ein Busentüchlein vorlegte oder ob man, wie sie heute, die Vollkommenheit der ganzen Brust zeigte.

Doch der König war sichtlich entzückt, also hatte sie das Richtige getan. Vor dem Hof hielt er sich zurück, die Etikette duldete keine Gefühle oder gar intime Berührungen in der Öffentlichkeit. Dennoch, wenn es nach ihm gegangen wäre, hätte er bestimmt ihre runden und trotz zweier Geburten noch vollen Brüste vor aller Augen mit den Händen umfasst. Agnès lächelte in sich hinein. Sie konnte sich lebhaft vorstellen, was geschehen würde, wenn er erst mit ihr allein im Schlafgemach war. Für Augenblicke spürte sie seine Finger auf ihrer nackten Haut und seinen Kopf, der sich tief in ihren Busen wühlte. Sie würde ihn aufs Lager ziehen, der Unterrock bis zum Nabel hochgerutscht, das perlenbesetzte Kleid aus Lyoner Seide längst abgestreift auf dem Fußboden. Oder er würde sie packen, auf die Bettstatt werfen und verwöhnen, denn wenn er auch kein schöner Mann war, so doch ein leidenschaftlicher Liebhaber, das gestand sie sich ein.

Ihre Tagträume wurden jäh unterbrochen. Wie um die passende Antwort zu geben, neigte Karl VII. sich ihr zu und flüsterte: »Ihr überrascht uns stets von Neuem, Madame, ich kann es gar nicht erwarten, diese wunderbaren Kleinode ganz für mich zu haben.«

»Ein wenig Geduld, Majestät, der Abend, den wir im Kreis der uns so teuren Freunde – das »teuer« betonte sie – verbringen dürfen, hat ja gerade erst begonnen.«

Der König lächelte amüsiert. Auch das schätzte er an seiner Geliebten: ihre geistreiche und ironische Art.

Denn gewiss, Freunde waren an diesem Abend, den man wie üblich mit einem ausgiebigen Mahl, mit Tanz, Musik und Kartenspiel verbringen würde, durchaus zugegen, doch in sehr begrenzter Zahl. Jacques Cœur zum Beispiel gehörte dazu, vom kleinen Beamten und Lebensmittelhändler zum »Argentier en titre«, zum Königlichen Schatzmeister aufgestiegen, ein reicher, recht gut aussehender Mann, kürzlich erst von Karl geadelt, auch weil er die Feldzüge gegen die Engländer finanzierte, die noch immer große Teile des Landes besetzt hielten. Oder der Graf von Richemont, ein kluger Ratgeber und Stratege, der an allen Schlachten der letzten Jahrzehnte beteiligt gewesen war. Auch Pierre de Brézé war zu Gast, der Seneschall, der bereits an der Seite Jeanne d'Arcs gekämpft hatte. Aber konnte man den Grafen von Orléans dazurechnen, der, obwohl viele Jahre ein Gefangener der Engländer, heimlich mit deren Verbündetem, dem Herzog von Burgund, sympathisierte? Den dicken Herzog von Trémoille oder den stolzen Herrn von Alençon, beide wenig zuverlässig, hatten sie doch im Jahr 1440 gemeinsam mit Karls Sohn Ludwig wegen der unumgänglichen Heeresreform einen Aufstand gegen ihn gewagt? Er hatte sie besiegt und ihnen verziehen, aber er sagte sich, dass sie es sofort erneut versuchen würden, wenn er die geringste Schwäche zeigte. Ludwig, sein Sohn, allen voran.

Freilich, er würde keine Schwäche zeigen. Er wusste, dass man ihn für wankelmütig hielt, doch seit Agnès ihm die nötige Kraft gab, war er stärker als je zuvor. Ihm war gleich, was die Höflinge sagten oder dachten. Diese Frau hatte ihm die Vorsehung geschickt; er betete sie an.

Die Tafel im großen Speisesaal war gedeckt – im Schein der Fackeln und zahlreicher kerzenbestückter Leuchter trugen Bedienstete geschäftig große Platten mit Wild und Geflügel herbei, erlegt in den umliegenden Wäldern. Dazu silberne Schüsseln mit Süßspeisen und anderen Köstlichkeiten, sogar die ersten Erdbeeren des Jahres wurden gereicht. Der König sprach den Gerichten tüchtig zu, ebenso dem Wein von der Loire. Bisweilen richtete er das Wort an seine Gemahlin oder an einen der Höflinge. Sein Hauptaugenmerk aber galt der jungen Geliebten; ihr blinzelte er immer wieder zu. Er hatte eine große Überraschung für sie, die er ihr freilich erst später verraten würde, wenn sie allein waren.

2

Agnès Sorel war die zweite Frau, die dem Leben dieses eher mittelmäßigen Königs entscheidende Impulse verlieh. Wie ein

Wetterschlag war die Liebe zu ihr über ihn hereingebrochen. »Wer ist dieser Engel?«, hatte er, innerlich zutiefst berührt von ihrer Unschuld und Schönheit, seine Begleiter gefragt, als er ihr, die sich im Gefolge der Herzogin von Lorraine befand, zum ersten Mal begegnet war. Marie von Anjou, ebenfalls von der jungen Frau fasziniert, machte den Fehler, sie als ihre Ehrendame an den königlichen Hof zu holen, wobei Karl durchaus nachhalf. Er, ansonsten so wenig entscheidungsfreudig, wusste in diesem Fall genau, was er wollte. Vorbei die Zeit flüchtiger Liebschaften, schneller Eroberungen beim Besuch seiner Städte und Burgen. Kaum war Agnès in Reichweite, stellte er ihr so ungestüm nach, dass die Achtzehnjährige in Gewissensnot geriet und zögernd ihre Herrin um Rat fragte. Die Königin, bestimmt nicht angetan von dem Gedanken an eine so junge und hübsche Rivalin, riet ihr dennoch, seinem Begehren nachzugeben. Sie solle die Augen niederschlagen und stillhalten. Für Frankreich sei es besser, der Herrscher bekäme *sie* ins Bett als eine von diesen leichtfertigen, falschen Kreaturen, die ihn nur ausnehmen wollten und auf Abenteuer versessen wären. »Wäre ich der König, hätte ich Euch ebenfalls erwählt.«

Agnès fügte sich also, war aber – da es nun schon geschehen sollte – klug genug, die Lage für sich und ihre Familie zu ihrem Vorteil zu nutzen. Ihre vier Brüder wurden nach und nach an den Hof geholt und dienten dort sogar in der Leibwache.

Liebte sie den Mann mit den kalten, wimpernlosen Augen und der langen Nase im ansonsten wenig markanten Gesicht, der sich weder durch ein stattliches Äußeres noch durch besondere Fähigkeiten hervortat und ihr, obwohl erst Mitte dreißig, zudem reichlich alt erscheinen musste? Anfangs ganz bestimmt nicht, aber die Zuneigung Seiner Majestät, des Königs, war eine große Ehre. Er schien sich ernsthaft in sie verliebt zu haben, und vielleicht brauchte er sogar jemanden wie sie. Schon einmal hatte sich ihm eine starke und kluge Frau zur Seite gestellt; Jeanne d'Arc, jenes mutige Mädchen aus der Provinz, das ihn damals, vor noch gar nicht so langer Zeit, erst seiner eigentlichen Bestimmung zugeführt hatte

3

In der Tat, bevor Jeanne d'Arc ihm Würde und Macht zurückerobert hatte, war der König im Grunde ein Nichts gewesen. Der armselige Herrscher über ein Handtuchreich südlich der Loire – nach dem Vertrag von Troyes 1420 sogar Vasall des englischen Königs Heinrich VI., wenn er das auch nicht anerkannte. Von allen Seiten bedrängt und an der eigenen Abstammung zweifelnd. Von seinem Vater verlassen, der im Wahn die eigenen Gefolgsleute erschlagen hatte, und von seiner zwischen den Fronten taktierenden Mutter verraten. Erst Jeanne, die von himmlischen Stimmen geführte Jungfrau, hatte ihn durch ihren unerschütterlichen Glauben, dass allein er Frankreichs wahrer König sei, und mit ihrem großen Mut aus seiner Lethargie gerissen.

Agnès war noch ein Kind gewesen, als Jeanne d'Arc das belagerte Orléans befreit und danach Karl VII. in Reims zum König gekrönt hatte. Auch als die tapfere Jungfrau 1431 in Rouen auf dem Scheiterhaufen als Hexe verbrannt wurde, wusste das Mädchen wenig von den Kämpfen und Grausamkeiten ihres Jahrhunderts.

Dennoch, der patriotische Gedanke hatte durch Jeannes Siege gewaltig an Kraft gewonnen. Waren die Engländer, die das Land auspressten und endgültig in Besitz zu nehmen drohten, nicht vor ihr davongerannt wie die Hasen? Dabei hatte Karl die Jungfrau schmählich im Stich gelassen, hatte nichts getan, um sie vor ihrem schrecklichen Tod zu bewahren. Nachdem er durch sie doch noch zum König geworden war, hatte er ihren Siegen weitere hinzugefügt. So hatte er die Burgunder gezwungen, das Bündnis mit Heinrich von England aufzukündigen, und 1436 sogar die Stadt Paris zurückerobert.

Im Kreis der Herzogin von Lorraine, einer Schwägerin des Königs, wurde man ohne Zweifel sehr eindringlich mit diesen Ereignissen konfrontiert. Agnès blieb davon nicht unberührt. Mitunter, wenn ihr Karl in seinen politischen Entscheidungen zu unentschlossen schien, hielt sie ihm ihre Visionen vor. »Als ich noch ein Kind war, weissagte mir ein Astrologe, dass ich einst den strahlendsten Herrscher der Christenheit zum Geliebten haben würde. Sollte es sich um Heinrich VI. von der Insel handeln, der viel zielstrebiger ist als Ihr?« Karl, zugleich eifersüchtig und abergläubisch, ging in sich. Was seine engsten Ratgeber nicht erreicht hätten, schaffte sie, die junge und schöne Mätresse.

4

Die Überraschung sollte sich als ein wahrhaft großzügiges Geschenk erweisen. Der König folgte seiner Geliebten ins Schlafgemach, wo sie ein breites Bett auf geschnitzten Beinen erwartete, mit flandrischem Leinen über weichen Matratzen, das ihre gemeinsame Glut aber nur wenig kühlen konnte. Der verheißungsvolle Anblick ihres Dekolletés hatte Karl entflammt und er hatte sein Begehren seit Stunden zügeln müssen. Nun küsste er sie stürmisch am ganzen Körper, während sie unter seinen Berührungen wohlig aufkreischte. Wären Beobachter zugegen gewesen, wie es üblich war, wenn Prinzen und Prinzessinnen in der Hochzeitsnacht ihre Ehe »in natura« vollzogen – und damit gültig machten –, hätten diese vielleicht notiert, wie kraftvoll der König zwischen ihre Lenden stieß und dass er dies im Verlauf der Nacht mehrmals wiederholte. So war es fast Morgen, als er preisgab, was er als Geschenk für sie erdacht hatte.

Nein, diesmal waren es keine Perlen oder Edelsteine, keine Brokatkleider, kostbaren Ringe oder Armbänder, mit denen er sie sonst überhäufte: Es handelte sich um etwas viel Größeres.

Das Schloss Beauté-sur-Marne, in der Nähe von Vincennes, sollte ihr Eigen werden! Es war von einem seiner Vorgänger, Karl V., im vorigen Jahrhundert erbaut und zu dessen Zeit als Herrschaftssitz genutzt worden. Beauté, Schönheit, dieses Wort passe zu ihr, schwärmte der König, zu ihren blauen Augen, zu ihrem herrlich weißen Teint, zu ihrem Haar von der Farbe reifen Weizens, zu ihrer Figur, so grazil und schlank, aber doch mit allen Rundungen ausgestattet, die das Weib verführerisch machten, zu ihrem hohen und zugleich fülligen Busen, den heute ja nicht nur er habe bewundern dürfen, zu ihrer Art, die Frisur kunstvoll aufzutürmen und die Schleppe zu tragen, kurz, zu ihrer ganzen Erscheinung. Beauté, das sei es, was sie mit dem Schloss verbände, und es stehe ihr wohl an, nach diesem schönen Wohnsitz die Demoiselle de Beauté genannt zu werden.

Sie lagen noch auf zerwühlten Kissen, deshalb konnte Agnès sich ihm nicht zu Füßen werfen, auch nicht den tiefsten ihrer Hofknickse machen. Sie fasste nur nach der Hand des Königs, bedeckte sie still mit Küssen und drückte auf diese Art ihre Ergriffenheit aus. »Majestät, Eure Güte überwältigt mich. Ihr seid über alle Maßen großzügig, ich weiß nicht, was ich sagen und wie ich Euch danken soll.«

»Das wisst Ihr durchaus, Madame, Ihr dürft es mir immer von Neuem beweisen«, erwiderte der Monarch.

An einem der nächsten Tage ritten sie gemeinsam nach dem wenige Kilometer von Paris entfernten Herrensitz, inspizierten die Gemächer, Säle und Gärten, die noch aus Zeiten Karls V. stammende Bibliothek, die mit wertvollen Büchern ausgestattet war, schauten von den Wällen auf das unten liegende kleine Dorf und die ausgedehnten Wälder. Seit man 1444 in Tours Frieden geschlossen hatte, war im Land eine gewisse Beruhigung eingetreten. Die Engländer brauchten eine Kampfpause, sie hatten ihre Verluste mit knirschenden Zähnen hingenommen. Auch Karl nutzte die Zeit, um seine Kräfte zu sammeln, neue Befestigungen zu bauen, Legionäre anzuwerben, das Heer zu reformieren, die Finanzen zu ordnen. Da es dem geschundenen Volk etwas besser ging, der Handel mit Italien und dem Orient florierte, die Ernten günstig ausfielen, konnte er es sich erlauben, neue Steuern zu erheben. Seine Räte unterstützten ihn, indem sie geschickt die Stimmung gegen die noch immer in der Normandie hausenden Feinde nutzten.

Agnès aber nahm nicht nur auf den König Einfluss, den sie stets von Neuem anstieß, wenn er in seinen Anstrengungen für Frankreich nachlassen wollte, sie wirkte auch auf seine Räte ein. Teilte ihre Meinung durch Jacques Cœur mit, der das Geld beschaffte, durch Pierre de Brézé und einen anderen ihrer Günstlinge bei Hof, den Edelmann Étienne Chevalier. Bei der Verteilung der Finanzen kam sie keineswegs zu kurz, zudem erhielt sie vom König reichlichen Landbesitz. Ihre Gegner warfen ihr Verschwendung vor, verbrauchte sie doch Unmengen kostbaren Stoffs für ihre prächtigen Kleider und die bis zu acht Meter langen Schleppen, Gold, Perlen und Edelsteine für ihren Schmuck, Silber für ihr Tafelgeschirr. Ließ sie doch die wertvollsten Wandbehänge, kostbar verzierteTruhen und Stühle fertigen, die man sich denken konnte. Aber sie übte auch Mildtätigkeit gegenüber Armen und Waisen, stellte Geld für religiöse Zwecke zur Verfügung und schonte das eigene Vermögen nicht, wenn es um die Befreiung Frankreichs ging.

»Dass Ihr mich so reich beschenkt, wird die Neider nicht friedlicher stimmen«, sagte die junge Frau nachdenklich, nachdem sie alles in Augenschein genommen und gewürdigt hatte.

»Was kümmern uns die Neider, die hat es immer gegeben; sie sollen es nicht wagen, Euch anzugreifen!«

Agnès wusste, dass es nicht ganz so einfach war. Die Feinde traten nicht offen gegen sie auf, vor allem nicht, solange Karl am Hof weilte. »Ludwig«, sagte sie, »der Prinz, er hasst mich.«

»Ach, Unsinn, er liebt es, den Rebellen zu spielen. Ihr wisst, dass er einen schwierigen Charakter hat.«

Agnès wollte kein Öl ins Feuer gießen, deshalb schwieg sie. Sie erzählte nicht, dass Ludwig sie nach einem Streit geohrfeigt hatte, ihr jüngst mit dem Schwert in der Hand wutentbrannt bis an die Lagerstatt gefolgt war, um ihr zu zeigen, wo sie »hingehöre«. Wenn er anwesend, der König aber unterwegs war, hielt sie sich deshalb der Sicherheit wegen in ihren Räumen auf. Ein Menschenleben war in diesen Zeiten nicht viel wert, und sie wollte sich nicht vorstellen, was geschehen könnte, wenn ihr Geliebter und Beschützer von einem seiner Feldzüge einmal nicht zurückkehrte.

Sie schob die trüben Gedanken beiseite, heute war wirklich kein Tag dafür. »Das Schloss ist ein Juwel, aber wir werden es wohnlicher machen müssen«, sagte sie.

»Wendet Euch an Jacques Cœur, Ihr habt alle Freiheiten.«

5

Die Zeit relativen Friedens, der durch Kämpfe hier und dort freilich stets seine Brüchigkeit zeigte, verbrachte Karl, so oft es ging, bei seiner Mätresse. »Ich möchte immer an Eurer Seite sein, bei der Messe, bei Tisch, in Eurem Schlafgemach«, raunte er ihr zu. »Ihr lehrt mich Dinge, die unsere Königin nicht einmal zu denken wagt.«

Aber nicht nur ihre Pfirsichhaut, ihre grazile Gestalt, alles andere an ihrem Körper reizte ihn, sondern auch ihre Sauberkeit, ihre Kultur und ihre Klugheit. Agnès badete wöchentlich mehrmals, mischte Rosen- oder Veilchenblüten ins Badewasser und pflegte ihren Körper mit duftenden Essenzen. In freien Stunden zog sie sich in die Bibliothek zurück, um in alten Handschriften zu stöbern. Welche andere Schönheit am Hof befasste sich schon mit so etwas! Sie besaß das beste Geschirr, die gediegenste Bettwäsche. Sie verstand es, ihn zu verwöhnen und geistreich zu unterhalten. In den Häusern, Schlössern, Festungen, in denen sie sich lange Wochen vergnügten, in Chinon, Huismes, Beaulieu-les-Loches oder Mehun-sur-

Yèvre, empfing sie ihn, wenn er von der Jagd zurückkehrte oder die Kompanien seiner Bogenschützen inspiziert hatte. Im Winter wärmten sie einander am flackernden Kaminfeuer, im Sommer fächelten ihnen der Wald und die Flüsse Kühle zu. Sie liebten sich leidenschaftlich, wenngleich die Mätresse im Laufe der Zeit mehr Raffinesse entwickeln musste, um die Glut zu erhalten. Mehrfach wurde sie schwanger. Die drei Töchter, die sie von Karl bekam, wurden von ihm als königliche Bastarde anerkannt. So stärkte jede der Geburten ihre Stellung und erhöhte ihren Einfluss bei Hof.

In diesen Jahren kehrte auch Jean Fouquet, der berühmte Maler, von Italien nach Frankreich zurück. Er kam an den Hof, wo sich Agnès seiner annahm. Erst kurz zuvor hatte er ein Bild des Papstes Eugen IV. gefertigt, der kein besonderer Freund Karls war, hatte der König ihm doch das Recht auf die Einnahmen der französischen Kirche beschnitten. Nun malte er Karl selbst. Der Herrscher stellte sich in einem pelzverbrämten roten Umhang in Positur, den prachtvollen königlichen Hut auf dem Kopf. Dennoch sah er wenig hoheitlich aus, daran konnte auch sein gedankenvoller Blick nichts ändern, der zugleich Erhabenheit ausdrücken sollte.

Sie schafft es nicht ganz, meine kleine Majestät, dachte seine Mätresse fast mitleidig, wenn sie ihren Geliebten bei seinen Versuchen betrachtete, sich Haltung zu geben. War sie beim Malen aber anwesend, dann entging ihr nicht, dass der Meister, sosehr er sich auch seinem Werk hingab, mehr auf sie als auf das eigentliche Modell, den König, schaute.

6

In der Normandie flackerten die Kämpfe wieder auf. Noch hatten dort die Fremden das Sagen, und der Widerstand gegen sie, seit Jeanne d'Arcs großen Feldzügen nie ganz erloschen, verstärkte sich. Obwohl die Engländer ihren letzten französischen Besitz mit harter Hand festzuhalten versuchten, mussten sie weitere Niederlagen einstecken. Für Karl gab es in dieser günstigen Situation kein weiteres Abwarten. Es galt, sich zu rüsten. Der Sieg und damit das Ende eines Krieges, der lange vor seiner Zeit begonnen hatte und inzwischen fast hundert Jahre dauerte, schien zum Greifen nahe.

Der König, den man nun den Siegreichen nannte, brach auf, um im Norden Rouen zu erobern. Doch der Kampf gestaltete sich schwierig, das Wetter war miserabel, der Widerstand der Engländer hartnäckig. Agnès, zum vierten Mal hochschwanger, beschloss, ihn zu überraschen und folgte ihm nach Mesnil an der Seine, das in der Nähe dieser Stadt lag. Im kalten Monat Februar brachte sie dort ihr Kind zur Welt. Auch diesmal war es eine Tochter, und alles schien sich zum Guten zu fügen, als die Mätresse unvermutet schwer erkrankte. Ein »Flux de ventre«, ein schrecklicher Durchfall, war durch keine Medizin zum Stehen zu bringen.

Was, um aller Heiligen willen, war das? Ein Leiden, bisher versteckt und mit einem Mal zum Ausbruch gekommen? Eine neue, unbekannte Seuche, der unbarmherzigen Pest gleich, die immer wieder im Land wütete, eine Entzündung oder gar Gift? Die Ärzte standen dem Fall völlig ratlos gegenüber. Im Schloss der Äbtissin von Jumièges, wo man die so schwer Erkrankte mit Aderlässen und anderen völlig ungeeigneten Mitteln zu retten versuchte, wachte Karl hilflos an ihrem Bett. Seine Mätresse quälte sich unsäglich, stöhnte, schrie. Immerhin, sie schaffte es, ihre Sünden zu bereuen und so nach damaliger Vorstellung ihre Seele zu retten. Es gelang es ihr noch, mehrere Testamentsvollstrecker zu ernennen. »Fi de la vie« soll sie ein paarmal gesagt haben, »grässliches Leben«. Dann, schon auf dem Weg in eine andere Welt, flüsterte sie: »Wie wenig unser Körper doch wert ist. Er ist besudelt, stinkt nach Zerbrechlichkeit.«

Agnès Sorel starb zwei Tage nach der Geburt ihres Kindes, am 11. Februar des Jahres 1450; der Säugling überlebte sie nur kurz.

7

Jean Fouquet, der Hofmaler, betrachtete prüfend das Werk, das er für sein bisher bestes hielt, ein hohes zweiflügliges Altargemälde auf Holz. Links stellte es die Jungfrau Maria mit dem Jesuskind im Arm dar – eine kostbare Krone auf dem Kopf, die eine Brust ganz entblößt –, rechts einen jungen Edelmann, der bewundernd zu ihr herüber- und aufblickte. »Es ist getan«, murmelte er, »ich glaube, sie hätte sich erkannt und wäre zufrieden gewesen.«

»Das wäre sie«, erwiderte Étienne Chevalier, der Edelmann, der auf dem anderen Flügel des Kunstwerks abgebildet war. »Ihr sanfter Blick, ihre weiße, schimmernde Haut, die Krone mit den Edelsteinen, ihr anschmiegsames Gewand, ihr prachtvoller Busen – das alles ist so einmalig. Ihr seht mich immer wieder aufs Neue erschüttert über ihr jähes Verlöschen.«

»Ihr habt Madame Sorel angebetet«, stellte Fouquet fest.

»Ihr nicht? Sie gehörte ganz dem König, doch was für ein göttliches Geschöpf.«

»Ihr wisst, dass nicht alle so dachten. Sie hatte viele Feinde am Hof, Prinz Ludwig zum Beispiel.«

»Zählt Ihr etwa auch zu denen, die ihn verdächtigen, durch Gift nachgeholfen …«

»Um Himmels willen, sprecht leise«, unterbrach ihn der Maler erschrocken. »Nein, ich doch nicht. Obwohl dieser unverhoffte und grausame Tod allen, die sie kannten, ganz unerklärlich bleibt.«

»Und unerklärlich bleiben wird, wahrscheinlich für alle Zeiten«, ergänzte Chevalier.

»Der König ist untröstlich«, sagte Fouquet, »er scheint schrecklich zu leiden. Aber er wird keine Untersuchungen anstellen lassen.«

»Er wird dafür sorgen, dass sie die höchsten Ehren erhält. Man spricht davon, dass er sie nachträglich zur Herzogin ernennen will.«

»Man erzählt auch, dass er ein prächtiges Grabmal für sie in Auftrag gegeben hat. Zu fertigen aus schwarzem und weißem Marmor.«

»In ein oder zwei Jahren wird er sich dennoch mit einer neuen Geliebten trösten«, fügte Chevalier fast unhörbar hinzu.

Fouquet widersprach nicht. Er wusste, dass der andere recht hatte. Sie schwiegen einen Augenblick, dann ergriff der junge Edelmann erneut das Wort. »Agnès wird weiterleben«, sagte er mit dem Brustton der tiefsten Überzeugung. »Im Bildnis dieser schönen Jungfrau, auch wenn Eure freie Gestaltung einige empört! Ich werde dafür sorgen, dass es den gebührenden Platz bekommt, Meister! Sie hat mich zu einem ihrer Testamentsvollstrecker ernannt und ich werde das Altargemälde der Kirche Notre-Dame in Melun übergeben. Dort wird das Volk zu ihr aufblicken und dort soll es auf alle Zeiten an sie erinnern.«

Françoise de Châteaubriand (1495–1537)

II. Françoise de Châteaubriand: Und keiner weint mir nach

1

Jean de Montmorency-Laval, Graf von Châteaubriand, durchmaß das Zimmer seiner Gattin mit großen Schritten. »Ich kann mir denken, was diese Einladung bedeutet, Teuerste, ich kann es mir denken. Es sei eine Ehre, meint Ihr, wenn uns der König extra einen Boten schickt und sich auf diese Weise an mich erinnert? Also gut, meinetwegen, eine Ehre mag es sein. Aber will er wirklich mich sehen? Man kennt doch die Sitten am Hof, den freizügigen Umgang miteinander, um es zurückhaltend auszudrücken. Nein, nein, die Sache gefällt mir nicht!«

Die Gräfin, eine brünette Schönheit, hochgewachsen und mit dreiundzwanzig um einiges jünger als ihr Mann, war offensichtlich weniger aufgeregt als ihr Gemahl. Ruhig ordnete sie die Falten ihres gebauschten, um die Taille eng geschnürten und mit Silberfäden durchwirkten Seidenkleides, das ihre Figur so vorteilhaft betonte. »Könnt Ihr nicht endlich einmal stehen bleiben, Monsieur?«, fragte sie.

Der Graf hielt abrupt inne. »Ihr habt recht, es gilt, Gelassenheit zu bewahren. Ich muss mir etwas einfallen lassen.«

»Wenn uns der König nach Amboise bittet, dürfen wir nicht einfach ablehnen. Außerdem soll es dort sehr schön sein.« Vor den Augen der jungen Frau tauchte bereits das prächtige Schloss am Fluss Loire auf, hoch über dem Strom, mit seinen Terrassen, Türmen und Balkonen, mit seinem kunstvoll verzierten Mobiliar und den von italienischen oder flämischen Künstlern gewebten, kostbaren Teppichen.

Ihr Ehemann holte sie in die Wirklichkeit zurück. »Schön ist es hier auch«, erklärte er schulmeisterlich. »Falls Ihr unter diesem Wort nicht amüsant versteht. Wegen all der Turniere, der Bälle und unsittlichen Spiele, die neuerdings am Hof veranstaltet werden.«

Sie wusste durchaus, was er meinte. Von Franz I. erzählte man sich aufregende Dinge. Dass er junge Edelleute an den Hof holte, mit denen er prunkvolle Feste feierte, dass er in großer Gesellschaft häufig Reisen zu seinen verschiedenen Schlössern unternahm, dass er in Spiel und Kampf glänzte, und vor allem, dass er es verstand, die Frauen zu verwöhnen.

Eine leichte Röte stieg in ihre Wangen, als sie betont gleichgültig erwiderte: »Aber mir könnte gar nichts passieren, Teuerster, denn Ihr wärt ja bei mir, würdet auf mich aufpassen. Außerdem würde unsere Anwesenheit am Hof gewiss Eurem Fortkommen dienen.«

Das erste Argument schien den Grafen nicht zu überzeugen, das zweite aber fiel auf fruchtbaren Boden. »Das stimmt«, sagte er, »meine Fähigkeiten würden in Amboise viel eher ins Auge fallen.«

»Ein bisschen Abwechslung könnte uns beiden gewiss nicht schaden.«

Das sah Laval, zumindest was seine Frau betraf, anders. Nervös an seinem Lederwams zupfend, warf er ihr einen abschätzenden Blick zu. »Ich glaube, dass Ihr wirklich genug Abwechslung habt, Madame, und ich spreche nicht bloß von Euren Handarbeiten. Haben wir nicht die Jagd, das Karten- und Schachspiel, waren wir nicht erst kürzlich in der schönen Stadt Nantes? Ich will Euch das Vergnügen, die Hohe Gesellschaft kennenzulernen, keineswegs vorenthalten, doch alles zu seiner Zeit. Der König hat eine Einladung geschickt, die wir nicht gut ablehnen können, das ist richtig. Deshalb werde ich zunächst allein dorthin reiten. Ich will mich am Hof umsehen und, hoffentlich auch in Eurem Sinne, herauszufinden suchen, welche Absichten Seine Majestät wirklich verfolgt.«

Es war um das Jahr 1518. Françoise de Châteaubriand, 1495 geboren, die aus dem berühmten Geschlecht der Foix stammte und mit vierzehn mit dem Grafen verheiratet worden war, musste sich der Entscheidung ihres Gemahls beugen. Zwar hatte sie ihren Stolz, setzte sogar hin und wieder ihren Willen gegen ihn durch, doch sie wusste, dass zu viele Widerworte nur das Gegenteil bewirken würden. War es nicht Gesetz, dass sich die Ehefrau ihrem Gatten unterzuordnen hatte? Und vielleicht war er ja sogar im Recht. Vergnügen war das eine, sittenloses Verhalten, wie es hinter vorgehaltener Hand dem leichtlebigen König nachgesagt wurde, etwas ganz anderes.

2

Jean de Laval rüstete sich also für den Besuch am Hof. Er ließ von den Zimmerfrauen die mit Schnitzereien verzierte, schwere eichene Reisetruhe packen, wählte die Pferde aus und die Bediensteten, die ihn begleiten sollten. Natürlich würde Seine Majestät fragen, weshalb die geschätzte Gattin nicht mitgekommen sei, und er musste sich eine Ausrede überlegen. Doch die würde er schon finden, dazu war noch genügend Zeit.

Er wusste allerdings auch, dass der König nicht so schnell aufgeben würde. Kein Zweifel, dass es Franz I. in erster Linie um seine schöne Ehefrau ging – und wenn dem so war, würde der Herrscher alles daransetzen, sie nach Amboise zu holen. Deshalb brauchte er eine Absicherung. Bevor der Graf aufbrach, ließ er seine Gemahlin noch einmal zu sich rufen. »Zum Abschied, Madame, möchte ich Euch ein Geschenk machen.« Er überreichte ihr einen kostbaren Ring.

Die Gräfin zeigte sich nicht ganz so beglückt wie erhofft, bemühte sich aber um ein Lächeln. »Der Ring ist sehr schön, Monsieur«, erklärte sie. »Ich werde ihn tragen und dabei an Euch denken.«

»Das ist liebenswürdig von Euch, ich hatte es nicht anders erwartet. Doch so war es, ehrlich gesagt, nicht gedacht. Mit diesem Schmuckstück hat es eine besondere Bewandtnis. Seht her, ich besitze ein zweites Exemplar, das dem ersten bis ins Kleinste gleicht.«

»Ihr habt diesen Ring in doppelter Ausführung anfertigen lassen?«, fragte die Schöne erstaunt.

»So ist es, und ich verfolge damit einen bestimmten Zweck. Ihr sollt das Kleinod nicht tragen, sondern an einem sicheren Ort aufbewahren. Das zweite Exemplar dagegen werde ich mit mir in die Residenz nehmen. Und nun hört mir genau zu: Nur drei Personen, nämlich Ihr, ich und der Bedienstete, dem ich den Auftrag für den Goldschmied gab, wissen Bescheid. Dieser alte Diener aber ist sehr zuverlässig und angehalten, das Geheimnis nicht zu verraten. Er wird zudem mit mir an den Hof kommen, wo ich ihn beaufsichtigen kann.«

»Wenn ich Euch recht verstehe, soll auch ich niemandem von den Ringen erzählen«, erwiderte Françoise. »Doch weshalb nicht?«

»Weil es unser besonderes Zeichen der Verständigung sein wird. Ein geheimes Zeichen. Ich bin mir nämlich sicher, dass Ihr vom König noch weitere Billetts mit Einladungen erhalten werdet. Gebt ausweichende Antwort, solange Euch nicht das Doppel dieses Kleinods ausgehändigt wird. Erst dann, und nur dann, dürft Ihr mir an den Hof folgen.«

Seine Gattin hatte verstanden. Sie konnte das herrliche Schloss Amboise und die dort zu erwartende Kurzweil für lange Zeit abschreiben. »Denn in diesem Fall besteht keine Gefahr mehr für meine Wohlanständigkeit!«, entgegnete sie zugleich verstimmt und spöttisch.

»So ist es. Ihr braucht Euch darüber nicht lustig zu machen.«

»Immerhin lasst Ihr Euch meine Tugend allerhand kosten«, sagte kühl die Gemahlin.

»Ich denke nicht, dass Ihr mir daraus einen Vorwurf machen solltet«, erwiderte der Graf.

3

Franz I. war erst drei Jahre zuvor, 1515, zum König gekrönt worden, doch er galt bereits als Held. Er war für die damalige Zeit sehr groß, einen Meter achtzig mindestens, er war kräftig und beim Schlagballspiel oder in den Ritterturnieren schwer zu besiegen. Wenn er sich in prachtvoller Kleidung, mit dem lammfellgefütterten kurzen Überrock, einem Seidenwams, das sein Wappen mit dem Salamander trug, und einem Barett, an dem bunte Reiherfedern steckten, dem Volk zeigte, wurde er begeistert bejubelt. Er war jung, von heiterem Gemüt und wohl auch tapfer. So soll er einmal seine Furchtlosigkeit bei einer Schauveranstaltung bewiesen haben, als ein wilder Eber die Umzäunung durchbrach und auf die Tribünen mit den hochedlen Gästen zustürmte. Während die meisten der adligen Damen und Herren erschrocken zur Seite wichen, schrien oder sogar ängstlich die Flucht ergriffen, trat Seine Majestät dem mächtigen Tier entschlossen entgegen und erledigte es mit einem gezielten Stoß seines Degens.

Aber nicht nur aus diesen Gründen genoss der junge Monarch hohes Ansehen, sondern vor allem, weil er gleich zu Beginn seiner Herrschaft in der Schlacht von Marignano bei Mailand einen bedeutenden Sieg errungen hatte. Anlass für den Feldzug waren Erbansprüche der französischen Könige auf italienische Fürstentümer wie Neapel, Venedig oder eben Milano. Schon seine Vorgänger, Karl VIII. und Ludwig XII., hatten südlich der Alpen Krieg geführt, doch ihre Siege waren nicht von langer Dauer gewesen. Zwar hatte man reichlich Beute gemacht, ganze Wagenzüge voller Möbel, Teppiche, Tapisserien, Gold- und Silbergeschirr, Schnitzereien aus Elfenbein, Alabaster, Jade und was sonst noch alles herbeigeschafft, doch die Verluste an Menschen und Material waren gleichfalls hoch gewesen, und die erzwungenen Verträge hielten nicht lange.

Dennoch hatten die zweifelhaften Unternehmungen seiner Vorgänger auch etwas Gutes. Italien bildete in jener Zeit das Zentrum geistigen und kulturellen Aufschwungs. Das Gedankengut der Renaissance, das sich von dort ausbreitete, wurde nach Frankreich herübergebracht, löste mittelalterliche Zwänge, führte auch dort zu freieren Sitten und einem offeneren Blick.

Franz I. stellte sich ganz in diese noch junge Tradition. Er zeigte sich aufgeschlossen für neue Ideen, holte Poeten, Maler und Bildhauer an seinen Hof, förderte die Architektur und die Wissenschaft. Nach seinem Sieg bei Mailand hatte Leonardo da Vinci dem König einen mechanischen Löwen gebaut, der sich vor ihn hinkniete und Lilien, die Blume seines königlichen Wappens, ausstreute. Später holte der Monarch den vielseitigen Künstler an die Loire, genau wie dessen Landsmann Benvenuto Cellini, den berühmten Bildhauer und Goldschmied.

Doch vor allem war der sinnenfreudige König ein Freund der Frauen. Er lud Adlige aus allen Teilen seines Landes nach Amboise ein und versorgte sie mit Pensionen, wenn sie nur ihre hübschen Gattinnen oder Töchter mitbrachten. Er umgab sich mit jungen Schönheiten, seiner »kleinen Bande«, die es als Ehre betrachteten, alleine oder zu mehreren sein Bett zu teilen. Der Venezianer Matteo Dandolo schrieb über ihn, dass er »als großer Jäger sowohl des Wildes als auch der Weiber« gelte, »freigiebig, was Geschenke an die Damen des Hofes« angehe. Weniger freundlich fiel dagegen der Kommentar des bekannten französischen Memoirenschreibers Brantôme aus, der anmerkte: »König Franz liebte damals zu unbeherrscht und zu viel; er hatte es bald mit der einen, bald mit einer anderen, denn in jenen Tagen wurde ein Mann nicht als besonders galant angesehen, wenn er nicht wahllos überall herumhurte.«

Die Königin Claude, die nicht gerade hübsch und zudem sehr schüchtern war, fand in seinem freudvollen Alltag weniger Beachtung. Wohl gebar sie ihm eine Reihe von Nachkommen, aber konnte wegen der häufigen Schwangerschaften an vielen Festlichkeiten und Ehrungen nicht teilnehmen. Immerhin wurde eine Pflaume, die Reineclaude, nach ihr benannt.

Man darf Franz vielleicht zugutehalten, dass auch er mit der Ungeliebten – wie seit Jahrhunderten üblich – aus staatspolitischen Gründen verheiratet wurde.

4

Der Graf von Châteaubriand hatte sich nicht getäuscht. Als er dem König seine Aufwartung machte, kam die erwartete Frage. »Ihr seid allein angereist, Monsieur? Ich hoffte, auch Eure bezaubernde Gattin willkommen zu heißen.«

»Sie bittet tausendfach um Vergebung, Sire, und ich mit ihr. Aber Ihr wisst, wie launisch Frauen mitunter sind. Sie brachte es nicht übers Herz, unsere schöne Bretagne zu verlassen.«

»Nicht einmal, um *uns* ihren Anblick zu gönnen?« Der König sah ihn scharf an.

Laval wurde unsicher. »Ich bitte erneut um Nachsicht, Sire. Aber ich kann nichts anderes sagen. Sie liebt die Natur, unsere grünen Wälder, die Hügel, Täler, Wiesen. Und nicht zuletzt unser Schloss.«

»Hat man der Gräfin nicht erzählt, wie wundervoll mein Schloss ist? Auch haben meine Baumeister den Auftrag, es zu vergrößern und noch prächtiger zu gestalten.«

Laval merkte, dass seine Ausflüchte den König wenig überzeugten, doch ihm war nichts Besseres eingefallen. Hätte er behaupten sollen, dass Françoise unpässlich sei? Dadurch hätte er nur einen kurzen Aufschub erwirkt, und das genügte ihm nicht.

Laval kam ins Stottern. Selbstverständlich hätte man ihr die Vorzüge von Amboise oder Blois gerühmt und sie überhaupt für die Reise zu gewinnen versucht. Doch die Gemahlin könne, wenn sie etwas nicht wolle, sehr starrköpfig sein.

»Starrköpfig sind wir, wenn es sein muss, gleichfalls.« Der Herrscher nahm es anscheinend mit Humor. »Nun gut, lassen wir der Gräfin die nötige Zeit.« Und er fügte hinzu: »Hat man

Euch schon Eure Gemächer zugewiesen, Graf? Ich hoffe, dass ich wenigstens auf Euch zählen kann, wenn wir morgen den Hirsch jagen. Bis dahin lebt wohl und erholt Euch von den Strapazen der Reise.«

Er war entlassen. Alles in allem war er glimpflich davongekommen und auch das Gespräch war günstig verlaufen; er war sich nicht einmal mehr sicher, ob das Interesse des Königs an seiner Frau über die normale Neugierde hinausging. Wiewohl der Herrscher ja andererseits darauf verwiesen hatte, dass auch er hartnäckig sein konnte. Der Graf nahm sich vor, abzuwarten und die Augen offen zu halten.

Doch er hatte sich getäuscht, denn Franz I. war durchaus an der dunkelhaarigen Schönheit interessiert. Nichts gegen die koketten Blondinen um ihn herum, aber ein wenig Abwechslung tat bisweilen not. Dass sich die Dame weigerte, an seinen Hof zu kommen, reizte ihn umso mehr.

Der König beschloss, der Gräfin von Châteaubriand ein persönliches Schreiben zu schicken, und zweifelte nicht daran, dass sie nun seinem Wunsch folgen würde. Doch auch von ihr erhielt er eine höfliche Ablehnung. Des Herrschers Verwunderung wuchs. Laval, der es nicht anders erwartet hatte, rieb sich die Hände, und die Höflinge begannen, das Spiel mit Anteilnahme zu verfolgen. Das da konnte spannend werden.

Franz I. sah sich bei seiner Ehre gepackt. Er begriff, dass Laval ihn an der Nase herumführte – wahrscheinlich gab es zwischen den Eheleuten eine Verabredung. Aber welche? Man musste an die Lakaien des Grafen herantreten, um mehr zu erfahren. Er beauftragte seine Dienstboten, sich umzuhören. Zunächst ohne Erfolg, das Personal seines Gastes behauptete, nichts über ein Abkommen zu wissen. Bis die Horcher herausbekamen, dass ein Vertrauter des Grafen offenbar doch eingeweiht war.

Man darf sich den königlichen Hof zu Beginn des 16. Jahrhunderts durchaus als eine Art Bienenstock vorstellen, in dem es von Edelleuten unterschiedlicher Couleur, von oft noch jungen Chevaliers, Comtes, Ducs und den dazugehörigen hübschen oder auch weniger hübschen Hofdamen wimmelte. Noch größer war die Zahl der Diener, der Leibwächter und Kammerherren, der Köche, Gärtner, Wildheger, Falkner, Pferdeknechte, Hundehüter, unzähliger Beauftragter für Leib-, Tisch- und Bettwäsche, für den Schmuck oder die Teppiche. Es gab Zofen, Wäscherinnen, Näherinnen, Zimmer- und Kindermädchen. Dazu kamen mehrere Chirurgen und sonstige Ärzte, zahlreiche Beichtväter – zwei alleine für den König –, Priester, Musiker, Tanzlehrer, Maler und sogar Architekten. Die Edelleute, die am Hofe zu Gast waren, brachten ihr eigenes Personal mit, und schließlich gab es die Händler und Bauern, die aus den umliegenden Städten und Dörfern kamen, um ihre Waren anzubieten. In diesem riesigen Taubenschlag, wo jeder seine Stellung behaupten, mit seinem Stand glänzen, seinen Reichtum zeigen wollte, war mit Geld fast alles zu erreichen.

Weshalb es nicht verwundert, dass auch das Geheimnis der Eheleute Laval letztendlich enthüllt wurde. Zwar brauchte man einige Zeit und gewiss etliche Goldstücke, um den Diener zur Preisgabe seines Wissens zu bewegen, am Ende jedoch verriet er seinen Herrn. Während sich der Graf noch ganz und gar in Sicherheit wiegte, den Ring für wohlverwahrt hielt, war schon eine zweite Kopie in Arbeit. Der Mann, dem er vertraute, hatte das wertvolle Schmuckstück kurzzeitig ausgeliehen, so dass der Goldschmied es originalgetreu nachbilden konnte.

Der nächsten Einladung war der Ring beigefügt und nun hatte Françoise keinen Grund mehr, zu Hause zu versauern. Ihr Mann glaubte seinen Augen nicht zu trauen, als sie am Hof erschien. Doch er konnte seiner Gemahlin keine Vorwürfe machen, musste der Entwicklung ihren Lauf lassen.

Diejenigen Höflinge, die bei dem Spiel auf Seine Majestät gesetzt hatten – es waren eifrig Wetten abgeschlossen worden –, gewannen, obwohl es heißt, dass sich die Gräfin dem König nicht so schnell ergab. Wir sehen sie nach der morgendlichen

Messe bei einer der großen Vogelvolieren. Sie gibt neben Franz, der sie nun seit Wochen umwirbt, eine stolze Erscheinung ab. Hochgewachsen und schlank, wenn auch etwas stärker in der Taille als die beiden jungen Comtessen, die in einiger Entfernung nur darauf warten, dass ihnen der Herrscher einen Blick schenkt, scheint sie die passende Geliebte. Doch so weit ist es noch nicht. Zwar trägt sie mit Stolz das in Gold gefasste glitzernde Collier, das er ihr vor kurzem verehrt hat, aber das hindert sie nicht, ihre Tugendhaftigkeit hervorzukehren. »Verzeiht, Majestät, wenn ich Euch am Nachmittag nicht empfangen kann. Zu diesem Zeitpunkt ist bereits meine Couturière bestellt.«

»Ihr gebt der Schneiderin den Vorzug vor Eurem König?«

»Nie würde ich so etwas wagen«, protestiert die Schöne. »Es ist wegen meines neuen Reitkleides, das Euch morgen auf dem Weg nach Blois erfreuen soll.«

»Es wäre mir eine Ehre, Madame, Eurer Anprobe beizuwohnen.«

Françoise tat erstaunt. »Wollt Ihr denn meinetwegen auf die Jagd verzichten, Sire? Das wäre in der Tat eine Ehre, die ich nicht verdient habe.«

Die Gräfin widersetzte sich den Avancen des Königs, kannte sie doch ihren Wert. Sie war nicht bereit, sich so billig zu verkaufen wie andere. Sie wollte nicht eine von vielen sein. Fand Franz I. ihren Widerstand reizvoll, schätzte er es, dass Françoise als verheiratete Frau gewisse Erfahrungen mitbrachte? Ihr orientalisch rätselhafter Blick aus den mandelförmig geschnittenen Augen mit den hochgezogenen Brauen mag ein Übriges bewirkt haben. Um sie ins Bett zu bekommen, musste er jedenfalls Zugeständnisse machen.

Doch schließlich kam der Moment, da sie sich dem König hingab. Nachdem sie ihm hinter den Vorhängen ihres Himmelbettes die letzten Zweifel ihrer Befähigung genommen hatte, machte er Françoise zu seiner Favoritin. Seiner Mutter, Louise von Savoyen, die ihren Sohn vergötterte, vor seiner Krönung die Macht verwaltet hatte und auch jetzt noch viele Fäden in der Hand hielt, passte diese Wahl weniger. Aber gegen seine Leidenschaft und den königlichen Willen kam sie nicht an.

Wie üblich in solchen Fällen musste zuerst der Ehemann abgefunden werden – mit einem Posten, einem Amt, damit er auf seine Güter zurückkehrte und dem Herrscher freie Hand ließ. Da Laval einigen Grund hatte, verschnupft zu sein, entschädigte man ihn durch einträgliche Pfründe.

Aber es galt auch, die weit verzweigte Familie der Geliebten zu versorgen. Françoise de Châteaubriand stammte aus dem Süden Frankreichs und hatte drei Brüder, die, obwohl ehrgeizig, doch nicht gerade mit Geschick für das Land kämpften. Dennoch wurden sie mit hohen militärischen Ämtern oder Gouverneursposten bedacht.

Da war zum Beispiel der Älteste der drei, Lautrec, der mit Franz I. in Italien gekämpft, sich bei Brescia bewährt hatte und zum Statthalter von Mailand ernannt wurde. Brutale Härte gegenüber der Bevölkerung ließ ihn kläglich scheitern, und nur die Fürsprache seiner Schwester rettete ihn vor tiefem Fall.

Einem zweiten Bruder, der ihn auf Françoises Wunsch hin ersetzte, erging es ähnlich. Er legte sich zudem mit dem Papst an, verfolgte Rebellen bis in dessen Residenz, so dass der Heilige Vater immer mehr vom König abrückte.

Obwohl das Staatssäckel eher bescheiden als gut gefüllt war, gab Franz I. das Geld mit vollen Händen aus. Auch seine Günstlinge bedienten sich, vor allem aber die Mätresse mit ihrem Anhang, denn sie war deutlich im Vorteil: Sie saß an der Quelle.

Auch ansonsten trug Françoise wenig zu einer Politik der Konsolidierung bei. Sie bestärkte den König in seinem Hang zum Luxus und zu außenpolitischen Abenteuern. Als der Monarch auf die ehrgeizige Idee kam, sich zum Kaiser wählen zu lassen, steigerten sich die Ausgaben um ein Weiteres.

Er hoffte, an die Stelle Maximilians I. zu treten, des Habsburgers und ewigen Rivalen der Franzosen um die Macht im westlichen Europa, der 1519 gestorben war. Zu diesem edlen Zweck mussten aber einige deutsche Fürsten als Wahlmänner gewonnen werden, was erhebliche Summen erforderte. Außerdem wurde mit gewaltigem Aufwand um die Fürsprache des Königs von England, Heinrich VIII., gebuhlt.

In der Nähe von Calais, das immer noch in englischen Händen war, kam es zu einem Treffen der gekrönten Häupter, durch das Franz I. sein Ziel zu erreichen hoffte. Der gerissene Engländer, der später durch die grausame Hinrichtung einiger seiner Ehefrauen berüchtigt wurde, ließ ihn in diesem Glauben. Heinrich VIII. gab sich brüderlich, verwöhnte die schöne Françoise mit Geschenken und schlug sich letztlich doch auf die Seite des Österreichers Karl V.

Auch der Papst, Leo X., der Franz 1516 durch ein Konkordat einige wichtige Gebiete, vor allem jedoch die Rechte auf Einnahmen der französischen Kirche hatte abtreten müssen, entschied sich für die gegnerische Seite.

5

»Madame«, rief der König, »ich habe soeben eine erschütternde Nachricht erhalten. Eine empörende Nachricht.« Er war dermaßen erregt, dass er jegliche Etikette beiseiteließ, ja sogar auf die Begrüßung verzichtete. »Bourbon, der Konnetabel, den ich trotz allen Ärgers und der Schwierigkeiten, die er uns gemacht hat, bis zuletzt auf meiner Seite wähnte, hat uns auf das Schändlichste verraten.«

Françoise, in ihrem mit gestickten Wandbehängen und kleinen Elfenbeinfiguren geschmückten Alkoven, einem Raum neben dem Schlafgemach, überlegte, welches Kleid sie am Abend tragen sollte: zyprische Seide oder Silberbrokat? Als der Gebieter überraschend hereinstürzte, schreckte sie auf.

»Verrat, Sire? Was, um Himmels willen, ist geschehen?«

»Brézé war vorhin bei mir, der Großseneschall. Ein Priester hat sich ihm anvertraut. Der Konnetabel will sich dem Kaiser verbünden. Ihr wisst, dass ich ein zweites Mal nach Italien aufbrechen muss, um unsere Ansprüche auf Mailand zu vertreten, die Eure Brüder leider fast verspielt hätten. Sobald ich die Grenze überschritten habe, sollen Karls Truppen von Süden in unser Land eindringen und die Engländer ermuntern, im Norden die Normandie zu besetzen.«

Die Mätresse wurde blass. Zwar sagte sie kein Wort zu der Kritik an ihren Brüdern, denn diese hatten sich in der Tat töricht verhalten, doch die Gefahr, die auch ihr drohte, wenn die Kaiserlichen oder die Engländer bis an die Loire vordrangen, flößte ihr Angst ein. Sie sagte: »Das ist ungeheuerlich. Ihr müsst Bourbon sofort verhaften lassen, Majestät!«

»Das habe ich bereits veranlasst. Es ist zu infam. Sie wollen mir Frankreich entreißen, es in die Sklaverei zwingen.«

Françoise griff nach den Händen des Königs. »Majestät, Ihr dürft keine Gnade walten lassen!«

»Nein«, sagte der König, »Gnade ist bei solch einem Frevel wahrlich nicht angebracht. Bei allem, was der Konnetabel uns verübeln mag, dieses Verbrechen lässt sich durch nichts rechtfertigen.«

So plötzlich, wie er gekommen war, verließ er die Gemächer seiner Geliebten. Er war in der Tat aufs Höchste erregt. Françoise, sonst nicht so leicht aus der Fassung zu bringen, hämmerte gleichfalls das Herz. Sie konnte sich deutlich vorstellen, was geschehen würde, wenn es dem Konnetabel gelänge, die Macht zu übernehmen. Schließlich hatte er, nicht zuletzt durch ihren Einfluss, vor ein paar Jahren seinen Gouverneursposten in Mailand an ihren Bruder abtreten müssen.

Da half es auch nichts, dass die Königinmutter von Bourbon noch viel mehr zu befürchten hatte. Einst hatte sie sich in diesen stolzen Edelmann verliebt und ein Verhältnis mit ihm begonnen. Obwohl sie älter war als er, wollte sie ihn unbedingt heiraten und hatte fast zwangsläufig eine Abfuhr erhalten. Rachsüchtig und gierig, wie sie war, machte sie ihm nun das Erbe seiner verstorbenen Frau streitig, mit guten Aussichten auf Erfolg, denn sie hatte ja ihren Sohn, den König, auf ihrer Seite. Vielleicht war dieser Streit sogar der Grund für des Konnetabels Verrat.

Die Mätresse nahm sich zusammen, das Verhängnis schien ja noch einmal abgewendet. Sie war dem König dankbar, dass er mit der Nachricht zu ihr gekommen war, auch wenn sie annahm, dass er zuerst seine Mutter informiert hatte, die in solchen Situationen leider noch immer seine oberste Ratgeberin war.

Dennoch deckten sich in diesem Fall die Interessen aller, die Frankreich nahestanden. Der große Bourbon ein Verräter! Man müsste mehr wissen, die Einzelheiten kennen. Schade, dass der König so in Eile gewesen war. Ob Chabot mehr sagen konnte, sein alter Freund und Gefährte? Françoise musste unbedingt mit jemandem über die Sache sprechen, doch ihre Kammerfrauen eigneten sich dazu nicht, hier ging es schließlich nicht um Boudoirgeplauder.

Sie trat ans Fenster, schaute hinunter in den Park. War das dort, zwischen den neu angelegten Rosenbeeten, nicht der Großseneschall, der mit einem anderen Edelmann plauderte? Der kleine, bucklige Ehemann der schönen Diane von Poitiers war nicht zu verkennen. Natürlich, Louis de Brézé, der den König glücklicherweise von den Absichten des Konnetabel unterrichtet hatte. Die Mätresse rief einen ihrer Bediensteten und befahl ihm, hinunter in den Park zu laufen, um den Adligen zu ihr zu bitten. Der Seneschall musste ihr unbedingt einen genaueren Bericht geben.

Doch als der Bote unten ankam, war Brézé schon gegangen. So musste sich die Gräfin in Geduld fassen, und es war schließlich ihr guter Freund Bonnivet, von dem sie erfuhr, dass der Verräter Bourbon der Verhaftung entgangen war. Er war offenbar gewarnt worden und zu den Kaiserlichen geflohen.

6

Bonnivet war im Gegensatz zu Brézé nicht nur ein schöner Mann. Wie es heißt, tröstete er die königliche Mätresse, wenn Franz I. sich mit anderen Damen amüsierte. Einmal zumindest war das dem Admiral schlecht bekommen. Denn als der König unvorhergesehen bei seiner Mätresse auftauchte, hatte er sich nur noch im Kamin hinter frischen Tannenreisern verbergen können. Es war Sommer und daher zum Glück nicht zu befürchten, dass Feuer gemacht wurde, doch bevor der Herrscher zu seiner Mätresse ins vom Baldachin überspannte breite Bett stieg, verspürte er ein dringendes menschliches Bedürfnis. Der Einfachheit halber erleichterte er sich – was nicht unüblich war – im Reisighaufen, während sein Jugendfreund gedemütigt im Kamin ausharren musste.

»Ich habe dem Konnetabel schon immer misstraut«, sagte Bonnivet. »Nun müssen wir uns in Italien auch noch mit ihm herumschlagen.«

»Ihr werdet die Kaiserlichen besiegen und Bourbon als Gefangenen nach Frankreich zurückbringen«, gab Françoise zur Antwort.

»Ganz wie Madame es wünschen.« Der Admiral küsste leidenschaftlich ihre Hände.

In Wirklichkeit war er nicht der Mann, eine solche Aufgabe zu erfüllen. Außer bei den Frauen hatte er überall versagt – in der Diplomatie, als es um die Kaiserwahl ging, genauso wie in den Kämpfen, an denen er teilgenommen hatte. Françoise wollte dies allerdings nicht wahrhaben. Genauso blind hatte sie auch stets ihre unfähigen Brüder in Schutz genommen.

»Leider wird die Königinmutter nun tatsächlich das Erbe seiner Frau an sich reißen«, begann sie erneut.

»Ich weiß, dass Euch das nicht gefällt. Gebt zu, dass Ihr sie nicht ausstehen könnt.«

»Sie mag *mich* nicht! Nichts, was ich Seiner Majestät in den letzten Jahren riet, passte ihr!«

Von den Ratschlägen, die Françoise dem Herrscher gegeben hatte, hielt der Admiral gleichfalls wenig. Er beendete das Gespräch, indem er sie an sich zog und leidenschaftlich küsste. Die brokatbesetzte Schleppe der Gräfin glitt zu Boden, und das verrutschte Mieder ließ köstlichen Genuss erahnen. Nach kurzem Zögern gab sie seinem Begehren nach. Es war ihr nicht gelungen, den König von der Wilderei in anderen Lustgärten abzubringen, weshalb sollte sie ihm treu sein? Nur erfahren durfte er nichts. Bonnivet trug sie aufs Bett und begann ungeduldig, sie ihres Kleids und der Unterröcke zu entledigen. Françoise hinderte ihn nicht daran – vielleicht würde Bonnivet bald ins Feld ziehen, dann gab es keine Möglichkeit mehr, seinen gewandten, muskulösen Körper über sich zu spüren.

7

Im Jahr 1524 brach Franz doch noch nach Italien auf, denn seine Generäle schienen sämtlich zu versagen und er musste verhindern, dass die Fürstentümer dort ganz verloren gingen. Es gelang ihm, die Kaiserlichen, die in die Provence eingedrungen waren, zu verjagen und er setzte über die Alpen. Noch hofften alle, die schüchterne Königin Claude, die Königinmutter, die »Maîtresse en titre«, wie sie offiziell genannt wurde, und der gesamte Hof, er werde ein zweites Mal als strahlender Sieger zurückkehren, seine Feinde Karl V. und Karl von Bourbon endgültig aufs Haupt schlagen.

Doch diese Hoffnung währte nicht lange. Bei Pavia kam es zur blutigen Schlacht, in der Franz nach strategischen Fehlern eine entscheidende Niederlage erlitt. Er verlor zehntausend Mann und selbst alles »bis auf die Ehre und sein Leben«, wie er in einem Brief an die Mutter schrieb. Er wurde gefangen genommen, weigerte sich, Bourbon, der zu den Siegern gehörte, seinen Degen auszuhändigen, musste ihn aber dennoch einem anderen kaiserlichen Offizier übergeben. Man kann sich vorstellen, welches Entsetzen die Nachricht am französischen Hof auslöste.

Françoise wurde besonders hart getroffen, denn unter den Gefallenen war auch ihr Liebhaber Bonnivet. Vor allem aber brauchte sie den König. Vorbei war die Zeit, in der sie an seiner Seite mitbestimmen konnte, vorbei die Zeit der prächtigen Bälle und der Reisen zu den verschiedenen Schlössern, die Zeit der Verschwendung, in der man einzig die Pest fürchten musste. Vorbei die Nächte, in denen der König bei ihr lag, ihre Glieder, ihren gesamten Leib zum Beben brachte, vorbei endgültig die verstohlen-prickelnden Augenblicke mit dem Admiral. Alles war nun ins Ungewisse gerückt.

Franz wurde nach Madrid gebracht, er sollte auf Italien und Burgund verzichten. Das Letztere verweigerte er freilich. Er wurde ernstlich krank; man fürchtete um sein Leben.

Nicht Françoise, andere Damen diktierten nun das Gesetz des Geschehens. Marguerite von Navarra, des Königs geliebte Schwester, besuchte ihn in Madrid, versuchte ihn aufzurichten. Seine Mutter aber, Louise von Savoyen, setzte sich mit einer anderen Marguerite, einer Tante des Kaisers, in Verbindung und handelte zunächst den Austausch ihres göttlichen »Cäsar« gegen seine beiden Söhne, Franz und Heinrich, aus, die zu diesem Zeitpunkt gerade sieben und acht Jahre zählten. Ein nach heutigen Begriffen höchst zweifelhaftes Vorgehen, das zwölf Monate später aber in die Tat umgesetzt wurde.

Zugleich wurde ein Friedensplan entwickelt. Zwar sollte Italien den Habsburgern überlassen werden, Burgund durfte jedoch bei Frankreich bleiben. Für die Rückkehr der beiden Prinzen wurde ein Lösegeld von zwei Millionen Goldtalern vereinbart. Auch eine neue Heirat wurde angebahnt. Da die Königin, Claude von Frankreich, inzwischen fünfundzwanzigjährig gestorben war, wurde eine Vermählung des Herrschers mit Karls Schwester Eleonore ins Auge gefasst.

Eleonore war schon einmal verheiratet gewesen, mit dem portugiesischen König, der aber gleichfalls das Zeitliche gesegnet hatte. Sie war zurückhaltend, fromm und nicht so recht proportioniert – eine Art Sitzriesin. Zudem war sie bereits seinem Gegner, dem erwähnten Konnetabel von Bourbon, versprochen, der inzwischen mit einer Söldnerarmee vor Rom kämpfte. Doch wenn es um die Staatsräson ging, konnte auf solche Kleinigkeiten keine Rücksicht genommen werden. Bourbon, der Verräter und Feind Franz' I., kam übrigens kurz darauf bei der Plünderung Roms – die in die Geschichte als Sacco di Roma eingegangen ist – ums Leben, wodurch zumindest das eine Problem gelöst war.

8

»Majestät, dürfte ich ein paar Minuten Eurer kostbaren Zeit in Anspruch nehmen, nur ein paar kurze Minuten?«

»Worum geht es, meine Teure?«, murrte der König, der gerade ausgiebig gespeist hatte. »Können wir nicht morgen … Ich bin in schrecklicher Eile.«

In Eile war er in letzter Zeit immer, und sie wusste auch, weshalb. Er wollte zu Anne d'Heilly, der kleinen Schlampe. Gerade mal siebzehn war sie und hatte ihn in ihr Bett gezogen. Mit ihrem aufreizenden Lachen und ihrer Mädchenfigur. Das war kein Flirt und kein flüchtiges Abenteuer mehr wie bei den Damen vorher. Kaum dass er des Nachts noch bei ihr, seiner offiziellen Geliebten, vorbeischaute.

»Wir müssen sprechen, Majestät. Ihr seid so weit weg von Eurer Françoise, geradezu unnahbar. Was habe ich getan, dass Ihr mich so behandelt?«

»Madame, ich bin bestürzt. Was sollen diese Vorwürfe. Wie behandle ich Euch denn?«

»Ihr vernachlässigt mich. Ihr habt keine Zeit mehr für mich, weil Ihr ständig bei dieser jungen …« Im letzten Moment wagte sie es doch nicht, das Schimpfwort auszusprechen, das ihr auf der Zunge lag, und fügte stattdessen hinzu: »Ich liebe

Euch doch, würde alles für euch tun, alles. Seht Ihr nicht, wie unglücklich ich bin?«

Franz hatte keinerlei Lust auf dieses wenig ersprießliche Gespräch. Merkte die Mätresse denn nicht, dass ihre Zeit abgelaufen war? Was für eine sauertöpfische Miene sie wieder aufgesetzt hatte. Unwillkürlich verglich er ihre Figur, die langsam in die Breite ging, mit der schlanken Gestalt seiner neuen Herzensdame, Françoises Gehabe mit Annes unbekümmerter und heiterer Art. Er hatte Mitleid mit der Gräfin, schließlich war sie fast zehn Jahre lang seine Geliebte gewesen, doch alles ging einmal zu Ende.

»Kann es sein, dass Ihr eifersüchtig seid?«

»Habe ich keinen Grund dazu?«

Der König verzichtete auf eine Antwort. Was hätte er sagen sollen? Sie wussten doch beide Bescheid.

»Ich muss mich jetzt anderen Pflichten widmen, Madame, wir sehen uns am Abend. Wir haben interessante Gäste, einen jungen, sehr begabten Poeten, der uns mit seinen Gedichten und mit der Laute unterhalten wird.«

»Dann werdet Ihr lange mit ihm disputieren, über seine und Eure Verse, und kaum das Wort an mich richten.«

»Aber nicht doch, meine Liebe, wir werden Gelegenheit zum Reden haben, das versichere ich Euch.«

Der König eilte davon, er war zufrieden mit sich und der Welt. Nach dem erniedrigenden Jahr der Gefangenschaft, den anstrengenden Verhandlungen um Frieden, Ländereien und Gold, das er aufbringen musste, um seine Söhne zurückzubekommen, brauchte er Erholung. Er wünschte Vergnügen und Abwechslung, aber keine verdrießlichen Reden. Das Essen war wohlschmeckend gewesen, Wildbret aller Art, erlesene Weine, Brot und Konfiserien aus der Hofbäckerei, nun freute er sich auf die Jagd. Auch wenn ihn beim Reiten neuerdings manchmal ein unangenehmes Geschwür im intimen Bereich störte. Doch er verscheuchte den Gedanken an diese Schmerzen. Seine Mutter hatte recht, Françoise mit ihrer Herrschsucht und der unseligen Verwandtschaft hatte ihm nicht gerade das Glück gebracht, das er sich erhofft hatte. Auch im Bett war sie langweilig geworden, sosehr sie sich bemühte. Er wollte ihr das nicht zum Vorwurf machen, schließlich hatte er seine Entscheidungen selbst getroffen und sie ja auch geliebt. Nun aber schlug sein Herz für eine andere.

9

Die Vergangenheit würde nicht wiederkehren, das musste die Gräfin Françoise von Châteaubriand im Jahr 1528 begreifen. Noch klammerte sie sich an den König, versuchte, ihn mit all ihrer Sinnlichkeit, den Verführungskünsten von früher, mit feinster Bettwäsche, Duftstoffen aus Okzident und Orient oder, als das nicht half, mit Vorwürfen und Bitten auf ihr Lager zurückzuholen. Einige Zeit lang teilte er seine Gunst noch zwischen ihr, Anne d'Heilly und seiner zweiten Gemahlin. Doch die einstige Favoritin sah ihn immer seltener, und eines Tages war ihre Rolle ausgespielt. Die Jüngere, intelligent, gebildet, schön und zugleich raffiniert, hatte alles darangesetzt, um an ihre Stelle zu treten.

Die höfische Gesellschaft durfte sich eine Weile über einen Konkurrenzkampf amüsieren, bei dem die Siegerin von vornherein feststand. Als sich die Gräfin ihre Niederlage endlich eingestand, blieb ihr nur eins, noch im selben Jahr in die Bretagne zurückzukehren.

Ihre Liaison mit dem sinnenfreudigen König musste Françoise de Châteaubriand bitter büßen. Als sie 1537, neun Jahre nach ihrer Rückkehr, im Alter von zweiundvierzig Jahren, starb, kamen Gerüchte auf, dass sich ihr eifersüchtiger Gatte grausam für ihre Untreue gerächt habe. Es hieß, er habe sie monatelang in einen dunklen Raum eingesperrt und schließlich mit Hilfe einiger Spießgesellen umgebracht, indem er ihr Pulsadern durchtrennen ließ, so dass sie elendig verblutete.

Obwohl sie so ein bedauerliches und schreckliches Ende fand, hinterließ die Gräfin von Châteaubriand in Frankreichs Geschichte keine tieferen Spuren. Dazu hatte es ihr an Profil gefehlt. »Hier, wo alles Triumph war, ruht ein Nichts«, schrieb der Dichter Marot anlässlich ihres Todes, und bei ihrem Abschied vom Hof dürfte ihr kaum jemand eine Träne nachgeweint haben. Françoise war hochfahrend und deshalb wenig beliebt gewesen. Hinzu kam, dass sie ihren Günstlingen zuletzt nichts mehr hatte bieten können. Franz I. hatte genügend Ablenkung, und die Höflinge – soweit sie die Mätresse aus religiösen oder Machtgründen nicht ohnehin ablehnten – waren voll damit beschäftigt, sich die Gunst der jungen Anne d'Heilly zu sichern.

Anne d'Étampes (1508-1580)

III. Anne d'Étampes: Der Jugend Sieg und Niederlage

1

»Sie kommen! Ich kann die Kutsche sehen! Die Prinzen kommen!«

Es war unklar, wer von den an einem Waldrand in der Nähe Bordeaux' Versammelten den Ruf ausgestoßen hatte, doch das spielte keine Rolle. Aufgeregt schauten der König in seinem prächtigen kurzen Mantel, die Höflinge in ihren farbigen Samtanzügen und die Damen in ihren gebauschten Röcken, in perlen- und spitzenbesetzten Kleidern unter ihren im Wind flatternden Umhängen dem Gefährt entgegen, das sich ihnen nun, über regennasse Wege ratternd, schnell näherte. Kurz darauf nahm die noble Gesellschaft zwei Knaben von elf und zwölf Jahren in Empfang. Sie waren kurz zuvor am spanischen Grenzfluss Bidassoa gegen vier Tonnen Goldes ausgetauscht worden. Franz I. konnte nach mehr als vier Jahren seine Söhne in die Arme schließen, die man als Geiseln an die Habsburger ausgeliefert hatte, damit er, der hohe Kriegsgefangene des Kaisers, hatte freikommen können.

Die beiden Prinzen, die in Madrid nicht immer freundlich behandelt worden waren, beinahe sogar die Muttersprache verlernt hatten, nahmen die Umarmungen und die unter Tränen verabreichten Liebkosungen zurückhaltend entgegen. Das Gold, das Frankreich hatte aufbringen müssen, um sie auszulösen, bedeutete ihnen nichts. Viel schwerer wog das Unglück, so lange an die Fremden ausgeliefert gewesen zu sein. Am ehesten konnte sich noch der ältere der Brüder, der Dauphin Franz, der ohnehin von fröhlicherem Gemüt war als der schwermütige und grüblerische Zweitgeborene Heinrich, über die Heimkehr freuen.

Der heiter gestimmte Monarch, die Höflinge, vor allem aber die Damen zeigten überschwänglich Freude und Rührung. An vorderster Stelle befand sich die Großmutter der Zurückgekehrten, Louise von Savoyen, die, um ihren geliebten Sohn zu befreien, den Tausch einst ausgehandelt hatte. Die Mutter der Knaben, die sanfte Königin Claude, war vor einigen Jahren gestorben, doch nahmen andere Edelfrauen an der feierlichen Begrüßung teil. So zum Beispiel Diane de Poitiers, die schöne Gemahlin des Großseneschalls von Brézé. Sie widmete sich besonders dem Kleineren der Jungen, dem schüchternen Elfjährigen, den sie liebevoll in die Arme schloss.

Eine weitere reich geschmückte Frau, die schlanke und blonde Anne de Pisseleu, Tochter eines Herrn von Heilly, zog gleichfalls die Blicke auf sich. Mit den Prinzen hatte sie bisher kaum zu tun gehabt, denn als diese noch bei ihrer Mutter weilten, war sie Ehrendame bei Louise von Savoyen gewesen, doch inzwischen nahm sie eine der ersten Stellen am Hof ein. Sie war die neue Mätresse des Herrschers Franz I. von Frankreich.

Anne, 1508 geboren, hatte siebzehnjährig die schon etwas matronenhafte Françoise von Châteaubriand in der Gunst des Monarchen abgelöst. Seine Mutter war daran nicht ganz unbeteiligt gewesen. Der ihrer Meinung nach verhängnisvolle Einfluss der ehemaligen Favoritin auf ihren Sohn hatte die Savoyen veranlasst, ihm eine gefügigere Gespielin schmackhaft zu machen, ja, in gewisser Weise ins Bett zu schieben. Woran Anne zweifellos eifrig mitgewirkt hatte. Gewiss hatte sie ihre Jugendfrische ausgenutzt, um den Herrscher an sich zu binden. Die erzwungene Enthaltsamkeit während der spanischen Gefangenschaft wird ihn besonders empfänglich für ihre unverbrauchten Reize gemacht haben und die ersten Nächte der beiden darf man sich durchaus stürmisch vorstellen.

Inzwischen war Anne freilich Anfang zwanzig und dabei, Ehrgeiz zu entwickeln. Leidenschaftlich, gebildet und voller

Witz, wusste sie sich in Szene zu setzen, nutzte auch Kunst und Kultur, um ihren Einfluss zu stärken. Das gelang umso besser, als sich ihre Interessen im Allgemeinen mit denen des Königs deckten. War es einmal nicht der Fall, verstand sie es vorzüglich, sich ihm anzupassen.

In diesem Augenblick stand Anne gemeinsam mit dem Grafen Philippe de Chabot, einem Kampfgefährten Franz' I., etwas abseits der Gruppe, die sich um die beiden Prinzen scharte. Während sich der Herrscher zum Thronfolger hinabbeugte und ihm einige Worte zu entlocken suchte, entließ die Seneschallin, wie Diane von Poitiers allgemein genannt wurde, den kleinen Heinrich endlich aus ihren Armen. Anne betrachtete unwillkürlich die schlanke Gestalt der Dreißigjährigen. Diane war neun Jahre älter als sie, doch das sah man ihr kaum an. Chabot, der ihren Blick verfolgt hatte, flüsterte: »Eine schöne Frau, nicht wahr? Man will nicht glauben, dass sie diesem hässlichen Brézé die Treue hält.«

»Vielleicht spielt sie ja nur die Tugendhafte«, erwiderte die Mätresse. »Stille Wasser sollen bekanntlich tief sein.«

»Nein, nein. Es heißt, dass sie vor Stolz über die hohen Ämter ihres Mannes fast platzt und keinen an sich heranlässt.«

»Dann wird sie ihre Glücksgefühle wohl haben, wenn sie den Buckel des Alten streichelt.« Anne hatte so leise gesprochen, dass nur der Graf sie hörte.

Chabot unterdrückte das Lachen, das ihm in die Kehle stieg. »Ich bitte Euch, Madame. Was für ein hübsches Köpfchen und welch scharfe Zunge!«

Als hätte die Seneschallin gemerkt, dass es um sie ging, sah sie plötzlich herüber. Hoheitsvoll und, wie es Anne schien, ein wenig verächtlich streifte ihr Blick die Mätresse. Dann wandte sie sich einem der bei ihr stehenden Edelleute zu.

Fast ein wenig verwirrt trat Anne nun zu den Kindern, um sie gleichfalls zu umarmen und in Frankreich willkommen zu heißen. Sie schloss sich den allgemeinen Freudenbezeugungen an und vergaß das eigenartige Gefühl, das der flüchtige Blick Dianes von Poitiers in ihr ausgelöst hatte. Man schrieb das Jahr 1530, und noch ahnte sie nicht, dass sie gerade zu dieser Frau schon bald in erbitterte Gegnerschaft geraten würde.

2

Den Vereinbarungen folgend, die zu seiner Freilassung geführt hatten, heiratete Franz im gleichen Jahr Eleonore von Österreich, die Schwester Kaiser Karls V. Dass der Herrscher unter diesen Umständen ein inniges Verhältnis zu der neuen Königin entwickelte, kann wahrlich nicht behauptet werden. Seiner Pflicht gemäß schlief er hin und wieder mit ihr, schenkte ihr sonst aber wenig Aufmerksamkeit. Später beklagte sie bitter die Demütigungen, die er ihr durch seine junge Geliebte zugefügt hatte. Nicht ohne Grund. Sogar während Eleonores festlichem Einzug in Paris nach ihrer Krönung begab er sich zu Annes Haus in der Rue des Hirondelles, und beide waren dort längere Zeit am Fenster zu beobachten.

Alle, die geglaubt hatten, die mühsam ausgehandelte Vermählung mit Eleonore sowie der in Madrid geschlossene Friedensvertrag würden die Streitereien zwischen Frankreich und den Habsburgern beigelegen, irrten sehr. Die Ansprüche beider Seiten auf italienische, linksrheinische und sonstige Gebiete, vor allem aber auf die führende Position im westlichen Teil Europas überhaupt, blieben bestehen.

Immerhin brachten die Jahre äußeren Friedens eine gewisse Beruhigung im Innern, auch wenn in der Staatskasse meist Mangel herrschte. Durch Pest und Hungersnöte kam es in Teilen des Landes zu großem Elend, wovon der Adel weniger betroffen war als die übrige Bevölkerung. Sobald sich die schreckliche Seuche näherte, wich man auf entlegene Schlösser aus. Nahrung für die Noblesse fand sich noch immer genug. Eher schadete den hohen Herrschaften das Verlangen, trotz fehlender Kriegsbeute den feudalen Glanz aufrechtzuerhalten. Weshalb ihre Bereitschaft wuchs, an den königlichen Hof zu wechseln und dort in den Genuss einer möglichst üppigen Pension zu kommen.

Der Monarch zahlte, ohne sich um finanzielle Engpässe zu kümmern. Außer Handelseinkünften – man schloss sogar Abkommen mit den muselmanischen Türken, die das christliche Heer der Habsburger arg bedrängten – flossen ihm reichlich Steuern und Gelder der Kirche zu, die seit 1516 an ihn gingen statt an den Papst. Mit seiner Politik verhalf Franz I. der zentralen Macht zwar zu höherem Ansehen im Reich, blähte aber zugleich in hohem Maße den Hof auf. An jedem Pöstchen hing ein Gehalt und umgekehrt. Das Hofleben wurde von der Jagd, den Ritterspielen, Bällen beherrscht, den Reisen mit großem Gefolge und Unmengen an Gepäck – selbst Möbel und Wandbehänge wurden mitgeführt.

Franz I. förderte zudem die Künste und Wissenschaften, er holte Dichter an den Hof, begründete 1530 in Paris das Collège Royal, ließ griechische, hebräische, römische Werke übersetzen. Der Einfluss der neuen Denkweise schlug sich in der Mode, der Malerei, der Bildhauerei, vor allem jedoch in der Architektur nieder. Prächtige Samt- und Seidenroben lösten die schweren Brokatkleider ab, kunstvoll gefertigter Diamanten-, Perlen- und Goldschmuck verführte die Damen zum Schuldenmachen, kostbares Geschirr zierte die Tafeln, und der Ausbau von Schlössern wie Blois, Fontainebleau oder dem mittelalterlichen Chambord legte Zeugnis für diesen neuen Stil ab.

Genau das war das Umfeld, in dem sich die neue Favoritin wohlfühlte, ja, geradezu aufblühte. Anne d'Heilly ging ganz in dem heiter-frivolen Hofleben auf. Von der Königin hatte sie keine Konkurrenz zu befürchten, diese war älter, körperlich eher benachteiligt und hatte im Land eine andere Rolle zu spielen. Seit jeher war es die Aufgabe der Ersten Dame im Königreich gewesen, sich ihrem Gemahl hinzugeben und möglichst viele Nachkommen zu gebären. In diesem Fall verhielt es sich nicht anders.

Die Favoritin dagegen zeigte sich bei allen Vergnügungen an des Königs Seite, und obwohl er Wert darauf legte, wichtige Fragen selbst zu entscheiden, war ihm ihr Urteil wichtig. Wir beobachten sie in heiterer Runde mit Franz, seiner Schwester Marguerite und einigen Höflingen. Natürlich sind auch weitere Damen anwesend – in ihren farbenfrohen, leicht ausgestellten, bis zu den Füßen reichenden Kleidern, mit großem rechteckigem Ausschnitt und prunkenden Colliers um den Hals versuchen sie einander auszustechen. Man spricht über ein neues Bild, das Franz I. für seine Galerie schöner Frauen malen lassen will, über Verse eines jungen Poeten, die besonders zu Herzen gehen, über das wichtigste aller Themen – die Religion. Anne, mit fröhlich geröteten Wangen – sie hat dem Rotwein, der auf den umliegenden Weinbergen gedeiht, kräftig zugesprochen –, verteidigt beredt einen Vorschlag Marguerites, den Prediger Calvin an den Hof einzuladen, der in letzter Zeit von sich reden macht.

Doch eine ältere, in dunkelblauen Brokat gehüllte Herzogin widerspricht empört. »Aber das kann nicht sein, dieser Ketzer verspottet die Regeln unserer Heiligen Kirche.«

»Wie wollt Ihr das wissen, Madame, wenn Ihr nicht seine Worte hört.« Anne schaut die Ältere herausfordernd an.

»Man sagt, dass er einer von diesen neuen Reformatoren sei, der schlimmste sogar in Frankreich.«

»Vielleicht bilden wir uns nur ein, dass er so schlimm ist«, mischt sich des Königs Schwester ein. »Ist unser Glaube nicht in mancher Hinsicht erstarrt, gibt es nicht Wahrheiten, zu denen wir zurückkehren sollten?«

Dem König gefällt dieser Streit nicht. Marguerite ist seine Lieblingsschwester, doch trotz aller Freizügigkeit im Denken sieht er sich auch als weltlicher Hüter des katholischen Glaubens. »Dieser Calvin greift unsere Priester etwas zu stürmisch an«, sagt er leichthin.

»Die Priester, die er angreift, haben es verdient, lieber Bruder.« Marguerite gibt nicht so schnell auf.

»Dennoch muss ich der Herzogin recht geben. Wie mir vor kurzem berichtet wurde, legt sich dieser Mann sogar mit dem Rektor unserer ehrwürdigen Sorbonne an. Er reißt Zäune nieder, die stehen bleiben sollten.«

Franz erregt sich, und Anne begreift, dass sie einlenken muss. Sie blinzelt Marguerite zu. »Vielleicht genügt es ja, uns bei Gelegenheit mit einigen Schriften zu befassen, an denen er arbeiten soll«, murmelt sie.

Des Königs Schwester verzichtet auf eine erneute Bemerkung, greift nach einem Stück Gebäck, das neben anderen Süßigkeiten in einer mit antiken Mustern verzierten Schale bereitsteht. Auch sie weiß, dass es töricht wäre, weiter zu streiten.

Mit dem ihr eigenen, herzerfrischenden Lachen bringt die Mätresse die Situation endgültig ins Lot. »Nun sind wir wohl ein wenig ernst geworden«, sagt sie. »Wäre es nicht Zeit für etwas Musik?« Und sie winkt den Flötenspielern zu, die nur auf dieses Zeichen gewartet haben.

Im September 1531 starb die Königinmutter, die ihren Sohn vergöttert, geleitet und in gewissem Grad auch beherrscht hatte. Nach ihrem Tod vergrößerte sich Annes Einfluss noch mehr. Sie besaß zwar kein offizielles Mitspracherecht in staatlichen Angelegenheiten, doch achtete Franz sehr auf ihre Meinung. 1533 vermählte er sie einem gewissen Jean de Brosse, denn in jener Zeit galt eine Maîtresse en titre mehr, wenn sie verehelicht war. Der König machte den frisch gebackenen Ehemann zum Herzog von Étampes und Gouverneur der Bretagne, wodurch die Geliebte zur Herzogin aufstieg. Ihr Mann wurde wie üblich nicht länger benötigt, denn seine Angetraute gehörte natürlich weiterhin dem König.

In der höfischen Gesellschaft aber bildeten sich zu dieser Zeit zwei Gruppen. Auf der einen Seite standen die konservativen Kräfte, denen die Leichtfertigkeit, die Offenheit für das Neue ein Gräuel war. Sie gruppierten sich um die streng katholische Diane de Poitiers, zeitweilig Gouvernante des zweitgeborenen Prinzen Heinrich und von ihm – zunächst noch platonisch – hoch verehrt. Anne d'Étampes hingegen war Mittelpunkt all jener Höflinge, denen die Zwänge von gestern nicht passten, die sich amüsieren und das Leben genießen wollten. Wie Marguerite von Navarra sympathisierte Anne mit den Reformierten. Aus all diesen Gründen war zwischen Diane de Poitiers und der Mätresse eine tiefe Feindschaft entstanden. Nur nach außen hin begegneten sie sich mit gespielter Achtung.

3

Die Nachricht machte die Runde wie ein Lauffeuer: Der Dauphin war tot! Bei einer Reise in die Südprovinzen des Landes war er krank geworden, wieder genesen und dann plötzlich, nach einem Schlagballspiel und einem Glas eisgekühlten Wassers, das er hastig getrunken hatte, von Fieber geschüttelt, innerhalb weniger Tage gestorben. Der Hof befand sich in schrecklicher Aufregung. Franz war nicht nur der Liebling des Königs unter seinen drei Söhnen und zwei Töchtern gewesen, sondern eben auch Thronerbe.

Die Favoritin versuchte den Monarchen zu trösten. Nach Erhalt der furchtbaren Nachricht hatte er sich ganz seiner Verzweiflung hingegeben, niemanden sehen wollen. Aber nun war er von selbst zu ihr gekommen. Düster noch, niedergeschlagen saß er in einem mit Gold verzierten, extra für ihn gefertigten Fauteuil und hielt über sich selbst Gericht.

»Ich hätte ihn auf keinen Fall in Toulon zurücklassen dürfen«, murmelte er. »Er war ziemlich schwach. Aber konnte ich denn wissen …«

»So dürft Ihr nicht denken, Majestät«, flüsterte Anne. »Er war doch schon wieder gesund. Euch trifft nicht die geringste Schuld.«

»Seine Begleiter vermuten, dass es Gift war. Wir haben den Stallmeister verhaften lassen, der ihm das Getränk anbot.«

»Gift? Wer hätte unseren so freundlichen Dauphin ermorden sollen? Er hatte keine Feinde.«

»Könige haben immer Feinde«, erwiderte der Monarch finster, »genau wie ihre Söhne, die einst ihr Erbe antreten sollen. Wer sagt mir denn, dass nicht die Habsburger dahinterstecken, dass nicht Kaiser Karl V. seine Hände im Spiel hat. Böse Zungen beschuldigen sogar Katharina.«

Katharina, die italienische Papstnichte, mit der Heinrich, der Zweitgeborene, seit ein paar Jahren vermählt war, stammte aus dem berühmt gewordenen Geschlecht der Medici, hatte aber Mühe, sich am französischen Hof zu behaupten. Sie war zu jung und zudem eine Fremde, deren Adel nur gering geachtet wurde, da er noch nicht lange zurückreichte. Auch war ihr der gleichaltrige Gemahl wenig zugetan. Vielmehr betete er mit einer sonderbaren Verehrung weiterhin die viel ältere Diane von Poitiers an.

Dazu kam, dass sich Katharinas Bauch nicht wölben wollte. Schon in der Hochzeitsnacht hatte Franz seinen zögerlichen Sohn mit den Worten: »Na los, mein Junge«, anfeuern müssen, denn das für Tausende von Goldstücken neu gefertigte Bett hatte Heinrich offenbar wenig beflügelt. Einige Damen und angeblich sogar der Papst, als Onkel der Braut persönlich am endgültigen Vollzug der Ehe interessiert, hatten am Morgen zwar bestätigt, dass die Italienerin keine Jungfrau mehr und der Prinz also seiner Pflicht nachgekommen sei, aber ein Enkel war deshalb noch lange nicht in Sicht.

Was nützten da alle Bemühungen der jungen Dame, ihm eine gute Gemahlin zu sein? Dabei bewies sie mit originellen Ideen durchaus ihre Intelligenz. Sie führte den Damensattel ein, der es Frauen erlaubte, an der Jagd teilzunehmen, und wartete dort mit einem Kleidungsstück auf, das bis dahin den Männern vorbehalten war, einer Unterhose. Eine Sache, die den hohen Damen gefiel; waren auf diese Weise doch das bloße Hinterteil und anderes verdeckt, wenn sie vom Pferd fielen. Doch trotz solcher Einfälle spielte Heinrichs Gemahlin eine bescheidene Rolle am Hof, und hätte nicht wenigstens der König zu ihr gehalten, wäre es noch schwieriger für sie gewesen.

»Unsere kleine Italienerin hat bestimmt nichts mit diesem so schrecklichen Unglück zu tun«, sagte Anne nun, die das ganz richtig einschätzte. »Sie kennt doch Eure Liebe zu Franz und würde keinesfalls die Güte aufs Spiel setzen, mit der Ihr sie umgebt.«

»Ihr habt vollkommen recht, mein Engel, Katharina ist über jeden Verdacht erhaben. Dennoch, dieser Tod kommt so jäh, so unerwartet. Ich bin im Herzen getroffen. Der Stallmeister, der ihm den Becher gab, stand zuvor in kaiserlichen Diensten. Wenn er sich etwas hat zuschulden kommen lassen, soll er uns das büßen.«

Die Mätresse kniete vor ihrem Geliebten nieder, was ihr wegen ihrer weiten, steifen Unterröcke nicht leichtfiel, und vergrub den Kopf in seinem Schoß. »Die Richter werden alles tun, was notwendig ist. Gott hat Euch Euren geliebten Sohn gegeben und wieder genommen. Aber Ihr habt noch Heinrich und Karl.«

Der König gab keine Antwort. Es war bekannt, dass er den verschlossenen, eigenbrötlerischen Heinrich wenig mochte. Er hatte sich stets mehr zu den beiden anderen Söhnen hingezogen gefühlt. Doch durch diesen jähen Tod war der Zweitgeborene zum Thronfolger geworden, daran ließ sich nicht rütteln.

Anne erriet seine Gedanken und ihr kamen noch weitergehende Überlegungen in den Sinn. Prinz Heinrich, da könnte man sich vielleicht arrangieren, aber der ganze Hof kannte ja seine wahrhaft alberne Neigung zur Seneschallin. Seit sie Witwe geworden war, widmete sie sich dem Jüngling erst recht. Man musste zugeben, dass ihr das Schwarz, in das sie sich seit dem Tod ihres Mannes kleidete, ausgezeichnet stand, zumal sie es nicht ungeschickt mit weißem Besatz verbrämte.

Entsprechend arrogant trat sie auch auf. Da der Zweitgeborene so unerwartet Dauphin geworden war, würde diese Frau noch mehr Bedeutung erlangen.

Anne seufzte und riss sich von solchen ärgerlichen Gedanken los. »Mein einzig Geliebter, wenn ich Euch doch etwas von Eurem großen Kummer nehmen könnte«, flüsterte sie und zog nun den Kopf des Monarchen zu sich herunter, so dass er den Duft ihrer samtenen Haut atmen konnte.

Der König war wie immer empfänglich für ihre Reize. Zuerst noch abwesend, in Trauer versunken, berührte er gedankenverloren ihre halb entblößte Brust, dann schien er aufzuwachen und sein Griff wurde fester. Schließlich übermannte es ihn und er begann, voller Verlangen in ihren Röcken zu wühlen. Kurz darauf fanden sie sich entkleidet auf der mit damastenen Tüchern bespannten breiten Liegestatt wieder. Aber während der Herrscher über ihr sein Werk verrichtete, dachte Anne bereits erneut an Diane. Sollte die »Alte in Schwarz« eines Tages tatsächlich für sie zur Rivalin um die Macht am Hof werden? Solange sie, die Favoritin, den König an ihrer Seite wusste, gewiss nicht. Doch wie unsicher die Zeiten waren, hatte der Tod des Prinzen wieder einmal gezeigt. Und was würde geschehen, wenn Franz I., aus welchen Gründen auch immer, eines Tages nicht mehr für sie da war?

4

Obwohl es selbst nach der Autopsie keine Beweise gab, keine Spuren von Gift entdeckt wurden und der Stallmeister, ein Graf de Montecucculi, flehentlich seine Unschuld beteuerte, wurde er strengster Folter unterzogen, gab alles zu, was man von ihm hören wollte. Ja, er habe im Auftrag des Habsburgers, für den er früher gearbeitet hatte, den Dauphin ermordet. Nach diesem »Geständnis« durfte keine Gnade mehr walten. Der Graf wurde in Lyon geviertteilt. Eine aufgeputschte

Menge wohnte diesem grausamen Schauspiel bei und schändete danach den zerrissenen Leichnam.

In Amboise dagegen ging das Leben bald in der üblichen Art weiter. Prächtige Bälle wurden gefeiert, mit großer Hundemeute Hirsch und Fasan gejagt. Noch im Sterbejahr des Dauphins, 1536, brach erneut Krieg aus; als Grund dafür musste der Tod eines französischen Diplomaten in Italien herhalten. Franz I. hoffte darauf, die Gebiete jenseits der Alpen wieder in die Hand zu bekommen.

Sohn Heinrich aber, inzwischen siebzehn und stürmischer geworden, eroberte endgültig seine um zwanzig Jahre ältere ehemalige Gouvernante. Oder sie ihn! Die Seneschallin wusste ja um seine Leidenschaft, war ihrem Zögling wirklich zugetan und musste sich entscheiden, bevor es zu spät war. Denn der Jüngling hatte nicht nur an den Kämpfen im sonnigen Italien teilgenommen, sondern dort ganz nebenbei und überraschend ein Kind gezeugt. Wenn er sich erst eine andere Mätresse zulegte, war Dianes Position gefährdet.

Eine wichtige Rolle spielte im Frankreich jener Jahre der Marschall und spätere Konnetabel von Montmorency. Er hatte einige erfolgreiche Schlachten für den König geschlagen, war wie dieser nach der Niederlage von Pavia Gefangener in Spanien gewesen, verstand es dabei aber ausgezeichnet, seinen Reichtum zu mehren. Weil er die kriegerischen Pläne des Königs nicht immer billigte und oft unentschlossen war, hielt der nicht viel von ihm, ganz im Gegensatz zum neuen Thronfolger, der dem Marschall voll vertraute.

Montmorency hatte auch einigen Anteil daran, dass der Dauphin Heinrich seine Angebetete endlich ins Bett bekam, denn er stellte eins seiner prächtigen Schlösser für das entscheidende Rendezvous zur Verfügung. Damit setzte er auf den wachsenden Einfluss der schönen Seneschallin und ihres Liebhabers, des künftigen Herrschers.

Anne d'Étampes und ihre Anhänger erfuhren nicht sofort von der nun auch körperlichen Vereinigung der beiden – Diane vermochte noch eine Weile den Anschein des Platonischen zu wahren. Doch der junge Prinz, vor Stolz überschäumend, sorgte bald für Klarheit, indem er die Farben der Geliebten, das Schwarz und Weiß, in sein Banner und Wappen aufnahm. Auch ein neues Monogramm ließ er entwickeln, in welchem sich das D seiner Göttin Diana mondsichelförmig und doppelt seinem H verband. Zudem plauderte er in kleinem Kreis gelegentlich erotische Details ihres Intimlebens aus.

Als es keinen Zweifel am Verhältnis des Thronfolgers mit der Seneschallin mehr gab, verzichtete die Partei Annes auf den letzten Rest von Zurückhaltung, übergoss die Gegnerin mit Hohn und Spott. Lästerliche Verse kursierten, Lieder, in denen die Autoren sich über das Alter der Geliebten Heinrichs lustig machten, Prosatexte, in denen behauptet wurde, dass an ihr von den Haaren bis hin zum Busen nichts echt sei.

Diane revanchierte sich, indem sie Anne einen Liebhaber aus Kreisen der Reformierten andichtete. Franz nahm es gelassen, offenbar schenkte er diesen Anschuldigungen keinen Glauben. Dass Treue für ihn selbst nie zu den Tugenden gehört hatte, denen er Beachtung schenkte, zählte dabei gewiss weniger.

Heinrichs junge Gattin Katharina empfand die Aufwertung Dianes als weitere Demütigung, doch war sie gegen diese Entwicklung machtlos. Vielmehr musste sie befürchten, vom Hof verjagt und in ein Kloster geschickt zu werden, denn sie wurde noch immer nicht schwanger. Wenn man aber bisher noch zu ihren Gunsten angenommen hatte, ihr Gemahl trage wegen einer Fehlbildung der Harnröhre die Schuld, so war dies durch den in Italien gezeugten Bastard widerlegt und der Schwarze Peter wurde nun endgültig ihr zugeschoben.

5

Sie lag dem König zu Füßen – in ihrem kostbaren, mit Hermelin besetzten Kleid, das sie wie eine Glocke umgab. Nicht wie eine Glockenblume, dazu war Katharina weder hübsch noch zierlich genug und das Material zu schwer. Auch gab es in dieser Szene keinerlei Spur von Heiterkeit. Die Dauphine war verzweifelt, das sah man. »Ich gestehe, dass es meine Schuld ist, Euch noch keinen Enkel geboren zu haben, Majestät«, stammelte sie, »ich bin die hohen Ansprüche nicht wert, die an mich gestellt werden, und lege mein Schicksal in Eure Hände. Ich bin bereit, mich jeder Eurer Entscheidungen zu unterwerfen. Jagt mich fort, verbannt mich in ein Kloster, wenn es Euch gefällt, oder schickt mich nach Italien zurück! Wenn Ihr aber meint, ich solle am Hof bleiben und einer neuen Gattin dienen, die Ihr für Euren Sohn aussucht, so akzeptiere ich auch das.«

Es waren zutiefst demütige Sätze, die Heinrichs Gemahlin da sprach, das musste die Favoritin, die dem Geschehen beiwohnte, zugeben. Wie auch Franz I. selbst war sie von dem Kniefall der Dauphine völlig überrascht worden. Während aber beim Herrscher Mitleid und Rührung zu überwiegen schienen, sagte sie sich, dass diese Worte auch etwas Berechnendes hatten. Dumm war Katharina nie gewesen. Sie wusste genau, dass der König ihre Klugheit schätzte, ihr väterlich zugetan war. Indem sie sich seinem Urteil auslieferte, kam sie weiteren gegen sie gerichteten Hofintrigen zuvor.

Denn es war eine Tatsache: Franz wurde von verschiedenen Seiten gedrängt, für seinen Sohn eine neue Gemahlin aus dem aufstrebenden Geschlecht der Guisen zu wählen. Bemühungen, die dem König allerdings gegen den Strich gingen! Die Mitglieder dieser ehrgeizigen lothringischen Adelsfamilie, die auf ihre Abstammung von Ludwig dem Heiligen pochte, wurden ihm zu mächtig, und er wollte sie durch eine solche Heirat nicht noch stärken.

Dennoch war Katharinas Unterwerfung eine mutige Tat. Wenn sich der Herrscher trotz aller Sympathie gegen sie entschied, würde die Dauphine ins Nichts stürzen! Anne d'Étampes war daran keineswegs interessiert. Die Guisen, erzkonservativ wie Diane de Poitiers, die sich über eine ihrer Töchter sogar mit ihnen verschwägert hatte und den jungen Erzbischof von Reims, Karl von Guise, zu ihren Vertrauten zählte, gehörten zu den gefährlichsten Gegnern der Mätresse.

Bange Sekunden vergingen, in denen keiner der Anwesenden einen Laut von sich gab. Bis sich Franz, Tränen in den Augen, endlich niederbeugte und die Florentinerin mit seinen starken Armen zu sich emporzog. »Was redet Ihr da, mein Kind, ich werde Euch mitnichten die Erlaubnis erteilen, Eure Pflichten zu versäumen und nach Italien zurückzukehren. Gott hat die Ehe Heinrichs mit Euch gewollt, und so sollt Ihr seine Gattin bleiben. Bemüht Euch nur weiterhin treulich darum, schwanger zu werden, dann wird es mit des Allmächtigen Willen auch geschehen.«

Damit war Katharina entlassen, und von den Anwesenden fiel die Spannung ab. Die Mätresse fühlte sich erleichtert. Der König hatte nach seinem Gefühl entschieden, aber er hatte ganz in ihrem Sinne gehandelt.

6

Inzwischen gingen die Kämpfe und das Schachern um die Gebiete in Italien, Südfrankreich und den Niederlanden weiter. Um die Wende zum Jahr 1539 kam ein zehnjähriger Friedensvertrag mit Kaiser Karl zustande, doch wurde bereits wenige Zeit später erneut zum Krieg gerüstet.

Anne d'Étampes versuchte währenddessen ihre Stellung auszubauen, indem sie und ihre Anhänger auf den Drittgeborenen des Königs setzten. Sie strebten eine Heirat zwischen ihm und des Kaisers Tochter an, was Mailand und andere Gebiete gesichert hätte. Aber die Verhandlungen zogen sich hin und führten zu erneutem Streit.

Franz I. erkrankte immer öfter. Geschwüre am Darm und an den Genitalien, Folgen der Syphilis, die nach Entdeckung der

Neuen Welt von Übersee eingeschleppt worden war und ihn in jungen Jahren heimgesucht hatte, plagten ihn. Für ihn, den stürmischen Liebhaber, der noch immer mit Lust die Röcke nicht nur seiner Mätresse hob, eine besonders beschwerliche Sache. Anne, wenn sie bei ihm lag, gab sich gewiss alle Mühe, ihn dennoch in Wallung zu bringen. Oder ihn zu besänftigen, zu trösten, dem sonst so Starken Mut zuzusprechen! Er war noch keine fünfzig, dennoch mag sie mit Sorge erkannt haben, dass seine Kräfte abnahmen.

Der König indes wollte das nicht wahrhaben. Er wappnete sich für einen neuen Feldzug. Zugleich wurde er in Konflikte zwischen Schottland und Engländern verwickelt, sah sich veranlasst, die Witwe des Schottenkönigs Jakob, Maria von Guise, gegen Heinrich VIII. zu unterstützen. Der englische Herrscher wiederum war verärgert, verband sich den Habsburgern und landete mit seinen Truppen in Calais.

Während sich der interne Krieg zwischen Annes Partei und Dianes Anhängern immer mehr verschärfte, bahnte sich von außen her der Marsch der Engländer auf Paris an. Aber noch einmal ging alles gut. Bevor es zum Äußersten kam, wurde der nächste Frieden geschlossen.

Ein ständiges Auf und ab, in dessen Verlauf das Schicksal für den König und seine Mätresse weitere Schläge bereithielt. 1545 starb – ebenso unerwartet wie der Erstgeborene Franz zehn Jahre zuvor – des Herrschers dritter Sohn, Karl. Auch er, der stattliche, stets heitere Prinz war nicht gesund gewesen. Dahingerafft aber hatte ihn die Pest, die diesmal auch die Familie des Herrschers nicht verschonte.

Der König und vor allem Anne waren um eine letzte Hoffnung betrogen – Heinrichs und damit auch Dianes Stellung schien dagegen kaum noch anfechtbar. Zwischen ihnen allen aber stand, ihre wenigen Rechte energisch festhaltend, Katharina von Medici, die Gattin des Dauphins, die es mittlerweile geschafft hatte, einen Jungen zur Welt zu bringen und die bald noch eine Reihe weiterer Kinder gebären sollte.

7

»Kann er nicht warten, bis der König tot ist, muss er schon jetzt die Ämter verteilen?« Franz I. schäumte vor Wut. Für einen Moment vergaß er die Schmerzen, die ihn immer stärker plagten, immer häufiger aufs Krankenbett zwangen. »Wo ist er? Ich werde ihn lehren, den Herrscher zu spielen. Die Wache zu mir! Wir wollen doch sehen, ob er im Angesicht der Garde seine Unverschämtheiten zu wiederholen wagt.«

Der Monarch ließ den Hofnarren stehen, der ihm soeben die Nachricht von Heinrichs Unbotmäßigkeit hinterbracht hatte, und verließ zornerfüllt das Zimmer. An der Spitze einiger Bogenschützen eilte er zu den Gemächern seines Sohnes, um ihn zur Rede zu stellen. Doch dieser hatte Lunte gerochen und mit seinen Freunden erst einmal das Weite gesucht.

In der Tat hatte sich der Dauphin vorzeitig aus der Deckung gewagt. Um die »Fehlentscheidungen« des Vaters und seiner »Hure«, die verwerflichen Sitten am Hof nicht »mit verantworten« zu müssen, hatte er bereits seit geraumer Zeit die Sitzungen des Kronrates gemieden. Aber nun sah es ganz danach aus, als wolle er die Dinge im Staat selbst in die Hand nehmen. Offenbar versuchte er, seine Parteigänger in Stellung zu bringen, wollte schon jetzt das künftige Geschehen am Hof und im Land bestimmen. Im Kreise seiner Vertrauten schien er bereits seine Entscheidungen getroffen zu haben.

Der König tobte. Er erklärte alle Anweisungen für null und nichtig, konnte aber darüber hinaus nicht viel gegen seinen Sohn unternehmen. Ihn von der Thronfolge auszuschließen, war nach den althergebrachten Gesetzen der Monarchie unmöglich, also ließ er seinen Zorn an den Dienern aus. Nach und nach beruhigte er sich wieder, zumal Heinrich es vorzog, ihm einige Zeit nicht unter die Augen zu treten.

Anne war enttäuscht, sie hatte eine stärkere Zurückweisung des Dauphins, insbesondere aber der »Alten in Schwarz-Weiß« erhofft, die nach ihrer Meinung hinter all den Machenschaften steckte. Grüblerisch wanderte sie in ihren Räumen umher oder die Wege des prächtigen Schlossparks entlang. Ihr Interesse an neuen Kleidern, kostbaren Broschen oder Ringen, Seidentüchern, die man über die Hauben legte, war abgeflaut. Selbst ihr helles Lachen, ihre Munterkeit und ihre sonst so übermütigen, flinken Bewegungen hatte sie eingebüßt.

Auch ihre Begleitung, Hofdamen und Günstlinge, mit denen sie meist fröhlich plauderte oder Ränke erdachte, wussten wenig gute Stimmung zu verbreiten. Wie lange würde der König noch durchhalten? Seine Gattin Eleonore, seit jeher vernachlässigt, betrogen und unglücklich, hatte sich von ihm zurückgezogen. Er selbst wollte sich zwar nicht geschlagen geben, traf alle möglichen Anordnungen, plante sogar eine neue Reise durch sein Reich, doch die Stunde, da sie, die Mätresse, ohne seinen Schutz dastehen würde, rückte näher. Kein Zweifel, dass sich die Seneschallin an ihr rächen würde, wenn es so weit war. Sie und nicht etwa Katharina als die neue Königin würde dann über unbeschränkte Macht verfügen. Doch wie war das zu verhindern?

8

»Madame, Seine Majestät trägt Euch auf, zu ihm zu kommen.« Flüsternd fügte der Bote hinzu: »Unserem Herrscher geht es heute gar nicht gut.«

Man schrieb das Jahr 1547, es ging auf den April zu. Der König hatte die Fastnacht auf einem seiner Schlösser, in Loches, feiern wollen, sich aber schlecht gefühlt und auf den Weg zu seinem Leibarzt gemacht, der in Saint-Germain weilte. Nachdem Franz noch in Rambouillet übernachtet hatte, ging es ihm wieder besser, und am nächsten Morgen entschloss er sich, dort an der Jagd teilzunehmen. Das war endgültig zu viel gewesen.

Als Anne jetzt sein Schlafgemach am Ende einer prunkvoll gestalteten Zimmerflucht betrat, sah sie ihn, vom Schmerz gezeichnet, auf seinem Bett. Sie wollte auf dem mit duftenden Kräutern bestreuten Boden niederknien, seinen Arm ergreifen, doch er wehrte ab. Mühsam richtete er sich etwas auf. »Es geht zu Ende, meine Liebe.« Er verzog das jäh faltig gewordene Gesicht zu einer Grimasse, die ein Lächeln sein sollte. »Wir wollen Abschied nehmen, denn Ihr müsst mich nun verlassen. Ich habe bereits nach Heinrich geschickt.«

»Majestät, mein Liebster, was redet Ihr da. Wie könnt Ihr ans Ende denken. Es sind die Schmerzen, die Euch solche Worte eingeben!«

Der König rang nach Luft – die Duftstoffe, die im Raum versprüht worden waren, um schlechte Gerüche zu vertreiben, machten das Atmen nicht leichter. »Nein. Es ist der Tod, der bereits in der Tür steht. Aber seid ganz ruhig. Ich kenne Eure Furcht vor meinem Sohn. Noch besitze ich genügend Kraft, ihn an seine Verantwortung zu erinnern. Auch an die Pflichten Euch gegenüber.«

Anne glaubte nicht, dass Heinrich sich an irgendwelche Versprechen halten würde, selbst wenn der Vater sie ihm auf dem Totenbett abverlangte. Sie wusste, dass die Seneschallin seit Wochen auf das Dahinscheiden des Königs wartete und im Augenblick gewiss voller Vorfreude war, bald die eigentliche Herrscherin zu sein.

»Euer Sohn?«, rief sie aus. »Das ist jetzt nicht wichtig. Um Euch geht es, Majestät, nur um Euch! Ihr dürft nicht sterben!« Sie kniete nun doch hin, warf sich schließlich sogar voller Verzweiflung auf den Boden. Es war eine sinnlose Geste, doch derart dramatische Szenen hatten schon immer zu ihrem Repertoire gehört.

Der König war zu schwach, um sich aufzurichten. »Lasst das, Anne«, murmelte er, »lasst das, meine Teure. Ihr wart mir stets eine tapfere Gefährtin, aber nun müsst Ihr allein weiter … Ich muss mich beeilen. Heinrich ist bestimmt schon nebenan, und auch der Beichtvater wartet. Lebt wohl, meine Liebe, lebt wohl.«

Ein letzter vergeblicher Griff nach seiner Hand, dann wurde sie von zwei Bediensteten vorsichtig hochgehoben und aus dem Raum geführt. Es war vorbei, es würde für sie kein Wiedersehen mehr mit dem sterbenden Monarchen geben.

9

Königliche Mätressen, sofern sie ihren Geliebten überlebten, hatten kein Recht, bei seinem Hinscheiden zugegen zu sein. Sie konnten nur, zurückgezogen, die endgültige Nachricht abwarten. So auch die Herzogin Anne d'Étampes, die sich, sobald der Bescheid vom Tod des Monarchen eintraf, mit dem Ausruf »Möge mich doch die Erde verschlingen!«, zu ihrer Sänfte begab. Unter dem Schutz ihres Bruders zog sie sich auf ihre Güter zurück. Alles, was sich an Besitz hatte auf Karren und Wagen packen lassen, nahm sie mit.

Der sterbende König hatte Heinrich vor den Guisen gewarnt und auch um eine ehrenhafte Behandlung Annes gebeten, doch der Sohn hielt sich nicht daran, setzte in allen Punkten die eigenen, besser gesagt, Dianes de Poitiers Vorstellungen in die Tat um. Dennoch fiel die Rache der Seneschallin an ihrer Todfeindin dem Anschein nach zunächst gemäßigt aus. Es gab keine Verhaftung, und sie büßte nur einen Teil ihres Vermögens ein.

Einiges vom Grundbesitz – das Herzogtum Étampes! – und den wertvollen Geschenken, die ihr Franz I. gemacht hatte, musste die Mätresse freilich sehr schnell zurückgeben, darunter die Kronjuwelen, die im Grunde ja Eleonore gehört hätten. Und in diesem einen Punkt setzte Heinrich die Tradition fort. Die Juwelen wurden nicht etwa Katharina, der neuen Königin, um den Hals gelegt, sondern schmückten fortan die Geliebte des nunmehrigen Herrschers.

Doch die siegreiche Diane wäre nicht Diane gewesen, wenn ihr das zur Vergeltung genügt hätte. Vielmehr scheint sie dafür gesorgt zu haben, dass Anne in der Folgezeit alle Einkünfte aus ihren verbliebenen Gütern und Ländereien an ihren Ehemann abtreten musste. Der Herzog, der mit den Vergünstigungen eines Scheingatten bis dahin bestens klargekommen war, spielte plötzlich den Betrogenen und begann, einen Prozess gegen seine Frau zu führen. Zudem beleidigte und quälte er sie und warf ihr ständig ihr bisheriges »lasterhaftes« Leben vor.

Nachdem sie diesem »ehrenhaften« Mann ihren ganzen Besitz hatte überschreiben müssen, fristete die inzwischen vierzig Jahre alte Anne d'Étampes ein ihren Ansprüchen und vor allem ihrem Naturell wenig gemäßes Dasein fernab in der Bretagne. Immerhin war sie aber, als sie 1580 starb, gut siebzig Jahre alt geworden.

Diane de Poitiers (1499-1566)

IV. Diane de Poitiers: Das Geheimnis ewiger Jugend

1

Nun war es wirklich geschehen, sie war die Hure des Dauphins. Die Höflinge würden es zwar nicht wagen, ihr das ins Gesicht zu sagen, aber denken würden sie es. Und sich die längst erwartete Neuigkeit hinter ihrem Rücken spöttisch zuraunen. Um noch gar nicht von Anne d'Étampes, der Metze des Königs, und ihrem Klüngel zu sprechen, die sich ohnehin die Zungen über sie zerrissen. Reinen Gewissens dagegen aufbegehren konnte sie nach dieser Nacht trotzdem nicht mehr.

Diane schaute an sich herunter. Sie stand nackt vor dem hohen venezianischen Spiegel, der das Abbild ihres schlanken und ebenmäßigen Körpers zeigte. Erst vor wenigen Minuten hatte Heinrich strahlend, siegestrunken ihr Zimmer verlassen, war er doch endlich am ersehnten Ziel angelangt. Achtzehn Jahre alt war er inzwischen, sie aber hatte fast die vierzig erreicht. Doch nicht zum ersten Mal konnte sie stolz registrieren, dass ihre Haut so gut wie keine Falte aufwies, dass die Schenkel und Brüste fest waren, an den wohl gerundeten Hüften kein Speck saß. Ihr Geliebter, denn so durfte sie ihn jetzt wohl nennen, hatte allen Grund, die Vorzüge seiner Dame zu preisen. Nun, da er sie im wahrsten Sinne des Wortes mit Händen hatte greifen und alles begutachten können.

Liebe, war es wirklich Liebe? Ihre gegenseitige Zuneigung war gewachsen, das stand fest, hatte sich bis zu dem Punkt verstärkt, der eine Entscheidung notwendig machte. Er hatte sie verehrt, angebetet, zur Dame seines Herzens erwählt, der er seine Siege bei Turnieren oder in ernsterem Kampf widmete – sie hatte ihn erzogen, geleitet, geformt. Zunächst weil König Franz es so wollte, dann weil Heinrich nur ihr vertraute.

Ihr und vielleicht noch dem Marschall Montmorency, der das intime Treffen für sie arrangiert, dafür sein schönes Schloss Écouen zur Verfügung gestellt hatte. Mit seinen von berühmten Künstlern wie Jean Goujon geschaffenen Skulpturen und Malereien, die ob ihrer Freizügigkeit die Liebeslust geradezu herausforderten. Dass Diane des Thronfolgers Vertrauen zu Montmorency nur bedingt teilte, stand auf einem anderen Blatt.

Sie setzte sich auf das breite Bett, das ihnen, wenngleich mitunter ächzend, so treulich gedient hatte, hob ihr Nachthemd aus feinstem Batist vom Boden und legte es beiseite. Heute sollte ihr nur das verschwiegenste ihrer Kammermädchen beim Ankleiden behilflich sein. Die geschwätzige Hofgesellschaft würde das Geschehene früh genug erfahren.

Sie selbst hatte gewollt, dass es so kam, das stand gleichfalls fest. Seit Heinrich bei einem Feldzug in Italien überraschend einen Balg gezeugt hatte, war er endgültig zum Mann geworden und die Gefahr, dass er sich eine andere als Mätresse suchte, gewachsen. Seine kleine, dickliche Gemahlin Katharina konnte ihn bestimmt nicht daran hindern. Sie mühte sich nach wie vor, ihren Wert zu beweisen, indem sie endlich ein Kind zur Welt brachte. Verzweifelt, aber ganz vergeblich. Nachdem sie sich schließlich dem König zu Füßen geworfen und er sie huldvoll zum Verbleib in der Familie begnadigt hatte, schien ihre Stellung zwar gefestigt, doch wirklichen Einfluss auf ihren Gatten übte sie nicht aus.

Im Bett war Heinrich, der nur von der Gestalt her nach seinem stattlichen Erzeuger, Franz I., kam, eher grob und unerfahren gewesen, sie würde ihm einiges beibringen müssen. Vorsichtig natürlich, damit er sich nicht verletzt fühlte. Obgleich sie sich eingestand, dass sie es genossen hatte, wenn er so zupackte. Ein Mann eben. Sie hatte in den zurückliegenden Jahren nicht viele Möglichkeiten zu solch lustvollen Erfahrungen gehabt. Bei der Erinnerung an ihre letzte Nacht durchliefen sie wohlige Schauer. Nun gut, er war jung und stark, und etwas grobschlächtig waren die Spiele, die er und seine Freunde liebten, ja auch. Die jungen Herren bevorzugten Raufereien und Kämpfe, bei denen man sich nichts schenkte. Einmal, als man sich bei einer Balgerei gegenseitig ins Wasser warf, war sogar ein Page ums Leben gekommen.

Das Verseschmieden, Dispute um Wissenschaft und Kunst, wie sie von seinem Vater, von dessen puppengesichtiger Dirne und den meisten Höflingen gepflegt wurden, lagen ihm dagegen nicht, selbst wenn er sich hin und wieder darin versuchte. Dafür war er in den Dingen des Glaubens verlässlich und hielt wie sie viel auf die bewährte Ordnung. In dieser Zeit eines bedenklichen Sittenverfalls und der Abkehr von der wahren Religion wurden diese Werte von Tag zu Tag wichtiger.

Diane hüllte sich in einen Morgenmantel und verließ das Schlafgemach. Nebenan lag das bequeme Kleid bereit, das sie zum Ausreiten trug, und die samtene Maske, mit der sie ihr Gesicht vor Wetter und Zweigen schützte. Heute brauchte sie den Ritt durch die Wälder und ihr gewohntes Bad im kalten Fluss noch dringender als an anderen Tagen.

2

So kannte sie es schon aus der Kindheit. Kaum sechsjährig, war sie von ihrem Vater Jean de Poitiers, einem Gutsherrn aus dem Hochadel, zu solchen Ausritten mitgenommen und durch Bäder in kalten Bächen abgehärtet worden. Diese Naturverbundenheit hatte sie geprägt. Zwar übte sie mitunter am Spinett, doch körperliche Betätigung war ihr stets lieber gewesen als der Umgang mit dem Stickrahmen. Auch scheint es, dass die schöne Diane über ein Erbgut verfügte, das ihr Gesundheit und auf lange Zeit Jugendfrische garantierte.

Im Jahr 1499 in eine Zeit hineingeboren, die in Frankreich durch die Einflüsse der aus Italien herandrängenden Renaissance gezeichnet war, genoss Diane allerdings eine konservative Erziehung. Mit sechzehn war sie mit einem hässlichen vierzig Jahre älteren Mann vermählt worden, der dafür aber berühmt und sehr einflussreich war, was das Mädchen mit Genugtuung erfüllte. Unter seiner Führung vertieften sich ihre Auffassungen über Recht und Ordnung, über Moral und vor allem über den Katholizismus als einzig wahre Religion.

Zu ihrem Gatten, dem Großseneschall der Normandie, Louis de Brézé, blickte sie voller Stolz auf, und so war es kein Wunder, dass sich ihre Ansichten über die Welt und ihre eigene Stellung innerhalb der adligen Hierarchie an den seinen schulten. Unklar ist, ob sie von jenem Skandal um ihren Schwiegervater gehört hatte, der mit einer Tochter der schönen Agnès Sorel vermählt gewesen war. Als er seine Gemahlin eines Tages mit dem Geliebten im Bett erwischte, durchbohrte er sie mit dem Degen. Doch selbst wenn Diane diese Geschichte kannte – dass sie ihrem wenig attraktiven Mann lediglich aus Furcht vor solch barbarischer Bestrafung die Treue hielt, wäre sicherlich die falsche Schlussfolgerung.

Nach einigen Jahren Abgeschiedenheit in der Normandie war die etwa Zwanzigjährige als Ehrendame der Königin Claude an den Hof Franz' I. gekommen. Sie hatte dort kaum Pflichten zu erfüllen, war aber eine der Schönsten unter den in Amboise an der Loire versammelten Schönen. Dessen ungeachtet widerstand sie den lockeren Sitten, deren sich die Gesellschaft um den jungen Herrscher befleißigte. Ihrem Mann hatte sie damals bereits zwei Töchter geboren, und der Herrscher hielt sie für »ehrenhaft im Umgang«, wie er unter eine Zeichnung seiner »Damengalerie« schrieb, in der auch sie verewigt war.

Diane galt als ehrgeizig und wusste genau, was sie wollte. Indem sie ihre Tugendhaftigkeit und Treue zum Großseneschall betonte, hob sie sich bewusst von der Sittenlosigkeit der Höflingsschar ab. Nur vorübergehend geriet ihr Ruf in Gefahr, als sie sich beim König für das Leben ihres Vaters einsetzte.

Das war 1523 – ein Freund Jeans de Poitiers, der Konnetabel

von Bourbon, war zum Kaiser übergelaufen und hatte Frankreich damit in ernste Gefahr gebracht. Seine Absichten, das Land an den Feind auszuliefern, wurden allerdings bekannt, bevor er sie in die Tat umsetzen konnte, und ausgerechnet Dianes Mann, Louis de Brézé, benachrichtigte den Herrscher vom geplanten Verrat. Ihr Vater dagegen, der, ohne das Vorhaben Bourbons zu billigen, gleichfalls Bescheid wusste, hatte geschwiegen und wurde zum Tode verurteilt. Dass ihn Franz I. in letzter Minute begnadigte, führten einige auf einen Besuch seiner Tochter beim König zurück, die angeblich mit einer Liebesnacht bezahlt haben sollte. Diese Gerüchte wurden nie bewiesen und entsprangen offenbar der Fantasie einiger Zeitgenossen.

3

1531 wurde Diane Witwe. Sie war Anfang dreißig und zeigte ihre Trauer, indem sie sich – wie einst die griechische Königin Artemisia – fortan in Schwarz und Weiß kleidete. Dabei verzichtete sie nicht auf Pracht und Eleganz. Das helle Futter bildete einen farblichen Kontrast zum dunklen Gewand, ein mit Edelsteinen besetzter Gürtel umspannte die Taille, kostbare Halsbänder oder Ketten funkelten im weiten Dekolleté. So setzte sich die Seneschallin, wie sie am Hof genannt wurde, nicht mehr nur durch ihre strenge Moral, sondern auch durch ihre Kleidung bewusst von den frivolen Gebräuchen, dem oberflächlich bunten Gehabe am Hof ab.

Durch ihr Verhalten machte sich Diane so manchen Höfling zum Feind, insbesondere aber die damalige Mätresse Franz' I., Anne d'Étampes, die das Gegenteil von ihr war: spritzig, heiter, den Genüssen des Lebens zugewandt. Sie brillierte bei Bällen und anderen Festlichkeiten, gefiel sich darin, die Kunst zu fördern, trug farbenfrohe, modische Gewänder. Sie war auch jünger als Diane und bei weitem nicht so eng im Glauben. Nach der Schwester des Königs, Marguerite von Navarra, stand sie wohl den neuen, sich seit Luther und Calvin verbreitenden Reformgedanken in der Religion am nächsten.

Doch die Seneschallin durfte noch aus einem anderen Grund die gespannte Aufmerksamkeit der Höflinge genießen: Ihr besonderes Verhältnis zu Heinrich, dem Zweitgeborenen des Königs, rief am Hof Misstrauen hervor. Sowohl beim Austausch Franz' I. gegen seine beiden kleinen Söhne, die nach der Niederlage von Pavia als Geiseln nach Spanien geschickt wurden, als auch bei ihrer Rückkehr vier Jahre später war Diane zugegen gewesen. Sie hatte sich besonders ihm, dem Jüngeren der Prinzen, gewidmet. Ihre Tränen und Umarmungen hatten ihn damals getröstet und seine nicht mehr erlahmende Verehrung für die schöne und edle Dame begründet.

Der lange, ganz und gar nicht angenehme Aufenthalt in der Fremde hatte die Jungen verstört; beide entwickelten sich anders, als vom König erhofft. Während der Ältere, Franz, eine Vorliebe für dunkle Kleidung entwickelte, wenig Interesse für Waffen und die Jagd zeigte, sich vor allem technischen Aufgaben zuwandte, verschloss sich der Jüngere vor den ihn umgebenden Menschen. Zwar liebte er das Reiten, Jagen und Lanzenstechen, entwickelte aber wenig Sinn für Kunst und die galanten Dinge, die das Hofleben bestimmten. Er blieb in sich gekehrt, und es gelang ihm nur schwer, sich Freunde zu machen.

Dem König stand der Erstgeborene näher. Da er keinen Zugang zu seinem jüngeren Sohn bekam, wandte er sich an Diane und erbat ihre Hilfe, denn sie schien als Einzige Einfluss auf Heinrich zu haben. Zwischen dem jungen Prinzen und der viel älteren frommen Dame entstand in den folgenden Jahren eine Beziehung, wie man sie aus der mittelalterlichen Minne kennt: Heinrich wurde Dianes Ritter, der ihre Farben trug, sie anbetete und verehrte.

An seiner Verehrung für die Seneschallin änderte sich auch dann nichts, als er mit Katharina von Medici vermählt wurde und mit ihr seine Mannespflicht zu erfüllen suchte, die Zeugung eines Kindes. Im Gegenteil, die Seneschallin nahm das junge Paar unter ihre Fittiche, was hieß, dass sie beide nach ihrem Willen lenkte.

Der Italienerin kann kaum gefallen haben, dass ihr Gatte ständig die Nähe der schönen, älteren Frau suchte, begierig, ihren Weisungen zu folgen, doch sie war am Hof zu bedeutungslos, um aufzubegehren. Auch war Diane geschickt genug, darauf zu achten, dass Heinrich den Dienst in Katharinas Bett wenigstens ab und zu leistete, förderte sie damit doch den eigenen Ruf einer pflichtbewussten Beraterin.

4

Einige Wochen nach der gemeinsamen Nacht im Schloss Montmorencys war nicht mehr zu übersehen, dass der Hof Bescheid wusste. Davon zeugten das Getuschel hinter Dianes Rücken, die spöttischen Blicke, bei denen sie hin und wieder sogar die Dienstboten ertappte, davon zeugten auch die Verse, Lieder und kleinen lästerlichen Pamphlete, die verstärkt kursierten. Ein Blatt mit solch einem Text war der Seneschallin gerade auf den Tisch geflattert. Genauer gesagt, hatte man es unter der Tür durchgeschoben, und das Kammermädchen hatte es ihr gebracht. Darin war wieder einmal von der »Alten in Schwarz-Weiß« die Rede, die sich durch ihre »Hexerei« den Jüngling von königlichem Geblüt untertan gemacht und ihn nun endlich in ihr Bett gezogen hatte.

Diane hatte dem Mädchen ein paar Rippenstöße verpasst, obwohl diese ja nichts für die Zeilen konnte, sie war nicht einmal des Lesens kundig. Doch wenngleich sie sich ungerecht bestraft fühlte und beleidigt tat, meinte Diane ein spöttisches Lächeln in ihrem Gesicht entdeckt zu haben. Bestimmt hatte es geahnt, in welche Richtung das verachtenswerte Machwerk zielte.

Die Seneschallin zerknüllte wütend das Blatt, zerriss es. Gleich würde Heinrich zu ihr kommen, er hatte sich bei ihr angemeldet, wollte noch vor der Jagd etwas mit ihr besprechen. Es ging um sein Monogramm, eine für ihn ungemein wichtige Sache; er beschäftigte sich damit, seit vor ein paar Jahren sein älterer Bruder Franz gestorben und er unerwartet zum Thronfolger aufgerückt war.

Auch diese überraschende Veränderung hatte, wenn Diane ehrlich war, dazu beigetragen, sich ihm hinzugeben. Geliebte des Zweitgeborenen zu sein, bedeutete nicht viel, die eines Thronfolgers dagegen fast alles. Besonders, wenn sie ihr, Dianes, Format besaß. Die kleine Katharina würde dann Königin werden, sie aber den Platz einnehmen, den jetzt noch Anne d'Étampes besetzt hielt. Sie würde diese Verruchte vom Hof jagen, die mit ihrem Altersunterschied prahlte und sie gehässig als Hexe verunglimpfte, weil ihre Schönheit nicht verflog wie die der vielen kleinen Huren ringsumher. Was für ein Triumph würde es sein, das Püppchen, das der König einst zur Herzogin gemacht hatte, vor sich im Staub liegen zu sehen!

Sie malte sich diese Szene gerade allzu deutlich aus, als Heinrich eintrat. Er trug mehrere Papierrollen unterm Arm und legte sie auf einer Truhe ab, die ihm als Tisch diente. Eine Rolle breitete er aus, beschwerte sie an den Enden. Eine Skizze! Die Seneschallin erkannte zwei Initialen, die in einen Kranz Lorbeerblätter eingeschlossen waren, ein großes mondsichelförmiges D neben einem etwas kleineren H.

Es war nicht schwer zu erraten, dass der Buchstabe D für Diane, das H für Heinrich stand. Doch obwohl mit sicherer Hand von einem Zeichner ausgeführt, der seinen Beruf offensichtlich beherrschte, wusste sie, dass sie Heinrichs Überschwang bremsen musste.

Er sah sie erwartungsvoll an. »Nun, was meint Ihr dazu, mein Herz? Die Idee ist mir erst neulich gekommen, ich habe mich sofort an Meister Primatice gewandt. Es sollte eine Überraschung werden.«

»Ihr macht mich verlegen, Prinz, ich nehme an, dass D neben Eurem H bedeutet …«

»Was kann es anderes heißen, als dass ich Euch stets an meiner Seite sehen will. Bei allen festlichen Anlässen und im sonstigen Leben. Ihr seid Diane, meine Göttin der Jagd und des silbernen Mondes. Die Initialen unserer Namen sollen uns auf sämtlichen Flaggen und Wimpeln voranwehen.«

»Ihr habt recht, ein großer Gedanke. Es ehrt mich sehr.«

»Es ehrt Euch?« Heinrich umfasste seine Geliebte und hob sie zärtlich hoch. »Natürlich ehrt es Euch, Madame, aber das allein ist es ja nicht. Meine ganze Liebe und Sehnsucht nach Euch drückt sich darin aus.« Er küsste sie.

Diane verspürte den Drang, sich ihm hinzugeben, doch sie bezwang sich. »Ich weiß das wohl und finde es wundervoll. Ich danke Euch sehr, denn ich empfinde genauso. Dennoch ist das D ein wenig zu groß geraten. Das ist nicht gut. Es sieht ja fast so aus, als würde es das H, das für Euren erhabenen Namen steht, niederdrücken oder gar beherrschen.«

Der Prinz wirbelte die Angebetete übermütig herum. In seinen kräftigen Armen wirkte die Diane fast zerbrechlich. Er rief: »Aber jedermann sieht doch, dass Ihr mich nicht niederdrückt, sondern erhebt. Ihr seid nun einmal meine Herrscherin!«

Der Seneschallin gelang es, sich freizumachen. Ein wenig bedauernd schob sie seine Hände zurück. »So solltet Ihr nicht sprechen, Liebster. Wir beide wissen, wie es gemeint ist, doch unsere Feinde werden es ganz anders auslegen. Jetzt, wo sie ohnehin aus allen Rohren auf uns zielen. Gerade hat man mir wieder eins dieser hinterhältigen Machwerke zugespielt.« Sie hatte es nicht erwähnen wollen, nun aber doch verraten.

»Das ist nichts als Neid. Eines Tages werden sie es büßen.«

»Trotzdem. *Ihr* seid der Prinz. Das D sollte kleiner, das H größer sein. Vielleicht so …« Sie deutete die Veränderung an. »Und noch etwas anderes fällt mir ein.«

Er war in seinem Enthusiasmus gebremst. »Was denn? Was meint Ihr?«

»Wäre es nicht gut, wenn auch Eure Gattin mit ihrem Namen in das Monogramm einbezogen würde?«

Nun war seine Enttäuschung deutlich zu spüren. »Warum denn das?«, murrte er. »Sie ist nur noch meine Gemahlin, weil es mein Vater in seiner Großzügigkeit so wollte, doch das sollte reichen. Ich liebe sie nicht.«

»Mein Herzensliebster, mein Prinz, ich wollte Euch nicht verärgern.« Um ihn zu besänftigen, küsste sie ihn und presste sich an ihn, was er sofort ausnutzte, um sie erneut zu packen. Sie genoss es, seine Kraft zu spüren, sie hätte sich gerne fallen lassen, doch sie blieb beharrlich: »Euer Einfall ist wirklich sehr gut, aber bei einer so bedeutenden Sache sollten wir alles genau bedenken.« Und während sie ihn nun doch ins Schlafgemach zog, vollendete sie ihren Gedanken: »Ihr wisst ja: Nicht lange mehr, dann kommt der Tag, da Euer Monogramm das Signum des Königs von Frankreich sein wird.«

5

Dianes letzter Satz war nicht nur dahingesprochen. Franz I. litt an einem Darmgeschwür, lag oft mit Fieber im Bett und es war nicht abzusehen, wie lange er das Reich weiterhin führen konnte. Doch noch war seine Zeit nicht gekommen. Er raffte sich immer wieder auf, rüstete dann zu neuen Feldzügen, deren Folgen er allerdings falsch einschätzte. 1543 marschierte er nochmals nach Westen, brachte sein Land damit aber in starke Bedrängnis, weil sich sein Gegner, Kaiser Karl, inzwischen mit Heinrich VIII. von England verbündet hatte. Nur durch neue Verhandlungen und Zugeständnisse konnte die Gefahr gebannt werden, dass die Briten, die in Calais gelandet waren, nach dem kaum geschützten Paris vorstießen.

Innenpolitisch versuchte Franz seine Position zu stärken, indem er die Rechtsprechung der Fürsten beschnitt, dem dafür zuständigen Großen Rat mehr Befugnisse gab und die französische Sprache ins Gerichtswesen einführte. Er festigte das stehende Heer und wandte sich gegen die Reformierten, als diese ihm zu stark wurden. Vom Papst und den strenggläubigen Katholiken im eigenen Land gedrängt, ließ er gegen Ende seiner Herrschaft grausame Verfolgungen und Massaker zu, so etwa in der Provence an den abtrünnigen Waldensern.

Diane vermochte in jenen Jahren noch nicht in die große Politik einzugreifen, doch an der Seite Heinrichs bereitete sie sich darauf vor. Noch einmal mussten die beiden zurückstecken, als nämlich der Thronfolger vom König harsch zurechtgewiesen wurde – zu früh hatte Heinrich seine Pläne für die Zeit nach dem Tod des Vaters ausgeplaudert.

1547 erlag Franz I. zweiundfünfzigjährig seinen Leiden. Jahrelang hatte ihn die Syphilis geplagt, die aus der Neuen Welt eingeschleppt worden war und gegen die er sich mit dem Medikament der Eingeborenen, dem Holz des Gujakbaums, zu kurieren suchte, zudem hatte er vermutlich an Tuberkulose gelitten. Seine inneren Organe waren stark geschädigt und voller Geschwüre, ein Tripper aus Jugendjahren, nicht richtig ausgeheilt, hatte die Harnröhre vereitern lassen und letztlich den ganzen Körper infiziert.

Auf dem Sterbelager bedauerte der König seine Liebe zum Krieg und warnte seinen Sohn vor den Guisen. Doch kaum war Franz I. tot, setzten Heinrich und seine Mätresse die eigenen, lang gehegten Pläne in die Tat um. Am 31. März 1547 hatte der Monarch sein Leben ausgehaucht, bereits in der Nacht zum 2. April wurden seine Minister und Räte ihrer Ämter enthoben oder sogar verhaftet.

Nun hatten des neuen Königs Vertraute das Sagen, an ihrer Spitze Montmorency und die ehrgeizigen Lothringer. Diane verheiratete ihre jüngere Tochter Louise mit einem Mann aus diesem Geschlecht, dem Duc d'Aumale. Ein anderes Mitglied der Familie, Karl von Guise, der Kardinal von Reims, der bereits mit neun Jahren die Bischofswürde erhalten hatte, bekam durch Diane immer größeren Einfluss, sein Bruder

Franz, Mitglied des Geheimen Rates, stieg zum Gouverneur der Normandie und der Bretagne auf.

Der Marschall jedoch verfolgte das Vordringen der Guisen mit gemischten Gefühlen. Wenngleich ebenso konservativ und erzkatholisch, wenngleich selbst zum Oberbefehlshaber des Heeres und zum Gouverneur des Languedoc ernannt, sah er diese Sippe doch als arrogante Emporkömmlinge an und neidete ihnen die Erfolge.

Da ihr Geliebter endlich Herrscher war, konnte Diane die Rolle einer ungekrönten Königin übernehmen. Katharina war nach dem Gesetz nun die Erste Dame am Hof, aber das änderte nichts an den realen Verhältnissen. Ihre beträchtlichen Talente würde die Frau »mit dem großen Mund und den … leblosen Augen«, wie Venedigs Gesandter, Giovanni Capello, schrieb, die sich freilich »prachtvoll kleidete«, erst viel später, nach dem Tod Heinrichs, nutzen können. Die Mätresse dagegen – mehr noch als ehedem Françoise de Châteaubriand oder Anne d'Étampes – bestimmte und regierte zu seinen Lebzeiten mit.

Pompös waren die Festlichkeiten zur Krönung Heinrichs II. Wir sehen ihn in der mit Bannern und Bändern geschmückten Kathedrale von Reims, wie er mit dem heiligen Öl gesalbt wird und die königliche Krone aufgesetzt bekommt. Diane sitzt nicht nur in der ersten Reihe, sie darf auch auf seinem Wams und dem blauen Satinumhang das neue Monogramm bewundern – inzwischen ein H, in das mondsichelförmig gebogen und Rundung gegen Rundung gesetzt, zwei Ds eingefügt sind. Nur wer äußerst freundlich denkt, kann die Bögen mit Katharinas C (französisch Cathérine) in Verbindung bringen.

Diese Initialen sollten bald überall sichtbar sein, bei einem pompös inszenierten Empfang in Lyon, bei Ritterspielen, Feiern, Reisen, als Wand- und Kleiderschmuck, ja sogar auf dem Geschirr in den verschiedenen Schlössern.

Von ihrer Erziehung und wohl auch von ihrem Charakter her hatte Diane immer schon nach Macht und Reichtum gestrebt, ein Drang, den sie nun voll befriedigen konnte. Sie bekam die Kronjuwelen und anderen kostbaren Schmuck der inzwischen vom Hof vertriebenen Anne d'Étampes, wurde zur Herzogin von Valentinois ernannt und konnte so auf die Einnahmen des damit verbundenen Besitzes zählen. Der neue Herrscher schenkte ihr auch das herrliche, am Fluss Cher gelegene Schloss Chenonceau, das sie ausbauen und verschönern ließ. Es gehörte der Krone und durfte eigentlich nicht weggegeben werden, doch durch einige Ränke und einen sieben Jahre währenden Prozess gelangte es trotzdem in Dianes Besitz. Ein früherer Kaufvertrag wurde angefochten, damit das Gelände nebst Bauwerk zurück in Privathand überführt werden konnte, und sie musste für den Erwerb keinen einzigen Ecu bezahlen. Gebraucht man heutige Maßstäbe, könnte man Diane de Poitiers eine gute Geschäftsfrau nennen. Sie verdreifachte die Erträge des Anwesens, pflanzte Maulbeerbäume zur Herstellung von Seide an, dazu die noch seltenen Artischocken und Melonen, die sie liebte. Darüber hinaus war sie äußerst berechnend, wie der Prozess zeigt, bei dem die einstigen Besitzer mehrfach zur Kasse gebeten wurden. »Die kalte Diane«, vermerkt die bekannte Schriftstellerin Marguerite Yourcenar in einem Büchlein über Chenonceau, »besaß die Gerissenheit eines betrügerischen Notars und das Temperament eines Geizhalses.«

Die heiter-frivolen Geister am Hof wurden verjagt, die Sitten streng. Die Mode gab sich geschlossener, an die Stelle großzügiger Dekolletés trat die in Spanien übliche Halskrause. Die Anzahl der Ehrendamen Katharinas wurde stark reduziert, die frühere Königin Eleonore, die schon von Franz äußerst stiefmütterlich behandelt worden war, hatte sich nach Flandern zurückgezogen. In der nun Einzug haltenden Atmosphäre der Intoleranz und der Monotonie strahlte Dianes Stern umso heller.

Heinrich verbrachte viele Stunden am Tag mit der Geliebten. Sicherlich holten beide dabei nach, was sie in den Zeiten der Enthaltsamkeit versäumt hatten; liebten doch beide die körperliche Ertüchtigung. Der Altersunterschied war dabei gewiss kein Hindernis. Besondere Raffinesse musste die Mätresse wahrscheinlich gar nicht anwenden. Heinrich war nach wie vor vernarrt in sie und stand in der Blüte seiner Manneskraft. Es wird erzählt, dass sie ihn bisweilen zur Mäßigung anhielt, damit man im Vorraum ihr Liebesspiel nicht mithörte. Möglich, dass sie ihm Entscheidungen, die Überredung erforderten, vor oder nach vollzogener Liebestat schmackhaft machte, denn wenn sie etwas wollte, nutzte sie alle Mittel.

Heinrich besprach die Regierungsgeschäfte mit ihr, gab Anweisungen nach ihren Vorstellungen; Briefe wurden oft mit beider Namen unterzeichnet. Politisch war ihm ihr Wunsch vielleicht nicht immer Befehl, aber zumeist schon, erhielt die Mätresse doch Einblick in alle wichtigen Bereiche wie die Diplomatie, die staatlichen Finanzen und die Justiz. Sie pflegte Kontakte zu führenden Persönlichkeiten des In- und Auslands, verhandelte mit Botschaftern und Ministern, schrieb Briefe an den Papst, der ihr anlässlich der Krönung Heinrichs ein Perlenkollier übersandte – Katharina bekam eine goldene Rose.

Sie nahm die königlichen Lilien in ihr Wappen auf, und wollte man bei Hof etwas erreichen wollte, wandte man sich an sie. Heinrich war stets um das Wohl seiner Mätresse bemüht, schrieb ihr naive Liebesbriefe, wenn er unterwegs war, sorgte sich um ihre Gesundheit. »Was den König angeht, so ordnet er sich immer mehr ihr unter, macht sich zu ihrem Sklaven«, notierte der spanische Gesandte.

Im Volk war seine Herzensdame allerdings wenig beliebt. Lieder und Verse kursierten über sie, die sich über ihr Alter und ihre Absichten lustig machten:

»Heute Abend in Blois
Geht Diane auf die Jagd,
Einen König zu erlegen,
Katharinchen, welch ein Elend!

Und zum Halali wird blasen
Dann im Bett Diane, die Alte.
Katharinchen, welch ein Elend!«

Doch die Mätresse war aus der Zeit Anne d'Étampes Schlimmeres gewohnt und hatte durch ihren Einfluss auf Seine Majestät keine Feinde zu fürchten. Im Gegenteil, sie konnte jeden vernichten, der ihr missfiel, und machte von ihrer Macht auch Gebrauch.

6

Dennoch musste die stolze Dame eine Niederlage hinnehmen, die ihr für Monate die Laune verdorben haben dürfte. Nicht viel Zeit war seit dem Tod Franz' I. vergangen, aber es war, als ob die einstige Widersacherin Dianes, Anne d'Étampes, zu einem letzten Coup ausgeholt hätte, dem berühmt gewordenen *Coup Jarnac*. Dabei war sie längst vom Hof vertrieben worden.

Das dramatische Ereignis trägt sich in Saint-Germain-en-Laye in der Nähe eines der Königsschlösser zu. Auf einer von Wald umsäumten Ebene wollen zwei Duellanten zu mörderischem Kampf antreten, aber nicht etwa heimlich, so wie es knapp hundert Jahre später geschehen würde, zur Zeit Richelieus und Ludwigs XIII., sondern in aller Öffentlichkeit. Die gesamte Hofgesellschaft hat sich am Waldrand versammelt, um das Spektakel zu erleben. Man schreibt den 10. Juni 1547. Gespannt warten die Damen in ihren langen, perlenverzierten, bis zum Hals geschlossenen Kleidern, die Herren in ihren samtenen, mit Pluderärmeln versehenen Westen und Pullovern auf zwei Edelleute, die unterschiedlicher kaum sein könnten. Der eine, ein gewisser La Châteigneraie, ist untersetzt, kräftig, kampferprobt, ein Haudrauf, wie er im Buche steht, der andere, eben jener Guy Chabot de Jarnac, größer und schlank, aber wie es scheint, von vornherein klar unterlegen. Im Umgang mit Waffen mag er gewandt sein, doch das wird ihm nichts nützen. Der Gegner ist zu mächtig – Heinrich, der gemeinsam mit Katharina und der wie stets schwarz-weiß gekleideten Diane dem Geschehen beiwohnt, hat ihn selbst ausgesucht. Als seinen Vertreter, oder besser, als Vertreter seiner Geliebten.

Was mag der Seneschallin durch den Kopf gehen, während die Gegner umeinander herumtänzeln, der starke Châteigneraie den Grafen Jarnac vor sich herzutreiben beginnt? Franz I. hatte dem Duell zu seinen Lebzeiten nicht stattgegegeben, wohl wissend, dass der eigentliche Grund die Fehde der beiden Mätressen war, aber nun, da er tot ist, will Diane endlich ihre Rache. Denn Jarnac ist mit einer Schwester der Étampes verheiratet und hat sein Schicksal in ihren Augen selbst herausgefordert. Gehörte er doch zu jenem Klüngel, der sie jahrelang bekämpft und verhöhnt hat, ist er doch prahlerisch, leichtfertig und sittenlos wie alle Anhänger der nun vom Hof Verjagten.

Gewiss – eigentlich hatte Heinrich seinerzeit den ersten Stein geschleudert. Er hatte Jarnac eine Liaison mit der eigenen Schwiegermutter nachgesagt. Aber musste der Graf deshalb gleich den tödlich Beleidigten spielen? Da Jarnac nach Franz' I. Tod den Wunsch erneuert hatte, seine Ehre unbedingt im Duell wiederherstellen zu wollen, hatte Heinrich einen Kämpfer benennen müssen, der ihn vertrat, denn ein Mitglied der königlichen Familie schlug sich nicht mit einem Untertan.

Und tatsächlich scheint der großmäulige Graf auch schon angeschlagen. Noch gelingt es ihm auszuweichen, die eine oder andere Finte anzubringen, doch man sieht deutlich, dass sein Gegner im Vorteil ist. La Châteigneraie spielt nur noch ein wenig mit dem Grafen, denn was wäre ein Schauspiel wert, das gleich wieder zu Ende ist.

Was allerdings weder Diane noch der König noch sein so furchterregender Gefolgsmann ahnen – Jarnac gibt nur vor, unterlegen zu sein. In Wirklichkeit ist er ganz und gar nicht bereit, sich einfach abschlachten zu lassen. Vielmehr hat er die Zeit bis zum Duell gut genutzt, indem er sich der Künste eines italienischen Fechtmeisters versicherte. Aus diesem Grund wendet sich das Blatt unerwartet und jäh. Ein Aufschrei geht durch die Menge, die sich eingefunden hat, als des Königs Kämpfer mit einem Mal stöhnend am Boden liegt und vergeblich versucht, wieder auf die Beine zu kommen.

Einen Hieb, der dem Gegner die Achillessehnen durchtrennt, mag man als barbarisch und hinterlistig betrachten, doch er wurde in Frankreich zum ersten Mal angewandt und rettete dem Grafen das Leben. Dass Diane und der König wie vom Donner gerührt waren, zunächst keinen Ton herausbrachten, kann nicht verwundern. Mehrmals, so heißt es, musste Jarnac nun den Herrscher um die Bestätigung bitten, dass seine Ehre durch diesen Sieg wiederhergestellt sei. Schließlich, nachdem der Graf auch noch die enttäuschte Mätresse angefleht hatte, gab Heinrich widerstrebend nach, rang sich einige Worte ab, die Jarnac Genugtuung verschafften. Von Herzen kamen sie bestimmt nicht.

La Châteigneraie wurde weggetragen und brachte sich bald darauf selbst ums Leben, indem er die Verbände seiner Wunden löste. Als Krüppel und Versager hätte er weder vom König noch von seiner Favoritin etwas anderes als Verachtung zu erwarten gehabt.

7

»Es tut mir sehr leid, Madame.« Der Kardinal Karl von Guise verließ den Raum, doch Diane war noch immer ganz starr vor Schrecken und zugleich voller Wut; mit solch einer Überraschung hatte sie nicht gerechnet. Heinrich und diese rothaarige schottische Hure, wie passte das zusammen?

Natürlich passte es, das Weib protzte ja mit seinen üppigen

Reizen, mit seiner weißen Haut. Aufdringlich wie sonst keine, hatte es diese Fleming darauf angelegt, den König verrückt zu machen. Warum hatte sie selbst das nicht bemerkt? Weil der alte Kuppler Montmorency mit von der Partie war, er hatte gewissermaßen bei Nacht die Kerze gehalten. Unwillkürlich kam der Seneschallin seine Hilfe damals bei *ihrem* Liebesrendezvous mit Heinrich in den Sinn, doch das war etwas ganz anderes gewesen. Schließlich hatte sie dem König schon beigestanden, als er noch ein Kind war, und ihre beiderseitige Liebe war über Jahre gewachsen.

Doch wie auch immer, die Guise-Brüder hatten völlig recht, man musste etwas unternehmen. Diane erhob sich mühsam, zum Glück konnte sie wieder laufen. Sie war kurz zuvor vom Pferd gefallen, hatte sich am Bein verletzt und das Leiden hier auskuriert, auf dem vom Seneschall geerbten Schloss Anet, das sie gerade verschönern ließ. Ihre Abwesenheit vom Hof aber hatte die Fleming unverfroren ausgenutzt.

Die Mätresse rief nach ihrer Kammerfrau, sie wollte so schnell wie möglich zu Heinrich zurückkehren, denn am Bericht des Kardinals gab es keinen Zweifel. Montmorency war mehrfach auf dem Weg zur achtjährigen Maria Stuart, der schottischen Dauphine, beobachtet worden, die seit einiger Zeit am Hof von Frankreich lebte, und man hatte nicht recht gewusst, was er bei diesem Kind wollte. Bis klar wurde, dass es gar nicht um dieses hübsche und aufgeweckte Mädchen ging! Dass vielmehr Marias Gouvernante, eben jene hinterhältige Lady, das Ziel der Besuche war und plötzlich der König selbst des Nachts zu ihr wandelte. Ein widerliches Spiel!

Dieses Spiel aber konnte für Diane gefährlich werden. Die Fleming war nicht nur wesentlich jünger als sie selbst, sie war auch eine uneheliche Tochter Jakobs IV. von Schottland, in ihren Adern floss also königliches Blut. So fest die Mätresse ihren Heinrich im Griff zu haben glaubte, diese Leidenschaft konnte ihn von ihr weg und zu der anderen führen. Sie konnte Dianes so zäh erarbeitete Position erheblich schwächen oder gar in Frage stellen. Möglich, dass Montmorency gerade das bezweckt hatte, als er dem König diesen »Gefallen« tat. Wahrscheinlich wurde sie, die Mätresse, ihm zu mächtig. Dass sie nicht zuerst ihn unterstützte, sondern Freundschaft mit den Guisen hielt, passte ihm schon gar nicht.

»Schnell doch, helft mir.« Diane trieb ihre Kammerfrau zur Eile an. »Für die Reise nur das Notwendigste, wir haben keine Zeit für lange Vorbereitungen. Wir verzichten auf die Sänfte, auch wenn mir das Reiten im Moment schwerfällt.«

Sie machte sich auf den Weg, lodernd vor Zorn. Ein paar Stunden vorher hatte sie noch einen Becher ihres Lieblingsweins genossen, des Roten, der auf den Hügeln des Cher wuchs. Sie hatte Pläne geschmiedet, sich ausgemalt, wie prächtig ihr Anwesen Anet hier am Fluss Eure schon bald aussehen würde, wenn der berühmte Architekt Philibert Delorme den Ausbau übernahm. Sie hatte genaue Vorstellungen und zudem keinen Zweifel daran gehabt, dass Heinrich ihr weitere umfangreiche Mittel zu diesem Zweck zur Verfügung stellen würde. Die üble Nachricht machte ihr einen Strich durch die Rechnung, stellte alles in Frage. Je länger sie über die Angelegenheit nachdachte, desto schlimmer erschien es ihr.

Sie legte Wert darauf, dass ihr Eintreffen bei Hof nicht bemerkt wurde und besonders ihr Geliebter nichts davon erfuhr. Da sie seine Gewohnheiten und Beschäftigungen kannte, gelang es ihr auch, ihre Ankunft geheim zu halten. In aller Stille begab sie sich zu den Guise-Brüdern, die schon auf sie gewartet hatten. Sowohl der Kardinal als auch der Herzog waren ihrer Meinung. Die Schottin musste daran gehindert werden, auch nur den kleinsten Zipfel der von ihnen so trefflich verwalteten Macht zu erhaschen. Nur einer würde dadurch gestärkt werden: der Konnetabel!

Man konnte dem König nichts verbieten, also warteten sie die Nacht ab. Erst als Heinrich II. sich in die Gemächer der Neuen begeben hatte, machten sie sich gleichfalls auf. In einem der Vorräume harrten sie aus, was die Mätresse gewiss schwer ankam: Konnte sie sich doch genau vorstellen, wie Heinrich über die Rothaarige herfiel, von ihren Schätzen Gebrauch machte, die sie ihm gewiss freizügig darbot. Sie wusste, wie ungestüm er in der Liebe war, und so wenig er ein Freund der neuen feinen Tafelsitten mit Messer oder Löffel geworden war, sich zu ihrem Unwillen immer noch die Hände am Tischtuch abwischte, so wenig würde er sich hier bei sanftem Vorgeplänkel aufhalten. Immerhin, sie war nun sicher, den Ungetreuen nach frischer Tat zu ertappen.

Der Plan ging auf. Als sich der König von der Fleming getrennt und ihre Räume verlassen hatte, sah er sich unversehens seiner Mätresse und ihren Begleitern gegenüber. »Madame, Ihr hier?« Mehr brachte er nicht heraus.

»Ja, ich, das hättet Ihr wohl nicht erwartet, Majestät, aber es steht mir durchaus zu, Euch zu fragen, was Ihr in den Gemächern dieses kleinen Luders treibt, dieser schottischen Hure, während ich …« Vor Zorn versagte ihr die Stimme.

»Aber Diane, ich bitte Euch.«

»Ihr bittet mich, Majestät? Worum denn? Mich zu mäßigen? Ich denke gar nicht daran! Wie könnt Ihr mich derart grässlich beleidigen? Seid Ihr so ein Bock, dass Ihr Eure Gier nicht im Zaum haltet? Nur weil sie mit ihrem dicken Busen und ihrem feisten Hintern vor euch charmiert und herumwackelt, verliert Ihr die Contenance. Diese verruchte Schlampe. Fallt Ihr denn so leicht darauf herein?«

Mit einem entschiedenen Wort, einer heftigen Geste hätte Heinrich seine Geliebte zum Schweigen bringen, es zumindest versuchen können. Aber er fühlte sich ertappt und war es zudem nicht gewohnt, dieser Frau, die ihn großgezogen hatte, zu widersprechen. Verlegen wie ein Schuljunge duckte er sich, während die beiden anderen Herren, die trotz allem einen solchen Wutausbruch der Mätresse nicht erwartet hatten, in den Hintergrund abtauchten.

»Wie undankbar Ihr doch seid! Tretet Eure Ehre mit Füßen und die Eures Sohnes dazu, wenn Ihr seiner künftigen Gattin, der reizenden Maria, eine Hure zur Gouvernante gebt! Mich mit solch ruchlosem Weib zu betrügen! Habe ich mich deshalb stets so um ihn und Eure anderen Kinder gekümmert?« Sie stampfte mit dem kranken Bein auf und nahm nicht einmal den Schmerz wahr.

Heinrich II., der an Selbstvertrauen und sogar an Heiterkeit gewonnen hatte, seit er König war, wagte es kaum, sich gegen seine Mätresse zu verteidigen. Während die Seneschallin sich weiter erboste, die Schmach, die er ihr angeblich angetan hatte, nicht laut genug beklagen konnte, stammelte er nur, brachte lediglich ein paar flaue Entschuldigungen hervor. Man sah ihm an, dass er am liebsten im Boden versunken wäre.

Endlich hatte die Mätresse ihre Zornreserven aufgebraucht. Sie schleuderte ihm einige letzte Sätze entgegen, die ihre Verzweiflung ausdrücken sollten, dann verließ sie das Schlachtfeld. Auch der König schlich geknickt in seine Gemächer.

Diane durfte triumphieren, denn der Herrscher ließ von seiner schönen Schottin ab. Ganz folgenlos blieb das Verhältnis trotzdem nicht: Lady Fleming brachte 1551 einen Sohn zur Welt, den Heinrich II. später als seinen Abkömmling anerkannte. Sie selbst musste dennoch in ihre Heimat zurück, das verlangte die Seneschallin. In diesem Punkt stimmte Katharina sogar mit ihr überein, lag ihr doch nichts an einer neuen und jüngeren Mätresse ihres Gatten, die ihr den König vielleicht ganz wegnehmen würde.

8

Was Italien betraf, so versuchte Heinrich II. die Linie seines ungeliebten Vaters fortzusetzen. Auch er kämpfte gegen Kaiser Karl, obwohl Diane und er diesem mächtigen Gegner wegen seines strengen Katholizismus sonst Anerkennung zollten. Aber es ging um Territorien und Macht und schließlich lag der Papst wegen der Provinzen dort gleichfalls in ständiger

Fehde mit den Habsburgern. Also verbündete sich der streng katholische König mit einigen protestantischen deutschen Fürsten und beschloss, gen Osten zu ziehen. Katharina und ihre am französischen Hof ständig wachsende italienische Gefolgschaft war dafür, die Guisen erhofften sich Ruhm, und Diane wollte den Heiligen Vater unterstützen. Nur der auf Kompromiss bedachte Montmorency widersetzte sich einem neuen Krieg, wurde aber umgestimmt, indem man ihn zum Herzog ernannte.

Wie fast schon Gesetz, wenn es gegen die Österreicher und Spanier ging, kam es nach anfänglichen militärischen Erfolgen zu Rückschlägen und Niederlagen. Da Heinrich beim Heer weilte, erhielt Katharina eine unerwartete Chance als Regentin. Freilich musste sie ihre Befugnisse mit einem Günstling Dianes teilen, dem Kanzler Bertrand, und ihre Aufgabe bestand im Wesentlichen darin, die finanziellen Mittel für den Krieg aufzutreiben. Durch eine kluge und demütige Rede vor der Stadtvertretung, dem Pariser Parlement, gelang ihr das auch. Von der Seneschallin ist dagegen eher bekannt, dass sie gewaltige Summen aus der Staatskasse zu eigenen Zwecken, zum Beispiel für den aufwendigen Neubau ihres Schlosses Anet, verbrauchte.

Immerhin – als Katharina zu Beginn des Feldzugs schwer an Scharlach erkrankte, wurde sie von der Mätresse ungeachtet der Ansteckungsgefahr voller Hingabe gepflegt, und das vielleicht nicht nur, weil eine hübschere neue Königin zur echten Rivalin hätte werden können. Man hatte sich aneinander gewöhnt! Was nicht bedeutete, dass die Florentinerin all die Demütigungen vergaß, die ihr über lange Jahre zugefügt worden waren.

Der Herzog von Guise begründete in diesem Krieg seinen Ruhm als bedeutender Feldherr, denn ihm gelang die Verteidigung von Metz und die Eroberung der Hafenstadt Calais, die so lange in den Händen der Engländer gewesen war. Montmorency dagegen, nun Konnetabel, wurde durch eine vernichtende Niederlage bei Saint Quentin zum stark geschmähten Verlierer. Die Briten drohten danach wieder einmal nach Paris zu marschieren, was die Stadt und das Königshaus in größte Angst versetzte. Frankreichs Kassen waren leer, Handel und Wirtschaft stagnierten, eine anhaltende Dürre führte 1558 zu Hungersnöten.

Aber auch die Gegner konnten so nicht mehr weiterkämpfen. Aus beiderseitiger totaler Erschöpfung kam es erneut zu einem Friedensschluss, wobei Diane, den Papst unterstützend, der sich mittlerweile unbedingt mit Philipp von Spanien einigen wollte, diesmal für Montmorency Partei ergriff, was einer Kehrtwende gleichkam! Katharina und die Guisen, die es nicht fertig brachten, ihre Ansprüche in Italien aufzugeben, waren wütend. Sie hätten lieber weitergekämpft.

In dieser Situation wagte es die Königin erstmals, sich gegen die Mätresse aufzulehnen. Nach einem Streit mit dem von ihr sonst hoch verehrten Gemahl, der sich auch dieses Mal Dianes Ratschlägen angeschlossen hatte, zog sie sich zurück und nahm ein Buch zur Hand. Von der Seneschallin gefragt, was sie lese, erwiderte sie sinngemäß, dass es die Geschichte Frankreichs sei, in der immer wieder mal die Huren bestimmten, was die Herrscher zu tun hätten.

Diane mag empört reagiert haben oder beleidigt den Raum verlassen haben – sie brauchte sich keine Sorgen zu machen, denn noch war sie die inoffizielle Herrscherin, hielt weiter alle wichtigen Fäden in der Hand. Sie ahnte nicht, dass diese Zeit schon bald auf überraschend entsetzliche Weise zu Ende gehen würde.

9

»Ihr solltet nicht kämpfen, Majestät, ich habe Angst um Euch, die Voraussagen sind zu ungünstig.« Katharina in ihrem dunklen Gewand mit dem Spitzenkragen, der das beginnende

Doppelkinn verdecken sollte, hatte Tränen in den Augen. Sie war ernstlich besorgt, ja verzweifelt. Ihr italienischer Astrologe hatte prophezeit, dass der König im Zweikampf sterben würde, und auch der berühmte Wahrsager Nostradamus hatte einen ähnlichen Spruch getan: Der alte Löwe würde von einem jungen bezwungen werden und grausamen Tod erleiden. Im goldenen Käfig würde man ihm die Augen ausstechen.

Der König wehrte ab. »Ich bitte Euch, meine Liebe, Ihr tut, als müsste ich mich gegen die Tiger, Löwen und Bären meiner Menagerie zur Wehr setzen. Ich bin meiner Kräfte gewiss und kämpfe zudem für Euch!«

Katharina seufzte. Zwar gab sie Heinrich recht. Obwohl er mit seinen vierzig Jahren schon etwas ergraut war und nicht mehr ganz so frisch wie zu Jugendzeiten, zeichneten ihn Stärke und Geschicklichkeit nach wie vor aus. Die Behauptung jedoch, für sie, die Königin, zu kämpfen, war nur so dahingesagt. Sein Pferd würde in schwarz-weißes Tuch gehüllt sein, Ross und Helm würden wie stets prunkende Federbüsche in den gleichen Farben tragen. Er würde für Diane reiten, die, im Gegensatz zu ihr, nicht daran dachte, ihn von der Teilnahme am Turnier abzuhalten.

»Ich möchte nicht, dass Ihr für mich diese Gefahr auf Euch nehmt«, murmelte Katharina.

»Was für eine Gefahr, Madame«, erwiderte der König. »Es ist ein Wettstreit, mehr nicht, und ich bin noch jung genug, meinen Mann zu stehen.«

So war er, der Monarch – die beiden Hochzeiten, die den eigentlichen Anlass der Festlichkeiten, der Bälle, Umzüge und Ritterspiele bildeten, zählten weniger als die Spiele selbst. Dabei war Katharinas älteste Tochter Elisabeth, vierzehn Jahre inzwischen, mit dem gut dreißigjährigen Philipp II. von Spanien vermählt worden, wenngleich der mächtige Mann wie üblich nicht persönlich angereist war. Auch einen Heiratsvertrag zwischen Heinrichs Schwester und dem Duc von Savoyen, einem Verbündeten des Spaniers, hatte man noch unterzeichnet, denn diese Ehen sollten die Friedensabkommen zwischen den ewigen Gegnern nachdrücklich untermauern. Doch hatte Frankreich beim Friedensschluss große Kompromisse machen müssen, und so kam keine echte Freude auf. Weshalb sollte man dem König da nicht wenigstens das Vergnügen gönnen, andere Geharnischte aus dem Sattel zu heben.

Einige Tage schon dauerten die Spiele an, als Seine Majestät endlich selbst eingriff. Am alten Königssitz Tournelle, den schon Karl VII. und Ludwig XI. bewohnt hatten, wenn sie in Paris weilten, waren Tribünen errichtet, Sandbahnen angelegt worden. In prunkvollen Gewändern hielten Frankreichs Hochadel und hohe ausländische Gäste die Ränge besetzt, zuvorderst einige Königinnen in Silber- und Goldbrokat: Elisabeth, die frisch Vermählte, Maria Stuart von Schottland und Katharina, die freilich, ihren Kummer betonend, Violett trug.

Es war Ende Juni, die Ritter schwitzten in ihren Rüstungen; die Lanze im Anschlag, das Visier heruntergeklappt, rasten sie aufeinander zu. Die Pferde dampften, ihre Hufe trommelten auf den Boden, die Beobachter hielten den Atem an, und ein Raunen ging durch die Menge, wenn die Waffen gegeneinanderkrachten.

Natürlich war auch Diane unter den Zuschauern der ersten Reihe, stolz und schön wie immer. Obwohl ihr Haar langsam grau wurde, tönte sie es nicht. Sie hatte fast die sechzig erreicht und wollte zeigen, dass sie es auch ohne Kunstgriffe mit jeder Jüngeren aufnahm.

»Der König, nun greift der König selbst ein!«, erschallte es aus der Menge.

Es hätte nicht dieses Rufs bedurft, um die hohe Gestalt mit dem golden glänzenden Helm auf dem rassigen Pferd zu erkennen, das sinnigerweise »Malheur« hieß.

Einige Gegner hatte Heinrich schon besiegt, nun forderte er den Grafen Montgomery zum Kampf, Hauptmann seiner schottischen Leibgarde. Der junge Recke hätte liebend gern abgelehnt, aber das war unmöglich.

Der erste Waffengang brachte keine Entscheidung, und man hätte es dabei belassen können. Heinrich jedoch wollte noch einmal antreten, unbedingt!

Katharina versuchte ihn abzuhalten. Der von ihr so verehrte Gemahl beschwichtigte sie mit einer huldvollen Geste, ließ sich aber nicht beirren. Alle beobachteten gespannt, wie die beiden Reiter ein zweites Mal aufeinander zustürmten, hörten den heftigen Aufprall und sahen, dass sie auch diesmal im Sattel blieben. Bis plötzlich die Majestät nach vorn auf den Hals des Pferdes sank. Ein lauter Schrei des Entsetzens von den Rängen – der König rutschte langsam vom Ross.

Helfer eilten herbei, fingen den Verletzten auf, der die Worte »Ich bin tot« hervorbrachte, bevor er das Bewusstsein verlor. Diane, leichenblass, begriff nicht sofort, was geschehen war. Nur den Lanzenschaft sah sie, den Montgomery in der Hand hielt. Das Stück vorn war zersplittert, hatte das Visier nach oben geschoben und sich zum Teil ins Auge des Königs gebohrt.

»Der alte Löwe wird vom jungen bezwungen werden … im goldenen Visier wird man ihm die Augen ausstechen … er wird einen grausamen Tod sterben …«

Nein, von einem Visier hatte der Seher Nostradamus nicht gesprochen, aber von einem goldenen Käfig, und auch sonst trafen seine Vorhersagungen in schrecklicher Genauigkeit zu. Während man den König in seine Gemächer trug, fiel Katharina in Ohnmacht, die Mätresse dagegen verharrte, all ihrer Entschlusskraft beraubt, an ihrem Platz. Noch hoffte sie, dass ihr Geliebter, wie auch immer, überleben würde.

10

Es war eine vergebliche Hoffnung. Die Lanzensplitter waren bis ins Hirn gedrungen, hatten eine schreckliche Wunde gerissen. Obwohl der berühmte Chirurg Paré herbeigerufen wurde, der oft in hoffnungslosen Fällen hatte helfen können, und obwohl Philipp von Spanien seinen besten Arzt schickte, konnte der König nicht gerettet werden. Auch dass man die Häupter einiger geköpfter Räuber auf gleiche Art malträtierte, um die Verwundung zu untersuchen, nützte nichts. Zehn Tage quälte sich Heinrich unter furchtbaren Schmerzen, dann starb er. Diane, die sich – besorgt nicht nur um sein, sondern vor allem um ihr eigenes Schicksal – immer wieder nach seinem Zustand erkundigte, bekam ihn nicht mehr zu sehen.

Die Mätresse war mächtig und sehr reich, sie hatte in den zwölf Herrschaftsjahren Heinrichs II. ein ungeheures Vermögen aufgehäuft. Ihren ererbten Grundbesitz hatte sie beständig erweitert, unter anderem, indem sie den Herrscher überzeugte, ihr die Ländereien enteigneter Juden und Ketzer zu vermachen oder auch Grund und Boden, der im Moment niemandem gehörte. Sie hatte Amtsantrittsgelder kassiert, die dem Staat hätten zufließen müssen, Subsidien eingestrichen, die sich Frankreich im Grunde gar nicht leisten konnte. Sie hatte türkische Gefangene an den Meistbietenden verkauft und zu eigenen Gunsten sogar eine Glockensteuer durchgesetzt, so dass ein berühmter Zeitgenosse, der Schriftsteller Rabelais, schrieb, der König habe Geschmack daran gefunden, »alle Glocken im Reich seiner Stute um den Hals zu hängen«.

Anne d'Étampes hatte einst die Künste gefördert, Diane de Poitiers spannte die Meister ihrer Zeit vor allem dafür ein, den eigenen Ruhm zu sichern. So wie sie ihren Körper durch sportliche Betätigung – sie glänzte im Ball- und Ringspiel –, durch Teilnahme an den Jagden und kalte Bäder in Flüssen oder Bächen zu kräftigen suchte, legte sie auch Wert darauf, ihre Schönheit für alle Zeiten makellos dargestellt zu sehen.

In ihren prächtig möblierten, mit kostbaren Teppichen und Stoffen ausgestatteten Schlössern prangte nicht nur überall das Monogramm des Königs, das auch ihres war – auf Gemälden und als Statue konnte sie sich hier immer wieder selbst begegnen. Den Arm um einen Hirsch gelegt – den sie sonst hauptsächlich als Wildbret schätzte –, mit Pfeil und Bogen in den Händen wie die antike Göttin ihres Namens, fast nackt in dünnen Schleiern oder in ihrem geliebten Schwarz-Weiß, ließ sie sich von den Malern und Bildhauern Jean Goujon, Francesco Primaticcio, François Clouet oder Benvenuto Cellini abbilden. Ihr edles Antlitz und ihre schlanke Gestalt sollten vor allem eins erbringen: den Nachweis ihrer dauernden und unwandelbaren Jugendlichkeit.

Weil die Seneschallin kaum zu altern schien, hatte man ihr einst Zauberei nachgesagt, doch das schadete ihr nicht. Die Hexenverfolgungen dagegen, die sie an der Seite des Königs beförderte, trafen ihre Glaubensgegner mit grausamer Härte.

»Heinrich und seine Mätresse … hassten die Ketzerei; das vollkommene Gesicht der Madame de Valentinois dürfte bei dem Bericht vom Tod einer anderen schönen Witwe, Dame Philippe de Luns, der man die Zunge herausgerissen und die man 1557 auf der Place de Grève in Gesellschaft anderer protestantischer Persönlichkeiten verbrannt hat, kaum gezuckt haben«, notiert wiederum die Yourcenar. Sie hat bestimmt nicht übertrieben. Um die Reformierten zu bekämpfen, die immer mehr Anhänger fanden, hatte Diane sogar gefordert, in Frankreich die Inquisition wiedereinzuführen, und das vom König kurz vor seinem Tod erlassene Edikt von Écouen war ein Rückfall ins finstere Mittelalter. Es nahm den »Abtrünnigen« alle Rechte und führte zu blutiger Abrechnung.

Zu Lebzeiten Heinrichs war Katharina von Diane bisweilen unterstützt worden. Die Mätresse hatte den König angehalten, seine Gattin nicht ganz zu vernachlässigen, hatte ihn abends verführt, ohne dass es zum Letzten kam, damit er die Gemahlin befriedigen konnte. Dennoch hatte die Italienerin unzählige Kränkungen erdulden müssen. Bei Auftritten in der Öffentlichkeit hatte sie eine untergeordnete Rolle gespielt, im Gegensatz zur Geliebten in politischen Angelegenheiten kaum eine Stimme gehabt, obwohl sie an den Sitzungen des Kronrates teilnehmen durfte. Von den Großen des Landes hatte sie Geld für den Krieg erbetteln müssen, während die

Rivalin es für ihre Prunkbauten verprassen konnte. Sie hatte nach einer langen Zeit der Unfruchtbarkeit ein Kind nach dem anderen geboren, war dick und unansehnlich geworden, indes der Monarch die Vorzüge seiner Mätresse, ihre schlanke Gestalt und festen Brüste preisen durfte.

Wenn die Königin ein Baby im Leib trug, war sie abends oft von ihrem Gemahl ins Bett geschickt worden, bevor er sich mit seiner Liebsten ins Schlafgemach zurückzog, und obgleich es wohl ein Gerücht ist, dass sie dort Löcher in die Wände bohren ließ, um verzweifelt dem lustvollen Gestöhne der beiden zu lauschen, weiß man zumindest, dass sie die Türpfosten mit Fußtritten traktierte. Man kann sich sehr wohl ihre Eifersucht vorstellen, denn sie liebte den Treulosen wirklich.

Nun, da der Herrscher so jäh ums Leben gekommen und sein ältester Sohn als Franz II. fünfzehnjährig König geworden war, musste Diane Vergeltung befürchten. Sie hatte sich genommen, was zu bekommen war, und hatte gewiss auch das missliche Schicksal der Anne d'Étampes vor Augen. Den sterbenden König hatte sie nicht mehr sprechen dürfen, auch zu seiner Beisetzung wurde sie nicht geladen. Ob er vielleicht noch einmal nach ihr verlangt hatte, seine Weisung aber missachtet worden war? Sie wusste es nicht, und wenn, so hätte es auch nichts geändert. Es war vorbei, und nun war es wichtig, dass sie sich auf sich selbst besann. Einer Ironie des Schicksals aber kam es gleich, dass ihr ausgerechnet die Guisen, die sie mit ihrem Einfluss so unterstützt hatte, die Mitteilung überbrachten, sie habe sich auf ihre Besitzungen zurückzuziehen.

11

Katharina bat ihren hohen Gast, Platz zu nehmen. Sie war vom Kopf bis zur Schleppe hinab in Schwarz gehüllt, lediglich der Hermelinkragen ihres Kleides hob sich etwas von der tristen Gewandung ab. Eine düstere Atmosphäre – das Zimmer spärlich beleuchtet, die Wände und sogar der Fußboden mit dunklem Samt ausgeschlagen. Auf einem kleinen Altar brannten einige Kerzen.

»Ich habe Euch hergebeten, Kardinal, weil wir über unserer großen Trauer Frankreich nicht vergessen dürfen. Die Dinge stehen wahrlich schlecht. Ich spreche ebenso von der Unruhe, die durch die Gegner des wahren Glaubens entsteht, wie von den Problemen, die uns die Finanzlage bereitet. Man erklärte mir, dass unsere Verschuldung das Fünffache unserer jährlichen Einkünfte beträgt. Dazu kommen die großen Schwierigkeiten in Schottland, dem Königreich Eurer Nichte Maria, der Gattin meines Sohnes.«

Der tiefrote Umhang des Kardinals brachte Farbe in den Raum. Er trug eine schwere goldene Kette, hatte aber auf anderen Schmuck verzichtet, auf die kostbaren Ringe etwa, die er sich sonst ansteckte. – Sie muss viel geweint haben, dachte er, als er die verquollenen Augen der Witwe bemerkte.

»Ihr habt großes Ansehen im Land, Monseigneur, und der junge König schätzt Euch sehr«, fuhr Katharina fort, als Karl von Guise keine Antwort gab.

»Was schlagt Ihr mir vor, Madame?«, fragte knapp der Kardinal.

»Nicht ich, Unser junger König wendet sich an Euch. Er möchte Euch mit der Verwaltung Unserer Staatsangelegenheiten betrauen! Mit der Ordnung der Finanzen! Es ist keine Zeit zu verlieren.«

»Aber die Prinzen von Geblüt, der Konnetabel Montmorency«, wandte der Kardinal etwas scheinheilig ein.

Die Königinmutter – Königin von Frankreich war zu ihrem Leidwesen jetzt Maria Stuart, die siebzehnjährige Gemahlin ihres Sohnes Franz – wehrte energisch ab. Mit den Prinzen von Geblüt hatte der Guise vor allem Antoine de Bourbon gemeint, den Zweifler aus Navarra, der dem calvinistischen Glauben anhing, und ihm würde man keine großen Aufgaben anvertrauen. Was aber den Konnetabel anging, dem sie lange Zeit in Freundschaft verbunden gewesen war, so hatte er zuletzt ganz einfach versagt.

»Ihr wisst so gut wie ich, dass Montmorency nicht der Mann ist, den wir jetzt brauchen, und die Prinzen …« Sie führte den Satz nicht zu Ende. Der Kardinal begriff auch so, was sie sagen wollte. Im Grunde hatten sein Bruder und er bereits in Angriff genommen, was ihnen nun auch offiziell zugestanden wurde. Im Louvre führten sie sich bereits wie Herrscher auf.

»Es wird nicht einfach werden, Majestät.« Der Kardinal sprach sie weiterhin mit diesem Titel an. »Wir müssen hart durchgreifen. Doch wenn der König es wünscht!«

»Monseigneur, wir haben uns verstanden.« Katharina mochte die Guisen nicht, war im Moment aber auf sie angewiesen.

»Ich fühle mich geehrt, Majestät.« Der Kardinal, der die Königinmutter ebenso wenig liebte wie sie ihn, erhob sich.

»Gut. Wir bauen auf Euch. Aber da wäre noch eine Sache. Die Seneschallin hat mir geschrieben.«

Karl von Guise war dieses Thema unangenehm. Jahrelang hatten Diane und er die gleichen Interessen vertreten, und erst durch ihre nach seiner Meinung verfehlten Bemühungen, mit den Habsburgern um jeden Preis Frieden zu schließen, hatte sich das Verhältnis abgekühlt. Inzwischen wurde sie am Hof einfach nicht mehr gebraucht. »Ach ja, die Seneschallin«, murmelte er. Ihm war klar, dass Katharina der Rivalin nun einiges heimzahlen wollte.

»Sie bittet mich, ihr das Unrecht zu verzeihen, das sie mir angetan hat«, fuhr Heinrichs Witwe fort. »Was haltet Ihr davon?« In ihrem Blick war etwas Lauerndes.

Der Kardinal wusste, dass Diane in solch einer Situation ganz bestimmt nichts verziehen hätte. Vorsichtig sagte er: »Die Seneschallin war Euch gegenüber oft sehr hochmütig, sie hat ihre hohe Stellung zum eigenen Vorteil ausgenutzt. Aber bedenkt auch, dass sie Euch zur Seite stand, als Ihr krank darniederlagt.«

»Ja, ja, sie verstand es, dem König zu Gefallen zu sein«, erwiderte Katharina spöttisch. »Selbst in dieser Situation.«

Karl von Guise schwieg.

»Nun gut, wir wissen, dass sie nichts ohne Berechnung tat, doch hat sie sich hingebungsvoll um meine Kinder gekümmert. Oder meint Ihr nicht?«

»Durchaus«, beeilte sich der Kardinal zu erwidern, »und sie hat unserer Heiligen Kirche große Treue bewiesen.«

Katharina griff nach ihrem Rosenkranz. »Ich werde darauf bestehen, dass sie die Kronjuwelen zurückgibt und das schöne Besitztum Chenonceau«, sagte sie, »denn es gehört uns, und sie hat es nicht rechtmäßig an sich gebracht. Vielleicht überlasse ich ihr im Austausch aber das Schloss Chaumont.«

»Das ist sehr großmütig, Majestät.« Karl von Guise wusste Bescheid. Katharina verabscheute dieses Schloss, seit ihr die Sterndeuter dort ungünstige Weissagungen über die Zukunft ihrer Söhne gemacht hatten.

»Und wisst Ihr auch, weshalb ich so großmütig bin?«

»Das liegt an Eurem guten Herzen, Majestät.«

»Ihr wollt mir schmeicheln«, sagte Katharina, »und Ihr habt insofern recht, als ich mich oft von Gefühlen leiten lasse. Aber ich bin es unserem verstorbenen Herrscher schuldig. Wie sich Diane auch mir gegenüber benommen haben mag, der König hat durch sie Stunden des Glücks verbracht. Soll sie ihr Leben meinetwegen in Ruhe zu Ende führen.«

12

Vielleicht war es nicht nur Großmut! Katharina fehlte es wohl an Zeit und der nötigen Kraft, sich lange mit Rachegedanken zu beschäftigen, wie sie so mancher Höfling hegte – einer hatte sogar vorgeschlagen, der »Alten« die Nase abzuschneiden, bevor man sie endgültig verbannte. Nein, die Königinmutter hatte alle Hände voll zu tun, ihren Söhnen im Wirrwarr der beginnden Religionskriege die Herrschaft zu sichern. Auf der einen Seite kämpften die Guisen und ihre Anhänger, auf der anderen die Reformierten, die an Calvin festhielten, sich um Prinzen von bourbonischem Geblüt scharten und später als Hugenotten bezeichnet wurden. Zwischen diesen beiden Parteien mühte sich Heinrichs Witwe, die Rechte der Krone zu wahren. Sie betrieb dabei eine Schaukelpolitik, die zu Verrat und Zerrissenheit, zu blutigem Bürgerkrieg und Massakern wie das der berüchtigten Bartholomäusnacht führte.

Die ehemalige Mätresse nahm auf diese Geschehnisse keinen Einfluss mehr. Sie hatte noch sechs Jahre zu leben, und wie es scheint, verlief ihr Dasein mittlerweile in ruhigeren Bahnen. Ihr Vermögen war gesichert, ihre Töchter hatten vorteilhaft geheiratet und zählten, so wie sie selbst, zum Hochadel.

Zum Vorteil gereichte Diane de Poitiers auch, dass sie eine durchaus praktische Frau und gesundheitlich noch auf der Höhe war – für ihr Alter damals eher eine Seltenheit. Sie wusste nicht nur Schönheitstinkturen zu mixen, sondern auch kleineren Krankheiten zu begegnen, indem sie auf Heilkräuter setzte. Zunehmend dachte sie nun an ihr Seelenheil, widmete sich der Wohltätigkeit, spendete Geld für mittellose Mädchen, die heiraten wollten. Sie unterstützte ihrem Glauben gemäß die katholische Kirche mit größeren Summen, schloss, als sie ihr Testament aufsetzte, ketzerische Verwandte oder Angestellte aber ausdrücklich vom Erbe aus. Und wie alles, was sie je unternommen hatte, verband sie ihre Zuwendungen mit dem Gedanken, sich damit selbst zu dienen. Die Messen, die nach ihrem Tod gelesen werden sollten, hatten stets mit der Zeile zu enden: »Bittet Gott für Diane de Poitiers!«

Die Seneschallin starb 1566 überraschend nach kurzer Krankheit, doch das Bild dieser reichen, schönen und selbstherrlichen Frau wirkte in ihrem Heimatland über die Jahrhunderte weiter. Ihre Rolle ist umstritten, aber sie bleibt eine der berühmtesten französischen Mätressen.

Gabrielle d'Estrées (1570–1599)

V. Gabrielle d'Estrées: Wie heirate ich einen König?

1

Der Reiter sprengte dahin, als gelte es, eine Nachricht zu überbringen, die über Niedergang oder Fortbestand des ganzen Landes entschied. Dabei beförderte er nur einen Liebesbrief. Das Schreiben eines Vierzigjährigen an seine um vieles jüngere Geliebte. Allerdings war dieser Mann, Heinrich IV., nach der Ermordung seines Vorgängers durch einen religiösen Fanatiker im Jahr 1589 seit drei Jahren König von Frankreich.

»Meine Wonne, mein schöner Engel, meine Göttin …« Die junge Frau hielt den leidenschaftlichen Brief, der indes nicht der erste dieser Art war, abwägend in den Händen. Zwar fühlte sie sich durch die stürmische Verehrung ihres hochgestellten Liebhabers durchaus geschmeichelt und hatte sich ihm nach etlichem Zögern auch hingegeben, doch den ersten Platz in ihrem Herzen nahm er noch nicht ein. »Meine Seele, mein Leben! Obwohl erst wenige Tage vergangen sind, seit wir uns sahen, scheint es mir doch schon eine Ewigkeit. Ich kann es kaum ertragen, eine Stunde ohne Euch zu sein …«

Sie seufzte und legte das Schreiben beiseite. Madame de Sourdis, ihre Tante, räusperte sich vorwurfsvoll. »Ihr solltet meinen Ermahnungen folgen, Gabrielle, und Euch nun endgültig entscheiden. Bedenkt, was eine Verbindung mit dem König für große Vorteile mit sich brächte.«

»Vorteile für mich oder für die Familie?«

»Für Euch, für Eure Brüder und Schwestern, auch für Euren Vater.«

»Und für Euch, Tante, für den Grafen von Cheverny!«

»Unsinn, lasst den Grafen aus dem Spiel«, erwiderte leicht gereizt die Tante. »Hier geht es um die Familie d'Estrées.«

»Um meine Familie? Maman ist mit ihrem Liebhaber auf und davon, hat uns Kinder alleingelassen, falls Ihr das vergessen habt, und was meinen Vater betrifft, so hat er mich mit diesem abscheulichen Nicolas d'Amerval verheiratet, der mein Großvater sein könnte.«

»Und den Ihr sogleich auf seinen Gütern zurückgelassen habt, um dem König zu folgen«, ergänzte Madame de Sourdis nun spöttisch. »Oder sollte ich besser sagen: Um wieder in die Nähe des Herzogs von Bellegarde zu gelangen.«

»Der Herzog von Bellegarde«, sagte Gabrielle spitz, »ist sehr angesehen, ein Edelmann von guten Manieren und eine stattliche Erscheinung.«

»Ja, ja, und der Mann, der Euch mit seinen Versprechungen verführt hat. Aber er hat recht wenig getan, sie zu halten, und ist ein bekannter Schürzenjäger.«

»Genau wie Seine Majestät«, murmelte die junge Frau wenig respektvoll. »Alle Welt weiß, dass unser König den Weibern die Röcke hebt, wo immer sich eine Gelegenheit dazu bietet. Ich erinnere Euch nur an seine vielen Eroberungen, die kleine Fosseuse, die Corisande.«

»Ihr wisst genau, dass Mädchen wie die Fosseuse nicht zählen und dass er sich von der Herzogin längst abgewandt hat. Sie hat sich offenbar zu sehr in seine Angelegenheiten gemischt. Im Übrigen ist er aber wie alle Männer und ein Soldat dazu.«

»Ja, ein Soldat. Er stinkt nach Pferden, nach Schweiß und Schießpulver. Sein Wams ist abgetragen, seine Unterwäsche zerrissen. Er wäscht sich kaum. Und wenn er zu mir ins Bett kommt, benimmt er sich wie … wie ein Stier.«

»Genug«, sagte die Tante, »ich will das nicht länger hören. Ihr habt meinen Rat vernommen und zwar nicht zum ersten Mal. Überlegt nicht zu lange. Seine Majestät könnte am Ende die Geduld verlieren.«

Sie verließ hoheitsvoll den Raum, verärgert, dass sich ihre Nichte so uneinsichtig verhielt. Es stimmte schon, natürlich würde ein Verhältnis Gabrielles mit dem König auch ihr und ihrem Liebhaber Cheverny Vorteile bringen. Aber musste sie sich das ins Gesicht sagen lassen? Schließlich war sie eingesprungen, als sich die Mutter der neun Mädchen und Jungen aus dem Staub gemacht hatte. Es war wirklich für alle von Vorteil, wenn diese einzigartige Chance genutzt wurde.

Doch wenngleich sich die zwanzigjährige Gabrielle, 1573 geboren, ihrer Gefühle noch nicht sicher war, wirkten die Worte ihrer Tante trotz allem nach. Zumal ihr der Duc de Bellegarde, Oberster Stallmeister und Freund Heinrichs IV., in der letzten Zeit auszuweichen schien. Zwar beteuerte er nach wie vor seine Liebe, aber reichte das aus? Er war kaum noch zu einem Tête-à-tête zu überreden, vermied Zärtlichkeiten und verabschiedete sich gleich wieder, wenn er ihr seine Aufwartung machte. Dabei verstand sie es durchaus, die Leidenschaft der Männer zu wecken, und er wiederum wusste wie kein Zweiter mit Frauen umzugehen. Gabrielle erbebte am ganzen Körper, wenn sie an seine Geschicklichkeit in diesen Dingen dachte, und sie dachte oft daran. Was Bellegarde freilich nicht mehr wahrzunehmen schien! Vielleicht hatte ihn der König ja inzwischen zum Verzicht gedrängt. Feige kam ihr des Stallmeisters Verhalten vor, sie hatte ihn in Verdacht, seine Rechte ohne großen Kampf abzutreten, wenn es ernst wurde.

So hatte Monsieur von Bellegarde sogar einmal, als Seine Majestät sie überraschend aufsuchte, unter ihr Bett kriechen müssen. Sie hatten beide Blut und Wasser geschwitzt, er aber bestimmt noch mehr als sie! Der König schien etwas gemerkt zu haben, er saß auf der Lagerstatt, verspeiste getrocknete Pflaumen und warf hin und wieder eine davon unters Bett. »Ich teile«, erklärte er mit spöttischem Blick, »wir müssen ja alle irgendwie leben.«

Der Monarch war kurz darauf gegangen, hatte weder sie noch Bellegarde seinen Unmut oder seine Enttäuschung spüren lassen, die er gewiss empfand. Im Gegenteil, seine Liebe schien nur stärker entflammt. Wenn Gabrielle es recht bedachte, war diese Großmut beeindruckend. Genau wie seine Hartnäckigkeit in allen Dingen, auch in jenen, die Frankreich betrafen. Mit Geschick und Kühnheit suchte er das Land zu einigen, nahm den Gegnern mit einer kleinen Armee Stadt um Stadt ab. Der Katholischen Liga, angeführt vom stolzen und mächtigen Geschlecht der Guisen, half es wenig, dass sie ihn wegen seines hugenottischen Glaubens verteufelte und sich mit Spanien verbündete, um einen eigenen Herrscher an die Macht zu bringen.

Also wirklich, Liebesbriefe, wie er sie schreibt, hat mir Bellegarde nie geschickt!, dachte die junge Frau. Sie ging zum Spiegel und begutachtete ihre wohlgeformte Gestalt, ihr von blondem, fülligem Haar umrahmtes Gesicht, als wollte sie den Gefühlen nachspüren, die der König für sie hegte. Ihre Nase saß ein wenig zu lang im ebenmäßigen Antlitz, aber sonst konnte sie mit ihrer Erscheinung zufrieden sein. Während sie der Kammerfrau läutete, die ihr beim Anlegen eines neuen, mit allerlei Spitzen verzierten Kleides helfen sollte, überlegte sie eine Antwort. Es war schon richtig, sie musste sich bald entscheiden. Offenbar war es in dieser schwierigen Zeit gerade ihr bestimmt, die neue Mätresse dieses Königs mit den bäurischen Manieren und der Hakennase im scharf geschnittenen Gesicht zu werden, dessen dunkle Haare an den Schläfen bereits grau wurden. Aber war er nicht auch mit einer allerseits gerühmten Scharfsicht ausgezeichnet, einem Witz, von dem sie sich immer wieder selbst hatte überzeugen können, und mit einer Verehrung ihrer Person, die man schon Anbetung nennen konnte?

2

Begegnet war ihr der König erstmals 1590 auf Cœuvres, dem Schloss ihres Vaters, wo er eines Tages an der Seite des Herzogs auftauchte. Bellegarde selbst, den sie einige Zeit zuvor bei einem Besuch mit Schwester und Tante am Hof kennengelernt hatte und dem sie damals versprochen war, hatte sie einander vorgestellt. Sie leugnete es nicht – die Annäherungsversuche Heinrichs IV. missfielen ihr, sie hatte sich andere Hoffnungen gemacht. Deshalb entzog sie sich dem Herrscher, den die Zwanzigjährige auch viel zu alt fand, wich ihm aus, wo es ging. Doch dann war sie mit diesem widerwärtigen Nicolas d'Amerval, dem Baron von Bernais, verheiratet worden, natürlich ohne gefragt zu werden, und nun schien die Flucht an den Hof der einzige Ausweg. Hier konnte der König schützend die Hand über sie halten. Seine Geliebte zu werden, bedeutete immerhin Glanz und Ehre.

Frankreich war in jenen Jahren von einem tiefen Religionskrieg zerrissen. Auf der einen Seite standen die Führer der katholischen Mehrheit, die das Land regieren wollten wie von alters her und nun ihre Macht gefährdet sahen. Sie waren mit Rom und dem habsburgischen Imperium verbunden, zu dem auch das Spanien der Inquisition gehörte. Auf der anderen Seite kämpften die Protestanten, die ihrem einstigen Lehrer Calvin folgten. Letztere wurden seit der für sie so blutig endenden Verschwörung auf Schloss Amboise im Jahr 1560 Hugenotten genannt – nach Port d'Hueges in Tours, wo sie sich erstmals versammelt hatten. Unterstützt wurden sie von Englands Königin, Elisabeth I., und von einigen deutschen Fürsten. Beiden Parteien ging es um Besitz und Herrschaft. Verrat und Mord waren an der Tagesordnung, um eigene Ziele durchzusetzen.

Dabei waren die Hugenotten, die gegen den Reliquienhandel, den Pomp und die Scheinheiligkeit der alten Kirche wetterten, nicht weniger fanatisch in ihrem Ansinnen als ihre übermächtigen Gegner, die stärker waren und sie gnadenlos bekämpften. Ihre schrecklichste Niederlage mussten die Protestanten am 24. August 1572 in Paris hinnehmen, als in der berüchtigten Bartholomäusnacht Tausende ihrer Anhänger niedergemetzelt wurden, darunter ihr Führer, der Graf Coligny.

Heinrich IV., seinerzeit noch Protestant und »nur« König des kleinen Bergreiches Navarra im Südwesten des Landes, war wenige Tage zuvor mit der etwa gleichaltrigen Marguerite von Valois verheiratet worden, einer Katholikin. Diese Hochzeit hatte die hugenottischen Adligen trotz starken Misstrauens veranlasst, in großer Anzahl in die Hauptstadt zu kommen. Sie hofften auf bessere Zeiten.

Doch sie waren in eine Falle gelockt worden. Auf Befehl des zu gewalttätigen Anfällen neigenden Königs Karl IX., der den Argumenten seiner Mutter, Katharina von Medici, folgte, wurde blutig mit den Abtrünnigen abgerechnet. Heinrich von Navarra überlebte nur, weil er dem Protestantismus abschwor. Einige Jahre verbrachte er gezwungenermaßen am katholischen Hof, bis ihm 1576 die Flucht gelang. Er nahm den alten Glauben wieder an und trat später an die Spitze der Hugenottenarmee.

Nun aber, um das Jahr 1593 herum, wurden die Karten neu gemischt. Nicht nur Karl IX., zu Recht von seinem Gewissen geplagt, war inzwischen gestorben, auch sein beim Volk wenig beliebter Nachfolger, Heinrich III., bekannt für seine hübschen Günstlinge, die sogenannten »Mignons«, war ermordet worden. Er war der Katholischen Liga in der Verfolgung ihrer Gegner nicht energisch genug gewesen und deswegen zunächst aus Paris vertrieben worden. Dafür hatte er sich gerächt, indem er im Schloss Blois den fanatischen Heinrich von Guise und dessen Bruder Ludwig töten ließ.

Was aber auch immer geschehen war, jetzt, nach dem Mord an dem kinderlos gebliebenen Heinrich III. war die Linie der Valois versiegt, und es blieb nur noch ein Bourbone für die Thronfolge übrig, eben der König von Navarra. Ein Herrscher, der zwar Versöhnung wollte, sich als Protestant jedoch dem Glauben nach im Gegensatz zum größten Teil des Adels und der Bevölkerung befand.

Doch der neu gekürte König verstand, worauf es in dieser schwierigen Lage ankam – viel entschiedener als sein Vorgänger setzte er auf Toleranz. Er strebte nach Frieden, denn das gequälte Land musste endlich zur Ruhe kommen. Was nicht hieß, dass er Schwäche zeigen durfte. Zwar hatte er eine Reihe von Siegen gegen die Liga erfochten, das entsetzlich hungernde Paris aber trotz großer Bemühungen noch nicht erobern können. Die gegen ihn aufgehetzte Bürgerschaft dort, von fanatischen Priestern und Truppen aus Spanien in Schach gehalten, sah noch immer den Antichrist in ihm. Den Teufel mit Hinkefuß, den vom Papst für rückfällig erklärten Ketzer, dem keine Ansprüche auf den Thron zustanden!

Heinrich IV. begriff, dass er Zugeständnisse machen musste. Nur ein erneuter und dieses Mal aus eigenem Willen kommender Übertritt zum katholischen Glauben konnte helfen. Er würde die Gegensätze verschleifen, die Parteien einander näherbringen, die Herrschaft über die französische Hauptstadt sichern und damit nach und nach über das gesamte Reich.

3

Seinem leidenschaftlichen Brief folgend, traf der König bei seiner Geliebten ein. Als er eintrat, bemerkte sie seinen starken Knoblauchgeruch. Er nahm ihre Hände, die sie ihm entgegenstreckte, und bedeckte sie mit Küssen. Dann die Arme, den Busen, der noch von Lyoner Seide umhüllt war. Die Kleider fielen, es wurde ein Gefecht ohne Gegenwehr, sein Geruch störte sie nicht mehr.

In jener Zeit hatte eine Magd, die von einem Adligen aufs Stroh geworfen wurde, kaum eine andere Möglichkeit, als danach ein paar Tränen zu vergießen, die Röcke glatt zu streichen und wieder der Arbeit nachzugehen. Es war bekannt, dass der König gewildert hatte, wo immer sich eine Gelegenheit bot. Aber er verfügte auch über galante Erfahrung. Hatte er doch die Herzogin von Gramont, genannt die Corisande, zur Mätresse gehabt, eine gebildete und anspruchsvolle Dame, die ihm gewiss mehr beigebracht hatte, als sich zwischen ihre Schenkel zu zwängen. Das Bäurische dürfte sich bei ihm also durchaus mit Raffinesse gemischt haben. So vergaß Gabrielle bei seinen stürmischen Attacken bald alles, was sie zuvor an ihm gestört hatte. Dann, nach dem Vergnügen, als die Laken zerwühlt waren, die Kissen am Boden lagen, der Puls sich wieder beruhigt hatte, kam er auf das Thema zu sprechen, das ihn neben der Liebe am meisten beschäftigte, auf den geplanten Glaubenswechsel.

»Es muss sein, damit endlich Frieden herrscht, die Bauern in Ruhe ihre Ernten einbringen können, Gewerbe und Handel sich entwickeln. Aber Ihr ahnt nicht, mein Engel, was die Bischöfe von mir verlangen. Ich muss ja nicht nur den Kniefall tun, zur Heiligen Messe zurückkehren und dem Calvinismus abschwören. Ich soll auch all Euren Unsinn akzeptieren, das Fegefeuer, den Marienkult, jede Menge Reliquien und falscher Heiliger.«

Gabrielles Familie war dem Katholizismus treu geblieben. Die Estrées gehörten aber, im Gegensatz zu den Guisen, zur gemäßigten und königstreuen Fraktion der traditionellen Religion.

»Die Fanatiker beider Seiten werden mich verdammen«, fuhr Heinrich fort. »Die Katholiken, weil ich für sie der Beelzebub bleibe und mir angeblich nicht zu trauen ist, die Hugenotten genauso wenig, weil ich nach ihrer Meinung ihre Interessen verrate.«

Gabrielle schüttelte den Kopf. »Die Fanatiker werden gewiss an Macht verlieren und von Tag zu Tag weniger werden, sobald Ihr gesalbt seid, Sire«, erwiderte sie entschieden. »Ihr habt Eure Bekehrung immer wieder hinausgezögert. Jetzt wird sie die Wende bringen, da bin ich mir sicher.«

»Unser Freund Rosny sieht es ganz genauso«, murmelte der König, »doch andere raten mir ab. Mein Schwesterchen Katharina zum Beispiel ist nach wie vor wenig begeistert von meinen Plänen.«

Der Baron von Rosny war die rechte Hand des Königs, sein Erster Kämmerer, Berater und Finanzverwalter, ein bewährter Kampfgefährte. Ebenso wie Katharina von Navarra hielt er am Protestantismus fest, riet seinem Herrn jedoch – im Unterschied zu ihr – zum Übertritt. Gabrielle mochte ihn nicht sehr, denn sie kannte seine Meinung über ihre Person. Er machte keinen Hehl daraus, dass er sie für wenig klug und ziemlich verschwenderisch hielt. Dass sie ein paarmal über zugegebenermaßen nicht salonfähige Witze laut gelacht hatte, schien ihm ein Zeichen ihrer Oberflächlichkeit. Am meisten aber nahm er ihr die fünfzigtausend Pfund übel, die sie vom König zu ihrer Heirat mit d'Amerval erhalten hatte. Dabei war der Baron nur sparsam, wenn es um andere ging, ansonsten liebte er selber den Prunk und hielt sich eine große Dienerschaft.

Gabrielle ging nicht auf die Bemerkung zu Rosny ein, sie erklärte nur: »Ich will alles tun, um Eure geliebte Schwester zu besänftigen, Sire. Ich werde ihr einen Brief schreiben, in dem ich nochmals betone, wie wichtig Eure Bekehrung für unser Land ist. Sie lässt sich bestimmt überzeugen. Schließlich ist sie selbst einem katholischen Edelmann zugetan und weiß, dass unsereins weder Teufelsschwanz noch Pferdehuf hat. Katharina ist großherzig, wir könnten durchaus Freundinnen werden.«

»Das wäre wunderbar. Es würde mich mehr freuen als der noch so schönste Sieg.«

Sie musste lächeln, das Letztere bezweifelte sie. Siege auf dem Schlachtfeld waren Heinrich IV. außerordentlich wichtig. Allerdings hatte seine Schwester, an der er sehr hing, großen Einfluss auf die Hugenotten, verfocht den protestantischen Glauben mit Eifer. Sie für den Schritt des Königs zu gewinnen, bedeutete viel.

»Wenn wir erst in Paris sind«, sagte Gabrielle träumerisch, »könnte Katharina öfter an den Hof kommen. Ich könnte ihr die neueste Mode zeigen, die besten Gold- und Seidenstoffe, die Art, wie man hier die Röcke trägt.«

Sie sprang vom Lager auf, hielt sich das Unterkleid spielerisch vor den nackten Körper, raffte es in der Seite und deutete mit einer leichten Bewegung an, wie das Kleid zu tragen wäre. Eine reizende Vorstellung! Von der Sinnlichkeit und der Eleganz ihrer Bewegungen verführt, zog Heinrich seine junge Geliebte nochmals zu sich aufs Lager. »Wie ich mein Schwesterchen kenne, sind ihr die Stoffe und die Mode gleichgültig«, murmelte er. »Aber bis wir endgültig Paris erobert haben, wird ohnehin noch Zeit vergehen. Nutzen wir die Stunden, die uns bleiben, denn meine Vorbereitung auf den Übertritt zwingt mich bald zu weit weniger amüsanten Beschäftigungen.«

4

Wie sie es Ihrer Majestät versprochen hatte, schrieb Gabrielle an dessen Schwester und versuchte, ihr seinen Übertritt zum Katholizismus schmackhaft zu machen. Sie formulierte dabei so geschickt, dass der Baron von Rosny, hätte er den Brief gelesen, gewiss etwas von seiner wenig schmeichelhaften Einschätzung ihrer Person zurückgenommen hätte. Tatsächlich hatte sich die junge Frau in den letzten Monaten verändert. Sie gab sich dem König nun ehrlichen Herzens hin, sah über seine Schwächen hinweg, korrigierte ihn nur hier und da vorsichtig. Sie wirkte erwachsener, kicherte nicht mehr so viel mit ihren Hofdamen und bemühte sich vor allem um Pünktlichkeit. Was ihr freilich schwerfiel. Denn wenn ihr ein Kleid oder ein Spitzenkragen nicht zusagte, wenn die Frisur ihren Ansprüchen nicht genügte, ließ sie den König nach wie vor warten. In dieser so ereignisreichen Zeit nahm zudem ein besonderer Gedanke in ihr Gestalt an. Sie begriff, dass es ihr auf Dauer nicht genügen würde, die viel geneidete, doch von vielen auch ebenso angefeindete und verachtete Stellung einer Mätresse einzunehmen.

Am 25. Juli 1593 schwor Heinrich IV. in der Abteikirche von Saint-Denis, vor den Toren von Paris also, dem Protestantismus ab. Es war ein Schauspiel, zu dem das Volk – auch das der belagerten Hauptstadt, deren Tore man vorübergehend geöffnet hatte – in Scharen strömte. Alles wollte den König sehen, wie er in seinem mit Gold verzierten Anzug aus weißer Seide, einem schwarzen Samtmantel und dem wehendem Federbusch, der mit einer Amethystagraffe am breitrandigen Hut befestigt war, unter großem Geleit seiner Edelleute und Parlamentsräte auf die Basilika zuschritt. Wollte Zeuge sein, wie er am Eingang der Kirche vor dem Erzbischof von Bourges niederkniete, der auf einem mit weißem Damast bespannten Sessel thronte, und demütig um Aufnahme in den Schoß der katholischen Kirche bat. Die Menschen jubelten ihm zu, besonders wohl auch, weil sie begriffen, dass er nicht auf Rache aus war.

Die feierliche Krönung dann, zwar noch nicht vom Papst selbst abgesegnet, aber doch von hohen Vertretern der katholischen Kirche in Frankreich vollzogen, fand im Februar des folgenden Jahres in Chartres statt – Heinrich hatte die Stadt einige Zeit vorher den Guisen abgenommen. Reims dagegen, der traditionelle Krönungsort der Könige, gehörte noch zum Gebiet der »Heiligen Liga«. Nun waren die Voraussetzungen dafür geschaffen, dass Paris Heinrich IV. die Tore öffnete. Er ließ die Spanier abziehen und verzieh selbst seinen erbittertsten Feinden.

Von diesem Moment an war Gabrielle an seiner Seite, wo es nur ging. Er beriet sich mit ihr, sie half beim Vermitteln zwischen den Parteien, und es gelang ihr tatsächlich, zu seiner so hoch geschätzten Schwester ein freundschaftliches Verhältnis aufzubauen.

Der König zeigte sich seinem Volk, das ihm zujubelte, gern mit seiner Geliebten. Sie fuhren in einer mit dem Lilienwappen und grünen Taftvorhängen geschmückten Karosse durch Paris, Kutschen kamen damals langsam in Gebrauch. Als Gabrielle am 7. Juni 1594 einen Sohn zur Welt brachte, erhielt er den Namen Cäsar und wurde wie ein Dauphin mit Salutsalven begrüßt. Lästerzungen mochten noch immer die Mätresse und ihre sechs Schwestern mit den Sieben Todsünden vergleichen, ein Bild, das einst die Runde gemacht hatte – doch ihr Einfluss bei Hof stieg. Man fand sie charmant, bescheiden, schön und buhlte um ihre Gunst.

Doch Cäsar, das so gefeierte Kind, blieb trotz allem ein Bastard. Höchste Ansprüche konnte es nur erheben, wenn Heinrich seine Mätresse zur Königin machte. Was im Augenblick unmöglich war, denn nicht nur sie selbst, sondern auch der Herrscher war vermählt, wenngleich die ungeliebte, mit den Guisen tändelnde Gemahlin fernab vom Hof weilte.

Gabrielle zögerte dennoch nicht, das glühende Eisen zu schmieden. »Eure Ehe mit Marguerite hat Euch keine Erben gebracht, Sire«, sagte sie mitunter, »Ihr schlaft seit vielen Jahren nicht mehr mit ihr. Meint Ihr nicht, dass es an der Zeit wäre, vom Heiligen Vater die Trennung einer Verbindung zu erbitten, die für Euch so unglücklich war und an der Euch so wenig liegt?«

Man befand sich im Louvre, jenem Schloss in Paris, das Heinrich nach all den Mühen um diese Stadt zu seinem Hauptsitz gewählt hatte, und der König schaute durchs Fenster auf die Seine hinunter. Ruhig erwiderte er: »Ich merke wohl, worauf Ihr hinauswollt, mein Engel, aber mir scheint, dass auch Ihr verheiratet seid.«

»Nichts würde ich mehr begrüßen, als endgültig von diesem unseligen d'Amerval freizukommen.«

»Das ist nicht so einfach«, murmelte Heinrich. »Die katholische Kirche, das wisst Ihr besser als ich, kennt sehr wenige Gründe, die eine Scheidung erlauben.«

Gabrielle hatte dieses Hindernis bereits bedacht. »Der Papst wird einwilligen, wenn d'Amerval seine mangelnde Manneskraft eingesteht, wenn er zugibt, dass die Ehe zwischen uns nie vollzogen wurde«, sagte sie. »Er ist alt und hat es in den Jahren seit unserer Heirat nicht fertiggebracht, mir ein Kind zu machen.«

Wie gerissen sie war! Auf solch eine Überlegung musste man erst einmal kommen! Der König lachte so sehr, dass ihm die Sehhilfe aus der Hand fiel. »Der Baron unfähig, einer Frau beizuliegen? Meines Wissens hat er ein Dutzend Bälger in die Welt gesetzt. Und überhaupt. Wie viele Nächte habt Ihr seit Eurer Heirat jungfräulich in seinem Bett zugebracht, um diese Behauptung glaubwürdig zu machen?"

Gabrielle ließ sich nicht beirren. »Ich erwähnte doch, Majestät, dass er nicht mehr der Jüngste ist.«

»Hm«, brummte der König und setzte sich leger, wie er es bei guter Laune oft tat, auf den wertvollen Eichentisch. »Wenn man es so sieht, habt Ihr recht. Soll doch noch mal einer sagen, meine Liebste hätte kein schlaues Köpfchen. Dennoch, Euer teurer Gemahl wird sich bestimmt weigern, uns das schriftlich zu geben. Mangelnde Manneskraft ist schließlich keine Auszeichnung.«

»Etwas Druck sollte man schon ausüben«, murmelte Gabrielle, »und ihm sein Geständnis auch ein wenig vergolden.«

»Nehmen wir an, das Geschäft käme zustande. Dann bliebe immer noch, wie Ihr selbst erwähntet, meine Gattin. Sie hasst mich wie die Pest, obwohl ich alles tue, damit sie sich im Schloss Usson in der Auvergne amüsieren kann.«

Gabrielle gab nicht auf: »Es könnten ja ähnliche Gründe geltend gemacht werden wie bei d'Amerval. Und wenn sie vielleicht nicht mehr in Usson festgehalten würde …«

»Ich will darüber nachdenken, meine Liebe.« Der König fand es am besten, wenn die streitsüchtige Anvermählte blieb, wo sie nun einmal war. Sie hatte dort einige Freiheiten, und schließlich war es Heinrich III., ihr Bruder, gewesen, der sie an diesen Ort verbannt hatte, nachdem sie sich gegen ihn und für die Guisen entschieden hatte. Er zog die Stirn kraus. »Ihr wisst, dass ich Euch zu Füßen liege, aber in diesem Fall ist wirklich viel zu bedenken. Warten wir ein wenig ab, die Zeit scheint mir für eine Lösung, die wir ja alle wünschen, noch nicht reif.«

5

Dessen ungeachtet wurde schon bald vom Baron d'Amerval das Eingeständnis seiner Impotenz eingefordert. Obwohl er sich anfangs energisch zur Wehr setzte, gab er schließlich klein bei. Seine Diener hatten bezeugt, dass die Bettlaken nach den Nächten mit Gabrielle unbefleckt geblieben seien. Adel wie Volk lachten sich krumm und schief über die Geschichte, doch Gabrielle hatte ihr Ziel erreicht: Die Ehe wurde annulliert. Zwar war Heinrich Marguerite nicht los, doch es gelang ihm, den kleinen Cäsar als seinen Abkömmling zu legitimieren.

Gabrielle wuchs mit der Rolle, die sie einnehmen durfte. Beim offiziellen Einzug in Paris war sie, in grünen Samt gehüllt und mit Edelsteinen geschmückt, an der Seite des Herrschers zu sehen, bei einer anderen Feierlichkeit wurde sie dem König gar in einer Sänfte vorangetragen. Ihr juwelenverziertes, verschwenderisch mit Gold besticktes schwarzseidenes Kleid, ihre Garderobe insgesamt gaben Anlass zum Tuscheln, allein ihr spitzenbesetztes Taschentuch habe ein kleines Vermögen gekostet. Doch der Tratsch ließ bald nach, schließlich war es ja eine besondere Gelegenheit gewesen, und die Geliebte hielt sich ansonsten mit derartig prunkvollen Auftritten zurück. Nur wenn sich der König in Paris aufhielt, residierte sie im Louvre, in der übrigen Zeit wohnte sie in einem nahen Gebäude, das durch einen geheimen, gut bewachten Gang schnell zu erreichen war.

Viele Ehrungen wurden ihr zuteil. So durfte sie sich schon bald »Maîtresse en titre« nennen, wurde zu einer Marquise von Montceaux, bekam einen eigenen Hofstaat und das Recht, an den Sitzungen des Kronrates teilzunehmen. Gesandte küssten ihr den Rocksaum, Edle und Geistliche, die nach Paris kamen, warteten ihr auf, gleich nachdem sie sich beim König vorgestellt hatten.

Allerdings gab es Reibereien, zum Beispiel wenn sich die Mätresse, vor allem nach Auffassung Rosnys, zu viel herausnahm. So wurde auf einer gepfefferten Rechnung für eine Familienfeier der Estrées, die er als Finanzverwalter zu begleichen hatte, Gabrielles Sohn mit einem ihm nicht zustehenden Titel bedacht. Rosny beschwerte sich beim König, woraufhin Gabrielle zutiefst beleidigt war. Sie wusste den Herrscher zu rühren, indem sie in Ohnmacht fiel und mit Duftwassern zu sich gebracht werden musste. Heinrich, der es sich mit beiden nicht verderben wollte, schob die Schuld den macht- und geldgierigen Verwandten der Mätresse zu, und nach einer vorübergehenden Verstimmung war der Frieden – wenigstens äußerlich – wieder hergestellt.

Doch solche Vorfälle führten der Mätresse vor Augen, dass sie eben nicht die Königin und ihr Sohn kein Thronerbe war. Außerdem gab es neben diesen Ärgernissen echte Gefahren. Von jeher hatten religiöse Fanatiker Heinrich IV. nach dem Leben getrachtet, nun, da sich sein Ruhm auch außerhalb Frankreichs herumzusprechen begann, versuchten sie erst recht, ihn aus dem Weg zu schaffen.

Besondere Vorsicht ließ der König offenbar nicht walten, und Ende 1594, als Gabrielle eines Abends in ihrem Palais beim Ankleiden alle möglichen Gäste empfing, wurde ihm seine Offenheit fast zum Verhängnis.

Heinrich, von erfolgreicher Jagd heimgekehrt und guter Dinge, unterhielt sich mit Höflingen, Freunden; seine Närrin, eine Liliputanerin, sprang umher und trieb ihre Späße. Dann trafen neue Gäste ein, sie näherten sich dem König, um ihm ihre Reverenz zu erweisen. Ein Gedränge entstand, und der Herrscher, der sich zur Begrüßung nach vorn geneigt hatte, fuhr plötzlich mit einem kurzen Schrei zurück. Er blutete im Gesicht, ein Messerstich, der den Hals oder das Herz treffen sollte, hatte ihn am Mund verletzt.

Stille, sogar die Papageien in den Volieren unterbrachen ihr Gekreische für einen Augenblick, und der König glaubte zunächst, seine Närrin habe ihn versehentlich verwundet. Aber gleich darauf begriff er: Es handelte sich um ein Attentat. Das

Messer des Angreifers lag am Boden. Der Mann selbst, Sohn eines Stoffhändlers und Jesuitenschüler, dem es gelungen war, sich mit den Gästen Eintritt zu verschaffen, stand starr und erschrocken da, hatte die überraschende Attacke doch nicht zu dem gewünschten Ergebnis geführt, und wurde von den Umstehenden festgehalten. »Tut ihm nichts«, sagte der König, was aber nicht verhinderte, dass der Mann später, wie üblich in jener Zeit, vom Gericht zu brutaler Folter und Hinrichtung verurteilt wurde. Das Haus seiner Eltern wurde niedergerissen, die Familie aus dem Land gejagt. Er selbst hatte die Bilder des vom Teufel besessenen Ketzers Heinrich vor Augen gehabt, die noch vor kurzem die Kirchen von Paris und anderen Städten schmückten. Er hatte geglaubt, durch den Mord sein Seelenheil zurückgewinnen zu können, das ihm wegen seiner im bisherigen Leben begangenen Missetaten mehr als gefährdet schien.

6

Dem König war nicht viel passiert, doch seiner Geliebten wurde einmal mehr bewusst, wie verletzlich ihre Position war. Durch seinen Tod konnten sie und ihr Sohn alles verlieren. Auch war sie inzwischen Patriotin genug, um die Gefahren für Frankreich zu begreifen und für den noch nicht ganz gewonnenen Frieden. Die Religionskriege hatten viel Elend gebracht, und in den Provinzen dauerten sie zum Teil an. Felder lagen brach, Häuser und Brücken waren zerstört. Manche Straßen waren so zugewuchert, dass sie nur noch an den Ulmen zu erkennen waren, die Heinrich II. dort hatte pflanzen lassen. Ohne einen Thronfolger blieb die Zukunft unsicher. Würde der König sie dagegen zur Frau nehmen, konnte sie ihm einen legitimen Erben gebären und sein großes Werk würde fortgesetzt.

Allerdings war die Favoritin klug genug, ihn nicht zu sehr zu drängen. Der König sollte ihren Wunsch zu seinem eigenen machen, ohne sich von ihr getrieben zu fühlen. Sie musste ihm nur weiterhin fest zur Seite zu stehen, ihm noch unentbehrlicher werden als bisher. Da sie ihn inzwischen wirklich liebte, fiel ihr dies auch nicht schwer.

Gelegenheiten ergaben sich immer wieder. Die junge Frau setzte ihr Taktgefühl und ihre Schönheit ein, wenn es darum ging, besonders hartnäckige Gegner zum Einlenken zu bewegen, bewies Verhandlungsgeschick. Es gelang ihr, Freundschaft mit Louise zu schließen, der Tochter eines der von Heinrich III. vor einigen Jahren ermordeten Guisen. Als eine großzügige Gastgeberin trug sie im Januar 1596 dazu bei, dass sich der Herzog von Mayenne, der letzte glücklose Führer der Liga, bei einem wichtigen Treffen dem König unterwarf.

Seinen Rückzug ließ sich der »Dicke«, wie er genannt wurde, mit dreieinhalb Millionen Livres an Pensionen und Pfründen bezahlen. Nicht ohne Grund beschwerte sich Heinrich IV. manchmal spöttisch, er müsse »sein Reich stückweise von seinem Adel zurückkaufen«.

Eine Gelegenheit, in der sich Gabrielle bewähren konnte, fand sich ein gutes Jahr später, als die Spanier von den Niederlanden her unversehens die Stadt Amiens besetzten. Am französischen Hof herrschte große Bestürzung, doch Heinrichs Kassen waren leer und ihm standen nur wenige Truppen zur Verfügung. Viele Adlige, zum Teil selbst kriegsmüde, zum Teil aber auch darauf bedacht, zu Hause ihre vor Hunger meuternden Bauern zur Ordnung zu rufen, waren auf ihre Landgüter zurückgekehrt.

Der König war betroffen und sehr erbost. Gabrielle, die ihm vier Monate zuvor eine Tochter geboren hatte und sich immer mehr als die Frau an seiner Seite fühlte, weinte zornige Tränen. Doch dann raffte sich die Mätresse auf, leerte ihre Privatkasse. Fünfzigtausend Ecus fanden sich, die für Verpflegung und Sold der Truppen genutzt werden konnten, mehr als hunderttausend brachte sie auf, indem sie ihren Schmuck versetzte. Sie sammelte – noch im Abendkleid, denn man hatte sich bei einem Fest vergnügt, als die Nachricht eintraf – beim Pariser Adel weitere zweihundertfünfzigtausend Ecus, und stellte die gesamte Summe für einen Gegenangriff Heinrichs zur Verfügung.

Der Herrscher konnte damit ein kleines Heer sammeln und ausrüsten. Dennoch würde der Kampf gefährlich werden, und die Geliebte wollte an seiner Seite sein. Sie ritt voraus, wartete in der Stadt Beauvais auf ihn und rückte mit ihm ins Feldlager ein. Die Dame, die Luxus gewöhnt war, sich sonst umsorgt sah, diente ihm diesmal unter den schwierigsten Bedingungen. Sie flickte und wusch seine Wäsche, pflegte ihn aufopferungsvoll, als er krank wurde. Sie feuerte die Soldaten an, wenn sie zurückweichen wollten, und nahm Kugeln in Kauf, die ihr Zelt durchlöcherten. Der König war besorgt um sie, doch sie blieb, bis der Sieg erfochten und die Stadt zurückerobert war.

7

Es war wieder einmal Frühling und Heinrich IV. in der Bretagne unterwegs. Wichtige Verhandlungen waren zu führen, doch zunächst machte man in Rennes Station. »Was meint Ihr, Rosny«, wandte er sich eines Morgens bei einem Spaziergang an seinen Ratgeber, der in seinem samtenen, mit Pelz verbrämten Umhang selbst wie ein König daherkam, »sollte ich nicht endlich neu heiraten und eine Dynastie begründen?«

»Nichts wäre erfreulicher als das, Sire. So viel man mir berichtet, wäre der Papst mittlerweile bereit, auf die widerspenstige Dame in Usson einzuwirken, damit sie in die Scheidung einwilligt.«

»Bliebe die Frage nach einer neuen Gemahlin. Sie müsste schon ein paar Bedingungen erfüllen. Schön an Körper und Geist sein, hingebungsvoll und verständig. Also wirklich, eine Megäre wie Marguerite möchte ich nicht noch einmal an meiner Seite haben.«

»Ich verstehe Eure Majestät sehr gut«, erwiderte Rosny, dem schwante, worauf sein Gebieter hinauswollte. »Bedenkt bitte aber auch die anderen Dinge. Sehr wichtig, um nicht zu sagen geradezu unerlässlich, wäre die königliche Abstammung der Dame.«

»Wenn die Dame uns das entsprechende Land hinzubrächte, ja«, stimmte der Herrscher zu. »Das dürfte aber schwierig werden, sehr schwierig. Die Niederlande hat Philipp II. schon seiner verheirateten ältesten Tochter vermacht, und was England betrifft, so sitzt Elisabeth fest auf ihren Pfründen. Es ist wohl auch nicht der Augenblick, um eine deutsche Protestantin zu werben. Und eine Italienerin, eine neue Madame von Medici womöglich? Nein, nein, die alte hat uns genug zu schaffen gemacht.«

»Dann müsste sich Majestät in unseren Landen umtun.«

»Das ist doch längst geschehen. Ihr wisst, dass ich mich überall umgehört habe. Aber da ist nichts, was mir gefallen könnte. Keine bezaubernde Burgunderin, die uns vielleicht noch Flandern draufgäbe. Nein, wichtiger als die Abstammung ist, dass sie mir Söhne gebiert. Und da wüsste ich schon eine, auf die all meine Bedingungen zutreffen.«

Der Baron stellte sich dumm. Vor kurzem hatte Gabrielle einen zweiten Sohn zur Welt gebracht, den kleinen Alexander. Der ältere, Cäsar, war vom König ausersehen, durch entsprechende Vermählung die Bretagne stärker an Frankreich zu binden, was ja gut gedacht war. Dennoch war es unmöglich, dass eine Mätresse die Krone aufgesetzt bekam. »Ihr spannt mich auf die Folter, Sire«, sagte Rosny abweisend.

Der Park, durch den sie schritten, war zu Ende und Heinrich wandte sich abrupt um. »Ihr verstellt Euch, mein Freund. Euch ist seit langem klar, wen ich im Auge habe. Gabrielle erfüllt alle meine Anforderungen. Sie ist sanftmütig und schön. Ich liebe sie und lebe besser mit ihr zusammen, als ich es mit jeder Dame königlicher Herkunft könnte. Warum sollte ich sie nicht ehelichen?«

Nun, da es endlich ausgesprochen war, fühlte sich Rosny wie vor den Kopf gestoßen. Er hatte es gewusst, der Herrscher war verblendet, dachte offenbar ernsthaft an eine solche Verbindung. Doch das war unmöglich. Eine Hure als Königin, nein! Heinrich sollte in Frieden und seinetwegen auch glücklich mit der Estrées zusammenleben, aber nicht mehr. Diese Frau war ehrgeizig und eher gerissen als klug. Dass sie abergläubisch war und bei jeder Gelegenheit ihre Astrologen zu Rate zog, mochte gerade noch angehen, denn wer von den hohen Damen war das nicht. Doch sie mischte sich inzwischen auch in die Politik ein. Nein und nochmals nein, es durfte nicht geduldet werden, dass sie noch mehr Macht bekam.

»Weil es nicht Frankreichs Wohl entspräche, Sire«, sagte der Baron steif. »Bei einer solchen Eheschließung gäbe es Aufruhr im Volk und beim Adel. Unsere Regeln und Gesetze von alters her lassen eine solche Verbindung nicht zu.«

»Ach, die Regeln.« Nun war Heinrich ernstlich verstimmt. »Warum müsst ihr alle darauf herumreiten, wenn es um die Liebe geht. Ich sage Euch, das Volk würde Gabrielle d'Estrées als neue Königin akzeptieren, und auch unsere Adligen würden ihr Respekt zollen. Vielleicht nicht alle, das gebe ich zu, doch wäre das bei irgendeiner Prinzessin anders? Aber gut, beenden wir die Unterhaltung. Wir werden auf die Angelegenheit zurückkommen, da könnt Ihr sicher sein.«

Und mit großen Schritten stapfte er auf dem Weg davon, den sie gekommen waren.

8

Auch die Kassen der Spanier waren leer. Die Kämpfe mit den rebellischen Geusen in den Niederlanden, der Untergang der mächtigen Armada im Seekrieg mit England, die Abwehr der bis Wien vorgedrungenen Türken und die wenig glücklichen Versuche, sich in Frankreich einzumischen, hatten zum Bankrott geführt. Das alles zwang den spanischen König zum Einlenken, und im Mai 1598 war es endlich so weit: Im Vertrag von Vervins wurde Frieden geschlossen. Philipp II. musste sich zurückziehen und einige Städte räumen, die er noch besetzt gehalten hatte. Nun war Heinrich IV. Herr über ein Königreich, das seine Vorgänger immer nur zu Teilen regiert hatten. Kurz vorher, im April des gleichen Jahres, hatte er gegen viele Widerstände sein vielleicht wichtigstes Gesetz erlassen, das Edikt von Nantes, durch das der Katholizismus als Religion des Staates anerkannt wurde, man den Hugenotten aber zur eigenen Sicherheit befestigte Städte und vor allem Glaubensfreiheit zusprach. Dennoch war längst nicht alles erreicht, er musste weiter mit den Guisen verhandeln, dem eigenwilligen Herzog von Bouillon; er hatte den Streit um die Vertreibung der Jesuiten zu schlichten oder dafür zu sorgen, dass Vereinbarungen zwischen den verschiedenen religiösen Gruppierungen eingehalten wurden.

Inzwischen konnte Gabrielle ihre Liebe zu Heinrich bereits in einer Art Ehestand genießen. Er war nicht mehr nur der Liebhaber für eine Nacht, der am Morgen wieder davonritt, leidenschaftlich zwar im Bett, in Gedanken jedoch schon bei seinen Kanonieren und deutschen Landsknechten. Die Mätresse vermochte ihn nun festzuhalten, das Liebesspiel hinauszudehnen; man darf sich beide in zärtlichen Umarmungen vorstellen, wobei Dinge zur Sprache kamen, die über den Augenblick hinausgingen.

Man weiß, dass Heinrich sehr glücklich über die Geburt seiner beiden Söhne wie auch seiner Tochter war und dass er an seinen Kindern hing. Deshalb entschloss er sich nun endgültig, die Angebetete zum Traualtar zu führen. Sicherlich erst, nachdem er mit Gabrielle unterm damastenen Thronhimmel der Liegestatt, bei Spaziergängen in den Tuileriengärten oder beim Ausritt in die königlichen Wälder hundert Mal das Für und Wider dieses Schrittes erörtert hatte. Marguerite von Valois erklärte zwar, nur einer Prinzessin von Geblüt, nicht aber so einer »verächtlichen Person« wie dieser Mätresse Platz zu machen, doch das störte ihn wenig, und selbst die zögerliche Haltung des Papstes, Clemens VIII., dessen Einwilligung in eine Scheidung weiterhin ausblieb, hielt ihn nicht mehr zurück.

Auch der Baron, der in dieser Verbindung alle möglichen Gefahren für das Land erblickte, konnte nichts daran ändern. Zwar bestärkte er Marguerite in einigen Gesprächen eher in ihrem ablehnenden Standpunkt, als dass er sie zum Nachgeben überredete, und untersagte zudem seiner Frau streng, sich der Mätresse als Ehrendame anzudienen, doch die Würfel waren gefallen. Bei einem festlichen Bankett gab der Herrscher den Termin für seine Hochzeit bekannt. Symbolisch streifte er der Geliebten seinen Krönungsring als »Ring der Weihe« über den Finger. Die Vermählung sollte am 11. April 1599 stattfinden.

Gabrielle war am Ziel ihrer Wünsche. Sie hatte Taftröcke, grün wie die Hoffnung, getragen, später Kleider in Estrées-Rot kreiert, um sie dem königlichen Purpur anzugleichen – nun war es endlich so weit, sie würde die Farbe des Souveräns ganz zu ihrer eigenen machen. Schon wurden die Vorbereitungen für das erhabene Fest getroffen, die kostbaren Gewänder, vor allem das Brautkleid, geschneidert, die Einladungen verschickt. Die Mätresse war erneut schwanger, im fünften Monat, und diesmal würde das Kind nicht mehr als Bastard das Licht der Welt erblicken.

Doch die Schwangerschaft verlief anders als die früheren. Die Favoritin fühlte sich oft unwohl, hatte böse Vorahnungen. Unrast kehrte in den Zimmerfluchten der Schlösser ein, die sie bewohnten. Als ihr der König mitteilte, dass man sich in der Karwoche, also kurz vor der Eheschließung, vorübergehend trennen müsse, reagierte seine Geliebte bestürzt, wurde sehr traurig, brach sogar in Tränen aus. »Das könnt Ihr mir nicht antun, Sire, das wird meine Lage verschlimmern.«

»Es ist ja nur für kurze Zeit, mein Liebstes, die Tradition verlangt es so.«

»Aber ich schlafe schlecht, habe Albträume. Die Astrologen weichen mir aus oder prophezeien Unheil.«

»Dann solltet Ihr einige Zeit auf Eure törichten Sterndeuter verzichten.« In diesem Punkt war der König mit Baron von Rosny einer Meinung.

Die Herzogin von Beaufort – denn diesen Rang nahm Gabrielle inzwischen ein – musste sich fügen. Man hielt sich im Winter gern in Fontainebleau auf, dem heiteren Renaissance-Palais, dessen Räume kürzlich nochmals neu gestaltet worden waren. Mit einem Schiff fuhr die Mätresse unter besticktem Zeltdach von Melun aus die Seine hinab nach Paris. Sie suchte den Bankier Zamet auf, bei dem auch der König Schuldner war. In Abwesenheit des Herrschers sollte er beruhigend auf sie einwirken, und es ist überliefert, dass er sie mit Fisch bewirtete. Sie nahm Zitrone dazu, die ihr weniger sauer als bitter erschien, klagte danach wieder einmal über Unwohlsein und fuhr, um sich zu erholen, zu Madame von Sourdis, ihrer Tante.

An den nächsten Tagen fühlte sich die junge Frau wieder besser, doch am Karfreitag wurde sie unvermutet von starken Krämpfen gepackt. Die Schmerzen waren so heftig, dass sie es nicht auszuhalten glaubte. Sie warf sich auf dem Lager hin und her, zerkratzte sich das Gesicht und den ganzen Körper. Die Ärzte vermochten ihr nicht zu helfen. Mit den Mitteln jener Jahre, ihren Umschlägen, Aderlässen und Klistieren, bewirkten sie keine Linderung.

Man holte das Kind aus ihrem Leib, schaffte ihr damit aber kaum Erleichterung. Es war das Ende, der völlig unerwartete, unbarmherzige Tod. Gabrielle, die schöne Geliebte Heinrichs, die so viel Frische und Heiterkeit um sich her verbreitet hatte und um ein Haar Königin von Frankreich geworden wäre, starb am 10. April 1599, einen Tag vor der geplanten Hochzeit, in Paris, nach langen Stunden qualvollen Leidens.

9

Die Sterbende hatte verzweifelt geschrien und geweint, sie hatte laut nach dem König verlangt, der auch, über alle Maßen bestürzt und erschüttert, mit zwei Begleitern unverzüglich nach Paris aufbrach. Doch auf halbem Weg schon kam ihnen ein Kurier mit der Todesnachricht entgegen.

»Sire, wir alle sind ins Mark getroffen, aber Eure Freunde und die Ärzte flehen Euch an, umzukehren. Ihr könnt nichts mehr für die Herzogin tun. Sie ist furchtbar entstellt und Ihr solltet nicht dieses Bild, sondern das Antlitz ihrer Schönheit im Gedächtnis behalten.«

Der Monarch wehrte sich, er wollte seine Liebste noch ein letztes Mal sehen, doch seine Begleiter setzten all ihre Überredungskunst ein, und so gab er nach. Es war ein altes Gesetz, dass die Könige Toten nicht ins Gesicht schauen durften.

»Dann schickt mir wenigstens Rosny nach Fontainebleau. Unverzüglich – ich will mit ihm sprechen!«

Der Baron erfuhr die schreckliche Neuigkeit erst jetzt, und sofort gingen ihm die widersprüchlichsten Gedanken durch den Kopf. Gewiss, er war gleichfalls erschrocken, mit etwas derart Entsetzlichem hatte man nicht rechnen können! Und doch, hatte nicht der Papst kürzlich in Hinsicht auf diese Heirat eine Vision gehabt? Er hatte erklärt, dass er sich mit der Entscheidung, die Ehe des Königs mit Marguerite von Valois zu annullieren, nicht zu beeilen brauche, weil Gott »vorgesorgt« habe.

Wie auch immer, durch den Tod der Mätresse waren mit einem Schlag alle Probleme gelöst, die unausweichlich auf das Land zugekommen wären. Marguerite würde nun nachgeben, man konnte den Herrscher würdig verheiraten.

Auf dem Weg zu seinem Herrn legte sich Rosny alle möglichen tröstenden Worte zurecht. Er wusste, dass er die Trauer des Königs nicht würde mildern können, aber er musste gewappnet sein. Heinrich IV., dieser kampferprobte und starke Charakter, würde in Tränen zerfließen und wochenlang schwarze Kleidung tragen. Er würde sich in Selbstvorwürfen zerfleischen, weil er in den letzten Stunden nicht bei Gabrielle gewesen war, sich im unrechten Augenblick von ihr getrennt hatte. Die lebensgroße Puppe, der Sitte gemäß nach dem Bild seiner Geliebten gefertigt, würde der König einige Zeit lang täglich aufsuchen und wie ein Heiligtum verehren.

Aber diese Zeit, solange sie auch dauern mochte, würde ihr Ende haben und dann konnte Seine Majestät von ihm, dem alten Freund, geleitet, zu den Plänen zurückkehren, die das Land betrafen. Es war seine Pflicht als Herrscher! Der König und er würden gemeinsam ein Frankreich schaffen, dem die Gegner nichts mehr anhaben konnten.

Der oberste Diener Heinrichs IV. gab seinem Pferd ungestüm die Sporen. Er wollte alles tun, damit die Phase der Trauer um die schöne Madame d'Estrées nicht zu lange anhielt.

Henriette d'Entragues (1579-1633)

VI. Henriette d'Entragues: Die Schlange am Busen

1

De Rosny, der alte Kampfgefährte Heinrichs IV. und seit einiger Zeit auch sein oberster Finanzverwalter, starrte ungläubig auf die Zahl vor seinen Augen. Hunderttausend Taler für des Königs neue Gespielin! Oder besser: für ihre gierigen Verwandten. Für den Vater, François d'Entragues, der bis zuletzt ein Feind gewesen war, ein glühender Anhänger der Katholischen Liga, für die Mutter, Marie Touchet, einst Mätresse Karls IX., der die Massaker der Bartholomäusnacht befohlen hatte, und für den ungeratenen Halbbruder, einen Grafen von Auvergne, unstet und aufmüpfig, weil er sich allzu viel auf das Blut der Valois in seinen Adern einbildete. Hunderttausend Ecus, wahrlich kein schlechter Preis, um sich mit einem zugegebenermaßen hübschen Edelfräulein einige Nächte zu vertreiben. Dass sich Heinrich nach einiger Zeit der Trauer um Gabrielle d'Estrées, während der er wirklich am Boden zerstört schien, ausgerechnet diese Dame zum Trost ausgesucht hatte, war für den Baron kaum zu verkraften.

»Melde mich beim König! Ich muss mit Seiner Majestät sprechen! Wenn möglich, sofort!«

Der Bedienstete eilte davon. Wenn sein Herr diesen Ton anschlug, zog Sturm auf.

Indes hielt es den Baron nicht am Schreibtisch, er sprang auf und trat ans Fenster. Doch er nahm die prachtvolle Landschaft draußen nicht wahr, nicht die Lilien und Rosen im Park, die im Sommer des Jahres 1599 besonders prächtig blühten, und nicht die Maulbeerbäume, die Heinrich IV. überall anpflanzen ließ, um die Seidenraupenzucht zu fördern. Wie nur sollte man sparen und den zerrütteten Staatshaushalt in Ordnung bringen, wenn einem der König selbst Steine in den Weg legte? Wahrscheinlich glaubte er, dass einer, der seine Haut so für Frankreich zu Markte trug wie er, auch ein paar Vergnügungen verdient hätte. Was ja durchaus richtig war. Deshalb stellte man ihm ja schon erkleckliche Beträge für das Kartenspiel zur Verfügung, von dem er nicht lassen konnte. Aber musste er schon wieder so viel Geld für die Befriedigung seiner Gelüste ausgeben? Und vielleicht ging es sogar um mehr. Angesichts der Wünsche dieser Familie sah Rosny allerhand Gefahren heraufziehen.

Dabei hatte sich alles so wunderbar gefügt. Durch den Vertrag von Vervins 1598 waren die Spanier in die Schranken gewiesen worden, und die mit ihnen verbündeten Guisen hatten endgültig ihren Machtanspruch aufgeben müssen. Das Edikt von Nantes im selben Jahr hatte endlich die Rechte der Hugenotten gesichert, so dass es auch zu einem Frieden im Inneren kam. Die meisten rebellischen Adligen waren an den Hof gebunden worden, weshalb man das Land endlich in Ruhe aufbauen konnte. Was auch nötig war – dem Volk ging es nach wie vor nicht gut, die Landwirtschaft und der Handel brauchten dringend Hilfe. Zwar hatte man riesige Schulden im Ausland, zum Beispiel im reichen Florenz, doch nach Gabrielle d'Estrées Dahinscheiden bahnte sich selbst hier eine Lösung an.

Die Verhandlungen mit dem dort herrschenden Großherzog – dem Gabrielles plötzlicher Tod alles andere als ungelegen kam – machten gute Fortschritte. Der Fürst hatte ein Interesse daran, seine sechsundzwanzigjährige Nichte Maria von Medici zur französischen Königin zu machen. Diese wiederum würde dem Monarchen endlich den ersehnten Thronfolger schenken und zudem eine hohe Mitgift in die Ehe bringen, mit der so manches Finanzloch zu stopfen war.

So weit war der Baron mit seinen Überlegungen gekommen, als der Bedienstete zurückkehrte: »Seine Majestät erwartet Euch, Monsieur.«

Rosny griff nach dem Schreiben, durch das er angewiesen war, die erwähnte Summe aus dem Staatssäckel an den Grafen von Entragues zu zahlen, und machte sich auf den Weg durch die Korridore, die man unlängst mit neuem Wandbehang ausgestattet hatte. Als er Heinrichs Gemächer erreicht hatte, blieb er kurz stehen, um seiner Aufregung Herr zu werden. Er wusste: Erfolg konnte er nur haben, wenn er ruhig auftrat.

»Was ist denn so furchtbar eilig, mein Freund? Ich hatte gerade die Absicht, meine Falkner aufzusuchen, die ein paar neue Vögel in der Voliere haben.«

Der Ton des Herrschers war leutselig. Er weiß, weshalb ich komme, dachte der Baron.

»Um geradeheraus zu sprechen, Sire, es ist diese Anweisung, die mich erstaunt.« Er hielt sie dem König in Augenhöhe hin.

Heinrich IV. setzte die Sehhilfe auf, die er bis dahin in der Hand gehalten hatte, und tat, als studiere er seine eigene Order. Er brauchte einige Augenblicke, überlegte sich offenbar eine unverfängliche Antwort. Schließlich sagte er: »Um gleichfalls geradeheraus zu sprechen, mein Lieber: Weshalb wundert es Euch, wenn ich der reizenden Henriette ein Geschenk mache?«

»Es ist ein äußerst großzügiges Geschenk, Majestät, und wenn ich an unsere Finanzlage denke …«

Der Monarch – Mitte der vierzig war er inzwischen – machte eine besänftigende Geste. »In der Liebe soll man nicht feilschen, Rosny. Ich habe Vertrauen in Eure Fähigkeiten.«

»Es handelt sich also um eine Forderung«, stellte der Baron fest. »Ihres grässlichen Vaters, nehme ich an. Doch so viel ist die Dame nicht wert.«

Noch blieb der König ruhig. »Ihre Verwandten, besonders ihren Vater, mag ich so wenig wie Ihr. Henriette aber ist das reizendste und klügste Geschöpf, das ich kenne. Nicht nur ihr wunderbares Haar, ihre Augen und ihre schlanke Gestalt lohnen die Ausgabe, mich entzückt vor allem ihr sprühender Geist. Seit Gabrielle hat mich keine Frau mehr so gefesselt.«

Seit ihrem Tod ist nicht gerade viel Zeit vergangen, dachte der Baron, hütete sich freilich, darauf anzuspielen. Übrigens hatte er diese Blondine, die so ehrgeizig gewesen war, Königin werden zu wollen, ebenso wenig leiden können. Er murmelte: »Was Ihr geistreich findet, Sire, nenne ich raffiniert. Sie gibt vor, ihre Unschuld behüten zu müssen, hält Euch aber nur hin. Man darf daran zweifeln, dass sie noch Jungfrau ist.«

Nun wurde Heinrich ärgerlich. »Bei unserer Freundschaft, Baron, sprecht nicht so von Henriette. Im Übrigen ist die Sache entschieden. Die Summe, die Euch genannt wurde, weist Ihr spätestens morgen an!«

Rosny versuchte einen letzten Einwand. »Es wird nicht die letzte Forderung sein, Majestät. Sie werden weitere Wünsche vortragen.«

»Hört endlich auf damit. Tut, was ich Euch befehle. Unser Gespräch ist beendet.«

Mit einer steifen Verbeugung verließ der zweite Mann im Reich den Raum. Der König ist und bleibt ein Hurenbock, dachte er verärgert. Wenn er doch seine Gelüste besser im Zaum halten könnte. Hoffentlich schafft er uns mit dieser Affäre nicht neue Schwierigkeiten. Gewiss, er ist der Größte und auch der Einzige, der unser Land wieder zur Blüte führen kann. Aber was er mit dem Kopf aufbaut, reißt er mit seinen Lenden wieder ein.

2

Rosny sollte mit seinen Befürchtungen recht behalten, konnte aber in diesem Augenblick noch nicht ahnen, wie tief sich der Monarch in seiner Leidenschaft verlieren würde. Während die Unterhändler der Krone in diesem Jahr 1599 in Florenz weiter um Maria von Medici warben und ums Geld schacherten – eine für jene Zeit riesige Mitgift von einer Million Ecus war im Gespräch –, lockte in Frankreich die 1579 geborene Henriette mit ihren Reizen, die zehn Jahre jünger war als Maria. Noch ging sie nicht auf Heinrichs sehr direkte Wünsche ein. Von ihrer Familie wohl instruiert, spielte sie die Tugendhafte, die sich nicht so schnell erobern lässt.

Wir beobachten die Schöne in den Gärten des väterlichen Schlosses Malesherbes mit seinen drei wuchtigen Türmen, wie sie mit dem verliebten König spielt, sich in lauschigen Ecken von ihm die Hände küssen lässt, aber entschieden seine stürmischen Versuche abwehrt, sie an sich zu pressen und ganz von ihr Besitz zu ergreifen. Einem scheuen Reh gleich entzieht sie sich dem *Vert galant,* dem Schürzenjäger, so nämlich nennt man ihn hinter vorgehaltener Hand. Auch bei den abendlichen Gesellschaften, bei Tanz, Spiel und sonstiger Unterhaltung, hält sie ihn auf Distanz. Wohl tritt sie mit ihm zur Seite, führt ihn, mit den Röcken aus Antwerpener Seide raschelnd, auf die Terrasse, wo es sich trefflich über den unendlichen Himmel und die Konstellation all der blinkenden Sterne plaudern lässt, aber mehr als Händchenhalten, ein Küsschen hier und da wird nicht gewährt.

Der König fügte sich, er war vernarrt in die verheißungsvolle Henriette, die immer gerade so viel zuzulassen schien, wie nötig war, um ihn bei der Stange zu halten. Er gab nach, denn er wollte sie erobern, nicht überwältigen. Doch schon bald merkte auch er, wie viel List, ja Raffinesse hinter ihrer Zurückhaltung steckte. Kleine Geschenke lehnte die junge Dame ab, größere, wie das Marquisat von Verneuil und der dazugehörige Titel, wurden unverblümt eingefordert. Kein Wunder, dass Heinrich sich nun verstimmt zeigte. »Meine Liebe, wenn ich Gleiches mit Gleichem vergelten wollte«, schrieb er einmal, »würde meine Antwort so kalt ausfallen wie Eure beiden letzten Briefe an mich.« Ein andermal heißt es in Bezug auf ihren Erzeuger: »Die Summen für den Kauf eines Landsitzes stehen bereit, aber das Verhalten Eures Vaters hat mir jede Lust genommen, weiter mit ihm zu verhandeln.«

Doch die Entragues wollten höher hinaus. Ihnen ging es

um alles, um die Krone nämlich, die Gabrielle d'Estrées durch ihren unglücklichen Tod in letzter Minute verloren hatte, und so verlangte der Vater für die erste Liebesnacht seiner Tochter mit dem Herrscher ein Heiratsversprechen. Unglaublich, aber wahr – Heinrich IV. ließ sich auf den Handel ein. Das erstaunliche Dokument, in dem er die Abmachung mit seiner Unterschrift besiegelte, blieb über die Jahrhunderte erhalten. »Wir, Heinrich IV., König von Frankreich und Navarra durch Gottes Gnaden, versprechen … schwören vor Gott und geben dem Edlen Sieur Balzac d'Entragues unser königliches Wort …«, und so weiter und so fort. Lediglich zwei Bedingungen, die sich allerdings schon bald als wesentlich erweisen sollten, stellte der Monarch. Bevor es zum Abschluss eines Ehevertrages käme, sollte Henriette innerhalb von sechs Monaten von ihm schwanger werden und dann einen Sohn zur Welt bringen.

Möglicherweise ließ sich der König in seinem ungewöhnlichen Handeln nicht nur von seinem Begehren, sondern auch von dem Wunsch leiten, lieber eine Landsmännin zu ehelichen, hatte er mit Italien doch nicht die angenehmsten Erfahrungen gemacht. Er brauchte sich nur an die erdrückende Gestalt der Königinmutter Katharina von Medici zu erinnern, an die Zeit nach der blutigen Bartholomäusnacht, als er und der Prinz Condé gezwungen gewesen waren, am Hof Karls IX. auszuharren, wo sie ihre wahre Gesinnung verbergen mussten.

Nachdem er den Bedingungen ihres Vaters entsprochen hatte, gab sich Henriette ihm endlich hin und die Liebesnächte mögen den König für kurze Zeit entschädigt haben. Ihren schönen Körper, den sie ihm nach den Monaten der Enthaltsamkeit nun lustvoll zur Verfügung stellte, genoss er mit dem ihm eigenen Ungestüm. Henriette strebte neben dem Vergnügen natürlich das hohe Ziel an: Sie wollte die Schwangerschaft. Wenn sie sich auszog und ihn auf dem frischen Linnen zu sich lockte, mischte sich Berechnung ins Ergötzen. Selbst in Momenten tiefster Wollust konnte sie sich in

Gedanken wohl niemals ganz von dem Gedanken an den Vertrag freimachen. Doch bei diesem höchst zeugungsfähigen Herrscher brauchte es nicht vieler Ansätze, um den Erfolg zu sichern. Sehr schnell wurde klar, dass in ihr das erhoffte Kind heranwuchs.

Die Unterhändler in Florenz jedoch erfuhren nichts vom Versprechen Heinrichs IV. und seinem Verhältnis zur hübschen Entragues – sie waren bemüht, den Heiratsvertrag mit der Florentinerin zum Abschluss zu bringen. Als auch noch der Papst die bis dahin gültige Ehe des Königs mit der seit Jahren getrennt von ihm lebenden Marguerite de Valois annullierte, schien alles klar. Die Mitgift war um zwei Fünftel heruntergehandelt worden, aber noch immer sehr hoch. Die Braut, die einige andere, nicht ganz so hochrangige Bewerberinnen ausgestochen hatte, fieberte dem Tag entgegen, da sie als Königin dem zwar ausgebluteten, doch wieder geeinten und dadurch erstarkten Frankreich vorstehen sollte.

Der Not gehorchend, berichtete Heinrich seinem Freund Rosny endlich, dass er das Heiratsversprechen schriftlich gegeben hatte. Diese Nachricht versetzte den Baron in helle Aufregung, brachte sie doch all seine Pläne durcheinander und konnte sogar zu internationalen Verwicklungen führen. Ob es nun stimmt, dass der alte Mitstreiter das Schreiben, das ihm der König zeigte, zerriss, woraufhin der sogleich eine neue Kopie anfertigte, oder ob diese Geschichte von Rosny erfunden worden ist, spielt keine große Rolle. Das Original lag jedenfalls wohlverwahrt im Schrank des »Edlen Herrn von Entragues«.

Inzwischen gab es keinen Zweifel mehr – Henriette war schwanger, sie hatte eine wichtige Bedingung ihres Vertrages erfüllt. Auch sie wusste lange nichts von der Konkurrentin, hoffte weiterhin, die Erste an Heinrichs Seite zu werden, und verhielt sich entsprechend arrogant. Der König, für den sie doch die »Herzallerliebste« und das »Zicklein« war, beklagte sich in seinen Briefen über ihren Hochmut und bereute nun seine voreilig gegebene Verpflichtung. Im April 1600 forderte er »aus zwingenden Gründen« das ihn belastende Schreiben zurück. Ohne Erfolg, wie man sich denken kann, so einfach gaben die Entragues ihren Trumpf nicht aus der Hand. Dessen ungeachtet wurde Ende des Monats der Ehevertrag mit den Italienern unterzeichnet. Ein doppelter Verrat! Man kann sich Henriettes Entrüstung vorstellen, als sie davon erfuhr. Sie schäumte vor Wut! Von da an war Maria von Medici für sie nur noch die »fette Bankierstochter«, die von ihr mit Verachtung gestraft wurde.

3

Die Nacht war finster und stürmisch, dicke Wolken türmten sich über Paris, erste Blitze zuckten. Henriette d'Entragues, Marquise von Verneuil, wälzte sich im Schloss Saint-Germain unruhig in ihrem Bett. Sie schlief, aber es war kein fester Schlaf. Der grollende Donner drang ihr ins Ohr und in ihre Träume; das Kind in ihrem Leib bewegte sich, stieß mit den Füßen.

Dann, ganz nahe schon, einige heftigere Schläge. Regen prasselte herab, der Wind kam in Böen, rüttelte am Dach und an den Fenstern. Aber erst der grelle Lichtschein im Zimmer ließ die Frau von ihrem Lager auffahren. Mitten im Raum drehte sich ein gelblich-roter Feuerball.

Henriette stieß einen gellenden Schrei aus. Sie war noch benommen, begriff nicht, was geschah. Doch selbst wenn sie völlig wach gewesen wäre, hätte sie bestimmt an ihren Sinnen gezweifelt. Wie hätte sie auch verstehen können, dass ein Kugelblitz, eine so seltene Erscheinung, durch den Kamin oder durchs offen gebliebene Fenster ausgerechnet in ihr Gemach gelangt war.

Die Marquise war vor Schreck erstarrt, und das Entsetzen hielt noch an, als die Erscheinung so plötzlich, wie sie entstanden war, wieder verschwand. Oder auseinanderbarst. Zum

Glück, ohne das hohe Bett zu erreichen, die Brokatvorhänge in Brand zu setzen, die es umgaben, und überhaupt größeren Schaden anzurichten.

Henriette hatte keine Zeit, über das Ereignis nachzudenken, sie streckte die Beine aus dem Bett, versuchte aufzustehen. Doch in diesem Moment verspürte sie einen spitzen Schmerz im Bauch, der sie zwang, sich zusammenzukrümmen. Draußen tobte das Gewitter weiter; sie nahm es nur wie durch einen Schleier wahr.

Im Zimmer wurde es laut, die Kammerfrau, die mit im Raum schlief, war aufgewacht, zwei Dienerinnen stürzten herein.

»Um Gottes willen, Madame, was ist geschehen?«

»Habt Ihr nicht den Blitz gesehen? Eine Feuerkugel rollte durchs Zimmer. Ah, tut das weh!«

Weitere Bedienstete liefen herbei, alle hatten sie das furchtbare Krachen gehört, die Blitze draußen gesehen, aber dass sich einer davon ausgerechnet in diesen Raum verirrt hatte, konnten sie kaum glauben.

Doch schon ging es weniger um dieses Naturereignis als um Henriette selbst, die sich in Schmerzen wand, weitere Schreie ausstieß und mit beiden Händen ihren Leib hielt.

»Einen Arzt, schnell einen Arzt«, rief die Kammerfrau, »das Baby, ihm darf nichts geschehen!«

Eine Dienerin eilte hinaus, mit ihren eilig verspritzten Duftwassern hatte sie ohnehin nicht helfen können. Während sich die übrigen Frauen mit nassen Tüchern um Henriette bemühten, wurde draußen alles getan, um einen Arzt aufzutreiben.

Doch alle Bemühungen halfen nichts, alles Klagen, Bitten und Beten war umsonst: Die Wehen hatten bereits eingesetzt, viel zu früh, nach sechs Monaten Schwangerschaft. Des Königs Geliebte brachte ihr Söhnchen, auf das die Familie so viel Hoffnung gesetzt hatte, tot zur Welt.

Dieses Drama trug sich am 2. Juni 1600 zu, und Heinrich IV. sah sich durch die wundersame Fügung des Schicksals überraschend von seinem Versprechen entbunden. Was keineswegs die Meinung der Entragues war; sie fanden, dass ein solch unglücklicher Zwischenfall die Abmachung nicht in Frage stellen dürfe.

Doch die Familie saß nun am kürzeren Hebel. In Florenz wurden unterdessen die Vorbereitungen für die Hochzeit mit der Medici vorangetrieben und im Oktober war es so weit, die Vermählung fand statt. Freilich – wie damals oft – »per procurationem«, das heißt, ohne die Anwesenheit des Bräutigams, der zu diesem Zeitpunkt in Savoyen kämpfte, um auch dort Gebiete zu erobern, die er zu seinem Reich zählte. Bei der prunkvollen Zeremonie ließ er sich von dem einstigen Liebhaber der Gabrielle d'Estrées, dem Herzog von Bellegarde, vertreten.

4

Das Verhältnis des Monarchen zu Henriette war vorübergehend getrübt, und er fand nun Zeit, sich mit seiner Gemahlin zu beschäftigen. Aus Savoyen schrieb er ihr romantisch verbrämte Episteln, in denen er sie seiner angeblichen Liebe versicherte, ihr von seinen Kriegserfolgen berichtete und sie bat, ihm Bänder für seinen Hut zu schicken, die von ihrer Hand bestickt wären. Als der Sieg in Savoyen fast erfochten war, befand sich die neue Königin schon auf dem Weg nach Marseille, und Heinrich drängte sie, sich zu beeilen, damit er ihr – wie er ohne Umschweife schrieb – »ein schönes Kind« machen könne.

Man bescheinigte Maria ein majestätisches Auftreten, was sicherlich auch mit ihrer fülligen Gestalt zusammenhing, und nachdem die Hochzeit im Oktober des Jahres 1600 offiziell gefeiert worden war, wurde die Königin schon bald schwanger. Dass Heinrich von ihrem Äußeren ziemlich enttäuscht war, zählte nicht.

Doch Henriettes Reize fesselten den König umso mehr, und obwohl sie sich mit der Rolle einer Mätresse wohl nur abfand, weil sie in seiner Nähe besser ihre Ansprüche vertreten konnte, renkte sich ihr Verhältnis bald wieder ein. Schnell rundete sich der Bauch der Geliebten zum zweiten Mal. Sie gebar ihm einen Sohn, von dem sie sogleich als dem Thronfolger sprach, während sie den kurz zuvor zur Welt gekommenen Jungen der Königin als Bastard bezeichnete.

Was wiederum Maria aufs Höchste empörte!

Heinrich IV. hatte Freude an all seinen Kindern: an denen der verstorbenen Gabrielle d'Estrées, denen seiner Gemahlin und auch an denen Henriettes – beide Frauen brachten ein Jahr darauf, als hätten sie sich abgesprochen, je eine Tochter zur Welt.

Wenn der Monarch »zu Hause« war, im eher dunklen Louvre, in Saint-Germain oder im südlich von Paris gelegenen heiteren Fontainebleau mit seinen Springbrunnen, Pavillons und Alleen, die Frieden ausstrahlten, wollte er Harmonie, doch dafür waren keinerlei Voraussetzungen gegeben. Die Königin wurde mit der doppelten Enttäuschung nicht fertig, dass ihr Gemahl eine Mätresse hatte und auch noch an ihr festhielt, obwohl die Geliebte ihren untergeordneten Status nicht anerkennen wollte. Sie beklagte sich beim Gatten und bekam doch keine Genugtuung. Henriette wiederum hielt sich für betrogen und blieb nicht nur aus diesem Grund streitsüchtig. Beide Frauen hetzten ihn gegen die jeweils andere auf, fühlten sich auch finanziell nicht ihrer Bedeutung entsprechend gewürdigt. Maria brachte sogar Schmuck und Kunstgegenstände in die Pfandleihe, um zu zeigen, wie wenig hoheitlich ihr Angetrauter sie trotz ihrer hohen Mitgift ausstattete.

Dass Heinrich besonders rücksichtsvoll mit seinen Damen umging, wäre zu viel behauptet. Einiges vom Südfranzosen, der in Holzpantoffeln mit Bauernkindern und Ziegen gespielt hatte, vom ungeschliffenen Krieger mit dem abgewetzten Wams war geblieben. Wir versetzen uns in die Gefühlswelt der beiden Frauen, als er sie einander vorstellt. Er hat die Begegnung bis zur letzten Sekunde hinausgezögert, doch die Etikette verlangt es, und er kann wirklich nicht länger so tun, als gäbe es diese Beziehung nicht. Außerdem ist das Treffen unerlässlich, wenn die Entragues Marias Ehrendame werden will, ein Rang ohne große Verpflichtungen, der aber ihr Verbleiben am Hof gewährleistet.

Gemeinsam mit Henriette begibt sich Heinrich IV. also in die Gemächer der Königin. Die Mätresse ist aufgewühlt, widerspenstig – was mutet man ihr da zu? Trotzdem und um nun erst recht zu zeigen, wer sie ist, hat sie ihre kostbarsten Kleider angelegt, schwere glänzende Atlasseide, mit Perlen und Juwelen bestückt, die Halskrause ein Wunderwerk aus Spitze, das Haar mit den Löckchen vorn eine goldbraune Pracht.

Auch Maria von Medici rebelliert innerlich. In ihren Räumen mit den kunstvoll geknüpften Teppichen an den Wänden, den Fresken an der Decke, wartet sie ungeduldig auf die Begegnung. Ihr mit Gold durchwirkter Brokatrock schwingt ein wenig, wenn sie sich bewegt. Auch sie zeigt nicht etwa, wie es in Florenz üblich war, den Ansatz des Busens im viereckigen Ausschnitt, sondern geht hochgeschlossen – dass dies bei den Franzosen üblich war, hatte man ihr schon vor der Hochzeit beigebracht. Ihren Hass auf die andere, deren Namen sie langsam nicht mehr hören kann, verbirgt sie mit dumpfem Groll.

»Dies, Madame, ist meine Mätresse, die nichts Besseres wünscht, als Eure ergebene Dienerin zu werden.« Der König hat seine Worte, die in beider Ohren wie der reine Hohn klingen, etwas gepresst ausgesprochen. Natürlich kennt er die Gefühle seiner Damen, doch er kann ihnen diesen Augenblick nicht ersparen.

Hat Maria von Medici etwas erwidert? Vielleicht eine Begrüßung gemurmelt, ein Wort des Entgegenkommens? Henriette weiß es nicht, sie ist viel zu sehr mit ihrem Verdruss beschäftigt, um darauf zu achten. Und wenn, hätte das für sie auch keinerlei Bedeutung.

Die Königin aber wartet auf die Reverenz, die ihr die Hure erweisen muss. In diesem Punkt zumindest wird sie sich unterordnen, ihr bleibt keine andere Wahl. Nun knie schon nieder, Puttana!, denkt sie in ihrer Muttersprache, beweg dich.

In Henriette weigert sich alles, die erforderliche Geste auszuführen. Blass im Gesicht, steht sie da, blasser noch, als es die Schminke andeutet, die sie aufgelegt hat. Ich bin die Königin, *ich*, hallt es dumpf in ihrem Kopf. Ihr Herz ist voll bitterer Galle.

Die Szene dauert schon zu lange, die Situation wird peinlich. Mit Engelszungen hat der König vorhin auf sein »Zicklein« eingeredet, sich ins Unvermeidliche zu fügen, damit er sie dann umso stürmischer verwöhnen kann. Sie ist doch seine Herzensdame, mit der er immer aufs Neue zusammen sein und schlafen will. Was ziert sie sich noch, worauf wartet sie?

Heinrich IV. kann auch grob werden, jetzt ist er es. Mit starkem Druck seiner Hand zwingt er Henriette, niederzuknien. Die Hand bleibt noch auf der Schulter, bis sich die Widerstrebende endlich durchringt, mit zwei Fingern Marias Rocksaum zu ergreifen und zu küssen. Ein flüchtiger Hauch über den Stoff, der aber genügt. Es ist geschafft, die Mätresse kann ihren Platz am Hof einnehmen.

Beide haben die gegenseitige Verachtung gespürt. An ihrem Hass werden sie festhalten, selbst wenn es bisweilen zu kleinen Kompromissen kommt. Der König, so souverän er sonst auftritt, wird die angestrebte Harmonie nicht herstellen, im Gegenteil, er wird sich bei den Vermittlungsversuchen aufreiben und Gefahren ausgesetzt sein, die er noch gar nicht erahnt.

Denn das Lavieren zwischen den Betten brachte nicht nur persönliche Querelen mit sich, sondern führte auch zu unterschiedlichen und einander bekämpfenden Gruppierungen am Hof. Entgegen den Wünschen Heinrichs hatte Maria nämlich auf eines nicht verzichtet: auf ihre italienischen Diener und Berater. An erster Stelle stand dabei ihre Jugendfreundin Leonora Galigaï, eine sehr kluge und ehrgeizige Person, die mit ihrem Mann, einem Abenteurer namens Concini, später sogar für einige Jahre die Geschicke Frankreichs leitete. Ihre Intrigen kosteten sie schließlich das Leben.

Damit die Galigaï am Hof bleiben und Kammerfrau der Medici werden konnte, traf sie eine Absprache mit Henriette. Danach sollte die Königin ihren Widerstand gegen Heinrichs Geliebte aufgeben, wenn die Entragues sich bei Seiner Majestät für die Italiener einsetzte. Leonora erreichte auch tatsächlich ihr Ziel. Freilich scheint der Waffenstillstand zwischen den Damen des Herrschers nicht lange gehalten zu haben.

5

Heinrich IV. musste nach wie vor Intrigen fürchten, die von den Unzufriedenen im Land ausgingen. Von jenen, die sich zu kurz gekommen fühlten oder ungerecht behandelt glaubten. Zu ihnen gehörten Henriettes Vater und ihr Halbbruder, der Graf von Auvergne. Das Haupt einer groß angelegten Verschwörung aber bildete damals ein berühmter Adliger, der Marschall Biron.

Es war an einem Junimorgen 1602 im Schloss Fontainebleau, als der Baron Rosny mit einigen Papieren in der Hand wieder einmal beim König erschien. »Nun gibt es keinen Zweifel mehr, Sire«, erklärte er erregt, »Biron ist schuldig. Hier sind die Beweise.«

Heinrich vertiefte sich in die Dokumente. »Wo habt Ihr das her?«

»Von La Fin, dem Unterhändler des Marschalls. Er hat Angst bekommen und seinen Herrn verraten. Ich hatte heute Nacht ein langes Gespräch mit ihm.«

»Das alles ist sehr bedrückend und unangenehm«, murmelte der Herrscher, als er gelesen hatte. Seine Worte klangen bitter und bezogen sich eindeutig auf den Marschall. Denn aus den Papieren ging eines deutlich hervor: Biron, der früher als

Heerführer auf gleicher Augenhöhe mit Heinrich gekämpft hatte und sich nun zurückgesetzt fühlte – betrogen, vor allem weil die von ihm einst eroberte Festung Bourg-en-Bresse nicht ihm, sondern der Krone zugeschlagen worden war –, hatte einen Vertrag mit Spanien geschlossen. Klammheimlich. Danach sollte Burgund vom Königreich abgespalten und Biron zum Herrscher dieser Provinz gemacht werden. Aber nicht nur das. Geplant war ganz offensichtlich auch die Beseitigung des Königs und seines Thronfolgers. An ihrer Stelle sollte Henriettes Sohn die Krone erhalten.

»Wir müssen handeln, Majestät. Die Erhebung in Burgund steht kurz bevor, die Bevölkerung wird aufgewiegelt und mit spanischen Dublonen bestochen.«

»Ich kenne Birons maßlosen Ehrgeiz«, sagte Heinrich, »seine wilden Wutausbrüche. Aber das?! Wir waren über viele Jahre Kampfgefährten.«

»Das ist vorbei, Sire, hier geht es um alles!«

»Ich kann die Großen in meinem Land nicht alle umbringen, selbst wenn sie sich gegen mich wenden«, erklärte der König missgestimmt. »Wir wollen Biron noch eine Chance geben. Wir bitten ihn zu uns. Wenn er Reue zeigt, bereit ist, seine Schuld einzugestehen, soll ihm verziehen werden.«

»Der Graf von Auvergne hält sich bei ihm auf.« Vorsichtig spielte Rosny auf die Verstrickung der Familie Entragues in die Verschwörung an.

Heinrich runzelte die Stirn. »Dann soll er gleichfalls herkommen.« Er vermied es, Henriettes Vater oder gar sie selbst zu erwähnen.

»Und wenn sie sich weigern?«, stieß der Baron nach.

»Ich will kein Blutvergießen. In Dijon verfügt Biron über Soldaten und Kanonen. Wir appellieren an seine Ehre, drohen ihm notfalls. Wir schwächen ihn, gehen mit List gegen ihn an. Wir schlagen vor, seine Geschütze gegen bessere auszutauschen, nehmen ihm seine ab, halten unsere aber zurück.«

»Gut, ich werde das Notwendige veranlassen«.

Er verließ den König und machte sich an die Arbeit. Wie vorauszusehen, war es gar nicht so leicht, den Marschall zum Verlassen Burgunds zu überreden. Schließlich traf er, zusammen mit Auvergne, doch noch am Hof ein. Er ahnte nicht, dass seine Pläne enthüllt waren.

Heinrich sprach selbst mit ihm, erging sich in Andeutungen, versuchte Biron zum Einlenken zu bewegen. Doch der einstige Mitstreiter hörte nicht auf, sich über die ungerechte Behandlung zu beklagen, die ihm angeblich zuteil geworden war. Man speise ihn – im Gegensatz zu Speichelleckern, die früher sogar Feinde der Krone gewesen wären – mit ein paar Almosen ab, verdächtige ihn der Untreue, unterstelle ihm verschwörerische Absichten

Als auch Baron Rosny kein Eingeständnis einer Schuld aus dem Marschall herauszuholen vermochte, wurde es dem König zu bunt: Die Beweise waren erdrückend, es handelte sich eindeutig um ein Majestätsverbrechen. Biron wie auch Auvergne wurden verhaftet und dem Gericht überstellt. Während der Graf aber um Gnade flehte, setzte sich der ehemalige Kampfgefährte bis zuletzt mit wütenden Verteidigungsreden zur Wehr. Er konnte oder wollte nicht glauben, dass man bis zum Äußersten gehen und ihn hinrichten würde.

Doch gerade das geschah. Heinrich hatte sich entschieden, in diesem Fall kein Veto einzulegen, und so wurde der hohe Angeklagte vom Pariser Parlement, dem Gericht, schuldig gesprochen. Seine Familie erreichte nur noch, dass er am 31. Juli 1602 nicht, wie damals üblich, vor aller Öffentlichkeit auf dem berühmten Grève-Platz, sondern vor kleinem Publikum im Hof der Bastille enthauptet wurde. Das aber war das einzige Zugeständnis.

Die Hinrichtung selbst wird von Zeitgenossen als dramatisch geschildert. Biron soll wild geflucht, und da er nicht gefesselt worden war, am Fuß des Schafotts seine Bewacher zu Boden geschleudert haben. Nachdem er die Leiter hinaufgestiegen war, riss er sich dreimal die Binde von den Augen.

Der Henker, der seine liebe Not mit ihm hatte, überlistete ihn schließlich, indem er ihn bat, sein letztes Gebet zu sprechen. Als der Marschall sich daraufhin umwandte, schlug er, wie überliefert wird, so kräftig zu, »dass der Kopf fünf Schritte weit auf die Erde fiel«.

Graf Auvergne dagegen kam wieder frei, und auch Henriettes Vater geschah nichts. Die Geliebte selbst wies jeden Verdacht von sich, erklärte, von der Verschwörung nichts gewusst zu haben. Obwohl das nicht besonders glaubwürdig war, blieb sie unbehelligt. Der König wollte die Sache ganz offensichtlich nicht weiter verfolgen.

6

Heinrich IV. behauptete gelegentlich von sich selbst, dass er misstrauisch sei, und zitierte ein Bibelwort Samuels: »Herr, gib mir Stärke gegen diejenigen, die um mich sind.« Sein Misstrauen war auch durchaus berechtigt, denn er war mehr als einmal verraten worden und einer ganzen Reihe von Attentaten oft nur mit Not entgangen.

Doch wenn es um seine Liebe zu Henriette ging, wollte er die Tatsachen nicht anerkennen. Freilich vermochte die Mätresse es auch vorzüglich, die Arglose zu spielen, tat keineswegs Abbitte, sondern erklärte sich für völlig unschuldig und im Gegenteil in ihrem Stolz verletzt.

Eines Tages kamen Gerüchte auf, dass sie ihn bei der Jagd ermorden lassen wolle, doch es gab keinerlei Beweise, und so entschied der König, man würde sie verleumden. Außerdem hatte er andere Probleme. Elisabeth I. von England, die ihn aus religiösen Gründen stets unterstützt hatte, segnete das Zeitliche, und es galt, sich der Freundschaft Jakobs VI., ihres Nachfolgers, zu versichern, ihm ein Treuebündnis gegen die Habsburger anzutragen, die gleichfalls um die Gunst des Engländers buhlten.

Innenpolitisch aber gab es Gerangel um die Jesuiten, die, nach dem Attentat auf Heinrich IV. im Haus der Estrées aus Frankreich vertrieben, nunmehr darauf drängten, ins Land zurückzukehren. Seinem Toleranzprinzip und den Wünschen seiner streng katholischen Gemahlin folgend, befürwortete Heinrich diesen Schritt unter bestimmten Bedingungen. Allerdings stellte er sich damit gegen seinen Freund Rosny, gegen die Hugenotten, den neuen König Englands, wie auch gegen die Sorbonne und das Parlement von Paris, den Gerichtshof, denn sie alle bekämpften den Orden heftig.

Durch diese und andere Probleme bedrängt, konnte der König dennoch nicht übersehen, dass Auvergne in der Provinz, deren Namen er trug, weiterhin dunkle Pläne schmiedete. Er sammelte Truppen, umgab sich mit zwielichtigen Beratern. Briefe wurden abgefangen, die den Verdacht erhärteten, dass die alten Pläne der Abspaltung doch noch verwirklicht werden sollten.

Rosny, inzwischen zum Herzog von Sully aufgestiegen, und auch Heinrich IV. wollten nun endlich Gewissheit. Der Graf von Auvergne und Henriettes Vater wurden festgesetzt, sie selbst unter Hausarrest gestellt, denn ein Schreiben aus Spanien hatte erneut die Absicht der Aufrührer bestätigt, den Sohn der Mätresse zum Herrscher Frankreichs zu machen.

Das alte Spiel begann wieder von vorn, das Gericht sammelte Beweise und fand sie in der Korrespondenz der Verschwörer. Spanisches Geld, Andeutungen, die keinen Zweifel mehr ließen – die Indizienkette schien lückenlos.

Diesmal wurden der Herzog von Entragues und der Graf von Auvergne zum Tode verurteilt, nur Henriette blieb abermals verschont. Rosny-Sully gegenüber, der sie auf Veranlassung Heinrichs einem Verhör unterzog, gebrauchte sie die gleichen Argumente wie schon früher. Sie habe von nichts gewusst, mit den überspannten und verwirrten Ideen ihres Halbbruders nichts zu schaffen, und dass ihre Familie ihren Sohn als Thronerben betrachte, sei nur recht und billig. Für ihren Vater bitte sie um Gnade, sei aber, wenn das gefordert würde, durchaus bereit, mit ihren Kindern aufs Land zu ziehen. Hunderttausend Francs im Jahr, durch den entsprechenden Grundbesitz abgesichert, würden ihr genügen.

Henriette hatte auch diesmal richtig gerechnet, ihr selbst passierte nichts, der König wollte es so. Zum Ärger vor allem der Königin und der italienischen Partei stellte das Gericht der Mätresse sogar eine Unschuldsbescheinigung aus. Ihr Vater kam ebenfalls wieder frei, und sogar der Graf von Auvergne wurde begnadigt. Immerhin verblieb er jedoch einige Jahre in der Bastille, wo er freilich – wie bei adligen Straftätern üblich – von seinen Mätressen besucht werden durfte und eine besondere Verpflegung durch seine Familie erhielt.

7

»Die ganze Welt bedeutet mir nichts gegen Euch.« Henriettes Blick blieb an den Zeilen eines Briefes hängen, den ihr der König vor ein paar Jahren geschrieben hatte, zu jener Zeit, als sie der Verwicklung in die beiden Verschwörungen gegen ihn verdächtigt worden war. Er hatte damit Vorwürfe beantwortet, die sie ihm machte. »Ich brenne wie eh und je«, hatte sie ihm damals nämlich versichert, zugleich aber auch geklagt: »Doch ach, wo bleibt die Glückseligkeit, da jener, der vorgab, mich mehr als sein Leben zu lieben, nun meinen Tod will.«

Sie presste, von widersprüchlichen Empfindungen erfasst, die Lippen zusammen. Heinrich hatte sie wirklich begehrt, das musste sie anerkennen. Er hatte es bewiesen, indem er nach einer Zeit der Verstimmung zu ihr zurückkehrte. Besser gesagt, in ihr Bett mit den weichen Laken. Er konnte es nicht lassen, sie auf den Rücken zu werfen, ihren bebenden Körper, der sich ihm in solchen Momenten fast gegen ihren Willen sehnsüchtig entgegenstreckte, wollüstig zu umfangen. »Ich beweise Euch, dass ich Euch mehr liebe als je zuvor, ich küsse

Euch millionenfach«, das waren seine Worte nach dem Zerwürfnis gewesen. Und doch hatte sich ihr Verhältnis da schon von Grund auf verändert. Sie blieb dabei, er hatte sie und ihre Kinder verraten. Schmählich! Gegen eine entsprechende Summe und weil man ihm allen Ernstes mit Hinrichtung drohte, hatte ihr Vater schließlich das wertvolle Schreiben mit dem Heiratsversprechen des Königs herausgeben müssen.

Sie hatte ihn noch einige Zeit festhalten können, doch nur, weil ihn die Lust trieb. Schnell waren nun die anderen aufgetaucht, die Bueil, die Essart, und er hatte den beiden ebenfalls Kinder gemacht, so wie er seiner fetten Maria aus Florenz zu weiteren Geburten verholfen hatte.

Ihr hatte er nur noch Billetts geschrieben, in denen er Beschuldigungen gegen sie aussprach. Dass sie ihn nie so geliebt habe wie er sie, und dass sie keinen guten Charakter habe! Lächerliche Anklagen, die er immer wieder mal erhob, um die Schuld zu bemänteln, in der er ihrer Familie gegenüber stand.

Henriette schob die Briefe, die ihr beim Durchstöbern ihrer Schubladen und mit Edelsteinen besetzten Kassetten in die Hände geraten waren, mit verächtlichem Lachen beiseite. Wenn der König sie gemocht hatte, warum hatte er sie dann der stetigen Demütigung durch die florentinische Bankierstochter ausgesetzt? Im Übrigen war er in Dingen der Liebe sowieso unberechenbar gewesen, unersättlich in seiner Gier und Wollust. Gut, auch sie hatte ihre Liebhaber gehabt, hatte sich nichts versagt, aber was war das schon im Vergleich zu ihm. Zurzeit sollte er, wie man ihr zugetragen hatte, sogar hinter einer Vierzehnjährigen her sein, einer Charlotte von Montmorency, und alles machte sich über die Zustände am Hof lustig, wo es zuging wie in einem Bordell. Doch damit hatte sie nichts mehr zu tun. Er hatte ihr endgültig den Abschied gegeben, er war der Herrscher und konnte tun, was er wollte! Sie aber lebte seither auf ihrem Besitz in Verneuil.

Es war Frühling, der schöne Mai 1610. Die ehemalige, nun dicklich gewordene Mätresse schüttelte ihre Erinnerungen ab und erhob sich. Sie überlegte gerade, ob sie das Schloss zu einem Spaziergang durch die Gärten hinüber zu den kürzlich angelegten Rosenbeeten verlassen sollte, als, ohne zu klopfen, eine ihrer Hofdamen hereinstürzte.

»Madame, habt Ihr schon gehört, Seine Majestät …«

Henriette runzelte die Stirn. »Müsst Ihr mich denn so erschrecken? Was ist mit dem König?«

»Entschuldigt, Madame, aber es ist zu furchtbar. Es geschah nach den Krönungsfeierlichkeiten seiner Gemahlin … Man erzählt … man erzählt … er sei tot.«

Diese Nachricht raubte der ehemaligen Geliebten nun doch die Fassung. Die Krönung Marias so viele Jahre nach der Heirat war in ihren Augen lächerlich; dass sie das Ende Heinrichs mit sich bringen würde, erschien aber völlig unwirklich. Für Sekunden brachte sie keinen Ton heraus. Dann: »Wer sagt das? Wie soll das geschehen sein?«

»Ein Attentat, Madame. Leute, die zu den Feierlichkeiten in Paris weilten, haben es einem unserer Wildhüter erzählt. Seine Majestät sei mit dem Herzog von Épernon in der Kutsche durch Paris gefahren, als sich bei einem plötzlichen Halt ein Mönch aufs Trittbrett schwang und ein Messer zückte. Der König sei sofort tot gewesen.«

Henriette schwieg erneut. Obwohl ein Anschlag immer im Bereich des Möglichen gelegen hatte, kam es im Augenblick doch zu überraschend. Schließlich murmelte sie: »Seine Majestät tot, erstochen, das ist entsetzlich.« Und fügte energisch hinzu: »Schnell, holt mir den Mann her, der das berichtet hat. Ich will mehr erfahren.«

8

Der König war zuletzt beim Volk beliebt gewesen, deswegen kam es nach seinem Tod am 14. Mai 1610 zu Unruhen und zu Spekulationen über die Hintergründe des Attentats. Von dem folgenden Machtwechsel würde am meisten die italienische Partei profitieren, mit Maria von Medici an der Spitze, die nun für ihren zehnjährigen Sohn, den späteren Ludwig XIII., die Regentschaft übernahm. Sie wollte einiges ändern. In den letzten Wochen vor seinem Tod hatte Heinrich IV. nämlich alles für einen Krieg an den östlichen Landesgrenzen vorbereitet. Dabei ging es um das Erbe des verstorbenen Herzogs von Jülich-Kleve. Der König wollte das Gebiet, das auch die Habsburger beanspruchten, den protestantischen deutschen Schwiegersöhnen des Fürsten sichern und sie so zu festen Verbündeten am Rhein machen. Maria, von den Concinis beraten, war als gute Katholikin gegen seine Pläne gewesen und konnte die Weichen nun anders stellen.

Die Königin hätte zweifellos Gründe gehabt, ihren treulosen Gemahl zu beseitigen und ihrer Fraktion zum Sieg zu verhelfen, aber Beweise dafür gab es nicht. Wer hätte auch danach suchen sollen, jetzt, da sie und ihre Getreuen alle Fäden in der Hand hielten?

Auch der Herzog von Épernon, der in des Herrschers Kutsche gesessen hatte und bald zu einem Vertrauten Marias aufstieg, geriet in Verdacht und mit ihm Henriette. Eine gewisse Jacqueline von Escoman verklagte beide, in den Mord verwickelt zu sein, wurde jedoch in einem Prozess 1611 selbst als Lügnerin verurteilt, während man die Beschuldigten freisprach.

Der Mörder jedenfalls, ein verwirrter religiöser Fanatiker namens Ravaillac, behauptete, die Tat allein geplant und aus freiem Willen ausgeführt zu haben – er wich selbst unter grausamer Folter nicht von seiner Aussage ab. Diese Aussage mag der Wahrheit entsprechen oder nicht – fest steht, dass Heinrich durch sein Eintreten für kluge Kompromisse zwar Freunde und Anerkennung fand, doch auch unzählige offen oder heimlich agierende Feinde gegen sich auf den Plan rief. Die Hetze gegen ihn, die niemals aufgehört hatte, führte fast zwangsläufig zu einem gewaltsamen Lebensende.

Dass Henriette auch diesmal in das Verbrechen verwickelt war, ist eher unwahrscheinlich. Die Entragues hätten kaum einen Gewinn von dem Tod gehabt; eher war zu befürchten, dass sich der Hass der Königin ungebremst gegen die verflossene Mätresse richten würde, sobald sie des letzten Schutzes durch den Herrscher beraubt wäre.

Doch wie schon im Fall Katharina von Medicis und Dianes de Poitiers fünfzig Jahre zuvor, hatte Maria keine Zeit für eine solche Rache, sie musste sich um die Nachfolge der Macht kümmern. Im Gegenteil, die Herzogin durfte nach dem Tod des Königs sogar an den Hof zurückkehren. Ihrer Kinder wegen, die Heinrich IV. allesamt geliebt hatte, fanden die beiden streitbaren Damen offenbar einige Gemeinsamkeiten. Henriettes erstgeborener Sohn, um dessen Erhebung zum Thronfolger es so viel Aufregung und auch Intrigen gegeben hatte, wurde später übrigens ein Mann der Kirche und Bischof von Metz.

Obwohl inzwischen matronenhaft geworden – so wie es die Königin und nunmehrige Regentin schon früher gewesen war –, legte sich die alternde Herzogin von Verneuil noch den einen und anderen Liebhaber zu. Sie erlebte den rasanten Aufstieg und das schmähliche Ende der beiden Concinis sowie einen Teil der Herrschaft Ludwigs XIII., der sich beim Kampf gegen seine Mutter und den wieder einmal aufständischen Adel auf den berühmten Kardinal Richelieu stützte. 1631 schließlich konnte die ehemalige Mätresse die Flucht Maria von Medicis ins holländische Exil verfolgen, hatte sie doch vergeblich gegen ihren Sohn und den Kardinal intrigiert.

Henriette d'Entragues, die von Heinrich IV. einst heftig geliebte Frau, die ihm zugleich so zugesetzt hatte, starb 1633 in Paris, im Alter von vierundfünfzig Jahren. Bekannt wurde sie vor allem durch ihren Anspruch, die wahre Königin Frankreichs zu sein, und durch die beiden Verschwörungen gegen ihren Liebhaber, den ersten Bourbonenherrscher.

Louise de La Vallière (1644–1710)

VII. Louise de La Vallière: Eine reuige Sünderin

1

Sie brachte das Pferd zum Stehen, zog die Beine an und stand plötzlich auf dem Rücken des Rappen, der sich langsam wieder in Bewegung setzte. Das Ross nur durch ein Seidenband lenkend, sprengte sie im Kreis. Sie war schlank, jung und ihre großen blauen Augen leuchteten. Das dunkelblonde Haar umspielte Hals und Schultern. Bei dem wagemutigen und graziösen Manöver, das sie im Stil einer Kunstreiterin ausführte, fiel ihre kleine Gehbehinderung nicht ins Gewicht.

Der König applaudierte. Es war nicht die erste Vorführung dieser Art, aber es begeisterte ihn immer wieder. »Ihr seid großartig, Louise«, lobte er, »die berühmten Amazonen könnten es nicht besser machen.« Er fing sie auf, als sie vor ihm anhielt und elegant zu Boden glitt.

Mit einem glücklichen Lächeln schmiegte sie sich an ihn. »Ihr seid zu gütig, Majestät.«

Die junge Dame, die den wohlklingenden Namen Louise de La Baume Le Blanc de La Vallière trug, obwohl sie aus lediglich bescheidenem Adel stammte, war nicht die erste Liebe Ludwigs XIV. Der im Sommer 1661, zum Zeitpunkt des Geschehens, knapp Dreiundzwanzigjährige war nach dem Willen seiner Mutter Anna von Österreich und seines Erziehers, des berühmten Kardinals Mazarin, bereits mit sechzehn durch eine erfahrene Kammerfrau in die körperliche Liebe eingeführt worden. Diese reife und verheiratete Dame soll ihm auch eine Monate währende Geschlechtskrankheit angehängt haben, was ihn freilich nicht hinderte, sie später reich mit Häusern zu beschenken und ihre Kinder vornehm zu verheiraten.

Der König war ein echter Nachfahre Heinrichs IV. Nach diesem ersten Betterlebnis war sein Appetit geweckt. Er beglückte nun Gärtnermädchen und Zofen, vergnügte sich mit einigen Nichten des Kardinals, die dieser aus seiner italienischen Heimat an den Hof geholt hatte, und durchlebte mit einer von ihnen, der intelligenten Maria Mancini, eine erste tiefe Leidenschaft.

Aus Gründen der Staatsräson musste Ludwig der jungen Frau nach einigen Monaten engster Vertrautheit den Abschied geben, aber noch immer verspürte er einen Stich im Herzen, wenn er an sie dachte – wie schön hatten sie sich damals ihre gemeinsame Zukunft ausgemalt! Bis ihm schmerzhaft klargemacht wurde, dass sich ein Bourbonenkönig nicht mit einem Edelfräulein zweiten Ranges begnügen durfte, sollte er noch so verliebt sein! Um den sogenannten Pyrenäenfrieden mit Spanien zu besiegeln und eventuell Ansprüche auf Teile Flanderns geltend zu machen, bot sich eine Heirat mit der spanischen Infantin Maria Teresa an. Ludwig hatte sich gefügt, und die Ehe bestand inzwischen ein Jahr. Maria Mancini, zu stolz, seine Mätresse zu werden, hatte sich tief enttäuscht gleichfalls vermählt.

Der König seufzte in Gedanken an seine verlorene Geliebte, und Louise fragte erschrocken: »Was habt Ihr, Majestät? Ist Euch nicht wohl?«

»Alles in bester Ordnung, meine Schöne, nur eine dumme Erinnerung.«

»Eine Erinnerung? Ihr dachtet an eine andere Frau!«

»Wie könnte ich, wenn ich mir doch die Zeit genommen habe, mit Euch hierherzureiten«, erwiderte er. »Bei all meinen Pflichten.«

Louise gab sich damit zufrieden. Sie wusste, dass Ludwig nach dem Tod Mazarins die Geschicke des Landes selbst in die Hand genommen hatte und viel arbeitete. Er hatte es sich zum Ziel gesetzt, ein großer König zu werden, der alle wichtigen Angelegenheiten in seinem Land im Auge behielt und die letzte Entscheidung selber traf. Der den oftmals rebellischen Adel an seinen Hof fesselte und zum Dienen zwang. Der diesen Hof durch die Kunst, durch prunkvolle Bälle und große Festlichkeiten in höchstem Glanz erstrahlen ließ, wobei er selbst als Schauspieler, vor allem aber als Tänzer auftrat. In golden schimmernden Gewändern, mit Federschmuck auf dem Kopf verkörperte er den Apoll und andere Gottheiten der Antike, stand, der Sonne gleich, im Mittelpunkt dieser spektakulären Aufführungen. Ja, Louise wusste das alles und fragte nicht weiter. Sie seufzte nun gleichfalls und löste sich aus seinen Armen. »Es ist schön hier in Versailles«, sagte sie ablenkend.

Sie nahmen die Pferde am Zügel, und Ludwig ging mit ihr zu einer kleinen Anhöhe. »Das Jagdhaus, das mein Vater hier bauen ließ, gefällt Euch also«, stellte er fest.

»Ja, es hat so etwas …«, sie suchte nach dem richtigen Wort, »Anheimelndes und Abgeschiedenes.«

Der König nickte zwar, schien aber nicht ihrer Meinung zu sein. »Abgeschieden, das stimmt, doch so sollte es auf keinen Fall bleiben.«

Sie gab keine Antwort, sah ihn nur fragend an.

»Hört zu, Louise. Ich habe Euch heute nicht ohne Grund nach Versailles entführt. Schon lange gehen mir Gedanken durch den Kopf, die ich bisher jedem, selbst Maman, vorenthalten habe. Dies hier mag ein Ort sein, der sich für die Jagd und kleine Feste gut eignet – mein Vater, so erzählt man mir, hat ihn sehr geschätzt. Aber das ist viel zu wenig. Man könnte etwas ganz anderes daraus machen. Eine großartige Stätte zum Ruhm meines Königreichs.«

Louise war überrascht. »Ihr wollt das Anwesen verändern, Majestät?«

»Noch ist nichts entschieden, aber ich finde, dass an solch einen Platz ein prächtiger Palast gehört. Mit herrlichen Sälen und Fluren, mit hohen Räumen, die von bedeutenden Künstlern aufs Beste ausgeschmückt sind. Dazu ein großer Park mit

Blumen und Alleen, mit Kanälen, Brunnen und Marmorbildnissen. Man müsste die Hügel einebnen, den Wald roden, eine befestigte Straße anlegen, die bis nach Paris führt. Ich stelle mir ein Schloss vor, würdig den Griechen und Römern, das von jedermann bewundert wird, auch von den Herrschern anderer Reiche.«

Seine Geliebte sah die Begeisterung des Königs, sie wusste um seinen Willen, Dinge durchzusetzen, die vielen unmöglich schienen. Dennoch ließ sie sich nicht hinreißen. »Ein Schloss? Ihr habt doch schon den Louvre, Fontainebleau, Saint-Germain. Wird das nicht sehr teu…«, sie stockte.

»Teuer, wollt ihr sagen? Ja, Ihr habt recht, es wird nicht leicht sein, die nötigen Mittel aufzubringen. Ich werde mir Zeit nehmen, mich mit unseren Baumeistern beraten müssen und mit meinem Oberintendanten für Finanzen. Doch ich habe genaue Vorstellungen. Viel zu viel an Steuergeldern geht meinem Land durch Eigensucht und schamlose Bereicherung verloren. Ich will dem einen Riegel vorschieben. Und was nun die Schlösser angeht, die Ihr erwähntet, so mögen sie zum Teil sehr alt und von großer Pracht sein. Doch sie und andere wurden von meinen Vorgängern erbaut. Versailles dagegen soll mein Palast werden, und er soll alles Bisherige in den Schatten stellen.«

»Ach, Majestät, was für großartige Ideen Ihr doch habt!« Endlich ließ sich Louise halbherzig von seinem Enthusiasmus anstecken.

»Kommt, wir wollen ins Haus gehen. Dort kann ich Euch alles genauer erklären.«

Ein Bediensteter eilte herbei, sie übergaben ihm die Pferde und gingen hinüber ins Jagdhaus. Dort stiegen sie hinauf ins Dachgeschoss, von wo aus man den besten Überblick hatte, und Ludwig setzte eifrig seine Erläuterungen fort. So sachlich er im Allgemeinen zu sprechen pflegte, an diesem Ort riss ihn der Überschwang mit.

Louise, in seinen Arm geschmiegt, gab sich Mühe, seinen

Worten zu folgen. Sie liebte ihn, war stolz, dass der König gerade sie auserwählt hatte, und hielt alles, was er sagte oder tat, für bedeutend, ja außergewöhnlich. Trotzdem gelang es ihr nicht immer, seine Vorstellungen zu teilen. Wenn sie ehrlich war, genügte ihr das Jagdschloss, so wie es sich jetzt darstellte, voll und ganz; sie wünschte es nicht anders.

Sie streichelte seinen Arm, doch er merkte, dass sie nicht recht bei der Sache war, zeigte sich enttäuscht und murrte: »Ich ermüde Euch. Es scheint, dass ich zu viel geredet habe.«

»Nein, nein, Majestät, hier oben ist es nur so schrecklich heiß. Vielleicht könnten wir uns unten weiter unterhalten, bei einem Glas kühlen Weißwein.«

Ihr Blick war bittend, schmeichelnd und bezwang ihn sofort. Beim Gedanken, dass sie unten nicht nur ein Glas Wein, sondern auch ein weiches Bett erwartete, erhitzte sich sein Blut. Die ehrliche Bewunderung, die Louise für ihn hegte, war ein Grund für seine Liebe, er genoss die sanfte und zugleich fordernde Art, mit der sie sich hingab. Er zog sie fester zu sich und sie schmiegte sich an ihn. »Verzeiht, mein Engel«, murmelte er, dass ich unsere wertvollen Stunden vergeude.« Er nahm sie in die Arme, und sie küssten sich. Dann stiegen sie eilig hinab in die unteren Gemächer.

2

Louise de La Vallière wurde am 6. August 1644 in der Nähe von Amboise geboren, dem Ort, wo einst Franz I. residiert hatte und wo 1560 unter Katharina von Medici blutig mit hugenottischen Rebellen abgerechnet worden war. Aus der ersten Ehe der Mutter gab es zwei Halbbrüder; der Vater, ein Offizier der berittenen Garde, starb, als sie sechs war. Durch eine dritte Heirat der Mutter mit dem Haushofmeister des Gaston von Orléans, der wiederum ein Bruder Ludwigs XIII. war, gelangte sie nach Blois, wo sie ihre Jungmädchenjahre verbrachte. Gaston lebte dort im Exil, denn er hatte sich an allen möglichen Verschwörungen gegen seinen Bruder und dessen Sohn, Ludwig XIV., beteiligt, unter anderem auch an der Fronde, einem Aufstand des Pariser Bürgertums und später des Schwertadels, der von 1648 bis 1653 andauerte. Der damals noch kindliche König war zur Flucht aus der Kapitale gezwungen und gewaltig in Schrecken versetzt worden, was ihm noch lange anhing.

Durch das Exil auf Schloss Blois und seine Umgebung beschränkt, gab sich der hochwohlgeborene Aufrührer Gaston, der weiterhin den Ehrentitel »Monsieur« tragen durfte, den Festlichkeiten, den Künsten und der Jagd hin. Als Tochter eines seiner obersten Domestiken erhielt Louise de La Vallière dort Unterricht in den verschiedenen höfischen Gebräuchen, lernte tanzen, schreiben, artige Konversation führen.

Deshalb war die junge Dame, als sie zu Beginn des Jahres 1661 nach Paris kam, gut für die Dienste bei einer sehr engen Freundin des Monarchen gerüstet. Henriette von England, eine Tochter des unter Cromwell enthaupteten Königs Karl I., war als Kind mit ihrer Mutter nach Frankreich geflohen und seit kurzem mit Philippe von Anjou verheiratet, dem Bruder des Königs, der sich eher zu Männern hingezogen fühlte.

Mit dieser Henriette beschäftigte sich Ludwig XIV. in jenen Monaten auffällig viel. Im gleichen Alter wie Louise, stand sie aufgrund der Rangfolge, ihrer Bildung und Intelligenz bereits im Mittelpunkt des höfischen Interesses. Der fünf Jahre ältere König hatte ihrem Mann und ihr die Vorbereitung großer Festlichkeiten anvertraut und schien ihren Reizen gegenüber höchst empfänglich.

Doch außer dem Ehemann, der sich trotz seiner homosexuellen Neigungen sehr eifersüchtig gab, fühlte sich besonders Ludwigs Mutter durch die Gerüchte aufgestört. So locker wie zu Zeiten Heinrichs IV. waren die Sitten in Frankreich gut fünfzig Jahre später nicht mehr, die Glaubensregeln wurden viel strenger gehandhabt, und innerhalb der Familie Ehebruch zu begehen, stieß vor allem beim Klerus auf geharnischten Protest. Dennoch half es anscheinend nichts, dem fromm erzogenen König von berühmten Predigern wie Bossuet die Leviten lesen zu lassen oder ihm anderweitig ins Gewissen zu reden. Ludwig hielt Gott zwar die Treue, respektierte die Fastenzeiten und ließ keine Messe aus, doch an seiner Zuneigung zur Schwägerin änderte sich kaum etwas.

Deshalb schien eine Täuschung der Öffentlichkeit die letzte Rettung. Wenn der Herrscher schon nicht von Henriette lassen konnte, sollte die Sache wenigstens verschleiert werden. Zu diesem Zweck wurden mit Bedacht ein paar Damen ihres Anhangs ausgewählt. Es sollte aussehen, als würde er diese jungen Frauen besuchen, wenn er in Wirklichkeit zur Gattin seines Bruders eilte.

Der Plan ging besser auf als vermutet. Recht auffällig herausgeputzt mit Reiherfedern im Haar, wurden die Edelfräuleins bei Bällen in der Nähe Ludwigs platziert. Dass er sich dann zur allgemeinen Überraschung in die eher unscheinbare Louise de La Vallière verliebte und seine Zeit nun mit ihr verbrachte, löste bei seiner Mutter jedoch gemischte Gefühle aus. So war das auf keinen Fall gemeint gewesen. Die neue Favoritin nahm in der Hierarchie bei Hof einen viel zu unbedeutenden Platz ein.

Der König aber hielt an Louise fest. Diese Dame war keine Françoise de Châteaubriand, Diane de Poitiers oder Henriette d'Entragues, die sich bereichern, glänzen, mitbestimmen wollten. Sie liebte den Herrscher um seiner selbst willen, war stolz, seine Angebetete zu sein, und das beeindruckte ihn. Genau wie ihre Zurückhaltung. Sie stahl sich eher aus dem Ruhm an seiner Seite, als darin zu baden.

Dass der König die La Vallière gleichfalls liebte, hatte vielerlei Gründe. Louise war hübsch und im Bett gewiss nicht unbegabt, sie konnte hervorragend mit Pferden umgehen, kannte sich mit Pistolen aus und wusste das Wild am Bratspieß zu garen. Sie hatte Zeit für ihn, wenn er gewillt war, etwas davon abzugeben, war klüger und beweglicher als seine mit geistigen Fähigkeiten ziemlich bescheiden versehene, klein gewachsene Gemahlin, die sich vor allem mit ihren Liliputanern und niedlichen Hündchen beschäftigte. Besonders aber brauchte Ludwig XIV. in jener Phase des Übergangs auf seinem Weg zur absoluten Macht jemanden, der ihn widerspruchslos verehrte, ohne die eigenen Interessen im Auge zu haben.

Denn so unverhohlen die Majestät auch umschmeichelt wurde, es gab kaum jemanden, der das ohne Eigennutz tat. Der König stand überall im Mittelpunkt, bei intimen Gesellschaften wie vor großem Publikum. Er zeigte sich dem Volk als strahlender Souverän, trat bei öffentlichen Schaustellungen, die als »Carrousels« bezeichnet wurden, in schimmernder Rüstung an der Spitze kriegerischer Römer auf. Er wählte die Sonne als Maske, ließ sich in Balladen und Oden als Held feiern, wurde von den Predigern als David und guter Hirte gepriesen, auf Gemälden als Alexander der Große oder als Sieger über die Aufrührer der Fronde dargestellt. Doch die ihm zujubelten, wollten den Abglanz seines Ruhmes, und die ihn malten, seine huldvolle Förderung. In den Kunstakademien fanden Wettbewerbe mit der Maßgabe statt, die heroischen Taten des Königs in Farbe oder Marmor zu gestalten – die Künstler nahmen teil, weil sie sich Vorteil davon erhofften.

Louise jedenfalls scheint sich in dieser Hinsicht von den vielen Personen, die ihn umschwärmten, deutlich abgehoben zu haben. Das beglückte und beeindruckte den König, weshalb er sich zu ihr hingezogen fühlte. Zumindest anfangs, denn mit der Zeit störte ihn, dass sie sein Streben nach Größe und absoluter Macht nicht teilte.

3

Viel Zeit kann Ludwig XIV. für die Liebe nicht erübrigt haben. Sein Tag war streng von der Etikette geregelt, er legte Wert darauf, einige Stunden zu arbeiten, schätzte die Jagd, widmete sich dem Tanz und anderen Vergnügungen, dem Karten-, dem Billardspiel. Zwar erhob er sich früh, wechselte gegen acht vom Bett der Königin oder von seinem eigenen ins Staatsbett hinüber, aber dann drängte sich alles zusammen. Dem Lever, das heißt dem Aufstehen und Ankleiden im Beisein von Lakaien, Familienmitgliedern, Höflingen, dem Frühstück und ersten Gesprächen folgten der Besuch der Messe, Beratungen mit Ministern oder die Erledigung der Korrespondenz, wobei seine Sekretäre diese Aufgabe übernahmen, denn Lesen und Schreiben war seine Sache nicht. Nach dem Diner, dem Mittagessen, das der König, wie übrigens auch seine Gemahlin, allein einnahm – Lakaien standen für die Bedienung, Höflinge für eventuelle Gespräche bereit –, folgten die Jagd oder die Beschäftigung mit Regierungsangelegenheiten. Die Abende und ein Teil der Nacht gehörten der Unterhaltung. Ludwig legte Wert auf Amüsement und war ein starker Esser. Beim Diner soll er mehrere Teller Suppe, Eier, große Braten, reichlich Brot, Gemüse, Obst und süße Nachspeisen verzehrt haben.

Sein Verhältnis mit Louise wollte der König anfangs noch geheim halten, weshalb ihre Begegnungen nicht einfach in seinen Gemächern stattfinden konnten. Aber die Schöne fand einen Ausweg: Sie gewann einen Vertrauten, der ihnen ein Zimmer zur Verfügung stellte. Dort waren beide unbeobachtet. Die liebreizende junge Dame durfte ihren Gefühlen freien Lauf lassen, sich nackt auf den Kissen räkeln, ihm unschuldsvoll ihre Reize darbieten. Ob Ludwig ein guter Liebhaber war, ist nicht so genau überliefert, doch mögen die reichlichen Speisen und der Aufenthalt in der Natur dazu beigetragen haben, dass er seine Damen zufriedenstellte. Die vielen Kinder, die er mit Marie-Thérèse, so hieß seine Gemahlin in Frankreich, und den diversen Gespielinnen im Laufe der Jahre zeugte, legen deutlich Zeugnis davon ab.

Gewiss waren die Stunden unterm Dach des Palastes, wo sich das Liebesnest befand, von Wonnelauten und Seufzern erfüllt, aber natürlich unterhielten sie sich auch über Vorgänge am Hof, die Ludwig besonders bewegten.

Zum Beispiel hatte Nicolas Fouquet, Frankreichs oberster Finanzverwalter, zur Einweihung seines neuen Schlosses, Vaux-le-Vicomte, und zu Ehren Seiner Majestät kürzlich ein großes Fest gegeben. Tausende Gäste waren geladen, man bestaunte die prächtigen Gebäude, die prunkvolle Ausstattung, die wundervoll angelegten Gärten, feierte und tanzte auf den Terrassen, labte sich an erlesenen Speisen. Der Herrscher war des Lobes voll gewesen über das Gebäude, den Park, die Ausgestaltung der Feier, aber nun, bei seiner Geliebten, klang es anders.

»Er nimmt sich ziemlich viel heraus, unser Freund«, sagte er säuerlich, während er nach den seidenen Beinkleidern griff, »will seinen König übertrumpfen. Er stellt die besten Maler und Baumeister an, Le Brun, Mignard, Le Vau, lässt von überall Kunstschätze herankarren, kauft ganze Dörfer, um seinen Park zu erweitern. Das sind riesige Kosten. Ich frage mich, wo er das Geld hernimmt.«

»Woher?« Louise, noch von der Wärme vorangegangener Küsse und Umarmungen erfüllt, fand nur schwer in die Wirklichkeit zurück. »Ich weiß es nicht, aber ich denke, dass Monsieur Fouquet sehr reich ist.«

»Das stimmt genau«, erwiderte der König spöttisch. »Er ist sehr reich, während der Staat Schulden macht. Die Finanzen, die er beaufsichtigen soll, sind in Unordnung. Er gibt es selbst zu.«

Seine Geliebte, noch ganz und gar unbekleidet, richtete sich verwundert aus den Kissen auf. »Das gibt er zu?« Sie hatte Mühe, aus ihrer Welt der damals beliebten Schäferromane in die hohe Politik überzuwechseln.

Ludwig streichelte abwesend ihre Brust. »Er bemäntelt es mit den Wirren vergangener Jahre. Doch er selber ist schuld. Er bedient sich und lässt zu, dass sich andere bedienen. Ich habe mit Colbert gesprochen. Man muss etwas unternehmen.«

Jean-Baptiste Colbert war des Königs interner Berater in Geldbelangen, sein enger Vertrauter und ein Gegner Fouquets. Louise wusste nicht, dass er seit einiger Zeit Beweise für die Schuld des Oberintendanten sammelte.

»Ich kümmere mich um die Angelegenheiten, die das Ausland betreffen«, fuhr Ludwig fort, den es nicht mehr im Bett hielt. »Ich behalte das Volk und unseren Adel im Blick, nun werde ich wohl auch noch die Finanzen in eigene Hände nehmen müssen.«

»Ihr seid so stark, Majestät, und ich bin nur eine schwache Frau«, seufzte Louise. »Wenn ich Euch doch etwas von Eurer großen Bürde abnehmen könnte.«

»Das ist nicht nötig, mein Herz«, sagte Ludwig und küsste sie ein letztes Mal flüchtig auf die Wange. »Das geht nur den König an. Ihr seid meine Venus, meine Göttin der Schönheit, und es genügt, wenn Ihr mich mit all Eurer Kraft liebt.«

4

Es sollte noch ein paar Wochen dauern, bis Nicolas Fouquet des Herrschers Unwillen in aller Härte zu spüren bekam, bis er verhaftet und ihm sogar der Prozess gemacht wurde. Des Königs Vorliebe für Louise dagegen begann sich mittlerweile herumzusprechen.

Begebenheiten am Rande fielen auf. So, dass er seinen Hut schützend über ihr blondes Haupt hielt, als einmal plötzlich Regen einsetzte, so die Gleichgültigkeit, mit der er die junge Frau scheinbar bei verschiedenen Anlässen behandelte – ein Zeichen, dass gerade sie ihm mehr bedeutete als andere.

Neid begann sich zu regen. Es gab Damen am Hof, die sich weit eher berechtigt fühlten, vom Monarchen als Gespielin erwählt zu werden, auch solche, mit denen er schon geschlafen hatte. Da war zum Beispiel Olympe de Soissons, eine Nichte Mazarins, verheiratet zwar, doch attraktiv und sehr intrigant.

Gemeinsam mit der enttäuschten Henriette, die sich schnell einen anderen Galan zulegte, verfasste sie einen Brief. Die Epistel, angeblich aus Spanien stammend, sollte die bislang ahnungslose Königin über das Verhältnis ihres Gemahls zu Louise aufklären.

Das Manöver gelang. Marie-Thérèse eilte zu Ludwigs Mutter, Anne d'Autriche, und beide bestürmten den Herrscher. Es sei nicht nur Ehebruch, es ginge auch unmöglich an, dass er sich ernstlich mit einer Person von so unbedeutender Herkunft einlasse.

Doch weder Mutter noch Frau konnten ihn umstimmen, selbst dann nicht, als ihm die Spanierin einen Sohn gebar. Im Gegenteil, die Beziehung zu Louise vertiefte sich. Ein »Carrousel« in Paris im Frühjahr 1661 wurde zwar offiziell zu Ehren des Thronfolgers gegeben, aber die künftige Mätresse durfte unter rotgoldenem Baldachin gleich hinter den Damen höchster Abstammung sitzen. Gemeinsam mit fünfzehntausend Gästen, darunter vielen aus anderen Ländern, konnte sie beobachten, wie der prächtig gewandete und stolze Ludwig an der Spitze römischer Legionäre in groß angelegten Schaukämpfen Perser und Türken besiegte. In den folgenden Jahren wurden solche Veranstaltungen eindeutige Hommagen an Louise.

Der König fand schnell heraus, wer seine Gemahlin brieflich aufgeklärt hatte, und Olympe de Soissons kam um ein Geständnis nicht herum. Gemeinsam mit ihrem Mann, der gänzlich schuldlos war, wurde sie für einige Zeit vom Hof verbannt. Bei dieser Beichte kam aber nebenbei auch das neue Verhältnis der von Ludwig noch immer verehrten Henriette mit einem Grafen von Guiche ans Licht, der vorher sinnigerweise der Favorit ihres Mannes gewesen war und sich offenbar beiden Geschlechtern zugetan fühlte. Den König ärgerte nun, dass ihm Louise, die zum Hofstaat der Schwägerin gehörte, kein Wort von deren neuer Liebschaft erzählt hatte. Aufgebracht stellte er sie zur Rede.

»Aber Majestät, weshalb sollte ich Euch mit all diesen Nichtigkeiten belasten«, verteidigte sie sich. »Ihr habt so viele wichtige Aufgaben zu erfüllen und ich dachte …«

Er unterbrach sie: »Nichtigkeiten? Prinzessin Henriette ist die Gemahlin meines Bruders, und alles, was sie betrifft, von höchster Bedeutung für uns!"

»Gewiss, Majestät, dennoch schenkte ich der Angelegenheit keine so große Beachtung.«

Der König beruhigte sich etwas. »Wie lange wisst Ihr es schon?«

»Noch nicht lange«, erwiderte Louise eingeschüchtert, »und bedenkt bitte auch, dass ich eine von Prinzessin Henriettes Hofdamen bin, ihr also Verschwiegenheit schulde.«

Das hätte sie besser nicht erwähnen sollen. Ludwig wurde zornig. »Eure Verschwiegenheit in Ehren, Madame, aber Ihr wisst wohl, dass dies nicht Eurem König gegenüber gilt. Wie soll ich mein Land regieren, wenn mir wesentliche Dinge verheimlicht werden. Ich bin sehr zornig auf Euch.«

Louise versuchte sich weiterhin zu rechtfertigen, aber der Monarch war durch Henriettes Verhalten in seiner Eitelkeit verletzt und ließ seine Enttäuschung an seiner Geliebten aus. Sie stritten sich, oder besser, er stritt mit ihr. Schließlich, als sie gar nichts mehr entgegnete und er sich lange genug aufgeregt hatte, ließ er sie stehen, ritt erbost davon.

Seine empfindsame Freundin aber war am Boden zerstört. Alle hatte sie gegen sich, den neidischen Adel am Hof und nun auch noch den König. Dazu kam, dass sie sehr gläubig war und von Schuldgefühlen geplagt wurde. Nicht wegen der Vorwürfe, sondern weil sie den Frevel beging, in die Ehe der Königin einzudringen. In ihrer Verzweiflung sah sie nur einen Ausweg: tätige Reue zu üben und in ein Kloster zu gehen. Zu Fuß brach sie ins Kloster Mariä Heimsuchung von Chaillot auf.

Doch die Angelegenheit nahm eine unvorhergesehene Wendung. Die Vorsteherin des Klosters war nicht so schnell bereit, sich mit dem Herrscher anzulegen und gab ihm Bescheid. Sie hielt Louise hin, und am Abend, als der König seinen Zorn besänftigt hatte, suchte er reumütig seine Liebste auf und bewegte sie zur Rückkehr.

5

Heinrich IV. hatte Frankreich durch sein Beharren auf Toleranz zu einer – wenngleich noch zerbrechlichen – Einheit gemacht, der Kardinal Richelieu hatte unter Ludwig XIII. den Adel zur Aufgabe befestigter Stützpunkte und zum Verzicht auf weitere Privilegien gezwungen, Mazarin schließlich, sein Nachfolger, hatte mit List und Gewalt die aufbegehrenden Feudalherren wieder zum Stillhalten gebracht. So war das Land bereit für Ludwig XIV., dessen Ehrgeiz dem Königtum nun zur absoluten Macht verhalf. Fleiß und Entschlossenheit waren ihm keineswegs abzusprechen – gegenüber Spanien, das durch Schlachten an vielen Fronten geschwächt war, einem nach dem Dreißigjährigen Krieg zerrissenen Deutschland und einem von Unruhen geplagten England befand er sich zudem in günstiger Lage.

Doch nur, indem sich Ludwig XIV. zum Überkönig machte, den Schwertadel durch prunkvolle Feste und eine bis ins Kleinste ausgetüftelte Etikette an sich kettete, die widerspenstigen Gerichtshöfe ihrer Rechte beraubte und die Staatsfinanzen mit Hilfe seines ihm treu ergebenen Vertrauten Colbert selbst kontrollierte, konnte er die Monarchie in eine Höhe führen, die alle Herrscher Europas vor Neid erblassen ließ. Dass seine Eroberungssucht und die ungeheure Verschwendung bei Hof das Land ausbluteten und der zeitweilige Aufschwung zugleich den Keim des Absturzes in sich trug, begriff er nicht. Der Glaube an seine absolute Macht war ihm von klein auf eingepflanzt worden und sein Selbstwertgefühl durch nichts zu erschüttern.

So verwundert es auch nicht, dass er Louise trotz ihrer niederen Herkunft gegen alle Einwände der Familie verteidigte und gegen den Protest seiner Mutter als Favoritin behielt. Er gestand zwar ein, Ehebruch zu begehen, verwies aber auf seine Leidenschaft für sie. Er richtete ihr mehrere Wohnungen ein, zeigte sich mit ihr nunmehr öffentlich und setzte durch, dass sie sogar an den privaten Veranstaltungen der königlichen Familie teilnehmen durfte.

Ging es jedoch um den Nachwuchs, zählten nur die legalen Kinder. Im Frühjahr 1662 hatte Ludwig sowohl seine Gattin als auch die Dame seines Herzens geschwängert. Im November kam die Königin, die ihm ein Jahr zuvor bereits einen Sohn geschenkt hatte, mit einem Mädchen nieder. Dieses Ereignis wurde bekannt gegeben und gebührend gefeiert. Die Geburt des Jungen dagegen, den wenige Wochen darauf Louise zur Welt brachte, fand im Geheimen statt. Auch hier hatten sich die Zeiten seit Heinrich IV. geändert. Die Öffentlichkeit durfte nichts von der Frucht königlicher Seitensprünge erfahren.

Gegen Ende des Jahres fuhr eine Kutsche, bereitgestellt vom Minister Colbert, mit dunkel verhangenen Fenstern zum Haus des Arztes, der für die Entbindung vorgesehen war und deren ungefähren Zeitpunkt kannte. »Monsieur, ich muss Euch leider die Augen verbinden – bei der Patientin handelt es sich um eine Dame höchsten Ranges«, murmelte der Bedienstete, der dem Gefährt entstieg.

Der Arzt fügte sich ohne Widerworte, denn er kannte die Regel und wusste, dass ihm bei erfolgreicher Arbeit ein hoher Lohn winkte. Der Wagen ratterte über die holprigen Pariser Straßen zu unbekanntem Ort, und erst im Zimmer der Schwangeren wurde dem Doktor das Tuch wieder abgenommen. Erkannte er die verschleierte Dame, bei der die Wehen schon eingesetzt hatten, ahnte er, um wen es sich beim Erzeuger des Kindes handelte?

Wenn es so war, dann würde er sich hüten, es preiszugeben. Er tat sein Werk, gab, als es beendet war, noch einige Anweisungen und verließ die Stätte wieder mit der Binde vor den Augen. Wurde auf dem gleichen Weg zurückgebracht, auf dem er gekommen war. Louises Sohn aber, offiziell der Nachkömmling eines Bruders von Colbert, wurde einem Ehepaar überantwortet, das der Minister ausgewählt hatte. Sie selbst bekam ihn kaum zu Gesicht.

6

Das Kind Marie-Thérèses starb nach einigen Wochen, denn die Sterblichkeit der Neugeborenen war im 17. Jahrhundert noch sehr hoch. Auch Louises Baby blieb nur kurze Zeit am Leben, und weil Ludwig auf Krankheiten oder Schwangerschaften seiner Frauen keine Rücksicht nahm, musste sie sich bereits in den nächsten Tagen wieder bei öffentlichen Anlässen zeigen. Zumal sie ja offiziell nicht entbunden hatte.

Überhaupt sah es der König gern, wenn seine Geliebte Pracht und Glanz, aber keinerlei Schwächen zeigte. Bei den Festen, die er mit großem Aufwand von den besten Gartenarchitekten, Musikern und Literaten der Zeit ausgestalten ließ, sollte sie an seiner Seite erstrahlen und sich so seiner würdig erweisen.

Man darf sich Ludwig XIV. vorstellen, wie er, ein kräftig gebauter, untersetzter Mann, gegen Ende des Winters 1664 mit seiner Mätresse wieder einmal nach Versailles hinausreitet. Diesmal in kleiner Gesellschaft; es geht auch nicht über Stock und Stein. Die neue Straße ist beinahe fertig, es handelt sich um eine breite Allee für die Karossen, gesäumt links und rechts durch zwei schmalere Wege für die Pferde.

Seine Majestät und die Favoritin sprengen im Galopp voraus. Nach einer Weile zügelt Ludwig sein Ross und ruft: »Da vorn taucht schon mein Schloss auf. Ihr wisst, dass der Palast noch längst nicht so prächtig ist, wie ich ihn mir vorstelle, aber vor allem der Park ist weit gediehen, seit Ihr ihn zum letzten Mal saht. Meister Le Nôtre hat sich viel Mühe gegeben. Die Kanäle und Bassins sind gefüllt. An die tausend exotische Bäume wurden herbeigeholt. In den Gärten erwartet Euch ein Meer von Blumen. Le Vau, Le Brun und ihre Gehilfen haben gut gearbeitet. Sie haben die Räume mit vielen kleinen Kostbarkeiten aus den umliegenden Schlössern ausgestattet. Reiterspiele werden den Frühling einläuten. Sie dauern eine Woche und sollen das Beste bieten, was Ihr je erlebt habt.«

»Das wird gewiss großartig«, stimmt Louise zu, »schon diese Allee ist einmalig. Ich bin gespannt auf all das Neue.« Die Favoritin gibt sich wirklich Mühe, Begeisterung zu zeigen.

Der König ist nicht zu bremsen. »Für die Gäste habe ich eine Tribüne errichten lassen«, fährt er fort, »vor allem für die Damen. Das Thema unserer Vorführungen kennt Ihr ja.«

Louise weiß, dass Szenen aus dem »Rasenden Roland« des Italieners Ariosto aufgeführt werden sollen. »Es geht um große Abenteuer und eine verzauberte Insel«, erwidert sie. »Bestimmt erwarten uns viele Schiffe, tapfere Seefahrer, Hexen, wilde Tiere und andere Ungeheuer.«

»Ihr werdet mich als Ritter Rogero inmitten meiner Getreuen erblicken, die auf der Insel gestrandet sind. Nur durch einen Zauberring können wir den Bann lösen, dem uns die schöne Hexe Alcina unterworfen hat. Aber ich will nicht zu viel verraten. Das Spiel ist besonders für Euch gemacht, und Ihr sollt durch die Pracht, die wundervollen Effekte, die sich unsere Bühnenmeister ausgedacht haben und die sie mit Hilfe ihrer neuen Maschinen zustande bringen, überrascht werden.«

»Ich bin mir sicher, dass es Eurer Mutter und der Königin gefallen wird«, erwidert Louise bescheiden.

»Ach was, denkt nicht immer an die anderen. Meine Mutter wird ohnehin begeistert sein. Und was meine teure Gemahlin betrifft …« Er spricht nicht weiter.

Die Favoritin hat längst begriffen, dass er nicht viel auf das Urteil der Königin gibt. Diese hat keinerlei Interesse an Kunst oder Kultur, spricht lieber Spanisch als Französisch und spielt am liebsten Karten, wobei sie an die Höflinge hohe Summen verliert. Sicherlich wird sie wie jedermann »Oh« und »Ah« rufen, wenn goldene Wagen, silberne Gondeln aus dem Dunkel auf die Bühne schweben, von einer ausgeklügelten Mechanik bewegt, während dichte Nebel wallen oder Feuergarben sprühen. Doch die hohen Ziele, die Ludwig XIV. mit all dem verbindet, bleiben ihr fremd.

Louise dagegen versucht, schon im Voraus den Blick auf das Ganze zu lenken. »Ich freue mich sehr auf das Fest, auf Euch und all die Künstler«, sagt sie. »Ihr steht so hoch über uns allen. Es ist, als würdet Ihr eine neue Welt erschaffen.«

Als dann aber, einige Wochen später, im abendlichen Dunkel eines Maientages vor sechshundert geladenen Gästen die Vorführungen beginnen, fühlt sie sich inmitten der glanzvoll aufgeputzten Hofdamen trotz ihrer Juwelen und der prächtigen Kleidung verloren. Dort vorn, auf der Insel, erscheint im silbernen Gewand auf seinem Pferd, dessen diamantbesetztes, vergoldetes Zaumzeug glitzert, der König. Die Szenerie wird von Tausenden Kerzen und Fackeln erleuchtet, Musik, vom großen Komponisten Lully arrangiert, schmeichelt sich in die Ohren, die Seefahrer werden von der schönen Zauberin Alcina in Bann gehalten, und immer wieder brandet Beifall auf.

Natürlich fühlt sich auch Louise bewegt, ja hingerissen. Besonders als am Ende beim Feuerwerk der ganze Himmel in Flammen steht und aus Rauch und Glut das silberne »L« Ludwigs emporsteigt. Dennoch gelingt es ihr nicht, ihre Befangenheit vollends abzustreifen. Vor allem nicht, wenn sie feststellen muss, dass die Gäste zu ihr, der Geliebten, verstohlen oder, wie sie meint, sogar mit einem Anflug von Unverschämtheit herübersehen.

Auch bei den Soupers im Freien mit raffiniert angerichteten Speisen, bei Gondelfahrten auf den Kanälen und bei mancher Vorstellung mit wilden Tieren aus der Menagerie des Königs, bei Aufführungen der Stücke von Molière, dem neuen Stern am Theaterhimmel, den Ludwig so schätzt, weil er sich über aufgeblasene Bürger und störrische Adlige lustig macht, glaubt sich Louise beobachtet und auf ihre Fähigkeit hin abgetastet, dem Glanz Seiner Majestät standhalten zu können. Sie gesteht es sich ein: Die Rolle, die sie am Hof spielen soll, ist groß, vielleicht zu groß für ihre bescheidene Person. Mitunter, in den Augenblicken höchsten Trubels, sehnt sie sich nach Ruhe, würde sich am liebsten in die Einsamkeit zurückziehen. Sie wirft sich vor, des Königs Ehe zu zerstören, und leidet nicht zuletzt immer stärker darunter, dass sie am Hof keine einzige Freundin besitzt.

7

Nach der weiteren Geburt eines Mädchens im Dezember 1664, das gleichfalls nur wenige Wochen lebte, ging es der Königin so schlecht, dass ihr der fromme und diesmal reuevolle Gemahl versicherte, Louise nicht wiedersehen zu wollen. Woran er sich auch einige Zeit hielt, genau so lange nämlich, wie sich die Favoritin mit ihrer nächsten Schwangerschaft plagte. Als sie – erneut in aller Heimlichkeit – entbunden und ihr vorheriges frisches Aussehen wiedergefunden hatte, vergaß er nur zu gern sein Versprechen.

Nachdem Ludwigs Beziehung zu Louise offiziell geworden war, konnte er sich ihr nun auch in der Öffentlichkeit widmen, doch bei all seinen sonstigen Beschäftigungen waren dem nach wie vor Grenzen gesetzt. Neben den Reformen, die er durchführte – er hatte den Königlichen Rat auf wenige Mitglieder reduziert, die Finanzen geordnet, einiges im Militärwesen verändert –, waren es ja auch die heftige Bautätigkeit, die Organisation großer Feierlichkeiten und nicht zuletzt die Diplomatie, um die er sich kümmerte.

Zudem kam es immer wieder zu Ereignissen, die ihn bewogen, seine Macht zu demonstrieren. Die Anlässe sind aus heutiger Sicht oft lächerlich. So hatte es 1661, beim Empfang des außerordentlichen schwedischen Gesandten in England, zwischen dem spanischen und dem französischen Botschafter Streit um den Vortritt gegeben. Mit Gewalt setzten sich dabei die Iberer durch, die lange die Hauptrolle in Westeuropa gespielt hatten; einige Franzosen wurden verletzt oder sogar erschossen. Dieser Vorfall brachte Ludwig ungeheuer in Rage. Er verwies den spanischen Botschafter des Landes und drohte seinem Schwiegervater ernsthaft mit Krieg, falls Philipp IV. nicht anerkennen würde, dass »unser Haus das Erste der ganzen Christenheit« ist.

Ein halbes Jahr später leisteten die Spanier in Anwesenheit des päpstlichen Nuntius und vieler Gesandter dann tatsächlich Abbitte, womit die Sache bereinigt war. Nur Marie-Thérèse zeigte sich wegen des Vorgehens gegen ihr Heimatland höchst verärgert.

Die Habsburger zu schwächen, war für Frankreichs Herrscher ein nahezu natürliches Verlangen, er demütigte aber auch Papst Alexander VII., dessen korsische Soldaten den französischen Botschafter in Rom beleidigt und einen Pagen getötet hatten. Doch als Führer der Christenheit, zu dem sich Ludwig selbst ernannt hatte, war er zugleich gezwungen, gegen die Feinde des Kaisers vorzugehen, mit denen Frankreich sonst fleißig Handel trieb. So erkämpften Ludwigs Truppen 1664 bei Gotthard an der Raab einen Sieg über die Türken.

Aber ob wenig oder viel Zeit für die Liebe – zu Abenteuern nebenbei reichte es allemal. 1665 tändelte er mit Charlotte von Gramont, Prinzessin von Monaco, die alles andere als ein unbeschriebenes Blatt war. Diesmal klärte deren eifersüchtiger und wütender Galan Louise durch einen anonymen Brief über das Verhältnis des umtriebigen Königs auf, das bereits in aller Munde war.

Andere hätten dem Liebhaber bestimmt eine Szene gemacht, nicht so Louise de La Vallière. Sie beließ es dabei, ihm das Schreiben auszuhändigen. Ihre Anklage, die Ludwig

XIV. indes kaum beeindruckt haben dürfte, bestand nicht aus Protest, sondern in stillem Leiden. Es kann die Mätresse nur wenig getröstet haben, dass durch das Ableben des spanischen Königs im gleichen Jahr plötzlich Marie-Thérèses Erbansprüche stark an Bedeutung gewannen, woraufhin Ludwig sich von der Gramont ab- und wieder mehr politischen Dingen zuwandte.

8

»Es wäre mir eine Ehre, Madame, wenn Ihr mich als Freundin betrachten und mit Athénaïs ansprechen würdet.«

Louise de La Vallière war überrascht. Herzlichkeit war sie von den Damen am Hof nicht gewohnt, und dass gerade diese Frau sich ihr so vertraulich nähern würde, hätte sie nie erwartet. Auch wenn man sich bei verschiedenen Anlässen sah, einander grüßte und manchmal ein paar Worte wechselte. Doch Françoise de Montespan, die sich den klangvollen Vornamen Athénaïs selbst gegeben hatte – seit der Renaissance stand die Antike hoch im Kurs –, war charakterlich das Gegenteil von Louise und brauchte keineswegs um ihre Gunst zu buhlen. Athénaïs' Familie war von höchstem Adel. Ihre Frische und Schönheit fielen am Hof auf und zudem zeichnete sie sich durch ihr sicheres Auftreten und einen pointierten Witz aus.

Sie meint es offenbar so, wie sie es sagt, dachte Louise und erwiderte: »Wie freundlich von Euch, Madame, ich könnte mir nichts Angenehmeres wünschen. Aber die Ehre läge ganz bei mir.«

»Wie freundlich von Euch, Athénaïs«, beharrte verschmitzt die andere.

Louise lächelte. »Entschuldigt, es wird eine Weile dauern, bis ich mich zu einer solchen Anrede erkühne.«

Es ging schneller, als sie gedacht hatte. Unglücklich wegen des Königs Liebe zur aufreizenden Gramont, die bereits etliche Verhältnisse hinter sich hatte und im Bett sowohl erfahrener als auch raffinierter war, verstärkten sich ihre Zweifel an der eigenen Person. Sie wusste nicht, wann und ob Ludwig zu ihr zurückfinden würde.

Doch Françoise de Montespan gelang es, sie aufzurichten. »Für ihn ist es nur ein Abenteuer«, sagte sie, »glaubt mir, diese Frau kann ihn nicht festhalten. Wie es heißt, soll er sie bereits satt haben. Außerdem erzählt man, dass Seine Majestät jetzt ernstlich gewillt sei, sich um das Erbe unserer Königin zu kümmern. Ihr wisst ja, es geht um ihre Ansprüche auf Gebiete in Flandern. Dass er so wenig bei Euch sein kann, hat bestimmt keinen anderen Grund.«

Die Favoritin konnte das nicht recht glauben, war der neuen Freundin aber trotzdem dankbar. Zumal sie sich dieser kaum älteren, doch in Liebesdingen wie Skandalgeschichten erfahrenen Frau, die zudem verheiratet und Mutter war, unterlegen fühlte. Sie befolgte ihre Ratschläge und war froh, in so schwerer Zeit wenigstens eine Verbündete zu haben.

9

Am 20. Januar 1666 starb Ludwigs Mutter, der er es stets hoch anrechnete, dass sie ihm die Macht überlassen hatte, ohne selbst mitregieren zu wollen. Sie hatte schon seit längerem an Brustkrebs gelitten, einer Krankheit, der die Ärzte damals nichts entgegensetzen konnten und die sie durch das schmerzhafte Ausschaben der Geschwulst, durch tiefe Schnitte und andere quälende Prozeduren ganz vergeblich zu bekämpfen suchten.

Eine Freundin der La Vallière war sie nie gewesen, und bis zu einem gewissen Grad hatte der König auch Rücksicht darauf genommen. Nach ihrem Tod ging er daran, seine Mätresse aufzuwerten. Die Affäre mit der Gramont war vorbei – Louise wurde offiziell Maîtresse en titre, und Ludwig bekannte sich auch zu ihren in diesem wie im nächsten Jahr geborenen beiden Kindern.

Als offizielle Geliebte hatte Louise das Recht, von der Königin und ihren Damen empfangen zu werden. Doch die Damen drückten sich, nahmen an einem Essen mit der Favoritin erst teil, als der Monarch wütend wurde und es verlangte. Man kann sich vorstellen, dass solche Ereignisse Louises schwaches Selbstvertrauen nicht stärkten. Wahrscheinlich fand es der König langsam anstrengend, sie beim Ritt durch die Wälder oder später, hinter den Brokatvorhängen ihres Himmelbetts, immer öfter trösten zu müssen.

Doch zunächst hob Ludwig sie zu sich empor, damit sie seinen Glanz ergänzte, ihm auch die eine und andere Aufgabe abnahm. Die vielen Bittsteller, die sich an den König wandten, sollten nach seinem Willen nun bei ihr antichambrieren, sich erst einmal an sie wenden. Notgedrungen musste die Mätresse entscheiden, wen sie abweisen, für wen sie sich einsetzen sollte. Es ging um Pfründe, aber auch um Streit der Höflinge untereinander, denn es war ja von höchster Wichtigkeit, wer morgens den Nachttopf Seiner Majestät hinaustragen, ihm das Hemd oder die Schärpe reichen durfte. Es gibt keinen Zweifel daran, dass sich die ängstliche und unsichere Favoritin mit Entscheidungen für den einen und gegen den anderen schwertat.

Aber da war ja zum Glück Madame de Montespan, an der sich Louise aufrichten konnte. Nicht zuletzt durch ihre – zum Teil freilich bewusst zur Schau getragene – Frömmigkeit hatte Athénaïs inzwischen die Gunst der Königin gewonnen. Für die Gemahlin Ludwigs XIV. wie für seine Geliebte war die junge Schöne eine sehr ehrenhafte Dame, die stets betonte, dass sie ihrem beim Militär weilenden Ehemann eisern die Treue hielt.

Wie die meisten am Hof, schien der Herrscher den Geist und die Fröhlichkeit der Montespan zu schätzen, obgleich er so tat, als habe das nichts zu bedeuten. Jedenfalls war sie nun oft die Dritte im Bunde, wenn Louise sich mit dem König traf. Die Mätresse hatte nichts dagegen einzuwenden, es gefiel ihr sogar, dass die andere die Unterhaltung an sich riss und sie damit »entlastete«.

Indes, die Sympathie des Monarchen für die wortgewandte Athénaïs wuchs. Manchmal sonderte sich Ludwig nun bei den abendlichen Gesellschaften ab, führte mit Madame de Montespan angeregte Gespräche. Die beiden lachten, schienen auch über ernstere Themen zu reden.

Die Königin ahnte nichts von der neuen Entwicklung, war nach wie vor nur auf die Maîtresse en titre eifersüchtig, die inzwischen allerdings die drohende Gefahr erkannte. Zwar machte Ludwig, der keine jähen Veränderungen liebte, Louise noch zur Herzogin und kaufte ihr in der Nähe von Paris für viel Geld das Besitztum Vaujours, doch ihr schien das Geschenk bereits eine, wenngleich kostspielige, Abfindung zu sein. »Bei gesitteten Leuten ist es Brauch, ihren Bediensteten den Lohn auszuzahlen, bevor man sie auswechselt«, schrieb sie 1666 in einem Brief. »Ich fürchte, dass mir genau das jetzt geschieht und mich der König mit dieser großen Ehre in Pension schicken will.«

Madame von Montespan jedenfalls, nach außen hin den Schein wahrend, dass sie keinen Gedanken an ein Verhältnis mit dem Herrscher verschwendete, war längst bereit, über einen Flirt hinauszugehen. Eine Gelegenheit dafür fand sich im Frühjahr 1667, als Ludwig XIV. seine Truppen nach Flandern schickte, um dort das »Eigentum seiner Gemahlin« in Besitz zu nehmen. Was keine schwere Aufgabe war: Die von schlecht ausgerüsteten spanischen Garnisonen nur unlustig verteidigten Städte fielen ihm reihenweise zu.

10

»Madame, vielleicht wird es Euch Kummer bereiten, aber es gibt Gerüchte um den König, die Ihr kennen solltet.«

Die Mätresse schreckte auf. In Gedanken war sie noch bei einem Sonett des Dichters Benserade, der schon von Kardinal Richelieu gefördert worden war und – im Unterschied etwa zu dem Spötter La Fontaine – auch bei Hof ein hohes Ansehen genoss. Gerade hatte man in kleinem Kreis eifrig über das Werk des Meisters diskutiert. Doch die hohe, mit nach hinten gerafftem, vorn raffiniert geschlitztem Rock sehr modern gekleidete Dame, die Louise verschwörerisch zur Seite zog, schien sich nur wenig für Poesie zu interessieren.

»Gerüchte?«, fragte die Favoritin. »Was meint Ihr damit?«

»Nun ja. Wir alle sind begeistert von den glänzenden Siegen Seiner Majestät, auch wenn wir nicht dabei sein können. Doch nun scheint der König auf weitere Eroberungen aus zu sein.« Die hochwohlgeborene Dame fixierte Louise fast unverschämt.

Die Mätresse nahm sich zusammen. »Sprecht ruhig weiter, Madame. Um welche Eroberungen handelt es sich?«

»Ich rede wirklich nicht gern darüber, aber wie Ihr wisst, befindet sich unsere Königin auf dem Weg zu ihm, und in ihrer Kutsche reist ja Madame de Montespan mit, Eure charmante Vertraute – ich darf sie doch so nennen.«

»Athénaïs? Was wollt Ihr damit sagen?« Louise war etwas blass geworden.

»Oh, nichts Besonderes.« Die Dame strich ihren mit Silber durchwirkten Rock glatt. »Noch ist vielleicht nichts passiert, aber man erzählt, dass die Königin mit ihrem Gefolge ganz in der Nähe Seiner Majestät residieren wird, und da wir alle ja das feurige Temperament des Königs wie auch sein Interesse für Eure Freundin kennen … Ihr versteht?«

»Nein, ich verstehe nicht. Das sind leere Verdächtigungen. Auf solches Geschwätz will ich nichts geben«, wehrte sich die Favoritin.

»Wie Ihr meint. Ich hielt es nur für meine Pflicht, Euch von dem zu unterrichten, was geredet wird.« Die Dame kehrte zu den anderen zurück, ließ Louise mit ihrer Verwirrung allein.

Sollte die Mätresse diese Warnung, denn eine solche war es ja wohl, ernst nehmen? Deutete sich wirklich ein Verhältnis des Königs mit Athénaïs an? Louise musste zugeben, dass sich in der letzten Zeit entsprechende Anzeichen gehäuft hatten. Aber gerade jetzt, da Krieg war und die Königin bei ihrem Gemahl weilte! Wie auch immer, sie musste Gewissheit haben!

Die Mätresse hatte wegen einer erneuten Schwangerschaft in Paris bleiben wollen, doch nun hielt sie nichts mehr. Das Temperament der Kunstreiterin und Jägerin erwachte noch einmal in ihr, und sie entschloss sich zu handeln, selbst wenn sie den König damit erzürnen sollte. Sie ließ die Kutsche vorfahren und machte sich eiligst auf den Weg nach Flandern.

Ludwig belagerte gerade La Fère am Zusammenfluss von Serre und Oise, und als Louise dort ankam, war vor allem die Königin empört. Flandern war ihr Erbe, der Feldzug wurde für sie veranstaltet – was nahm sich diese Hure heraus! Vor Ärger soll sie sich übergeben und das Essen auf die prächtigen Kleider ihrer Hofdamen gespuckt haben. Dass der König jedoch im Begriff war, sie mit einer Dame ihrer nächsten Umgebung zu betrügen, merkte sie nicht.

Dem Herrscher dagegen imponierte Louises Tatkraft, auch wenn er sie zunächst tadelte, weil sie vor der Königin im Lager angekommen war. Es gab eine Aussprache, und er verbrachte den Tag wie auch die Nacht mit ihr. Was ihn allerdings nicht hinderte, sich bald darauf als Soldat seiner Schweizer Garde verkleidet ins Zimmer der Montespan zu schleichen und dort mehr als Hut und Stiefel abzulegen. Ob er dabei Vergleiche gezogen hat? Louise war noch jung, dreiundzwanzig Jahre etwa, und es mag sein, dass sie noch einmal alles zum Einsatz brachte, was sie zu bieten hatte, ihren hingebungsvollen Leib, ihre starken Gefühle für Ludwig, die zwischen Sehnsucht und Verzweiflung schwankten. Für diese Stunden mag ihre Leidenschaft noch einmal ausgereicht haben, doch in der folgenden Zeit entglitt ihr der König immer mehr. Die energische und intrigante Montespan hatte die zweiflerisch-scheue La Vallière bereits ausgestochen.

In den folgenden Jahren musste sich die Maîtresse en titre damit abfinden, nur noch dem Schein nach die Erste zu sein. Ein sonderbares Dreiecksverhältnis entstand: Die beiden Damen bewohnten Gemächer nebeneinander, so dass der königliche Liebhaber ohne Umstände von der einen zur anderen gelangte und nach der Vorspeise bei der früheren Favoritin das Hauptgericht bei seiner aktuellen Konkubine einnehmen konnte.

Sorgfältig wurde auch darauf geachtet, dass in Fragen der Ausstattung ihrer Räume keine der beiden bevorzugt war. Was Louise an Möbeln, Geschirr, an Tafelsilber bekam, erhielt auch Françoise und umgekehrt. Man tanzte gemeinsam im Ballett, fuhr sogar in äußerlicher Eintracht mit dem König und seiner Gemahlin in einer Kutsche, so dass sich naive Betrachter fragten, ob es in Frankreich nun vielleicht drei Königinnen gäbe.

Louise nahm es hin. Sie versuchte sich zu befreien, indem sie erneut den Rückzug hinter die Klostermauern wählte. 1670, nach einer schweren Erkrankung, ging sie in sich, dankte in einer dreißig Seiten langen schwärmerischen Niederschrift Gott dafür, dass er sie vom Tode errettet hatte, und versprach, Buße zu tun. Sie wolle den profanen Lebensfreuden entsagen. 1671 floh sie ein zweites Mal nach Chaillot, und Ludwig, der keinen Skandal wollte, schickte nacheinander drei Boten zu ihr, um sie zurückzuholen. Erst Colberts Überredungskünsten gelang das, doch drei Jahre später kehrte sie endgültig ins Kloster ein, diesmal bei den Karmeliterinnen in der Rue d'Enfer in Paris.

Nun gab der König nach. Der Ehemann der Montespan hatte mittlerweile in eine Trennung eingewilligt, so dass Ludwig XIV. sich offiziell Athénaïs zuwenden konnte.

11

Die bescheidenen Karmeliterinnen befolgten in damaliger Zeit äußerst strenge Regeln, sie mussten hart arbeiten, schliefen auf unbequemen Pritschen, trugen grobe, scheuernde Kleidung, fasteten lange.

Als Louise den König endgültig verließ, soll er geweint haben, vielleicht weil er, wie man weiß, bei aller Härte gern einmal Tränen vergoss, vielleicht auch, weil er begriff, dass er die Einzige verlor, die ihn um seiner Person willen geliebt hatte. Aber sie selbst ging nicht bloß als reuige Sünderin ins Kloster – bereits vorher hatte sie ein Büßerhemd mit Dornen unter der Kleidung getragen –, sondern auch, weil ihr das karge Leben dort weit erträglicher schien als die Demütigungen der letzten Jahre am königlichen Hof.

Denn die Verhältnisse hatten sich am Ende umgekehrt, Louise war mittlerweile fast zu einer Bediensteten ihrer ehemaligen Freundin geworden. Gegenüber der späteren zweiten Gemahlin Ludwigs, der sehr frommen Madame de Maintenon, äußerte sie bei einer Gelegenheit, dass sie sich nur daran erinnern müsse, wie man sie am Hof habe leiden lassen, damit ihr im Kloster »jeder Schmerz leicht würde«.

Ihre beiden am Leben gebliebenen Kinder – sie hatte vier geboren – ließ die Mätresse gut versorgt in der Obhut frommer Erzieher zurück. Sie selber verzichtete auf allen Prunk, auf ihren kostbaren Schmuck, die prächtigen Kleider und sogar das spezielle Schuhwerk, mit dem sie ihren Gehfehler kaschiert hatte. Als sie sich bei Hof verabschiedete, warf sie sich vor Marie-Thérèse nieder und bat die Königin um Vergebung. Da ihre »Vergehen öffentlich« gewesen wären, müsse auch »ihre Buße öffentlich« sein.

Am Tag, da Louise ihr Gelübde ablegte, Gott als Nonne bis an ihr Lebensende zu dienen, war die Klosterkirche bis auf den letzten Platz gefüllt. Wer von der Hofgesellschaft immer hatte eine Einladung ergattern können, war herbeigeeilt, um die einst so berühmte Mätresse zu sehen, wie sie den Schleier von der Königin selbst überreicht bekam. Der berühmte Prediger Bossuet hielt die Andacht. Für ihn und die Partei der Frommen am Hof war diese Bekehrung eine hohe Genugtuung. Die Novizin aber kniete ärmlich, mager, mit geschorenem Haupt auf dem Steinboden, und wir dürfen uns das spöttische Lächeln jener Dame vorstellen, die ihr einst Nachricht von den in Flandern drohenden Gefahren durch ihre »Freundin« Athénaïs überbracht hatte.

»Es scheint, ihr nehmt dieses so tragische Ereignis nicht recht ernst, Madame«, flüstert der Galan, der neben ihr steht.

Die Dame nestelt an ihrer hochgesteckten Frisur. »So ernst, wie es die Sache verdient. Schließlich ist sie nicht die erste und wird auch kaum die letzte reuige Sünderin am Hof sein.«

Später sah man die La Vallière beim Wäschewaschen oder wie sie Holz schleppend über den Klosterhof hinkte, und so manche edle Dame erschien nur zu Besuch, um feststellen zu können, dass tatsächlich nichts mehr auf die einst schöne Geliebte des großen Königs hindeutete.

Mit neunundzwanzig Jahren ging die Mätresse ins Kloster. In achtundvierzig Briefen an einen Vertrauten, den Marschall von Bellefonds, legte sie die Gründe dar, die sie zu ihrem Schritt bewegt hatten, beschrieb ihre Verzweiflung und die Sehnsucht nach Buße. Sie überlebte den Tod ihres Sohnes und auch den ihrer so hinterhältigen Rivalin, Françoise de Montespan. 1710, im Alter von fünfundsechzig Jahren, starb die La Vallière, die sich nun Louise de La Miséricorde nannte, in Frieden mit ihrem Gott. »Die heftige Liebe, die ich im Herzen trug, und die Freude, geliebt zu werden, waren die wilden Pferde, die mich in den Abgrund rissen«, schrieb sie. Den königlichen Geliebten hatte sie seit ihrem Abschied vom weltlichen Leben nicht wiedergesehen.

Françoise de Montespan (1641–1707)

VIII. Françoise de Montespan: Des Glanzes dunkle Seite

1

»Sie gibt sich große Mühe, aber ich bin nicht interessiert!« Der König wedelte eine Fliege beiseite, die partout auf seinem mit Diamanten besetzten Ärmelaufschlag Platz nehmen wollte. Sein Blick glitt zu dem Tisch hinüber, an dem einige Damen in prächtigen, mit Gold, Silber und Edelsteinen übersäten Roben und ein paar Herren in nicht minder kostbaren Gewändern ein angeregtes Gespräch führten. Eine attraktive junge Frau mit blonden, bändergeschmückten, an den Schläfen gelockten Haaren, leuchtend graublauen Augen und wohlgeformtem Busen tat sich besonders hervor. Ihre Worte, die sie mit frischer Stimme sehr gezielt zu setzen wusste, dabei ein schimmernd weißes Gebiss zeigend – gesunde Zähne waren damals keineswegs die Regel –, wurden mit Lachen und Beifall quittiert.

»Man muss zugeben, dass die Montespan eine bemerkenswerte Person ist«, erwiderte Philippe von Anjou, des Herrschers jüngerer Bruder. »Sie besitzt Geist und weiß ihre Umgebung zu unterhalten. Über ihre körperlichen Vorzüge will ich mich gar nicht erst äußern. Darauf versteht Ihr Euch selbst gut genug.«

Das war ohne Zweifel richtig. Der zu dem Zeitpunkt – um das Jahr 1666 herum – knapp dreißigjährige König hatte schon so manches Liebesabenteuer hinter sich und kannte sich mit Frauen aus. Wie in vielerlei Hinsicht strebte er auch in diesem Punkt seinem Großvater, Heinrich IV., nach, den er persönlich nie kennengelernt hatte. Allerdings hatte sich Frankreich seither stark verändert. Aus dem religiös und territorial gespaltenen Land war ein einheitlicher Staat geworden, und Ludwig konnte auf stabiler Basis bauen. Nach der Niederschlagung der »Fronde« in seiner Kindheit, dem letzten Aufbegehren des Bürgertums wie des rebellischen Adels gegen die Zentralgewalt, ging es ihm darum, das Land zu erweitern und die Macht zu festigen. Glanz und Ruhm für sich und das Königtum waren sein oberstes Begehr.

Wenn der Großvater deshalb besonders die Kampfpausen nutzen musste, um zu sinnlichen Freuden zu gelangen, so gab es für Ludwig derlei Einschränkung nicht mehr. Ihm setzten eher die inzwischen strengere Moral zu und die vielen Pflichten, die er sich selbst auferlegte. Auch war der Frau, die ihm Geliebte sein durfte, dabei eine ganz bestimmte Rolle zugedacht. Zwar sollte sie dem Vergnügen dienen und seine Gelüste befriedigen, doch zugleich an seiner Seite Größe zeigen. Sie sollte der gleichen Meinung wie er sein, aber nie langweilig, ohne Mitsprache, aber schön, geistreich und voller Ausstrahlung. Mit einem Wort, er brauchte eine Gefährtin, die seine hohen Ziele voll unterstützte und seiner würdig war.

Aus diesem Grund war es fast ein wenig verwunderlich, dass der König seit nunmehr sechs Jahren an seiner eher blassen Favoritin, Louise de La Vallière, festhielt, die diesem Ideal kaum entsprach. Ein Zugeständnis an romantische Jugendträume, von denen man sich nicht so leicht löste. Doch in letzter Zeit suchte Ludwig wieder die Abwechslung, womit nicht die Königin, Marie-Thérèse, gemeint ist, die ihm legitime Nachkommen und insbesondere einen Thronfolger gebären sollte. Vielmehr war er mit der attraktiven, aber skandalumwitterten Prinzessin von Monaco ein Verhältnis eingegangen; eine Affäre, die seine Maîtresse en titre sehr unglücklich gemacht hatte und sie um ihre Position zittern ließ. Ausgerechnet die charmante Madame de Montespan, über die der König und sein Bruder gerade sprachen, war es gewesen, die sich Louise de La Vallière in dieser Situation als Freundin anbot und sie tröstete. Hatte sie das etwa nur getan, um so näher an den Herrscher heranzukommen?

»Nun ja, ihre Vorzüge mag die junge Dame haben«, gestand Ludwig seinem Bruder jetzt zu und schloss damit das Thema ab. »Doch im Augenblick müssen wir uns anderen Dingen widmen. Da Marie-Thérèses Vater gestorben ist, sollten wir uns ernstlich um ihre Mitgift kümmern, die seit unserer Hochzeit noch immer aussteht. Auch wenn die Spanier das abstreiten – wir haben Ansprüche in Flandern, und ich werde den Marschall Turenne anweisen, mir Pläne zu erarbeiten, die den Besitz der uns zustehenden Gebiete sicherstellen.«

2

Nichtsdestoweniger fiel der klatschsüchtigen Hofgesellschaft schon bald auf, dass der König Madame de Montespan mehr und mehr Aufmerksamkeit schenkte. Wenn er sich vom Billardzimmer her näherte, blitzten ihre Augen auf, verführerisch glitt der Rocksaum über den weißen Knöchel hoch. Man unterhielt sich, trat ein paar Schritte zur Seite, scherzte miteinander. Wie um zu beweisen, dass dies nichts zu bedeuten hatte, machte Ludwig die La Vallière zur Herzogin, schenkte ihr ein prächtiges Anwesen. Gerüchte kamen auf, dass dies ein Abschiedsgeschenk sei, aber noch schien nichts entschieden.

Die Königin hasste die Maîtresse en titre – für sie war diese Dame nur ein Flittchen, das ihr den Gatten wegnahm. Eifersüchtig wachte sie darüber, dass er mit ihr, der angetrauten Gemahlin, wenigstens ab und zu schlief. Morgens beim Aufstehen im Beisein ihrer Damen, dem Lever, zeigte sie es mit munterem Händeklatschen an, wenn er in der Nacht bei ihr gewesen war.

Von der neuen Rivalin ahnte Marie-Thérèse über lange Zeit nichts. Madame de Montespan hatte durch zum Teil vorgetäuschte Frömmigkeit und die Beteuerung, ihrem in der Ferne weilenden Mann stets treu zu sein, sogar eine Vertrauensstellung bei ihr erworben. Wie auch bei Louise de La Vallière, die am Hof nicht gerade viele Freunde besaß und sich freute, dass diese umschwärmte Dame ihre Nähe suchte.

Dabei hatte es Françoise de Montespan darauf abgesehen, den König zu erobern. Mit fünfundzwanzig war sie etwas älter als die Mätresse, sprühte aber vor Temperament und Jugendlichkeit. Sie zeigte sich witzig, erfinderisch, war schön und ohne Skrupel. Sie legte Wert darauf, von Freunden Athénaïs genannt zu werden, ein Name, den sie sich selbst gegeben hatte. Auch in der Liebe hatte die Mutter zweier Kinder bereits einige Erfahrungen gesammelt.

Am 5. Oktober 1641 als Tochter Gabriel de Rochechouarts geboren, eines Herzogs von Montemart, der zum altehrwürdigen Schwertadel zählte, verbrachte sie ihre Kindheit zunächst auf dem väterlichen Schloss und bekam dann eine standesgemäße, vor allem religiöse Erziehung in einem Kloster. Mit neunzehn gehörte sie zum Hof der Königin und wurde bald darauf mit einem Marquis verlobt, der gleichfalls auf hohe Abstammung verweisen konnte.

Doch dieser Mann beging einen Fehler, der vom König wie ein Verbrechen geahndet wurde, stellte er doch einen lästerlichen Verstoß gegen die Autorität Ludwigs in Sachen Gerichtsbarkeit dar. Er übertrat das Verbot, sich zu duellieren. Um nicht hart bestraft zu werden, floh er ins Ausland, ließ seine Verlobte allein. Woraufhin die sich in einen neuen Bewerber verliebte, und zwar ausgerechnet in den Bruder des – übrigens zu Tode gekommenen – Duellgegners, ein Marquis von Montespan.

Die Leidenschaft füreinander scheint beträchtlich gewesen zu sein. Wenn der Marquis nur die Hälfte ihres Temperaments besaß, knarrten und krachten die Bretter ihres Ehebetts – sie heirateten 1663 – gewiss beträchtlich. Doch Montespan war ein Abenteurer und Spieler. Da Françoise von ihrem meist klammen Vater mit der Mitgift hingehalten wurde und nur bescheidene Mittel in die Hand bekam, wurde die Finanzierung der Ehe zum Problem. Der Mann diente fernab in einem

Regiment und kam mit seinem Sold nicht zurecht, seine junge Frau verpfändete ihren Schmuck und unterschrieb Schuldscheine, um sich über Wasser zu halten. Da bot sich die hohe königliche Majestät, die trotz gegenteiliger Bekundungen einem Flirt nicht abgeneigt schien, als brillante Alternative an. Zwar würde diese Affäre einen doppelten Ehebruch bedeuten, den die Priester aufs Schärfste verdammten, aber was konnte *ihr* schon passieren, wenn ER sich darauf einließ.

Der Flandernfeldzug Ludwigs XIV. im Frühjahr 1667 bot der Königin Gelegenheit, mit einigen ihrer Damen zur Kutschfahrt an die Front aufzubrechen. Sie waren von einer Schar Höflinge begleitet, denn dem ruhmreichen Sieger über Spanien sollte umfänglich gehuldigt werden. Dass Madame de Montespan nicht nur mitreiste, sondern dem Gatten Marie-Thérèses auf ihre ganz besondere Weise huldigte, entging dieser weiterhin – mit Scharfsinn war sie wahrlich nicht ausgestattet. Die Herzogin de La Vallière, die zu dieser Zeit wieder einmal schwanger war, erfuhr dagegen durch »wohlmeinende« Bekannte sehr bald von jenem angeblichen Offizier der Schweizer Garde, der ihre »Freundin« nachts besucht hatte.

In der Folgezeit neigte sich die Waage mehr und mehr der Montespan zu, auch wenn die bisherige Mätresse ihre Würden und Titel behielt. Auf Wunsch des Königs tanzten die beiden Damen gemeinsam im Ballett und bezogen im Schloss von Saint-Germain Räume in gleicher Ausstattung, die zudem dicht nebeneinander lagen. So musste Ludwig von der einen zur anderen keine großen Wege zurücklegen, konnte insgeheim die Marquise besuchen, wenn er offiziell zur Herzogin ging.

König Ludwig XIV. hielt sich für unabkömmlich, wollte alle wichtigen Entscheidungen selbst treffen. Er arbeitete mehrere Stunden am Tag allein oder mit seinen Ministern, kümmerte sich um die Staatsangelegenheiten und den Ausbau seines Prunkschlosses Versailles, widmete sich zudem mit Leidenschaft der Jagd. Für die Liebe blieb da nicht allzu viel Zeit.

Darf man sich seine Nächte so vorstellen, dass er zunächst mit Louise plauderte, danach Françoises entschlossene Lust genoss? Bestimmt versuchte die Noch-Mätresse alles, ihn in ihr Bett zu ziehen, ihn bei Kerzenschein und Rosenduft im durchscheinenden Nachtgewand auf ihren Laken festzuhalten – zu Zeiten Ludwigs XIV. schlief man nicht mehr nackt, wie noch ein Jahrhundert zuvor. In der ersten Zeit mag das hin und wieder geglückt sein, später befriedigte ihn ihre hingebungsvolle Art kaum noch. Viel stärker lockten die Raffinesse und das Ungestüm, mit denen die Neue ihren erregenden Körper darbot.

Das Verhältnis zwischen den Rivalinnen kehrte sich um. War anfangs Athénaïs der offiziellen Mätresse beim Ankleiden und ähnlichen Verrichtungen zur Hand gegangen, so musste Louise derlei Zofendienste schon bald für ihre »Freundin« leisten.

Die La Vallière tauschte mit dem König Gedichte über ihre Gefühle aus, Françoise setzte ihren Witz und ihre lüsterne Begehrlichkeit ein, um ihn zu gewinnen. Doch obwohl sie auf der Lagerstatt offenbar eine ganze Menge zu bieten hatte, scheint sie sich ihrer Sache nur bedingt sicher gewesen zu sein, denn sie griff noch zu anderen, ziemlich hinterhältigen Mitteln, um den Herrscher in ihren Bann zu ziehen.

3

»Ich erbitte die Freundschaft des Königs und des Thronfolgers, ich wünsche, dass sie mir stets erhalten und die Königin kinderlos bleibt, dass der König mir zu Gefallen Tisch und Bett verlässt, dass ich alles erlange, worum ich mich an ihn wende. Meine Verwandten, Getreuen und Diener seien ihm lieb und angenehm. Ferner erbitte ich, zu den Sitzungen des Hohen Rates zugelassen zu werden, um zu hören, was dort gesprochen wird … Ich wünsche, dass der König Louise de La

Vallière verlässt, und ich, nachdem er auch die Königin verstoßen, an ihre Stelle treten kann.«

Athénaïs de Montespan sprach diese Worte mit schwerem Atem, aber voller Inbrunst. In dem kleinen, nur von wenigen Kerzen erhellten Zimmer kniete sie zu Füßen eines dunkel verkleideten Altars, während ein »Zauberer« in gold- und silbergeschmücktem Umhang das »Veni creator« sang. Der Zauberer namens Le Sage, was so viel wie »der Weise« hieß, hatte einen Priester im Ornat zur Seite, der laut tönend das Evangelium las. Nachdem die beiden noch einige beschwörende Formeln gemurmelt hatten, verharrten alle drei in tiefem Schweigen. Endlich sagte Le Sage: »Ihr dürft Euch erheben, Madame. Es scheint, dass der Geist sich wieder entfernt hat.«

Die Marquise stand auf und schüttelte ihre mit Schleifen und Edelsteinen verzierten Röcke. »Wird er mich erhören?«, fragte sie.

»Wer weiß das schon. Wir können ihm nur huldigen und ihn bitten. Vielleicht ist es mit diesem einen Mal nicht getan.«

Das war ein deutlicher Hinweis, das Geldsäckel geöffnet zu halten. Die Montespan seufzte, war aber entschlossen, sich zu fügen. Der Preis war hoch, doch er musste gezahlt werden, wenn das Ritual Erfolg bringen sollte.

Sie war über einen jungen Edelmann, einen gewissen Louis de Vanens, und seine Mätresse an die Vertreter der schwarzen Magie geraten, die zu Zeiten des »Sonnenkönigs« Konjunktur hatten. Was kein Wunder war, denn am Hof galt nur derjenige etwas, der Glanz verstrahlen und die dafür notwendigen Mittel aufbringen konnte. Für kostbare Kleider, teuren Schmuck, Kutschen, Pferde und eine möglichst große Dienerschaft. Die Einkünfte vieler Adliger jedoch waren begrenzt. Die leibeigenen Bauern ließen sich nur bis zu einem gewissen Grad auspressen, Hungersnöte, Pest und andere Seuchen verringerten die Einnahmen noch. Viele Edelleute verkauften ihre Güter, aber damit war der aufwendige Lebensstil nur für eine gewisse Zeit zu finanzieren. Dazu kamen Verluste durch Wetten oder im Kartenspiel, die manchen Noblen und nicht wenige den Adel nachäffende Bürger innerhalb kurzer Zeit ruinierten.

Es gab ein paar Möglichkeiten, einer solchen Zwickmühle zu entkommen und die eigene Stellung zu behaupten, aber dazu gehörte Glück. Die Chance in etwa, von »Ludwig dem Großen« ein einträgliches Amt oder eine entsprechende Pension zu erhalten, einen reichen Verwandten zu beerben oder im Kartenspiel eine hohe Summe zu gewinnen. Doch das klappte nur selten. Oft war die Not so groß, dass man auf andere Kräfte baute. Man hatte Angst vor der Hölle, aber mehr noch vor dem freien Fall. Wenn Gott nicht half, so vielleicht der Teufel oder zumindest einer seiner Abgesandten. Auch Neid, Ehrgeiz, unerfüllte Liebe und Eifersucht wurden zum Motiv, sich an die dunklen Mächte zu wenden. Später konnte die Sünde ja gebeichtet werden. Und natürlich fanden sich genügend Gauner, die all das skrupellos ausnutzten.

Berichtet wird, dass Françoises Mutter zwar für die fromme Erziehung der Tochter gesorgt hatte, ihr Vater aber früher der Schwarzen Kunst durchaus zugewandt gewesen war. Vielleicht kamen daher die Neigungen der Marquise. Wie einige Jahre später herauskommen sollte, waren nicht wenige Adlige mit solchen selbsternannten Zauberern und Hexen ein sehr enges Bündnis eingegangen, um bestimmte unheilige Wünsche erfüllt zu bekommen.

Die Beschwörungen in jenem verschwiegenen Raum blieben für die Montespan keineswegs die Ausnahme. Sie wurden kurze Zeit später in Saint-Séverin, der Kirche jenes bereits erwähnten Priesters, erneuert und dort über Taubenherzen zelebriert, die man vorher auf ihren und Ludwigs Namen geweiht hatte. Man scheute sich auch nicht, eine ähnliche Zeremonie im Schloss Saint-Germain durchzuführen, in den Räumen von Françoises Schwester. Da die Marquise bald darauf tatsächlich die Gunst des Königs gewann, sah sie offensichtlich auch späterhin keinen Grund, auf solche Dienste zu verzichten.

4

Aber wie nun immer – ungefähr ab 1668 erfolgte ihr glanzvoller Aufstieg zur nur noch durch den König beschränkten Macht. Zwar durfte sie nicht, wie die La Vallière, im Beisein der Königin auf einem Schemel sitzen – das blieb den Herzoginnen vorbehalten. Aber sie wurde zur strahlenden, geistreichen, selbstbewussten Partnerin an der Seite des Herrschers! Eine Frau, die nunmehr Ansprüche stellen, ihre Verwandten versorgen und sich selbst bereichern konnte. Ihr Vater, zunächst Erster Kammerherr des Monarchen, wurde Gouverneur von Paris, ihr Bruder bekam den Marschallstab. Sie selbst wurde nicht nur von Ludwig mit kostbarem Schmuck und Geld überhäuft, sondern erhielt auch wertvollste Geschenke von allen möglichen Schmeichlern und Bittstellern.

Wie die meisten Mätressen nutzte die Montespan nun ihre Stellung, um die einen zu begünstigen, die anderen kühlen Herzens zu verstoßen. Nicht zuletzt um des eigenen Ansehens willen förderte sie Künstler jeglicher Art, protegierte die Dramatiker Corneille und Racine, den Hofkomponisten Lully. Sie gewann auch Verbündete wie den Post- und Kriegsminister Louvois, der ein Gegengewicht zum Finanzverwalter Colbert bildete, denn der war ihr weniger geneigt.

Nach einem berühmten Chronisten jener Tage, dem Herzog von Saint-Simon, war die Favoritin eine glänzende Gesellschafterin von »einer Anmut, die all ihren Stolz vergessen ließ«, mit »origineller Ausdrucksweise« und »natürlichem Verstand«. Die gleichfalls bekannte Madame de Sévigné, die sich durch genaue wie ausführliche Beschreibung des Hofes in Briefen an ihre Tochter auszeichnet, nennt sie »eine strahlende Schönheit voller Frohsinn, die stets in wunderbaren Gewändern ging«. In einer ihrer Episteln zu einem allerdings späteren Zeitpunkt heißt es:

»Drei Uhr finden sich der König, die Königin, Monsieur, Madame« – Ludwigs Bruder und Schwägerin – »… sämtliche Prinzen und Prinzessinnen, Frau Montespan mit ihrem Gefolge, kurz, alles, was man unter dem Hof von Frankreich versteht, in den großartigen Räumen des Königs ein … Die ganze Gesellschaft ist aufs Prächtigste gekleidet. In Spitzen aus Point de France, die Frisur in tausend Löckchen, die an den Schläfen tief in die Wangen fallen, schwarze Bänder im Haar, mit Perlen und Juwelen übersät, ist Madame de Montespan die von allen Gesandten bewunderte Schönheit.«

Es erstaunt nicht, dass der König eine solche Dame an seiner Seite haben wollte, langweilten ihn doch seine pomadige Gattin und inzwischen auch die von Selbstzweifeln geplagte Louise de La Vallière. Zumal sein Stern in diesen Jahren noch im Steigen begriffen war: Schnelle siegreiche Feldzüge, zum Beispiel in der Franche Comté an der Ostgrenze, brachten Landgewinn ein; Verträge mit England oder mit deutschen Fürsten drängten die Spanier zurück.

Indes gab es gleich zu Beginn des Verhältnisses einigen Ärger. Einerseits murrten die Priester wegen des doppelten Ehebruchs, andererseits erwies sich der Mann der Montespan als äußerst starrköpfig. Er wollte seine Gemahlin partout nicht hergeben, auch nicht an den obersten Gebieter.

Wir sehen ihn voller Wut nach Paris eilen; er spürt seine Frau auf, die Wind von seiner Ankunft bekommen hat und sich bei einer Freundin versteckt hält. Er flucht, er schlägt gegen das Tor, bis ein verdatterter Lakai es vorsichtig öffnet. Eine Operettenszene. »Aus dem Weg, Kanaille!« An dem verblüfften Diener vorbei stürmt der eifersüchtige Marquis zum Haus, die Treppen hinauf, die mit barocken Mustern versehenen Flure entlang in die Gemächer der Hausherrin. Wo er seine Gattin trifft und schimpfend auf sie eindringt.

Die Freundin, die herbeieilt, stellt sich ihm in den Weg, doch er stößt sie mit einem Tisch in die Seite, so dass sie zu Boden geht. Dann ohrfeigt er die Gemahlin, packt und schüttelt die laut um Hilfe Schreiende. »Hure!«, brüllt er, »treuloses Weibsbild! Glaubt ja nicht, dass Ihr mich auf diese schmutzige

Art loswerdet. Wenn es auch der König ist, der Euch besteigt, Euer Herr bin noch immer ich!«

Die Montespan will sich losreißen, sie brüllt zurück, doch er ist der Stärkere und gewillt, auf der Stelle zu bestätigen, was er soeben verkündet hat. Von heiligem Zorn erfüllt, wirft er sie auf das Lager im Schlafgemach.

Seine Gattin wehrt sich mit aller Kraft gegen die drohende Vergewaltigung, hält mit einer Hand die Röcke fest, die er nach oben streifen will, schlägt ihn mit der anderen. Aber der Widerstand wäre vergebens, hätte sich nicht inzwischen die Freundin aufgerappelt, kämen nicht endlich die Dienstboten herbeigeeilt. Gemeinsam überwältigen sie den Eindringling, man packt ihn, sperrt ihn erst einmal ein, damit er zu sich kommt.

Der Marquis von Montespan wurde eine Weile festgehalten und kam erst wieder frei, als er eingewilligt hatte, auf seine Güter in der Gascogne zurückzukehren. Dort freilich tobte er weiter, ließ das Hoftor verbreitern, weil er daran mit seinen Hörnern hängen bleiben würde, wie er überall verkündete. An seiner Kutsche brachte er ein riesiges Geweih an, seinen Kindern verordnete er Trauerkleidung, und für die ungetreue Gemahlin ließ er ein Requiem lesen, als wäre sie gestorben.

5

Auch in der Folge hatte die Montespan seine Rache zu fürchten, und selbst der König konnte den Marquis, der die Herzogswürde als Lohn für die Dienste seiner Frau energisch ablehnte, nur mit Drohungen zum Stillhalten bewegen. Erst 1674 willigte der Ehemann in eine Trennung ein, die es Ludwig XIV. endlich ermöglichte, nun Françoise zur Maîtresse en titre zu machen.

Doch bis dahin sollten noch ein paar Jahre vergehen. Jahre, da es neben der tatsächlichen eine offizielle Geliebte gab, da Ludwig XIV. und die Königin gemeinsam mit Françoise und Louise bei bestimmten Auftritten in der Öffentlichkeit erschienen, da die Montespan ihre Bastarde in aller Heimlichkeit zur Welt bringen musste, weil der eifersüchtige Gatte sonst vielleicht neue Ansprüche erhoben und die katholische Kirche ihre Kritik noch deutlicher geäußert hätte.

Colberts Wirtschaftspolitik brachte Frankreich und speziell Paris damals einen bemerkenswerten Aufschwung. Häuser und Schiffe wurden gebaut, Manufakturen gegründet oder erweitert, zum Beispiel die eines Monsieur Gobelin. Dort ließ Ludwig auf Teppichen seine Siege in Flandern verewigen. Aber auch in Versailles kam man voran; der König drängte seine Baumeister, das Schloss fertigzustellen, das seinen Ruhm in alle Welt hinaustragen sollte. Er wollte, dass es endlich von ihm, seiner Familie, seiner Mätresse und der Riesenschar Höflinge bezogen würde.

Zur gleichen Zeit wuchs in Holland eine hart konkurrierende Wirtschaftsmacht heran, der Ludwig XIV. nur mit militärischen Mitteln beikommen konnte. Deshalb schickte er seine verehrte Schwägerin Henriette, eine Stuart und einst mit ihrer Mutter selbst aus England geflohen, über den Ärmelkanal, um den König von England auf seine Seite zu ziehen. Der Plan gelang. Im Geheimvertrag von Dover sagte Karl II. zu, eine Invasion Frankreichs in Holland zu unterstützen. Versprochen wurden ihm dafür einige Millionen Livres sowie Hilfe beim Bestreben, sein dem Protestantismus verhaftetes Land wieder dem Katholizismus zuzuführen.

Doch Henriette konnte den – ebenfalls sehr gut bezahlten – Erfolg nicht lange genießen. Qualvoll starb sie, gerade mal sechsundzwanzig Jahre alt geworden, in Anwesenheit ihres Gatten, Ludwigs Bruder Philippe, nachdem sie einige Schlucke Chicoréewasser getrunken hatte. Obwohl sie seit einiger Zeit kränklich gewesen war, kam dieser Tod völlig unerwartet. Sie selbst sprach in ihren letzten Stunden von Gift – die Flasche sei vertauscht worden.

Der unausgesprochene Verdacht richtete sich gegen ihren Gemahl, mit dem sie wegen seiner homosexuellen Neigungen in einer Art Hass-Ehe lebte. Aber hatte der Gatte den Rest des Wassers nicht sofort Henriettes Hund vorsetzen lassen, der keineswegs zu Schaden gekommen war? Eine Autopsie jedenfalls wies *nur* auf Tuberkulose, eine stark angegriffene Leber, auf ein Darm- und ein durchbrochenes Magengeschwür hin.

Was mag die Montespan gedacht haben, als sie in diesem Juni 1670, genau wie andere Höflinge, ans Bett der Todkranken trat, um ihr Trost und Hoffnung zuzusprechen. Zu dieser Zeit war sie vielleicht noch nicht selbst mit den Giftmischern im Gespräch, aber die schwarze Magie war ihr schon vertraut und das Poudre de succession, das »Erbschaftspulver«, das damals bei so manchem reichen Edelmann oder umgekehrt seiner Gattin ein schnelles Dahinscheiden bewirkte, gewiss ein Begriff.

Wir stellen uns die Mätresse vor, in Tränen aufgelöst und wohl auch ehrlich erschüttert. Aber das Leben ging weiter, und die eigene, immer wieder wacklige Position musste mit allen Mitteln verteidigt, ja ausgebaut werden.

6

Monsieur Antonin de Lauzun, ein Edelmann mit großen Ambitionen, war äußerst verärgert. Hatte ihm der König nicht die Stelle eines Oberbefehlshabers seiner Artillerie versprochen, hatte die Montespan nicht zugesagt, sich in dieser Angelegenheit für ihn zu verwenden? Und nun hielt man ihn hin, ließ ihn am steifen Arm verhungern. Wahrscheinlich war Louvois, der Kriegsminister, gegen seine Ernennung. Doch was konnte der schon ausrichten, wenn Ludwig XIV. es anders befahl.

Der mit allen Wassern gewaschene ehrgeizige Höfling glaubte guten Grund zu haben, den Posten zu beanspruchen, schrieb er sich doch eine Menge Verdienste zu. Besonders das, dem hohen Paar einige Zeit als eine Art Schutzschild gedient zu haben. Damit das Verhältnis des Monarchen nicht öffentlich wurde, hatte er zum Ergötzen aller Eingeweihten Françoises feurigen Liebhaber gespielt, ihr vor aller Augen Avancen gemacht und sie zum Lachen gebracht. Nur er konnte mit ihr in Bezug auf Schlagfertigkeit konkurrieren. Freilich nahm er auch den Mund sehr voll, was ihm der König verübelte.

Doch dessen war sich Lauzun nicht bewusst und da seine Sache kaum vorankam, ersann er einen äußerst gewagten Plan. Er überredete eine Kammerfrau der schönen Montespan, ihm Zugang zum Schlafgemach ihrer Herrin zu verschaffen, und versteckte sich eines Mittags unter dem Bett der Marquise. Offenbar kannte er genau die Gewohnheiten des Paares, denn es gelang ihm in der Tat, nicht nur das Liebesspiel des Königs mit seiner Mätresse zu belauschen, sondern auch ein Gespräch, das sich auf seine Person bezog.

Das Unternehmen hätte übel für ihn ausgehen können! Gar nicht auszudenken, was passiert wäre, hätte ihn der König entdeckt. Doch das Glück war auf seiner Seite. Vielleicht war das Paar über ihm so sehr in sein Liebesspiel vertieft, dass es seine vorsichtigen Atemzüge nicht bemerkte, vielleicht verschluckten auch die schweren, das Bett umgebenden Vorhänge eventuelle Geräusche. Den beiden entging jedenfalls seine Anwesenheit, und das Abenteuer wäre für den Höfling zur Ruhmestat geworden, hätte er nicht anhören müssen, was ihm ganz und gar gegen den Strich ging:

»Ich habe es mir überlegt«, sagte nämlich der Herrscher, während der Lauschende große Mühe hatte, ein verräterisches Husten zu unterdrücken, »ich werde Lauzun nicht zum Ersten Kommandierenden dieser wichtigen Einheiten machen. Ein Mann, der sich bereits vor der Ernennung mit dem künftigen Rang brüstet, ist wenig zuverlässig.«

»Ihr habt völlig recht, Majestät,« gab seine Geliebte noch etwas erschöpft zur Antwort. »Zwar würde ich mich gern für ihn einsetzen, aber das ist nicht möglich. Er prahlt nur herum, bildet sich viel zu viel auf seine Fähigkeiten ein.«

»Die er nicht hat. Ich würde ihm noch nicht mal ein Dutzend Füsiliere anvertrauen. Außerdem gäbe es in diesem Fall ständig Streit mit Louvois.«

»Genauso ist es.« Die Marquise griff nach ihrer Corsage. »Der Kriegsminister spricht ihm jegliche Eignung für ein solches Amt ab. Und ich stimme dem zu.«

Viel mehr war über das Thema nicht zu vernehmen, aber es genügte, um Lauzun in rasende Wut zu versetzen. Das also war von des großen Königs Versprechen zu halten und von den Versicherungen seiner Hure. Dass Louvois gegen ihn hetzte, hatte er gewusst, doch ihm nahm er das noch am wenigsten übel. Ludwig dagegen, besonders aber seiner hinterhältigen Schlampe, hätte er am liebsten den Hals umgedreht. Diese widerwärtige Heuchlerin!

Nichtsdestoweniger musste sich der Höfling beherrschen und noch froh sein, unbemerkt wieder das Weite suchen zu können, nachdem die beiden den Raum verlassen hatten. Zwar schmiedete er sofort finstere Rachepläne, doch was waren die schon wert. Schließlich konnte er seine Rolle des Schlafzimmerspions nicht öffentlich machen.

Oder vielleicht doch? Zumindest auf die ihm eigene Art konnte er das Erfahrene nutzen. Stand nicht noch am gleichen Tag eine Ballettprobe an?

In seinem Zimmer angelangt, putzte sich Lauzun hastig den Staub von der Weste, überzeugte sich durch einen Blick in den Spiegel, dass die hohe Lockenperücke nicht verrutscht und auch sonst keinerlei Spur des gewagten und erniedrigenden Unterfangens an seiner Kleidung zurückgeblieben war. Dann eilte er – so weit die hohen Stöckelschuhe es zuließen – der Marquise entgegen, um ihr heuchlerisch seine Begleitung anzutragen.

»Wie aufmerksam, Monsieur«, säuselte die Montespan. »Nach dem König seid Ihr der beste Kavalier am Hof.«

»Apropos König. Hattet Ihr inzwischen Gelegenheit, Euch für mich zu verwenden?«

»Wegen des Postens, an dem Euch so liegt? Ja, mein Freund, erst vorhin habe ich Seiner Majestät geraten, Euch zum Grand Maître der Artillerie zu ernennen. Wir kennen ja Eure Vorzüge, und ich habe mich dafür eingesetzt, dass die Angelegenheit schnell geregelt wird.«

»Meine Vorzüge?« Der Edelmann hielt sich mit Mühe zurück. »Dann müsste es ja endlich klappen. Aber was versteht Ihr unter schnell?«

»Ihr wisst doch, Monsieur, dass unser König den Zeitpunkt selbst bestimmt«, sagte die Montespan ungeduldig. »Aber Ihr dürft versichert sein, dass ich alles getan habe und auch weiterhin alles tun werde …«

Doch nun konnte sich Lauzun nicht länger beherrschen. »So, Ihr habt alles getan«, brach es aus ihm heraus. »Ihr versucht mir weiszumachen, dass Ihr bei Eurem Geliebten Partei für mich ergreift. Aber ich sage Euch, dass Ihr lügt. Ihr seid nichts als eine schmutzige Heuchlerin. Oder stimmt es etwa nicht, dass ich nur herumprahle und mir viel zu viel auf meine Fähigkeiten einbilde?«

Es waren genau die Worte, die Athénaïs gegenüber dem König gebraucht hatte, und sie wurde flammendrot. »Was nehmt Ihr Euch heraus, Monsieur«, stammelte sie.

»Louvois spricht mir doch jede Eignung für das Amt ab«, fuhr der Höfling zischend fort, »Seine Majestät würde mir nicht einmal ein Dutzend Füsiliere anvertrauen, und Ihr seid ganz und gar seiner Meinung. Ist es nicht so?«

»Wie kommt Ihr darauf? Woher wisst Ihr …«

»Woher ich das weiß? Der Teufel hat es mir geflüstert, Madame. Er ist nur halb so verlogen und falsch wie Ihr. Ich empfehle mich, Madame. Der beste Kavalier am Hof will nichts mehr mit Euch zu tun haben.«

Lauzun ließ die Marquise stehen, denn inzwischen näherte sich der König, und sie blieb völlig fassungslos zurück. Ob sie nun, abergläubisch wie sie war, an den Teufel als einen Verbündeten des Edelmanns glaubte oder nicht, sie fühlte sich durchschaut. Verwirrt berichtete sie Ludwig von dem Gespräch, und dieser zeigte sich ebenso konsterniert.

Auf jeden Fall war die Angelegenheit ärgerlich, und es kann nicht behauptet werden, dass Lauzun durch sie in des Königs Gunst stieg. Doch noch fehlte ein offizieller Anlass, den Höfling ganz in Ungnade fallen zu lassen. Zumal sich Ludwigs Cousine, genannt die »Grande Mademoiselle«, in den um einiges jüngeren Herzog verliebt hatte und ihn heiraten wollte.

Vielleicht um etwas gutzumachen, vielleicht aus Furcht vor ihm, unterstützte die Montespan vorübergehend den Heiratsplan. Aber der gesamte Hofklüngel stellte sich gegen den Ehrgeizling, der noch dazu die Frechheit besaß, den angestrebten Posten nun persönlich beim König einzufordern. Was bei diesem zu immer größerer Verstimmung führte! Zwar wurde die Ehe dann heimlich doch noch geschlossen, aber das rettete Lauzun nicht. 1671 endlich war es so weit – der Herzog wanderte für Jahre ins Gefängnis. Er wurde in die Festung Pignerol gebracht, wo schon der ehemalige Finanzverwalter Fouquet saß, einst gleichfalls ein Vertrauter des Monarchen. Zum Vorwand der Verhaftung dienten angebliche neue Beleidigungen, die der aufmüpfige Höfling gegen die Geliebte und damit den König ausgesprochen hätte. Auf diese Weise wurde die Montespan nach ihrem eifersüchtigen Mann einen zweiten unangenehmen Gegner los.

7

Auch die neue Mätresse musste, genau wie vorher die La Vallière, ihre ersten Kinder heimlich zur Welt bringen. Als Gouvernante engagierte sie 1670 Madame Scarron, die Witwe eines damals sehr bekannten Schriftstellers. Sie ahnte nicht, dass diese Dame, intelligent und sehr fromm, in ihrem und vor allem im Leben des Großen Königs noch eine wichtige Rolle spielen sollte.

Anders als Agnès Sorel oder Diane de Poitiers interessierte sich die Montespan nicht für Politik, hatte in Staatsgeschäfte, insbesondere in die Kriegspläne Ludwigs, nicht hineinzureden. In diesen Dingen entschied er allein nach Beratung mit einigen Marschällen und Ministern. Auf schnelle Erfolge wie zu Beginn des Holland-Feldzuges oder halbe Niederlagen wie im Juni 1672, als sich Amsterdams Bürger dem König widersetzten, indem sie beim Nahen der Franzosen die Kanalschleusen öffneten und das Umland überfluteten, hatte sie keinen Einfluss.

Doch ihr Leben war ja bewegt genug. Außer durch häufige Schwangerschaften wurde sie durch die Bälle, Ballettabende und sonstige Vergnügungen voll in Anspruch genommen. Ähnlich den früheren Mätressen, kreierte die Montespan neue Frisuren und Moden – manchmal auch vom Zufall begünstigt, wie bei jenem leichten Baumwollgewand, mit dem sie die bisher aus schweren Stoffen bestehende, recht lästige Umstandskleidung ersetzte und das später als Negligé in den allgemeinen Gebrauch einging.

Den größten Teil ihrer Zeit widmete die Mätresse jedoch dem Kampf um den Platz an der Seite des Königs. Gewiss war sie das richtige Pendant zum »Göttlichen«, gewiss verwöhnte er sie mit kostbaren Geschenken; zuweilen mit einer ganzen Schatulle diamantenbesetzter Colliers, Ringe und Ohrschmucks – gewiss errichtete er ihr in Versailles ein kleines Lustschloss im chinesischen Stil, vom Schriftsteller Saint-Simon das »Trianon de Porcelaine« genannt, weil es innen ganz mit Fayencen aus Delfter Porzellan ausgeschmückt war, gewiss ließ er ihr später für mehr als zwei Millionen Livres das prachtvolle Schloss Clagny erbauen und legitimierte schließlich auch ihre Kinder. Doch sicher konnte sie sich ihrer Stellung nie sein. Einerseits begehrten die Priester immer wieder gegen das sündige Verhältnis der beiden auf, andererseits neigte Ludwig nach wie vor dazu, sich zur Abwechslung andere Damen ins Bett zu holen. Zumal die Mätresse zusehends fülliger wurde: Der Monarch als starker Esser sah es nicht gern, wenn sich seine Frauen bei Gelagen und anderen Mahlzeiten zurückhielten.

Vor allem jüngere Gespielinnen wurden bald zur Gefahr. Wenn die Montespan besonders launisch und streitsüchtig im Verhalten und spitz in ihren Bemerkungen wurde, roch es deshalb, wie Madame de Sévigné schrieb, nach »frischem Fleisch«. Den Ärger, den die Marquise nicht an Seiner Majestät auslassen konnte, bekamen umso stärker die Bediensteten zu spüren.

Gegen die Kirche setzte sich die Mätresse zur Wehr, indem sie Beschwerde beim König erhob. Doch nicht immer erfolgreich! So fand sie es im April 1675 äußerst empörend, dass ihr ein Vikar in Versailles überraschend die Absolution verweigerte. Der einflussreiche Bossuet allerdings, um Aufklärung gebeten, verteidigte die Entscheidung des Vikars gegenüber dem Herrscher, und obgleich zutiefst beleidigt, musste Athénaïs für einige Wochen den Hof verlassen, um getrennt von dem Geliebten Buße zu tun.

Kein Zweifel, dass diese Niederlage ihre Gründe hatte. Zwar spielte die La Vallière keine Rolle mehr; sie hatte den König ein Jahr zuvor zum Weinen gebracht, indem sie sich endgültig vom Hof ins Kloster zurückzog; doch seit die Prinzessin von Soubise zu einer der Ehrendamen der Königin aufgestiegen war, kümmerte sich Ludwig XIV. auffällig um diese Schönheit.

Aber nicht nur das, auch die Witwe Scarron schien einen immer gewichtigeren Platz in seinem Leben einzunehmen. Ihre Frömmigkeit und ihre Hingabe an seine Kinder beeindruckten ihn. Die Montespan musste mit Befremden feststellen, dass er diese Dame von niedrigem Stand ständig erhöhte und plötzlich zur Marquise von Maintenon ernannte, in ihren Augen ein unerhörter Vorgang.

Ihr Verhältnis zu Madame Scarron, die nicht so einfach herumzukommandieren war wie andere, hatte sich übrigens schnell gewandelt. Anfangs hatte sich die Montespan noch für die Erzieherin eingesetzt, dafür gesorgt, dass sie für ihre Treue gut belohnt wurde, doch mittlerweile kam es oft zum Streit, wobei Françoises Bissigkeit an der kühlen Ruhe der Gouvernante abprallte.

Gut möglich, dass die Scarron oder Maintenon, wie sie nun genannt wurde, mit ihren frommen Anhängern bei Hof hinter der verweigerten Absolution steckte – dem König kam die Trennung nicht ungelegen. Seine Mätresse begriff das und unterzog sich einer Abmagerungskur. Zugleich vertraute sie aber erneut den Mitteln, die sie schon früher eingesetzt hatte.

8

Es war ein düsterer Tag, und düstere Gedanken beherrschten die Marquise, als sie nach Mademoiselle des Œillets rief, ihrer Kammerfrau, der sie voll vertrauen konnte. »Ich habe einen Auftrag für Euch, Claude«, erklärte sie. »Ihr wisst, wie sehr ich den König liebe und dass ich ohne seine Zuneigung nicht leben kann. Er muss sich mir wieder ganz zuwenden. Dazu aber brauche ich Eure Hilfe. Geht zu dieser Adresse und sagt dem Priester Guibourg, den Ihr dort treffen werdet, dass ich ihn sprechen möchte. Aber keinen Ton darüber, zu wem auch immer. Die Sache muss unter uns bleiben.«

Die letzten Worte wären nicht nötig gewesen, die Vertraute wusste, dass sie sehr vorsichtig sein musste. Es ging wieder einmal um die dunkle Kunst der Verzauberung, und sie kannte die Gefahren, die damit verbunden waren. Vor kurzem noch war das Beschaffen von Liebespulvern, von Glückshänden und ähnlichen Talismanen im glanzvollen Reich Ludwigs XIV. relativ einfach gewesen. An geheimen Orten wurde der Magie gehuldigt, man konnte ohne große Angst vor Bestrafung schwarze Messen lesen lassen, auch wenn es eigentlich strengstens verboten war. Selbst die Tatsache, dass 1768 Le Sage und der Prediger Mariette verhaftet worden waren, mit denen sich ihre Herrin eingelassen hatte, war noch keine Bedrohung. Aus Konkurrenzgründen waren die beiden von einer Neiderin, einer gewissen La Voisin, verraten worden. Der eine war auf der Galeere, der andere in der Verbannung gelandet, aber bald hatte sich alles wieder beruhigt.

Doch seit den Giftmorden einer gewissen Marquise von Brinvilliers, die im Juli 1676 hingerichtet worden war, stellten sich die Dinge anders dar. Dieser Fall hatte großes Aufsehen erregt und den Polizeipräfekten von Paris zu härterem Durchgreifen bewogen. Die Brinvilliers hatte nicht bloß Vater und Bruder vergiftet, weil sie ihren zwielichtigen Geliebten angefeindet und ins Gefängnis gebracht hatten, sondern hatte auch vorher »geübt«, indem sie mildtätige Dienste im Hotel-Dieu, dem Krankenhaus von Paris, verrichtete. Dass die von ihr »Betreuten« zumeist schnell das Zeitliche gesegnet hatten, war angesichts der hohen Sterblichkeit nicht weiter aufgefallen.

Die Marquise, die ihre Morde auch des Erbes wegen begangen hatte, wurde erst entlarvt, nachdem ihr Geliebter überraschend starb und bei ihm Gift entdeckt wurde. Sie war nach Lüttich geflohen, man hatte sie dort aber aufgespürt, gefasst und nach Frankreich zurückgebracht. Der Prozess wurde zum Ereignis. Der Verurteilung und der üblichen grausamen Folter folgte die Enthauptung auf dem Grève-Platz, wonach der Leichnam verbrannt und die Asche in alle Winde verstreut wurde.

Bei diesem schauerlichen Geschehnis waren halb Paris und auch die Kammerfrau zugegen gewesen. Zugleich empört über die Giftmörderin und voller Schrecken, hatte sie die Arbeit des Henkers verfolgt. Deshalb nahm sie den Auftrag ihrer Herrin nun mit einer gewissen Besorgnis entgegen.

»Priester Guibourg«, wiederholte die des Œillets, »woran erkenne ich, dass ich mich nicht an den Falschen wende?«

»Es handelt sich um einen sehr alten und würdigen Herrn«, erwiderte die Montespan, »man kann ihn gar nicht verwechseln.«

»Soll er hierher kommen, auf Euer Schloss?«

»Nein. Wenn er mit dem Treffen einverstanden ist, wird er Euch einen geeigneten Ort nennen.«

Auch Françoise de Montespan war beunruhigt, wenngleich sie nicht glaubte, dass La Reynie, Polizeipräfekt der Hauptstadt, mit seinen Ermittlungen sehr weit kommen oder gar den hohen Adel behelligen würde. Er hatte alle Hände voll damit zu tun, Licht in die dunklen Gassen von Paris zu bringen, indem er die Fackeln durch windgeschützte Laternen ersetzen ließ, war zudem damit beschäftigt, Straßenräuber, Bettler und Dirnen aus der Stadt zu vertreiben.

Nein, der König selbst mit seiner ständigen Hurerei gab zu Sorgen Anlass! Kaum hatte sie es geschafft, ihn der Soubise zu entreißen, dieser arglistigen Schlange, die ihm schon früher einmal als Matratze gedient hatte, da tauchte die Ludres auf, ein lüsternes Weib aus dem Gefolge der Liselotte von der Pfalz, der zweiten Gattin von Ludwigs Bruder Philippe. Sie, Athénaïs, hatte dem König durch einen Mundschenk mehrmals Liebespulver ins Essen mischen lassen, das ihm Kopfschmerzen bereitete – ein kleiner Trost –, doch das war wohl nicht ausreichend gewesen. Aus diesem Grund setzte sie nun erneut auf schwarze Messen, die diesmal aber nachdrücklicher wirken sollten.

Kurze Zeit nach ihrem Treffen mit dem siebzigjährigen Prediger nahm die Mätresse deshalb an Séancen teil, die kaum widerwärtiger hätten sein können. Dabei wurden auf grausame Weise Säuglinge geopfert, die der Geistliche für wenig Geld den Armen abgekauft hatte.

Wir haben die inzwischen recht massige Montespan vor Augen, wie sie nackt bei flackerndem Kerzenlicht auf Matratzen liegt, die über Stühle gebreitet sind. Doch sie wird in diesem Fall nicht von sexuellen Fantasien getrieben, sondern lauscht den Beschwörungen des alten Priesters, der ein mit schwarzen Tannenzapfen verziertes, kostbares Gewand trägt: »Astarot, Asmodeus, ihr Fürsten der Liebe, ich bitte euch, das Opfer anzunehmen, das ich euch mit diesem Kinde darbringe …«

Und das warme Blut tropft auf ihren Leib.

Das auch zu jener Zeit gegen jegliche Sitten verstoßende ekelerregende Verfahren brachte den gewünschten Erfolg. So mag es wenigstens die Maîtresse en titre gesehen haben, gelang es ihr doch, den König noch ein letztes Mal für sich einzunehmen. Nach seinen Abenteuern mit den erwähnten Damen eroberte sie ihren Platz zurück. Nachdem sie dies geschafft hatte, herrschte sie erneut, wenn auch nicht mehr lange, pompös und mit Arroganz.

9

Der Spott der Montespan war gefürchtet, selbst die Königin, die endlich begriff, wie gut es ihr doch mit der freundlichen und dienstwilligen Louise de La Vallière ergangen war, wurde davon nicht ausgenommen. Sie kam nicht dagegen an – überliefert ist ihr mehrfach geäußerter Satz, dass »diese Hure sie noch ins Grab« bringe.

Doch auch die Wutanfälle der Favoritin waren berüchtigt. Die Lakaien gingen ihr aus dem Weg, hörten sie auf den Fluren ihre belfernde Stimme. Wenn sie in Fahrt kam, legte sie sich sogar mit dem König an. So warf sie ihm einmal lauthals vor, dass er sie nicht liebe, sich nur aus Eitelkeit mit ihr zeige, weil sie die Schönste im Land sei. Ein andermal beschwerte er sich beim Besteigen der Kutsche über ihr Parfum. Es sei aufdringlich, und er habe ihr bereits mehrfach gesagt, dass ihm der Geruch Kopfschmerzen bereite.

Im Gegensatz zu anderen Damen, die bei einer solchen Kritik blass geworden wären und sich tausendfach entschuldigt hätten, wurde die Mätresse zornig. Sie erwiderte, dass sie derartige Duftstoffe benutzen müsse, weil Ludwig nie ein Bad nehme und, offen gesagt, ziemlich stinke. In der Folge brüllten sich die beiden an, während die Königin sprachlos dabeistand.

Als es um die Ernennung einiger Marschälle ging, vermisste die Montespan ihren Bruder auf der Liste und wollte von Ludwig wissen, was dies zu bedeuten habe. Dabei setzte sie ihm so zu, dass er den Namen schnell hinzufügen ließ. Danach machte das Bonmot vom Marschallstab die Runde, den sich andere durch das Schwert verdient hätten, ihr Bruder dagegen durch die Scheide.

Ihr soziales Verhalten zeigten die edlen Damen seinerzeit, indem sie mildtätig Gaben verteilten, für in Not geratene Witwen oder Waisen spendeten, für Arme und Kranke. Mätressen wie Françoise de Montespan bildeten hierin keine Ausnahme. Ein Menschenleben aber, vor allem wenn es die unteren Schichten der Gesellschaft betraf, galt den meisten Adligen nicht allzu viel.

Das war zum Teil Zeitgeist – für eine solche Auffassung sorgten schon die ständigen Kriege mit ihren vielen Opfern. Ein Übriges taten Seuchen und andere Krankheiten, denen man nahezu hilflos ausgeliefert war. Mit brutaler Gewalt ließ der »Sonnenkönig« aber auch die Hungerrevolten in den Provinzen niederschlagen, die immer wieder ausbrachen. 1674 schrieb Colbert voller Stolz an einen Intendanten: »Der König hält an zwanzig Orten rund um Paris zwanzigtausend Mann bereit, die dorthin marschieren können, wo es Erhebungen gibt, um, für alle Welt sichtbar, Strafe auszuüben …«

Wenn die Montespan ihrer Liebe wegen bei Schwarzen Messen das grausame Opfer neugeborener Kinder hinnahm, so kann es nicht verwundern, dass sie sich beim Tod Erwachsener ebenso kaltschnäuzig verhielt. Als ihre Kutsche eines Tages einen Fußgänger überrollte, wies sie ihre mitreisenden Damen, die Entsetzen zeigten, zurecht, sie sollten sich nicht so anstellen. Erstens, so erklärte sie, habe der Kutscher den Mann durch einen Zuruf gewarnt, zweitens wüssten die Leute ja, dass sie sehr schnell unterwegs sei, und drittens wären sie nur so mitfühlend, weil sich der Unfall direkt vor ihren Augen zugetragen hätte. Wäre das Ganze in der Ferne geschehen, hätte es keine von ihnen bewegt.

Doch selbst wenn man Letzterem zustimmt, wirft der Vorfall ein bezeichnendes Licht auf die Gefühlskälte der mächtigen Mätresse.

Um sich die Zuneigung des »Göttlichen« zu bewahren und mit seinem Glanz Schritt zu halten – allein die königliche Tafel kostete täglich fünfzigtausend Livres und sein mit Diamanten besetzter Rock war Millionen wert –, ließ sich die Montespan die kostbarsten Gewänder fertigen oder auch schenken. Berühmt wurde ihr Abendkleid aus verschiedenen Goldstoffen. »Mit Gold bestickt, mit Gold umsäumt … mit Gold durchwirkt … Gold auf Gold … Es müssen Feen gewesen sein, die diese Arbeit im Stillen vollbracht«, schrieb Madame de Sévigné.

Mit allen nur denkbaren Mitteln, ihren Verführungskünsten im Schlafzimmer, ihrer Schönheit und Eleganz, ihrem Witz, ihrer Scharfzüngigkeit und ihrem Hochmut, ihrem Reichtum und der Hinwendung zur schwarzen Magie versuchte die Mätresse, Ludwig XIV. an sich zu fesseln; sie spannte auch ihre Kinder dafür ein, zu denen sich der Monarch mehr hingezogen fühlte als zum Dauphin, seinem ehelichen Sohn. Dennoch – bei seinem anerzogenen Anspruch, über den anderen Sterblichen zu stehen und folglich alle Rechte zu haben, auch das zum ständigen Wechsel, hatte sie einen schweren Stand. Zumal sie inzwischen noch mehr in die Breite ging und Hungerkuren kaum noch Abhilfe schafften.

Bekannt wurde das Erstaunen eines Höflings, der sie beim Verlassen der Kutsche beobachtete und spöttisch feststellte, dass ein Oberschenkel von ihr seinem Leibesumfang entsprach.

Kein Wunder, dass der König neuen Versuchungen erlag. So um das Jahr 1678, als ihm, nicht ohne eigennützige Absicht ihrer Verwandten, ein siebzehnjähriges, strohblondes Mädchen aus dem Provinzadel zu Gesicht gebracht wurde. Die junge Dame hieß Angélique de Fontanges und hatte, wie beschrieben wird, ein ihrem Namen entsprechend engelsgleiches Aussehen.

Wenig intelligent, doch sehr schön und mit makellosem Körper soll sie entfernt Louise de La Vallière ähnlich gewesen sein.

10

»Ich flehe Euch an, Ehrwürdiger Vater, betet für unseren König und lasst in Paris wie in Versailles Gebete für ihn sprechen. Seine Majestät steht vor einem tiefen Abgrund. Wir müssen alles tun, damit er nicht hinabstürzt.«

Die Montespan hatte diese Sätze leise, aber mit großem Nachdruck gesprochen, und der Abbé Gobelin, Beichtvater am Hof, wusste genau, was damit gemeint war. Die Leidenschaft des Herrschers für jenes Fräulein von Fontanges nämlich, das ihn mit ihren graublauen Augen, ihren rosa Wangen, ihrem hellen Teint und ihrem ebenso hellen Haar, ihrer schlanken Figur, kurz gesagt, mit ihrer ganzen Jugendlichkeit verhext hatte. Sie war noch nicht lange in Versailles und stand doch schon im Mittelpunkt. Sie tat ganz unschuldig, war aber die fleischgewordene Sünde.

Doch konnte man denn die inzwischen fünfunddreißigjährige Mätresse eine sittsame Dame nennen? Ganz im Gegenteil, sie legte es genau wie die Jüngere darauf an, Ludwig mit allen Reizen ihres Leibes von der Königin weg in den Pfuhl der Unzucht zu locken! – Der Geistliche beschloss, die Marquise etwas zappeln zu lassen. »Ein Abgrund? Was meint Ihr damit?«

»Ihr versteht mich sehr gut, Ehrwürdiger Vater. In diesem Punkt ist sogar Madame de Maintenon mit mir einer Meinung. Es geht um dieses Mädchen. Sie ist viel zu jung und zu unreif für unseren Herrscher!«

»Ach, ihr meint die Fontanges«, lenkte Pater Gobelin nun ein. »Ihr habt recht, offenbar möchte uns der Allmächtige durch sie einer neuerlichen Prüfung unterziehen. Doch was verlangt Ihr? Beschwören wir den König nicht seit vielen Jahren, allen Versuchungen standzuhalten und sich allein mit der ihm angetrauten Gemahlin zu verbinden? Das Fleisch ist leider schwach, viel schwächer oft als unser Wille.«

Das war natürlich gegen sie gerichtet, aber die Montespan ließ sich dadurch nicht beirren. Unerschrocken beharrte sie: »Wegen der von mir begangenen Sünden, Ehrwürdiger Vater, werde ich mich vor Gott verantworten müssen. Doch bedenkt, dass wir beide jung waren und dass ich alles getan habe, den König in seinem großen Werk zu unterstützen, das er sich vorgenommen hatte. Sie dagegen kommt einfach so daher, gerissen, unreif und dumm …«

Der Abbé unterbrach sie: »Ich weiß, das Fräulein gilt nicht gerade als klug. Aber habt Ihr sie nicht selbst gefördert, als sie nach Versailles kam?«

»Meine Großmütigkeit! Ein junges Mädchen von Adel allein am Hof, dachte ich. Es war ein Fehler, den ich korrigieren muss.«

Dass die Montespan von ihrer Großmut sprach, amüsierte den Pater innerlich. Doch musste sie es eigentlich selbst am besten wissen: Für eine Korrektur war es längst zu spät. Wenn sich der König eine neue Liebe in den Kopf gesetzt hatte, wenn er einem Weib unter die Röcke wollte, brachte Gewissensschelte ihn kaum davon ab.

»Nun gut, wir werden für sein Seelenheil beten, so wie immer«, versicherte Gobelin. »Vielleicht kann Madame Maintenon etwas tun, um ihm die Fontanges auszureden. Auf sie hört er noch am ehesten.«

Madame de Montespan verließ den Geistlichen mit gemischten Gefühlen. Sie hatte sich mehr von diesem Gespräch erhofft, denn sie wusste, dass Priestern wie Gobelin, La Chaise und der frommen Partei am Hof nichts an einer neuen Affäre des Königs gelegen sein konnte. Weshalb verhält er sich so zögerlich, dachte sie. Sie wollte sich nicht eingestehen, dass die Zeit, da man ihren Wunsch als Befehl betrachtet hatte, vorbei war.

»Die Fontanges ist an allem schuld«, schimpfte sie laut. »Diese kleine Hure nimmt mit ihrem heuchlerischen Getue alle für sich ein. Man müsste sie mit der Peitsche vom Hof jagen!«

Zugleich sah die Mätresse aber weitere Gefahren. Da war vor allem Madame de Maintenon mit ihrer bigotten Moral. Sie zählte zwar als Verbündete gegen das neue Liebchen, wurde ansonsten aber immer gefährlicher. Sie stieg und stieg in des Königs Gunst – geradezu besorgniserregend. Und was war nun wirklich von den Nachrichten zu halten, die aus den Kreisen um den Polizeipräfekten kamen. Offenbar war Reynie ehrgeiziger als gedacht und auf Spuren gestoßen, die zu den ihr vertrauten Zirkeln der Magie und Hexerei führten. Er schien die Fährte hartnäckig zu verfolgen. Waren da Enthüllungen zu befürchten, die auch sie betrafen?

Die Marquise versuchte sich zu beruhigen. Was konnte ihr schon passieren, sie gehörte zum ältesten Adel im Land, war nach wie vor eine der mächtigsten Personen Frankreichs. Die Fontanges musste ausgeschaltet werden, darum ging es.

Sie verließ ihre Gemächer, um ein wenig frische Luft zu schöpfen. Sie war gewillt, zu kämpfen, und beim Gang durch den Park kam sie vielleicht auf neue Gedanken.

11

Indes entwickelten sich die Dinge schneller, als Françoise de Montespan hatte erahnen können, und sie entwickelten sich zu ihren Ungunsten.

Zum einen wandte sich der Herrscher, allen gegenteiligen Bemühungen zum Trotz, mehr und mehr seiner neuen Liebe zu. Anlässlich eines Balles durfte die Fontanges mit dem gleichen Schleifchenzierrat an der Robe erscheinen wie Ludwig, und dieser außerordentliche Gunstbeweis klärte die Fronten. Noch war die Mätresse, die ein Jahr zuvor erneut einen Sohn zur Welt gebracht hatte, nicht völlig abgeschrieben. Bei den täglichen Messen saß sie mit ihren Kindern zur einen Seite des Königspaares, das Edelfräulein zur anderen, aber jedermann wusste, wer jetzt die Favoritin war. Wenn auch die Marquise nun endlich das lange angestrebte Amt einer Oberaufseherin unter Marie-Thérèses Damen zugesprochen bekam, das ihr die Vorrechte einer Herzogin einbrachte – Duchesse wurde kurz darauf die Rivalin, und so wie früher die La Vallière hatte Athénaïs dienen müssen, zwang der König nun sie, der kleinen Hure beim Ankleiden oder Frisieren zu helfen.

Die Montespan zog giftig über das angeblich lästerliche Vorleben und die Unbedarftheit der Jüngeren her, aber die war hierdurch nicht zu erschüttern. Sie konnte sich im Gegenteil großzügig zeigen, der Älteren Geschenke machen, ging der Herrscher doch inzwischen mit ihr ins Bett, schwängerte nun sie. Die besonderen Hilfsmittel aber, die Athénaïs so oft in Anspruch genommen hatte, wirkten nicht mehr. Im Gegenteil begann sich ihr Hang zu den verbotenen Praktiken gefährlich wider sie zu kehren.

Denn Ende der siebziger Jahre kamen die dunkelsten Seiten der so glänzenden französischen Monarchie ans Licht. Fakten wurden zutage gefördert, die den Hof und die gesamte hohe Gesellschaft erbeben ließen.

Einen wesentlichen Anteil daran hatte La Reynie. Er hatte das Amt im Jahr 1667 für zweihundertfünfzigtausend Livres von Ludwig XVI. gekauft, sah es aber nicht einfach als eine Pfründe an, wie das so manch anderer in seiner Lage getan hätte, sondern war willens, es auszufüllen. Die skrupellosen Verbrechen der Brinvilliers hatten ihn aufgeschreckt, andere verdächtige Todesfälle, wie jener der Henriette von England, kamen dazu.

Als 1677 im Beichtstuhl einer Pariser Kirche ein Schreiben gefunden wurde, das von einem geplanten Anschlag auf Ludwig berichtete, als nach ihrer Verhaftung eine gewisse La Grange, eine Giftmischerin, ähnliche Andeutungen machte, ließ ihn das nicht mehr los. Zwar verliefen die Spuren im Sand, weil keine Namen genannt wurden, und die Hinweise einiger Priester auf andere ihnen eingestandene Giftmorde ergaben wegen des Beichtgeheimnisses ebenfalls wenig Konkretes, aber die Polizei verstärkte nun ihre Anstrengungen.

Durch die Festnahme einiger verdächtiger Satansbeschwörer und Alchimisten rückte man der Sache näher. Schließlich bekam La Reynie mit Cathérine Montvoisin, genannt »die Voisin«, einen dicken Fisch ins Netz. Bei dieser Frau liefen eine Menge Fäden zusammen, ihre Kundschaft stammte aus allen Volksschichten, vornehmlich aber aus dem Stadtbürgertum und der Hofnoblesse.

Die Voisin hatte relativ klein begonnen, mit Abtreibungen, Wahrsagerei und der Zubereitung von Liebestränken, dann aber, durch den Bedarf verlockt, schwarze Messen mit Kindesopfern organisiert und tödliche Erbschaftspulver gemixt. Im Gegensatz zur harmloseren Liebesmedizin, die aus Krötenspeichel, Sperma, Urin, Fledermausblut und Ähnlichem bestand, waren die starken Mittel mit Quecksilber, Vitriol, Arsenik und Opium versetzt. Den Ärzten gelang es, das Gift im Körper zu isolieren, und so schien die Verabreichung vor allem kleinerer Mengen nur für die Opfer gefährlich.

Durch ihre »Geschäfte« war die Voisin zu Wohlstand gelangt, besaß ein großes Haus und fuhr mit der Kutsche aus. Sie war skrupellos und geldgierig, verlangte höchste Honorare. Nachdem sie im März 1679 festgenommen worden war, fand man auf ihrem Grundstück Reste von etwa zweitausend Säuglingen, die sie entweder in Öfen verbrannt oder einfach vergraben hatte.

12

»Madame, eine schreckliche Sache ist geschehen. Wir müssen unbedingt etwas unternehmen.«

Bei der sich überstürzenden Stimme ihrer Kammerfrau, die plötzlich in der Tür stand, fuhr die Mätresse auf. Sie hatte in Gedanken versunken am Kamin gesessen und in die Flammen gestarrt. Obwohl ihre Überlegungen düster genug gewesen waren, lief ihr ein Schauer über den Rücken. Sie wusste sofort, dass große Gefahr drohte.

»Müsst Ihr mich so erschrecken! Ihr stürmt zu mir herein, ohne anzuklopfen.«

Es war kein wirklicher Tadel, und die Kammerfrau, fast eine Freundin, hielt sich gar nicht erst mit Entschuldigungen auf. »Ein Bote von Monsieur Louvois, Madame. Es muss heute Morgen passiert sein. La Reynie hat die Voisin festnehmen lassen.«

Stumm saß die Mätresse da. Weshalb nur kamen ihr jetzt die hunderttausend Francs in den Sinn, die sie am Vorabend beim Kartenspiel verloren hatte? Vielleicht weil der Voisin genau diese Summe versprochen war, wenn sie half, die Beziehung des Königs zur Fontanges durch ein »nicht erkennbares« Gift zu beenden. Zu spät, dachte die Marquise, es ist zu spät.

»Madame … habt Ihr mich verstanden?«

»Mussten wir nicht längst damit rechnen?«, sagte die Montespan mehr zu sich selbst. »Nun ja, es ist richtig, wir haben einfach nicht geglaubt, dass es so weit kommen würde.«

»Es ist aber passiert, und mich wird sie zuerst benennen.« Die Kammerfrau war blass wie der Tod.

»Sie wird es nicht wagen, diese Verbindung anzugeben. Sie wird stillhalten.«

»Glaubt Ihr das wirklich? Unter der Folter?« Die Stimme der Kammerfrau war ohne jede Zuversicht.

Plötzlich kam Leben in die Mätresse. Sie sprang auf, packte die andere am Arm. »Ihr habt völlig recht, wir müssen etwas tun. Ruft das Personal zusammen, wir packen. Wir verlassen den Hof und fahren nach Paris. Oder gleich weiter. Zu meiner Schwester nach Fontevrault.«

»Ins Kloster?«, fragte die des Œillets überrascht.

»Gewiss, dort sind wir sicher.«

Die Kammerfrau hatte sich ein wenig gefangen. Den Hof gegen das Kloster einzutauschen, schien ihr trotz der drohenden Gefahren zu viel verlangt. »Sieht das nicht nach Flucht aus?«

»Und wenn schon! Wir werden allen erklären, dass es mit meiner Liebe zum König zusammenhängt. Ich konnte nicht länger mit ansehen, wie sich Seine Majestät an diese kleine Hure verliert. Nun geht schon und gebt den Bediensteten Bescheid.«

»Sollten wir nicht erst mit dem Minister Louvois …« Die Kammerfrau wusste, auf wen sich Madame de Montespan verlassen konnte.

»Natürlich werden wir mit ihm sprechen. Ich hoffe, dass auch Colbert uns in diesem Fall zur Seite steht. Aber die eine Maßnahme schließt die andere nicht aus.«

Die Kammerfrau verließ den Raum, um die nötigen Anweisungen zu erteilen. Unterdessen begann die Mätresse in Eile, ihren wertvollsten Schmuck zusammenzupacken. Im Haus ging bald die Nachricht um, sie verlasse das Schloss wegen der Fontanges. Niemand schien sie daran hindern zu wollen, auch nicht der König.

13

Unter der Folter gaben die Voisin und andere Verhaftete Namen aus höchsten Adelskreisen preis, darunter den des Herzogs von Luxembourg, der Gattin des Parlamentspräsidenten Le Feron, der Prinzessin von Tingry, der Herzogin von Foix, der Marquise von Alluye, der Marschallin von La Ferté und der Prinzessin von Soissons, einer früheren Geliebten Ludwigs und Nichte des Kardinals Mazarin.

Auch der Dichter Racine wurde – offenbar zu Unrecht – von der »Hexe« beschuldigt. Er sollte den Tod seiner Mätresse, einer bekannten Schauspielerin, die er einst aus Molières Truppe abgeworben hatte, bewirkt oder wenigstens durch falsche Medikamente befördert haben.

Nun war der Skandal so groß, dass der geschockte König befahl, die Verbrechen ohne Rücksicht auf Rang und Namen aufzuklären. La Reynie aber schrieb: »Das Menschenleben ist ein Handelsgut geworden und der Mord fast die einzige Lösung bei familiären Problemen. Gotteslästerung, Tempelschändung, Abscheulichkeiten jeder Art sind an der Tagesordnung.«

Am 19. April 1679 trat ein Sondergericht zusammen. Da die Sitzungen in einem Raum stattfanden, in dem früher lodernde Fackeln an schwarz verhangenen Wänden gebrannt hatten, nannte man es La Chambre ardente, die Glutkammer. Zahlreiche Personen wurden vorgeladen, eine Menge Verhöre geführt, Hunderte von Verdächtigen zur Folter geschickt oder hingerichtet.

Ludwig XIV. war durch diese Verbrechen im Innersten erschüttert. Während er sich im Ruhm glänzender Taten sonnte, Frankreich durch spektakuläre Eroberungen auf dem ersten Platz in Europa sah, zeigte sich unter der glitzernden Oberfläche unvermittelt die Brüchigkeit seines Systems.

Vor allem verstörte den König die Korruptheit des Adels. Zwar hatte er die Noblesse des ganzen Landes abhängig gemacht und durch die Etikette bis zur Lächerlichkeit gedemütigt, sie aber doch immerhin an seinem Glanz teilhaben lassen. Dass diese Teilnahme Unsummen verschlang, die aufzubringen höchste Anstrengungen erforderte, wusste er, wollte es jedoch nicht wahrhaben. Dass inzwischen widernatürliche, teuflische und sogar mörderische Mittel eingesetzt wurden, um Vermögen und Rang zu behaupten, musste er nun zur Kenntnis nehmen.

Doch es kam noch schlimmer. Selbst unter der Folter hatte die Voisin, vielleicht darauf hoffend, dass die mächtige Mätresse etwas für sie tun könnte, den Namen der Madame de Montespan nicht genannt. Sie hatte weder die ihr übergebenen geweihten und ungeweihten Liebespulver erwähnt, die dem Herrscher mehrfach starkes Unwohlsein bereitet hatten, noch die blutrünstigen schwarzen Messen, noch ihre letzten Versuche, sich für seine Untreue mit der Fontanges zu rächen.

Denn es scheint erwiesen, dass die Montespan über Madame Voisin Giftanschläge auf die Fontanges plante und auch den König nicht ungeschoren der Rivalin überlassen wollte. Eine weitere gefragte »Zauberin«, die Filastre, und vor allem die Tochter der Voisin gaben das später unter der Folter preis.

So wurde von diesen »Damen« die Kammerfrau der Montespan, die des Œillets, eindeutig als Vermittlerin und Botin bei den verschiedenen Diensten genannt, und man wusste zu berichten, dass Madame Voisin auf Wunsch der Maîtresse en titre einen vergifteten Brief besorgt hatte, den sie dem König überreichen sollte. Auch von Handschuhen, die mit Gift beschichtet sein sollten, war die Rede. Gelegenheiten, ihm zu begegnen, ergaben sich, weil der Herrscher von Zeit zu Zeit persönlich Bittschriften aus dem Volk entgegennahm.

Anfang 1679 hatte die Voisin dann auch dieses Vorhaben in die Tat umzusetzen versucht, aber sie drang nicht zu Ludwig vor und verbrannte das Schreiben schließlich kurz vor ihrer Verhaftung am 13. März.

Und genau das war der Zeitpunkt, da Françoise de Montespan das Schlimmste befürchtete, denn Ludwig XIV. musste immer grässlichere Dinge zur Kenntnis nehmen. Selbst wenn er zunächst nicht erfuhr, dass die Mätresse darin verwickelt war. Er lenkte sich ab, indem er seine Baumeister in Versailles, Le Brun und Mansard, antrieb, letzte Arbeiten am Palast auszuführen. Er ließ ein weiteres Schloss in Marly errichten, wo auch das Pumpwerk für die Wasserspiele von Versailles entstand, und forderte seine Juristen auf, Gebiete zu ermitteln, die man dem Königreich eingliedern könne, weil sie aus lehensrechtlichen Gründen von alters her dazugehörten. Der Höhepunkt dieser als Reunionen bezeichneten Eroberungspolitik war 1681 die Annexion Straßburgs, das den Franzosen als Einfallstor der Deutschen galt.

Äußerlich lief also alles weiter wie früher. Ludwig XIV. verheiratete den Thronfolger mit Viktoria von Bayern und eine Tochter der La Vallière mit einem Prinzen von Conti. In Hinsicht auf die Religion allerdings wurde er immer strenger. Darunter hatten vor allem die Hugenotten zu leiden, deren protestantische Denkart ihm ein Dorn im Auge war.

Die Montespan dagegen ließ er in Ruhe, selbst dann noch, als er über ihre Teilnahme an den teuflischen Machenschaften informiert gewesen sein muss, er strafte sie lediglich mit Nichtachtung. Sie bezwang denn auch ihre Panik, verließ, ganz entgegen ihrer ersten Absicht, den Hof nicht.

Zutiefst gekränkt musste sie freilich im Jahr 1679 den endgültigen Triumph des bezaubernden Fräuleins von Fontanges mit ansehen. Die Jüngere nahm vom König Besitz, soweit das möglich war, genoss viele Ehren. Im Bett vielleicht nicht so temperamentvoll wie die junge Athénaïs, doch auf dem Pferd fast so sicher wie einst Louise de La Vallière, begleitete sie Ludwig oft auf der Jagd. Als sie bei einem Ausritt einmal den Hut verlor, band sie ihr Haar nach oben und kreierte auf diese Weise ungewollt eine neue Haartracht, die »Fontange«.

Erwähnenswerte Taten dieser oder anderer Art sind von dem schönen Fräulein sonst nicht bekannt. Nach einer schwierigen Niederkunft und anschließender Krankheit flaute das Interesse des Herrschers für seine junge Geliebte denn auch schon 1680 merklich wieder ab – kranke Personen mochte er nicht. Außerdem pesteten Madame Maintenon und die Priester gegen das sündhafte Verhältnis.

Dass die »Glutkammer« immer neues, die Moral der Noblesse in Frage stellendes Material lieferte, ließ den König weiter in sich gehen. Er schwängerte die junge Dame zwar noch ein zweites Mal, wandte sich jedoch gleichzeitig mehr und mehr der frommen Erzieherin seiner Kinder zu.

14

Im Januar 1681 hatte die Fontanges eine Fehlgeburt, litt an starken Blutungen und wurde hinfällig. Sie starb am 28. Juni des gleichen Jahres, wobei es nicht verwundern kann, dass sofort Gerüchte über eine Vergiftung die Runde machten. Doch die Autopsie bestätigte den Verdacht nicht, vielmehr wurde eine Brustfellentzündung als Ursache festgestellt. Bei den schmalen Kenntnissen der damaligen Medizin – die junge Frau musste das Blut kastrierter Böcke trinken, Knochenmehl aus menschlichen Schädeln zu sich nehmen – scheinen Zweifel dennoch angebracht.

Erstaunlich ist, dass die Marquise trotz zeitweiliger Panik und ihrer Angst, entdeckt zu werden, anfangs offenbar ihre Versuche fortsetzte, die Rivalin auszuschalten. So gab die Filastre an, noch nach der Festnahme der Voisin, gewissermaßen ersatzweise, von der Mätresse gebeten worden zu sein, Gift zu beschaffen. Sie suchte danach einen gewissen Gallet in der Normandie auf, der ihr das Mittel mixte. Doch wieder blieb der Erfolg aus. Bevor die Filastre das Pulver verabreichen konnte, wurde sie selbst gefasst.

Der König wurde von diesen Aussagen unterrichtet und man kann sich vorstellen, dass seine schon nicht mehr heile Welt weitere tiefe Risse erhielt. Gerade hatte ihm Paris das Prädikat »Ludwig der Große« zuerkannt, da musste er erfahren, dass ihn die Gefährtin seiner besten Jahre hintergangen und den dunklen Mächten gehuldigt hatte. Dass ihre Liebe den Hass nicht ausschloss und der Hass nicht einmal das Verbrechen. Eine äußerst herbe Enttäuschung. Aber konnte er die Mätresse öffentlich abstrafen? Ganz Europa lästerte bereits über die Zustände im Reich dieses Monarchen, der sich doch so göttergleich darstellte.

Ludwig beschloss zu retten, was zu retten war. Im September 1680 wurde nach der Verurteilung der Filastre zum Tode und vielen anderen Schuldsprüchen das Sondergericht aufgelöst. Die Kleinen wurden gefoltert und gehängt, die Großen, wie die Soissons, hatten sich meist rechtzeitig ins Ausland absetzen können. Einige, zum Beispiel der Comte de Luxembourg, wurden auch freigesprochen.

Der König verbrannte die Schreckensprotokolle höchstselbst in seinem Kamin, so ernst hatte er es doch nicht gemeint, als er befahl, keinerlei Rücksicht auf Rang und Namen zu nehmen. Wie sich gute hundert Jahre später, zur Zeit der Französischen Revolution, herausstellte, war es dem Polizeipräfekten von Paris, La Reynie, zu verdanken, dass der Nachwelt Abschriften wenigstens einiger Verhöre erhalten blieben. Er hatte sie heimlich mit eigener Hand gefertigt.

15

Louvois, der Kriegsminister, ehrgeizig, aufbrausend, aber von Ludwig geschätzt, weil er ihm seit vielen Jahren vertraute und weil er ein guter Organisator war, hatte das Gespräch vermittelt, auch Madame Maintenon hatte zugeraten, und so stand die Montespan ihrem einstigen Geliebten nach längerer Zeit wieder einmal gegenüber. Innerlich zitterte sie, war aber bereit zu kämpfen, all ihre Kraft einzusetzen, um sich zu rechtfertigen.

Ludwig XIV. reckte sich steif neben einem seiner mit Gold verzierten wuchtigen Sessel, die Hand auf die Armlehne gelegt. »Da bin ich also, Madame«, sagte er kühl. »Ihr wolltet mich sprechen? Was habt Ihr mir noch zu sagen.«

Gegen ihren Willen brach die Mätresse in Tränen aus. Wie sollte sie dieses vielleicht alles entscheidende Gespräch beginnen? »Ihr seid so abweisend, Majestät, so kalt.«

»Habe ich nicht allen Grund dazu? Dass Ihr es wagt, mir nach all dem unter die Augen zu treten!«

»Nach all dem?«, klagte die Montespan bitter. »Warum sollte ich es nicht wagen, was verliere ich denn? Habe ich Euch nicht viele Jahre zur Seite gestanden, Euch von ganzem Herzen geliebt und liebe Euch weiterhin?«

»Ihr liebt mich? Von ganzem Herzen? Und mischt mir Gift in die Speisen? Geht mit Zauberern und Hexen einen Bund gegen mich ein? Was für eine Hinterlist! Was für ein ungeheurer widerwärtiger Verrat!«

Der Kampfeswille der Mätresse erwachte, sie hörte auf zu weinen. Die Beschuldigung, dass sie ihn habe töten wollen, musste sie unbedingt zurückweisen. »Das ist nicht wahr, Sire, Gift habe ich nie verwandt. Und es war kein Bund gegen Euch. Niemals! Das Gegenteil ist der Fall!«

Ludwig fand dieses Gespräch lästig, war aber auch begierig, ihre Version der Vorgänge zu hören. Schließlich ging es um seine Gefährtin vieler erregender Nächte, die einzige Frau, die ihm über Jahre hinweg eine nahezu ebenbürtige Partnerin gewesen war. Dass sie ihn hatte vergiften wollen, glaubte er im Grunde nicht. Um sich zu entlasten, erfanden Gefolterte die unglaublichsten Geschichten.

»Ihr leugnet, in diese Verbrechen verwickelt gewesen zu sein?«, begehrte er auf. »Man hat Eure Kammerfrau bei der Voisin gesehen. Wie auch bei diesen falschen Priestern. Ich sollte Euch Reynie übergeben, damit er die Wahrheit aus Euch herausholt.«

Es war ein sehr gefährlicher Augenblick, dennoch konnte sich die Montespan nicht mehr zurückhalten. »Eure Untreue ist an allem schuld, Sire«, belferte sie, »die Grausamkeiten, die Ihr immer wieder gegen mich begangen habt. Dabei galt meine Leidenschaft und Hingabe stets nur Euch!«

Ihre Stimme war schrill geworden, und die Maintenon, die im Vorzimmer lauschte, hielt jäh den Atem an. Was würde jetzt geschehen? Sollte sie sich einmischen?

»Ihr gebt also zu, an den Verbrechen beteiligt gewesen zu sein«, sagte der König relativ ruhig.

»Wenn Ihr es Verbrechen nennen wollt, dann nennt es so. Ja, ich habe Liebespulver bestellt und an Messen teilgenommen, die mir Eure Zuneigung erhalten sollten. Wenn Ihr mich dafür bestrafen wollt, dann tut es. Doch vergesst nicht, dass Ihr damit vor den Augen Frankreichs und Europas die Mutter Eurer eigenen Kinder trefft, der Kinder des französischen Königs. Dass Ihr die Mutter Eurer legitimen Nachkommen bloßstellt!« Erschöpft schwieg Françoise de Montespan. Sie hatte ihm alles entgegengeschleudert, was zu sagen war.

Ludwig begriff das gleichfalls. Bei ihrem Geschrei und ihren Anwürfen war er rot geworden, doch er brüllte nicht zurück. »Es reicht nun, Madame«, murmelte er, »es ist genug. Verlasst mich jetzt und kehrt in Eure Gemächer zurück, Ihr werdet Nachricht erhalten.« Dann trat er ans Fenster, ohne ihr noch einen Blick zu schenken.

16

Der Montespan geschah nichts, sie wurde kein einziges Mal verhört. Wer Anschuldigungen gegen sie erhob, bereits bekannt gewordene Dinge nachplauderte, bekam selbst eine »lettre de cachet«, einen Befehl fürs Gefängnis. Ihr Stern allerdings war erloschen, auch nach dem Tod der Fontanges spielte sie am Hof eine immer geringere Rolle. Nun bestimmte die Dame Maintenon, inzwischen spöttisch »Madame Maintenant«, Frau Jetzt, genannt, das Geschehen.

Louvois und einige andere Günstlinge versuchten den Sturz der Mätresse abzumildern. Das gelang bis zu einem gewissen Grad. Der König behandelte die Marquise zwar mit wachsender Härte und Nichtachtung, ließ sie aber noch einige Zeit am Hofleben teilnehmen und setzte ihr eine – für ihre Verhältnisse bescheidene – Pension aus. Nun war ihr Leben von Demütigungen geprägt, wie die Favoritin sie einst anderen zugefügt hatte. Zugleich versuchte sie verzweifelt, von ihrer Macht zu behalten, was immer möglich schien.

1682 durfte sie noch mit dem Hof nach Versailles umziehen, verlor aber durch den Tod Marie-Thérèses 1683 ihr Amt der oberen Aufsicht im Haushalt der Königin und musste im Schloss später mit einer kleineren Wohnung vorliebnehmen. Der König verkehrte kaum noch mit ihr, und bei Ausfahrten hatte sie in einer der hinteren Kutschen Platz zu nehmen. Nun hatte sie auch von den Höflingen nichts mehr zu erwarten.

Von ihren Kindern waren einige früh gestorben; sie bemühte sich, die verbliebenen in Position zu bringen, was ihr auch gelang. Ihre Macht wurde dadurch aber nicht mehr gefestigt. Zur Hochzeit ihres ehelichen Sohnes zum Beispiel glänzten die wichtigen Persönlichkeiten durch Abwesenheit. Ihre Kinder mit Ludwig, vor allem der Herzog von Maine, brachten ihr wenig Sympathie entgegen. Seit einer Kinderlähmung als Dreijähriger gehbehindert, was an diesem auf Äußerlichkeiten bedachten Hof gewiss kein Vorteil war, warf er ihr mangelnde Liebe, ja Vernachlässigung vor. Als sie sich zu Beginn der neunziger Jahre endlich auf ihr prächtiges Schloss Clagny zurückzog, wo sie ungewohnt isoliert leben musste, ließ er eilig ihre Möbel aus dem Fenster werfen, damit sie nicht auf den Gedanken käme, noch einmal in Versailles aufzutauchen. Ihre Räume im Palais aber bezog er selbst.

Voller Unrast wechselte die Montespan danach mehrfach die Aufenthaltsorte, residierte eine Weile in Paris, erwarb ein weiteres Schloss. Da sie offensichtlich nicht an Geldmangel litt und ihr Seelenheil im Auge hatte, widmete sie sich nun der Wohltätigkeit, gründete ein Spital, unterstützte ein anderes. Je näher sie dem Tod kam, desto größer wurde ihre Angst vor der Abrechnung im Jenseits. Unter der Robe trug sie ein Büßerhemd mit eisernen Dornen, und sie bat sogar den einst gedemütigten Ehemann, sie wieder bei sich aufzunehmen. Der aber blieb unerbittlich, er wollte sie nicht mehr sehen.

Die Montespan hatte Angst, im Dunkeln zu schlafen, so dass im Zimmer stets Kerzen brennen mussten. 1707, Ludwig XIV. war inzwischen schon fast ein Vierteljahrhundert mit der Maintenon verheiratet, bekam sie Todesahnungen. Sie bat öffentlich um Vergebung ihrer Sünden, regelte ihre Angelegenheiten, indem sie Pensionen für die Dienstboten ausschrieb und bestimmte, wer ihren Schmuck bekommen sollte.

Auf dem Totenbett glaubte sie anscheinend, Gott habe ihr ihre Verfehlungen vergeben, denn sie soll ihm für die Güte gedankt haben, sie in Abwesenheit ihrer mit Ludwig XIV. gezeugten Kinder zu sich zu holen, den Früchten des doppelten Ehebruchs. Nach kurzer Krankheit starb sie in der Nacht zum 27. Mai des genannten Jahres. Verglichen mit der Königin, der die Ärzte durch falsche Behandlung eines Abszesses aus dem Leben geholfen hatten, als sie fünfundvierzig war, erreichte die Mätresse immerhin stolze fünfundsechzig Lenze.

17

Ludwig IV. nahm die Nachricht vom Tod der Marquise, die ihm zu Zeiten ihrer großen Liebe mit eigenem Geld Schlachtschiffe ausgerüstet und, nachdem sie verstoßen war, ein ganzes Schloss mit Bildern, Statuen und Trophäen seiner Majestät bestückt hatte, ungerührt entgegen. Der Herzogin von Burgund gegenüber erklärte er sinngemäß: Da er seit ihrem Weggang vom Hof nie daran gedacht habe, sie wiederzusehen, sei sie schon zu jenem Zeitpunkt für ihn gestorben.

Unbekannt ist dagegen, wie ein prominentes Opfer der Mätresse, der inzwischen wieder in Paris lebende Antonin de Lauzun, auf ihren Tod reagiert haben mag, wenngleich wir uns ein Bild davon machen können. Wir sehen den zu Ehren gekommenen Edelmann, der die Liebenden einst unterm Bett belauschte, leicht gebrechlich im Sessel sitzen; er hat ein abenteuerliches Leben hinter sich, ist nun bereits Mitte siebzig.

Ein Bediensteter, ein Vertrauter seit Jahren, hat ihn vom Dahinscheiden der Marquise unterrichtet, und Lauzun gibt einen spöttischen Seufzer von sich. »Hab ich sie also überlebt, die hohe Dame«, murmelt er, »obwohl ich nicht nur älter bin als sie, sondern durch ihre Hinterhältigkeit auch zehn Jahre verloren habe.« Er spielt auf die Zeit an, die er wegen des Streits mit ihr im Kerker zubringen musste.

»Sie soll wunderlich und fromm geworden sein, Monsieur. Sie wollte unbedingt, dass Gott ihr die vielen Sünden vergibt, die sie begangen hat.«

»Wer will das nicht! Obgleich unser Herr da eine Menge zu tun haben dürfte.«

»Sehr einsam soll sie zuletzt gewesen sein. Es heißt, dass selbst nach ihrem Tod keiner mehr etwas von ihr habe wissen wollen. Nur einige Dienstboten hätten sich um ihren Leichnam gekümmert, Geistliche miteinander gestritten, wo er hingehöre. Die Gemeinde, der sie schließlich zugestellt wurde, hätte den Sarg vergessen und ein Trauerzug von lächerlich wenigen Personen sie schließlich zu Grabe getragen.«

Der Alte ächzt und richtet sich ein wenig auf. »Woher wollt Ihr das alles wissen?«

»Man erzählt es sich in Versailles, Monsieur. Ihr wisst, dass ich dort einige Leute kenne.«

»Seit die Maintenon am Hof bestimmt, sorgt wohl dort nur solcher Klatsch für Abwechslung«, sagt Lauzun, doch scheinen ihn die Geschichten zu amüsieren.

»Es kommt noch besser«, fährt der Lakai genüsslich fort. »Mit ihren Eingeweiden, die, wie Euch ja bekannt ist, der Tradition entsprechend vom Körper getrennt in die Erde gebracht werden, soll das Folgende geschehen sein. Ein Bauer, der den Auftrag hatte, das nicht richtig verschlossene Gefäß ins Kloster zu bringen, sei über den übel riechenden Inhalt so erschrocken, dass er alles auf den Boden kippte. Eine Schweineherde habe sich sogleich darüber hergemacht.«

Lauzun verzieht angeekelt das Gesicht. »Genug, mein Lieber, hört auf damit! Bei allem, was man über die Montespan sagen kann, das hat sie nicht verdient.«

»Ich berichte nur, was man mir mitgeteilt hat, Monsieur.«

»Schon gut.« Sein Herr erhebt sich, tritt ans Fenster und stößt es auf. »Lassen wir den Todesgeruch hinaus«, sagt er, »freuen wir uns noch ein bisschen an der Sonne draußen. Ihr kennt Athénaïs nur als gefallene Mätresse, aber einst war sie wirklich ein Prachtweib. Schön, stolz, gescheit, eingebildet, gierig und gerissen. Zwischen den Kissen bestimmt ungestüm und erregend wie die Meeresbrandung. Wisst Ihr, dass sie in Versailles ein Badebecken aus Marmor besaß, wo sie mit dem König stundenlang in warmen duftenden Wassern plätschern konnte? Habt Ihr jemals eins der Gemälde in Clagny bestaunt, auf denen sie ihren makellosen Körper lüstern und fast nackt den Blicken darbietet. Habt Ihr von ihrem Bett im Trianon de Porcelaine gehört, das, mit Gold, Silber und vor allem mit schönen Spiegeln geschmückt, den Liebesgenuss gewiss ums Hundertfache erhöhte? Das war sie, die Montespan, und von alldem wird etwas bleiben, nehme ich an.« Und der alt gewordene Libertin lehnt sich nach draußen, so weit es geht, atmet in großen Zügen die frische Frühlingsluft ein.

18

Ludwig XIV. lebte ein paar Jahre länger als seine Geliebte. An seiner Seite hatte sie höchsten Glanz erreicht. Angesichts ihrer Verwicklung in die düsteren Affären der schwarzen Magie und der Giftmischerei war ihr Sturz glimpflich verlaufen. Doch sie hatte den König wohl wirklich geliebt, mit seiner Gunst verlor sie zudem alle Machtpositionen. Für sie muss der Verlust seiner Liebe und ihr Ende bei Hof ein Fall in den Abgrund gewesen sein, von schwindelnder Höhe herab bis ans Ende ihrer Tage.

Françoise de Maintenon (1635-1717)

IX. Françoise de Maintenon: Die heimliche Königin

1

An diesem Abend weilten nicht viele Personen in den prunkvoll gestalteten Gemächern der königlichen Mätresse. Wie üblich spielte man Karten, parlierte, nahm ein Glas Chicoréewasser, Rot- oder Weißwein zu sich, naschte Süßigkeiten, die von verschiedenen Lakaien gereicht wurden. Die Herren kamen im knielangem Gehrock daher, in eng anliegender Weste, darunter ein Seidenhemd mit Spitzen am Jabot, die Füße in engen Schuhen mit hohem Absatz, die Perücken aufgetürmt – die Damen zeigten sich nicht weniger elegant, in vorn raffiniert geschlitzten und nach hinten gebauschten kostbaren Kleidern, wippender Löckchenfrisur, Perlen am Hals und einem Dekolleté, das den Busen im Ansatz enthüllte.

Am Kamin, in dem ein mächtiges Feuer loderte, denn draußen herrschte Februarkälte, stand der Herrscher höchstpersönlich. Er war ins Gespräch mit einem seiner Marschälle vertieft; man befand sich im Krieg mit Holland, Spanien und den deutschen Reichsstaaten und gerade heute hatte es sehr gute Nachrichten gegeben. Turenne hatte einen glänzenden Sieg errungen und die Kaiserlichen über den Rhein zurückgetrieben.

An den Tischen brandete Lärm auf. Deutlich hob sich dort die Stimme Athénaïs de Montespans ab, der vierunddreißig Jahre alten offiziellen Geliebten des Monarchen, die wieder einmal im Spiel verloren hatte. Gereizt schob sie die Karten zusammen und fuhr eine ihr gegenübersitzende Kontrahentin an: »Ihr gewinnt, Madame, Ihr gewinnt, aber Eure Glückssträhne wird nicht ewig anhalten. Seid versichert, dass mir bald eine Revanche gelingt.«

Die Angegriffene duckte sich unter der Heftigkeit dieser Worte, gab aber keine Antwort. Wie die anderen Damen am Tisch war sie solche Attacken gewohnt. Doch die Mätresse brauchte, um ihren Groll zu besänftigen, weitere Opfer. Herrisch wandte sie sich einer Frau zu, die im schlichten dunklen Kleid etwas abseits stand. »Madame Scarron, Ihr scheint gerade nicht beschäftigt zu sein. Bringt mir doch bitte ein Glas Wasser.«

Für einen Augenblick verstummten die Gespräche im Raum. Am Hof Ludwigs XIV., wo in jeder Situation strengstens auf die Etikette geachtet wurde, war diese Aufforderung ein kleiner Affront. Um das Wasser zu besorgen, standen genügend Diener herum. Die Witwe Scarron aber war die langjährige Gouvernante der inzwischen legitimierten Kinder Ludwigs XIV. mit seiner Mätresse, und man konnte sie fast eine Vertraute des Königs nennen.

»Wenn die Marquise es wünscht.« Die Scarron verzog keine Miene. Gemessenen Schritts verließ sie den Raum und kehrte gleich darauf mit dem Getränk zurück, das sie der Montespan reichte, ohne ein Wort zu verlieren.

»Ihr macht so ein unglückliches Gesicht, Madame. Trauert Ihr etwa noch immer um Euren schönen Mann?«

Kurzes Gelächter flackerte auf. Der Gatte der Scarron, ein bekannter Schriftsteller, war alles andere als schön gewesen. Um vieles älter als sie, im Rollstuhl sitzend und von schlimmen arthritischen Schmerzen geplagt, hatte er sein Leben von den Zuwendungen reicher Adliger finanziert, die seinen bissigen Spott schätzten. Doch obwohl er schon vor Jahren das Zeitliche gesegnet hatte, zog die Montespan nach wie vor über ihn her, hoffte sie doch, die andere damit zu verletzen.

»Ich trauere in der Tat, Madame. Darüber, dass es manchen Leuten an Respekt vor den Leistungen unserer Verstorbenen zu mangeln scheint.«

Die Mätresse war durch solche Worte nicht zu beeindrucken. »Leistungen nennt Ihr die kleinen Boshaftigkeiten Eures

Verblichenen? Wie sonderbar. Aber wenn Ihr so denkt, weshalb lauft Ihr dann ständig mit dieser sauertöpfischen Miene herum?« Sie schaute Beifall heischend in die Runde.

Die Damen am Tisch senkten betreten den Blick. Solche Streitigkeiten häuften sich in letzter Zeit, und man wollte nicht zwischen die Fronten geraten.

»Wenn Euch meine Miene nicht gefällt, Madame«, erwiderte die Gouvernante ruhig, »schaut einfach woanders hin. Glaubt mir, ich verliere nichts dabei.«

Es war die passende Antwort, und der Montespan fiel nichts mehr ein, was sie hätte entgegensetzen können. Da inzwischen die Karten neu gemischt waren, verzichtete sie auf weiteres Gezänk. Innerlich jedoch kochte sie. Einst nur eine kleine Erzieherin im Dienst der Mätresse, war die Scarron durch ihre Hingabe an die ihr anvertrauten Kinder ständig in der Gunst des Herrschers gestiegen. So sehr, dass sie sich jetzt fast jede Frechheit herausnahm. Ihre, der Favoritin, Position dagegen wurde durch immer neue Liebschaften des Monarchen bedroht.

Zwar gehörte die Gouvernante, älter als Ludwig XIV. und vor allem von niederem Stand, keineswegs zu den Damen, die sie in dieser Hinsicht fürchtete – zumal die Scarron zur Partei der Frommen am Hof zählte, aber die Selbstsicherheit der Frau behagte der Montespan nicht. Ihre Art, sogar in Anwesenheit der Mutter zu bestimmen, wann die Kinder ins Bett zu gehen hatten und was am besten für ihre Gesundheit war! Die Scarron war bestimmt nicht dumm, fühlte sich aber erhaben über das »unsittliche« Leben am Hof und versuchte, ihre Moral selbst Ludwig aufzudrängen. Eine gespreizte Preziöse, wie Molière sie in seiner Komödie zu Recht verspottet hatte! Kein Wunder also, dass sie einen mit ihrem Getue in Rage brachte.

Der König hatte die Auseinandersetzung von weitem verfolgt, sich aber nicht eingemischt. Das tat er nie. Wozu auch – die Scarron besaß genügend Witz, sich zur Wehr zu setzen, und oft genoss Ludwig den spitzzüngigen Zweikampf sogar. Wenn sich die Montespan dann bei ihm über die Widerspenstigkeit der anderen beschwerte, gab er zu verstehen, dass, wer angreife, auch auf Verteidigung gefasst sein müsse. Alle wussten, wie sehr er die Erzieherin seiner Kinder schätzte – durch eine großzügige Geldgabe hatte er sie erst kürzlich in die Lage versetzt, den Besitz und das Schloss Maintenon zu erstehen. Übrigens hatte die Mätresse ihn in diesem Fall unterstützt; eine Gouvernante, die zu ihrem Haushalt gehörte, sollte nicht zu armselig daherkommen.

Für diesen Abend jedoch hatte sich Ludwig etwas Besonderes vorgenommen. Er liebte Überraschungen, vor allem, wenn sie von ihm ausgingen, und wartete nur den geeigneten Moment ab. Der eintrat, als sich die Scarron ein wenig später direkt an ihn wandte: »Majestät, erlaubt mir bitte, mich in meine Gemächer zurückzuziehen. Madame de Montespan benötigt mich nun ja nicht mehr.«

Der König ließ einen Augenblick verstreichen, bevor er zur Antwort ansetzte, und zum zweiten Mal an diesem Abend trat Ruhe an den Tischen ein. Als er sich der vollen Aufmerksamkeit sicher war, erschien ein Lächeln auf seinem Gesicht, und er sagte laut: »Natürlich dürft Ihr jetzt Eure Räume aufsuchen. Ich danke Euch für alles, was Ihr in meinen Diensten geleistet habt, Madame de Maintenon.«

Für einen Außenstehenden mochten diese Worte wenig besagen, für die Höflinge aber war klar, dass er die Scarron durch das »de« und den neuen Namen soeben zur Marquise erhoben hatte. Die Urkunden nachzureichen war eine reine Formsache.

2

Dieses Ereignis Anfang 1675 stellte den bisherigen Höhepunkt im Leben einer Frau dar, der das Schicksal zunächst vor allem mit Tiefschlägen begegnet war. Françoise von Aubigné, eine Enkelin des berühmten Hugenottendichters Agrippa von Aubigné, hatte mit ihren Angehörigen wenig Glück. Der Vater war ein Abenteurer, der im Verdacht stand, seine erste Frau getötet zu haben, und enterbt wurde, weil er das Geld mit Zecherei und Kartenspiel durchbrachte. Die Mutter, als Tochter eines Gefängnisdirektors für Höheres ausersehen, hatte ihren viel älteren Mann aus Leidenschaft geheiratet und empfand bald tiefe Enttäuschung über das erbärmliche Leben an seiner Seite. Ihren Frust und ihre Verzweiflung ließ sie an den Kindern aus.

Zur Welt kam das Mädchen am 28. November 1635 im Gefängnis von Niort, wo der Vater seiner Schulden wegen einsaß. Seine junge Frau, die ihn damals noch liebte, hatte dort ein Zimmer genommen. Die ersten Jahre verbrachte die kleine Françoise gut behütet bei einer Tante hugenottischen Glaubens, kehrte dann allerdings zu ihren Eltern zurück und wurde von der Mutter mit Schlägen wieder dem Katholizismus zugeführt.

Als sie zehn Jahre war, machte sich die Familie in die Karibik auf – dem Vater war auf der zu Guadeloupe gehörenden Insel Marie Galante ein Gouverneursposten zugesagt worden. Die viele Monate währende Überfahrt hätte für das Mädchen freilich beinahe das Ende bedeutet. Seekrank geworden, verlor sie eines Tages das Bewusstsein und wurde für tot gehalten. Als Françoise gerade der See übergeben werden sollte, nahm die Mutter in letzter Sekunde ein Lebenszeichen ihrer Tochter wahr und verhinderte so das Schlimmste.

Das Mädchen überlebte also – der Vater allerdings wurde nicht zum Gouverneur jener kleinen Insel ernannt. Bei seiner Ankunft musste er feststellen, dass der Posten mittlerweile besetzt worden war. Unverzüglich reiste er wieder ab, allein, um im alten Europa als Krieger gegen die Türken sein Glück zu versuchen. Er starb jedoch, bevor er zum Einsatz kam.

Der Rest der Familie – neben Françoise gab es noch zwei Brüder – saß dagegen auf Maria Galanda fest, wie Kolumbus das Eiland einst getauft hatte. Mittellos. Erst zwei Jahre später gelang die Rückreise, und obwohl die nun Zwölfjährige mehr von der Welt gesehen hatte als die meisten Gleichaltrigen ihrer Zeit, hatte ihre sonstige Bildung kaum Fortschritte gemacht. Aus Angst, das Mädchen könnte von den Wilden um sie her verdorben werden, verbot ihm die Mutter jeglichen Umgang und alle Lektüre außer der Bibel. Für das geringste Aufbegehren wurde sie heftig abgestraft.

In ihre Heimat zurückgekehrt, wurde das schüchterne, aber langsam zu einer hübschen jungen Dame heranwachsende Kind weiterhin herumgestoßen. Die Mutter war nicht in der Lage, die Familie durchzubringen, und Françoise kam ein zweites Mal zu jener Tante protestantischer Gesinnung, die sie schon früher aufgenommen hatte. Dort ging es ihr anscheinend gut, aber sie durfte nicht bleiben, weil eine katholische Verwandte, Gattin eines Provinzgouverneurs, dagegen Einspruch beim König erhob.

Diese zweite Tante, zu geizig, eine Erziehung im Kloster zu bezahlen, nahm das Mädchen nun unter ihre wenig wärmenden Fittiche. Françoise wurde miserabel behandelt und ihr blieb nichts anderes, als sich anzupassen, eine Fähigkeit, die sie später gut zu nutzen wusste. Ihr Ernst, ihre Zurückhaltung und ihre Gläubigkeit dürften aus jener Zeit der Suche herrühren, der Suche nach Halt in einem so schwierigen Leben.

3

Bei einem Aufenthalt der Tante in Paris lernte Françoise den von Rheumaanfällen heftig geplagten Schriftsteller Scarron kennen. Selbst abhängig von adligen Geldgebern, schätzte er die wenig komfortable Situation der nun Sechzehnjährigen wohl richtig ein, bot ihr durch einen Heiratsantrag eine gewisse Chance. Selbstredend dürfte den berühmten Dichter, der damals gut vierzig Jahre alt war, auch die Jugendfrische der »schönen Inderin« gereizt haben, wie das Mädchen wegen seines Aussehens und des Westindien-Aufenthaltes bald überall genannt wurde. Françoise ihrerseits tat der kluge und beinahe gelähmte Mann gewiss leid, weshalb eine gegenseitige Zuneigung entstand. Außerdem hatte sie kaum eine Wahl. Es gab keinen Zweifel, dass die Tante sie endlich versorgt sehen wollte.

Trotz vieler finanzieller Sorgen vermochte Françoise ihr Leben nun etwas freier zu gestalten. Sie wurde zum Mittelpunkt des literarischen Salons Scarron – solche Salons waren zu jener Zeit in Mode gekommen – und lernte dort verschiedene hochrangige Adlige kennen. Doch die Vorstellungen und Hoffnungen, die ein junges Mädchen mit der Ehe verbindet, konnten sich mit ihrem Mann nicht erfüllen. In Aufzeichnungen deutete die Maintenon später Liebespraktiken an, die das fromme Mädchen sehr verschreckten. Überhaupt dürfte das Leben an der Seite des verbitterten und kranken Schriftstellers oft schwierig gewesen sein.

Als Scarron 1660 starb, war Françoise vierundzwanzig, und hätten nicht gute Freunde dafür gesorgt, dass der König ihr eine bescheidene Rente aussetzte, hätte die Zukunft wohl düster ausgesehen. So aber konnte sie ein kleines Haus mieten und eine Zofe einstellen. Sie durfte weiterhin mit den noblen Herrschaften verkehren und Dienste für sie leisten, indem sie zum Beispiel Kinder betreute, eine Aufgabe, die sie zu aller Zufriedenheit bewältigte.

In der Zeit mit ihrem Mann hatte sich auch ihr Verstand geschärft, sie hatte Kenntnisse in einigen Sprachen, in Italienisch, Spanisch und Latein erworben. Ihr Denken war offener geworden, denn zu ihrem Bekanntenkreis hatten die unterschiedlichsten Personen gehört, neben Adligen gingen Literaten, Schauspieler oder sogar Damen mit zweideutigem Ruf wie die schöne Ninon de Lenclos, eine bekannte Kurtisane, in ihrem Salon ein und aus. Schon in jenen Jahren hatte sich die junge Frau in einen gewissen Marquis de Villarceaux verliebt, mit dem sie nun ein Verhältnis begann. Als sie von ihm jedoch die Heirat wollte, wurde sie kühl in ihre Grenzen verwiesen. Dem hohen Herrn war ihre Herkunft eindeutig zu bescheiden.

Eine erneute Wende trat im Leben der Madame Scarron ein, als sie von der berühmten Montespan engagiert wurde. Das war 1669 – die Mätresse brachte gerade ihr erstes Kind vom König zur Welt. Sie hatte Françoise schon früher im Haus des Herzogs von Albret kennengelernt und von ihrer Zuverlässigkeit gehört. Ebenso von ihrer Verschwiegenheit – die Öffentlichkeit durfte zu diesem Zeitpunkt noch nicht wissen, dass Ludwig XIV. der Vater war.

Da sich die Dame bewährte, wurden ihr auch die späteren Bastarde Ludwigs anvertraut und sie bekam ein größeres Haus zur Verfügung. Wiederum einige Jahre danach erkannte der König seine Kinder offiziell an, denn der zunächst sehr widerspenstige Gemahl der Favoritin hatte endlich in eine formelle Trennung von seiner Ehefrau eingewilligt, was ihm nach damaligem Recht den Zugriff auf die Nachkömmlinge verwehrte. Nun siedelte die Witwe ins königliche Schloss Saint-Germain über und gehörte zum Hausstand der Mätresse.

4

Solange die Scarron sich unterordnete, war das Verhältnis zur Montespan gut; je widerstrebender sie sich aber in Hinsicht auf die Erziehung der Kinder zeigte, je deutlicher sie ihre Kritik an den losen Sitten am Hof äußerte, desto häufiger kam es zum Streit. Gegenüber dem König gebrauchte die Gouvernante die ihr anvertrauten Kinder als Trümpfe, vor allem den kleinen Herzog von Maine, der schwächlich und durch einen Klumpfuß behindert war.

Françoise wusste, dass die Majestät an den Kleinen hing. Wenn sie mit dem Jungen zur Kur weilte, berichtete sie Ludwig XIV. ausführlich über die Fortschritte, die er machte, und ließ ihn selbst einige Sätze schreiben, in denen er zu Siegen im damaligen Krieg gegen Holland gratulierte oder davon sprach, wie gut ihn seine Erzieherin betreue.

Mitunter, wenn es gegen neue Liebschaften des Monarchen wie die Soubise, die Ludres oder die Fontanges ging, fanden sich Gouvernante und Mätresse an einer Front, doch diese Bündnisse hielten nur für kurze Zeit. Als der Skandal um schwarze Messen, Teufelsanbetung und die damit verbundenen Verbrechen ruchbar wurden, in die zu des Königs Schrecken höchste Adelskreise verwickelt waren, gewann die Maintenon immer stärkeren Einfluss. Ludwig zog sich zu langen Gesprächen mit ihr zurück, suchte, erschüttert von den täglich neuen Hiobsbotschaften, Halt bei ihrer Ausgeglichenheit und Frömmigkeit. Er war ja gleichfalls fromm, betrachtete sich als Streiter für den wahren Glauben und Führer des christlichen Europa. Was ihn freilich keineswegs hinderte, selbst in dieser Zeit jedem sexuellen Gelüst nachzugeben, das ihn befiel.

Madame Maintenon wiederum – als eine engere Beziehung zur Majestät möglich zu werden schien – besprach ihre Hoffnungen und Zweifel, ihre Gedanken und Gefühle mit dem Abbé Gobelin, ihrem Beichtvater. Das fleischliche Begehren des Königs dürfte dabei durchaus eine Rolle gespielt haben, galt Françoise doch nach wie vor als ansehnlich. Die Sittenwächter am Hof aber sahen in ihr eine Person, die den Herrscher vor neuen Sünden bewahren konnte. Sein Verhältnis mit der noch verehelichten Montespan war ihnen ein Grund für den moralischen Verfall, gegen den man, wie die Verbrechen angesehener Bürger und Adliger zeigten, härter als bisher vorgehen musste. Da der Herrscher jegliche Macht im Land auf sich vereinigte, kam es zudem darauf an, seine Seele wieder mit all ihren Regungen der Kirche dienstbar zu machen.

5

»Ah, Madame, Ihr begebt Euch nach unten. Ich dagegen gehe nach oben«, flötete die Marquise de Maintenon und schritt stolz die marmornen Stufen der breiten Treppe hinauf, die zur ersten Etage des Schlosses von Versailles führte.

Athénaïs de Montespan hatte es die Sprache verschlagen. Die sonst so wortgewandte, stolze Mätresse brachte kein Wort der Erwiderung über die Lippen. Im Innern freilich schäumte sie. So weit war es also gekommen, dass sich die Witwe Scarron über sie lustig machte, ihre einstige Untergebene, die ihr nach der Herkunft hätte die Schleppe tragen müssen. »Diese Heuchlerin«, schimpfte sie leise, »diese frömmelnde Jungfer. Was hat der König bloß mit ihr vor, dass er sie so erhöht. Gerade jetzt, wo seine Gemahlin gestorben ist und er eine Frau an seiner Seite braucht, die seiner würdig ist.« Sie seufzte, war sie doch im Grunde ihres Herzens überzeugt, selbst die Richtige zu sein.

Allerdings schien der König das anders zu sehen; sie wusste, dass er ihr die Liebespulver, mit denen sie ihn zu halten versucht hatte, und ihre Teilnahme an den schwarzen Messen nie verzeihen würde. Doch auch wenn er seit langem das Bett nicht mehr mit ihr teilte – Ludwig hatte ihr weiterhin wichtige Aufgaben anvertraut. Bis zum heutigen Tag durfte sie mitbestimmen, wer bei den Festlichkeiten und Vergnügungen des Hofes welche Funktionen übernahm. Was also bildete sich die Gouvernante ein, sie so zu verspotten.

Die Maintenon dagegen war voller Genugtuung über diese Begegnung. Um den richtigen Augenblick abzupassen, hatte sie sogar eine Weile auf die Rivalin gewartet. Denn obgleich dieser eigentlich klar sein musste, dass sie nur des Scheins wegen noch einige Aufgaben vom König bekam, glaubte sie offenbar weiterhin, eine Rolle in seinem Leben zu spielen. Vielleicht, weil sie in Versailles, wohin der Hof vor gut einem Jahr umgezogen war, zunächst zwanzig Zimmer in der ersten

Etage hatte bewohnen dürfen, obwohl das Schloss total überfüllt war. Marie-Thérèse, die Gemahlin, hatte nur elf Räume besessen.

Was für ein Irrtum! Jetzt, mit dem Tod der Königin, wurden der eingebildeten Dame endgültig die Grenzen aufgezeigt. Sie hatte Befehl erhalten, eine bescheidenere Wohnung im Parterre zu beziehen, während sie, die von ihr verachtete vormalige Erzieherin, nun in den ersten Stock aufrücken durfte. Nicht in die Gemächer der Mätresse, das wäre unschicklich gewesen, sondern in den Ostflügel. Dennoch war dieser Wohnungswechsel ein deutliches Signal.

Man schrieb das Jahr 1683 – an vielen Fürstenhöfen Europas wurden Überlegungen angestellt, ob Ludwig XIV. neu heiraten würde und auf wen seine Wahl fiele. Nach wie vor wurde er bewundert, aber mehr noch gefürchtet. Denn wenn man auch vor einiger Zeit Frieden geschlossen hatte, beobachteten seine früheren Gegner doch misstrauisch die von ihm betriebene Politik der sogenannten Reunionen, mit der er Gebiete besetzen ließ, die angeblich aufgrund von Erbansprüchen zu Frankreich gehörten. Diese Gegner waren allerdings zu erschöpft, um ernsthaften Widerstand zu leisten. Vor allem Österreich, das in einem mächtigen Kraftakt die gegen Wien anrennende Türkenarmee zurückgedrängt hatte, brauchte eine Kampfpause.

So kam es, dass Frankreich die wichtige Stadt Straßburg und andere Gebiete behalten konnte. Noch einmal hatte sich Ludwig XIV. als der mächtige Führer erwiesen, der nicht nur sich selbst für den Größten hielt, sondern der sein Land anscheinend immer noch voranbrachte. Abtrünnig geworden waren nur einige junge und begabte Leute wie Eugen von Savoyen oder der Sohn des Marschalls Turenne, die lieber an des Kaisers Seite kämpften, als am Hof des Königs zu versauern. Unter dem stetig wachsenden Einfluss der frommen Madame Maintenon war es ihnen in Versailles gar zu langweilig geworden.

Die Maintenon allerdings suchte den Grund für solche Abtrünnigkeit nicht bei sich. Als sie an diesem Tag ihre neuen Gemächer aufsuchte, war sie vielmehr zutiefst befriedigt, dass mit der Rivalin all jene Kräfte am Hof an Stimme verloren, die allein dem Vergnügen und der Sittenverderbnis das Wort redeten. Die nur die Sünde im Kopf hatten, die fleischliche Lust, womöglich sogar mit dem eigenen Geschlecht, und die nicht mehr nach Gottes Geboten leben wollten.

Sie, die wahre Freundin des Königs, ging mit den Albrets, den Richelieus und anderen dagegen an. Mit Erfolg, wie sich erwies. Mochte man sie ruhig Madame *Maintenant*, Frau *Jetzt*, nennen, sie empfand das als Auszeichnung. Niemand wusste besser als sie selbst, aus welchen Tiefen sie zu ihm emporgestiegen war und welcher Mühen es dafür bedurft hatte.

Aber sie war sich auch sicher – und die Priester stimmten zu –, auf ganz besondere Art auserwählt zu sein. Nur sie konnte den in der Liebe so anfälligen Herrscher Frankreichs auf den Weg der Tugend zurückführen. Wobei sie sich eingestand, dass er sein nach wie vor starkes körperliches Begehren nur zügeln, nicht aber unterdrücken würde. So dachte sie denn auch daran, dass es wohl ihre Pflicht war, ihm im geeigneten Augenblick zu Willen zu sein, und wurde trotz aller Scham von wohligen Schauern erfasst.

Ludwig XIV. erwartete die Maintenon in seinen Gemächern, und sie erwies ihm die von der Etikette verlangte Reverenz. Er erwiderte ihren Knicks mit einem freundlichen Kopfnicken. Dann schickte er sich an, sie zur neuen Wohnstatt zu geleiten. Sein Ton war vertraulich. Er behandelte sie wie eine Königin.

6

Hochgewachsen und schlank soll sie gewesen sein, von reiner Haut, das Haar schwarz, das Gesicht schmal und gut geformt, die dunklen Augen ausdrucksvoll. Auch wenn sie, wie angenommen wird, schon die vierzig überschritten hatte, als sie sich dem Herrscher zum ersten Mal hingab, so war sie wohl noch eine reizvolle Frau, die sich im Bett anzupassen wusste. Aber das gab nicht den Ausschlag. Wie die meisten Könige bevorzugte Ludwig junge Damen – die Fontanges, die er 1679 zur Geliebten machte, war mädchenfrische siebzehn – oder er folgte, wie im Fall der schon etwas aus dem Leim gegangenen Montespan, der Gewohnheit, ließ sich von Pomp und Raffinesse verführen. Bei der Maintenon aber fand er etwas anderes. Sehr wahrscheinlich gewann sie Macht über ihn, weil sie sanft sein angeschlagenes Selbstwertgefühl zu kitten verstand. Nach außen hin trug der »Sonnengleiche« bis ans Lebensende seine Größe vor sich her, doch seine Seele hatte Sprünge bekommen. Zum Teil zumindest lasteten die Beichtväter den Sittenverfall bei Hof ja auch seiner ausschweifenden Lebensweise an. Durch die Maintenon konnten sie auf ihn einwirken, durch sie gelangte der Sünder in ruhigeres Fahrwasser. Sie vermochte ihn zu lenken und zu trösten, ohne dass er sich zu sehr der Reue hingeben musste.

Ohne Zweifel genoss die Dame in den dunklen Gewändern und dem kleinen schwarzen Schleier ums Haar von Anfang an ihren Triumph. Madame de Sévigné, die bekannte Chronistin höfischer Sitten jener Zeit, schrieb schon 1675 an ihre Tochter: »Alles ist ihr untertan, die Zofen ihrer Rivalin bedienen sie, die eine kniet mit dem Schminktopf vor ihr … eine andere reicht ihr Handschuhe, die dritte bringt sie zu Bett. Sie hat für niemanden einen Gruß und lacht wohl insgeheim über all diese Beflissenheit.«

Wie die Maintenon zur religiösen Eiferin wurde, kann nur vermutet werden. Zwar wurden ihr die protestantischen Wurzeln schon von der Mutter ausgerissen, und die Tante, bei der sie lebte, tat ein Übriges, sie ganz dem katholischen Glauben zu verpflichten, doch im Hause Scarron nahm sie gewiss auch anderes Gedankengut auf. Wahrscheinlich entsprach es ihrem

Charakter, sich nicht auf die üblichen Amüsements einzulassen, als sie an den Hof kam. Wegen ihrer niederen Geburt war sie anfangs ohnehin von vielem ausgeschlossen – ein anständiges, gottgefälliges Verhalten bot sich als Alternative an. Dass der König dies anerkannte, ja sogar noch Gefallen an ihr und ihren Ansichten fand, musste sie mit Stolz erfüllen. Viele hochwohlgeborene Töchter des Landes wären gern an ihrer Stelle gewesen. Was für eine Ehre!

Ludwig XIV. blieb bei seiner erprobten Heimlichtuerei. Wohl im Winter 1683 zu 1684 heiratete er Madame de Maintenon, ohne dass dies je offiziell bekannt gemacht wurde. Sie blieb ungekrönt, nahm aber den Platz an seiner Seite ein und wurde von ihm wie eine rechtmäßige Gemahlin behandelt.

In sexueller Hinsicht führte die Maintenon den Monarchen offenbar tatsächlich auf den Pfad der Tugend zurück, wie man es damals sah. Von späteren Liebschaften ist nichts mehr bekannt, wenngleich er hin und wieder auffällig galant gegenüber jüngeren Damen gewesen sein soll, zum Beispiel gegenüber Maria von Modena, der Gattin des aus England vertriebenen Interimskönigs James II.

Dagegen aber kämpfte die ehemalige Erzieherin mit Erfolg an. Vorbei war es nun mit den Sünden der einfachen oder gar doppelten Ehebrüche, denn wenngleich heimlich, so wurde die Heirat doch von der katholischen Kirche abgesegnet.

Freilich musste Madame Maintenon die Befriedigung der regen Bedürfnisse Seiner Majestät nun selbst übernehmen. Ob es ihr Spaß gemacht hat, ist nicht überliefert. Einmal, da waren beide schon über die siebzig hinaus, soll sie sich bei ihrem Beichtvater darüber beklagt haben, dass ihr Gemahl es immer noch täglich mindestens einmal wolle. Der Abbé aber meinte, das zu erdulden sei ihre Pflicht. Schließlich hielte sie den König davon ab, andere Frauen zu begehren.

Unklar ist, ob sie den Monarchen in seinem harten Vorgehen gegen die Hugenotten und andere Ketzer bestärkt oder manchmal vielleicht doch gebremst hat. Seit Jahren schon hatte Ludwig alles getan, diese »Verführten« wieder auf den rechten Weg zu bringen. Obwohl er selbst nie im Leben einen Blick in die Bibel getan haben soll, hatte er ihnen die Rechte zur freien Religionsausübung, die durch das Edikt von Nantes verbrieft waren, beschnitten und sich Schikanen gegen sie erdacht, falls sie sich nicht bekehrten.

So quartierte er Teile seines Heeres auf ihren Höfen ein; die Versorgung der Soldaten, zu der sie verpflichtet waren, trieb die Hugenotten in den Ruin. Nun, 1685, nahm er dieses Edikt ganz zurück und bewirkte damit die Vertreibung großer Teile ihrer Anhänger vor allem nach Brandenburg und in die Niederlande. Wer nicht ging, musste, wenn er standhaft blieb, mit Verfolgung, Gefängnis, ja dem Tod rechnen. Bekanntlich verlor Frankreich auf diese Weise viele Handwerker und Kaufleute, die das Land dringend für die eigene Wirtschaft gebraucht hätte. Auch zum Zusammenschluss seiner Gegner im Ausland trug diese Maßnahme bei.

Es gibt Behauptungen, dass die Maintenon hier mäßigend wirkte, aber aus ihrer umfangreichen Korrespondenz geht das nicht hervor. Im Gegenteil drohte sie sogar den eigenen Verwandten mit königlichen Haftbefehlen, den berüchtigten »Lettres de cachet«, falls sie ihre Kinder nicht katholisch erziehen ließen.

In den Kriegen, die Ludwig ständig führte, um sein Land und seine Macht zu vergrößern, stand sie treu an seiner Seite. So, als er 1688 in die Pfalz einfiel, die nach seiner Meinung zum Erbe seiner Schwägerin Liselotte gehörte. Dass dieser Feldzug mit seinen großen Verwüstungen gegen den Willen eben dieser Schwägerin vonstatten ging, einer der schärfsten Kritikerinnen der Maintenon, konnte ihr nur gefallen.

Direkten politischen Einfluss nahm die neue Königin nicht, dazu war Ludwig XIV. zu sehr von seiner Rolle eines Souveräns überzeugt. Wenn er mit seinen Ministern Staatsangelegenheiten besprach, saß sie stickend am Kamin und mischte sich nicht ein. Doch ihre Bedeutung wird klar, sobald man ihre

Briefe liest. »Wenn der König von der Jagd heimkehrt«, heißt es da, »kommt er zu mir, und die Tür wird geschlossen ... Hier bin ich allein mit ihm. Ich muss seine Sorgen mittragen ... seine Niedergeschlagenheit.«

Ihr oblag es, ihn in solchen Momenten aufzurichten, und sie nutzte das, indem sie ihm behutsam, Stück um Stück ihre Ansichten und ihre Moral vermittelte. Der Gedanke an Toleranz dürfte darin kaum eingeschlossen gewesen sein.

7

Der Mann war hochgewachsen und hager. Eine große Nase zierte das markante Gesicht, und seine in Dunkel gehüllte Gestalt strahlte Würde wie auch Eleganz aus. Obwohl er jünger war als die meisten der hier Versammelten, schienen alle seine Autorität anzuerkennen. Wenn er redete, sprühten seine Augen und der Funken sprang auf die Anwesenden über.

»Es ist die Eitelkeit, die unseren Absichten zuwiderläuft«, erläuterte er gerade. »Wenn wir die Gedanken unserer Zöglinge in die richtigen Bahnen lenken wollen, müssen wir zuerst die Eitelkeit bekämpfen. Vor allem die jungen Mädchen neigen zur Koketterie, spielen sich gern in den Vordergrund, sei es durch nichtsnutziges Geplapper oder durch die Art, sich zu schmücken und zu kleiden. Während es dem Manne angemessen ist, nach Ruhm und Ämtern zu streben, steht das der Frau nicht an. Vielmehr betrachten wir es als ihre Pflicht, sich tugendhaft und voller Demut den Aufgaben in der Familie zu widmen.«

Madame de Maintenon, in deren Räumen das Treffen stattfand, klatschte verhalten Beifall. In ihrem Sessel mit hoher Lehne – denn sie brauchte Schutz vor der Kälte, wenn ihr Gatte ohne Rücksicht auf ihre empfindliche Gesundheit weit die Fenster aufriss – richtete sie sich etwas auf. »Das habt Ihr trefflich formuliert, Monsieur Fénelon. Auch ich stelle bei meinen Schülerinnen oft diese Oberflächlichkeit und Hoffart fest, diese Putzsucht und Prahlerei. Aber wie sollten sie es denn anders kennen, wenn gewisse Erwachsene ihnen nur zu deutlich ihre Dünkelhaftigkeit vorleben, ihre Sittenlosigkeit, die mit Protzerei einhergeht.«

Einige der meist älteren Damen und Herren applaudierten nun ihr. In diesem Kreis verstand man sich, wusste Bescheid. Zwar waren Lustbarkeiten und Ausschweifungen wie zu Zeiten der Montespan am Hof nicht mehr üblich, aber dafür tobte sich der Adel in Paris aus. Besonders die jüngeren Leute taten sich in diesem Sinne hervor. Ein Cousin des Königs, Sohn des Philippe von Orléans, war dabei an erster Stelle zu nennen, seine Hurereien und Saufgelage erregten immer wieder Aufsehen.

Nicht viel anders verhielten sich einige der legitimierten Töchter Ludwigs, die Prinzessinnen Conti und Condé sowie die Gattin des Cousins, die ebenfalls durch Zecherei, wechselnde Liebschaften oder dirnenhaftes Benehmen von sich reden machten.

Dennoch wagte eine Dame, nervös ein weißes Spitzentüchlein knetend, einen Einwand. »Geht Ihr nicht trotz allem etwas zu streng mit unseren edlen Fräuleins um, Prêtre?«

Der Geistliche schüttelte den Kopf. »Die Eitelkeit, Madame, kann wirklich nur aufs Strengste verdammt werden. In jeglicher Form! Doch sollte man als Werkzeug der Strafe nicht unbedingt Stock oder Rute benutzen. Die Liebe ist es, durch die wir ans Ziel gelangen. Mit Liebe erreichen wir das menschliche Herz, so wie wir sie brauchen, um durch Hingabe und innere Einkehr zu Gott zu gelangen.«

»Oh ja, Monsieur, sprecht uns weiter von der Liebe zu Gott«, meldete sich eine andere Herzogin zu Wort.

Dazu brauchte man Fénelon nicht erst zu ermuntern. Wenn er über den Weg zum Allmächtigen sprach, war er kaum zu bremsen. Als Schüler des großen Predigers Bossuet hatte er es bereits zu Ansehen gebracht, war Mitglied der Académie

Française. Vor allem, weil er die Umerziehung junger ehemals protestantischer Mädchen im extra dafür gegründeten »Haus für neue Katholiken« erfolgreich vorangebracht hatte. Nun, da er die vierzig erreicht hatte, sollte er den jungen Herzog von Burgund, den Sohn des Dauphins, unter seine Fittiche nehmen.

Als Madame Maintenon dem König etwas später von diesem Treffen berichtete, ihm erzählte, mit welcher Überzeugung und welcher Glut Fénelon auch diesmal gesprochen hatte, tat sie das aus innerstem Bedürfnis.

Wider Erwarten traf sie bei ihrem Gatten aber auf Ablehnung. »Fénelon, Ihr redet mir immer wieder von diesem Priester«, wehrte der Monarch ab. »Wisst Ihr nicht, dass Bossuet und auch der Erzbischof inzwischen mit ihm im Streit liegen?“

»Bossuet? Aber wieso? Keiner schildert die Hingabe an den Schöpfer eindringlicher als …«

»Ach was«, unterbrach sie der König unwirsch, »man kann es auch übertreiben. Mit Liebe allein ist es nicht getan. Bossuet und die Bischöfe haben recht, wenn sie sagen, dass die Kirche auch andere Wege hat, um ihre Ziele zu erreichen.«

»Aber Monsieur Fénelon meint …«

»Mir ist egal, was er meint«, sagte Ludwig. »Fénelon begreift die Schwierigkeiten nicht, mit denen wir alle leben müssen. Mit seiner Schwärmerei führt er die Menschen nur in die Irre. Ich wünsche nicht, dass Ihr die Begegnungen mit ihm fortsetzt.«

So verblüfft die Maintenon auch sein mochte, der Wunsch des Königs war Befehl. Und tatsächlich hatte der Philosoph und Geistliche François de La Mothe-Fénelon, wie sich schon bald herausstellen sollte, noch andere Pfeile im Köcher. Denn Eitelkeit und Prunksucht, gegen die er wetterte, waren ja nicht auf das Verhalten junger Mädchen begrenzt. Im Gegenteil, das gesamte absolutistische System gründete auf äußerem Glanz und einer Etikette, die zur völligen Erstarrung des Lebens geführt hatte. Obenan aber stand der König selbst, der das alles zur Staatsdoktrin erhoben hatte.

Und obwohl sich Fénelon in den religiösen Querelen um den sogenannten Quietismus, die er mit Bossuet, ja sogar mit dem Papst führte, letztendlich der Kirche unterwarf, fiel er in Ungnade. Zwar wurde er zum Erzbischof von Cambrai ernannt, aber damit im Grunde vom Hof vertrieben. Nach dem Erscheinen seines berühmten Erziehungsromans »Télémaque«, in dem er den Krieg für das Elend der Bevölkerung verantwortlich machte und dem König das Recht absprach, selbstherrlich über die Gesellschaft zu bestimmen, war die Verbannung endgültig.

Die Maintenon gehorchte dem Wunsch des Königs, verteidigte den Geistlichen aber noch einige Zeit, was zum ernsthaften Zerwürfnis mit Ludwig führte. Er nannte die sich bekämpfenden Geistlichen Bossuet und Fénelon »ihre Bischöfe« und strafte seine Gemahlin ab, indem er nicht mehr mit ihr redete. Erst nach einiger Zeit, als sie krank wurde, kam es wieder zu einer Annäherung und Versöhnung.

8

Die letzten Dezennien Ludwigs XIV. waren vom Niedergang des einst so stolzen Staates geprägt. Der »Sonnenkönig« stürzte sich in immer absurdere Kriegsabenteuer. Im Pfälzischen Krieg von 1688 bis 1697 erreichte er nichts als die Brandschatzung eines fremden Landes und die weitere Verschlechterung der eigenen Finanzlage. Im Spanischen Erbfolgekrieg 1701 bis 1713 stellte er sich, indem er einen Enkel auf den Thron jenseits der Pyrenäen brachte, gegen das halbe übrige Europa. Da er – mit Hilfe der Maintenon – die fähigsten Heerführer aus dem Land getrieben hatte, musste er eine Niederlage nach der anderen einstecken. Hungersnöte, Seuchen wie die Pocken, aber auch Jahre währende Aufstände, zum Beispiel der protestantischen Kamisarden im Cevennengebirge, brachten Frankreich in größte Bedrängnis. Teuerungen führten, wie im Jahr 1694, zum Massensterben auf dem Land und in den Städten. Mit Glück rettete sich der König, der inzwischen auch unter vielerlei körperlichen Beschwerden litt, hin und wieder in einen kurzen Frieden. Als er 1715 das Zeitliche segnete, wurden vom Volk Freudenfeuer gezündet, und es kam zu Jubelszenen.

Die Marquise de Maintenon soll das Elend des Volkes beklagt haben, sie gehörte im bescheidenen Rahmen auch zu jenen, die im Spanischen Erbfolgekrieg – wie die Literaten La Bruyère und Fénelon – zum Friedensschluss drängten. Aber das geschah der Not gehorchend und um »Gott zu versöhnen«. Man mag ihr zugute halten, dass sich der König am allerwenigsten von einer Frau in seine Entscheidungen hineinreden ließ, man kann ihr auch bescheinigen, dass sie die Verschwendungssucht und Verderbtheit der höfischen Gesellschaft ablehnte und bekämpfte. Doch ihre religiöse Intoleranz beeinflusste den Monarchen und wurde zum Hemmnis für jeden Fortschritt.

Madame de Maintenon hatte mit Kultur und Kunst wenig im Sinn. Sie mochte Molières Werk nicht, und ihr Verständnis für das Theaterspiel endete bei Erbauungsstücken Racines für ihre Schülerinnen, hatte sie doch 1685 in der Nähe von Versailles das Internat Saint-Cyr gegründet, ein Haus, dem sie selbst vorstand und wo man Töchter verarmter Adliger mit äußerster Strenge erzog.

Natürlich wurde sie wegen ihrer engstirnigen Auffassungen von freisinnigen Künstlern attackiert und heftig verspottet. Aber sie schlug stets zurück. Als italienische Schauspieler der Commedia dell'arte ein Stück mit dem bezeichnenden Titel »Die scheinheilige Prüde« aufführten, wurde die Truppe vom König des Landes verwiesen.

Nachdem sich der hochgeschätzte Komponist Lully beim Tedeum, das er 1687 anlässlich der schmerzhaften operativen

Befreiung des Monarchen von einer Darmfistel dirigierte, vor Begeisterung den Taktstock in den Fuß gespießt hatte, woran er schließlich starb, endeten wohl auch die Zeiten heiterer Musik am Hof. Versailles versauerte, daran änderten selbst einige prunkvolle Hochzeiten nichts.

Am Intrigenspiel des Hofes nahm die heimliche Königin auf ihre Art gleichfalls teil. So bekämpfte sie mit allen Mitteln die zweite Gattin Philippes von Orléans, die bereits erwähnte Liselotte von der Pfalz, der man ein starkes Faible für Ludwig nachsagte. Ihr Liebling Maine, ein Sohn des Herrschers mit der Montespan, dem sie im Pfälzischen Krieg eine führende Position verschafft hatte, versagte in der Schlacht von Namur, was den König in Wut versetzte. Sie sorgte dafür, dass mehrere ihrer Verwandten, vor allem ihr unfähiger Bruder, in Amt und Würden kamen, und unterschied sich dabei kaum von den anderen Mätressen.

Sie war wenig beliebt, aber allgegenwärtig. Eine graue Eminenz am Hof, die stets mitzureden hatte, wenn es um die königliche Familie ging oder um interne Angelegenheiten. Ob es sich um Dinge der Religion, der Erziehung oder der Medizin handelte, sie brachte ihre Favoriten in Front und auf die richtigen Positionen. Zum Beispiel schaffte sie es, den Botaniker und Mediziner Fagon zum Leibarzt Ludwigs XIV. zu machen, der sich zwar verdient gemacht hatte, mit seinen brachialen und konservativen Methoden aber auch so manchem Patienten zu einem vorzeitigen und unerwarteten Ende verholfen haben dürfte.

Die Maintenon wurde dreiundachtzig, für die Zeit damals ein beachtliches Alter. Sie überlebte Louise de La Vallière, Athénaïs de Montespan, den König, den Dauphin und viele andere Personen aus dem Haus der Majestät.

Nach Ludwigs Tod zog sie sich nach Saint-Cyr zurück, wo sie sich eine Residenz eingerichtet hatte. 1717, zwei Jahre vor ihrem Tod, bekam sie noch einmal prominenten Besuch. Zar Peter der Große von Russland weilte in Paris und wollte unbedingt die Frau kennenlernen, die im Leben des »Sonnenkönigs« eine so wichtige Rolle gespielt hatte.

Obwohl sie sich schon hingelegt hatte, wie es heißt, wurde er vorgelassen. Er soll eine Weile bei ihr geblieben sein, ohne dass ein Wort fiel. Eine eigenartige Begegnung. War er so beeindruckt von der alten Dame, dass er seinen Respekt nur durch Schweigen ausdrücken konnte, oder wunderte er sich über Ludwigs Geschmack?

Man wird es nie erfahren.

Marie-Anne de Châteauroux (1717-1744)

X. Die Damen Nesle: Schwestern teilen alles

1

Ludwig XV. war verliebt. Oder so ähnlich! Jedenfalls fühlte sich der junge König, der bisher nur mit einer einzigen Frau, nämlich seiner Gemahlin Marie Leczinska, geschlafen hatte, mächtig zu einer ihrer Ehrendamen hingezogen. Ein Gefühl, das ihn zugleich erwärmte und beunruhigte. Vergeblich suchte er dagegen anzukämpfen. Selbst bei seiner Lieblingsbeschäftigung, der Jagd, konnte er sich nicht davon freimachen.

Doch er war noch unentschlossen. Zu stark hatte ihn eine Erziehung geprägt, die ihm den Beischlaf als Pflichterfüllung nur mit der Gattin und den Ehebruch als verdammenswerte Sünde darstellte. Seine Ziehmutter Maman Ventadour, der streng auf Etikette pochende Höfling Villeroy, besonders aber Kardinal Fleury, der bejahrte Oberste Staatsminister, hatten dafür gesorgt, dass er sich an diese Regel hielt. Dass er nicht dem dunklen Drang der Zügellosigkeit nachgab, von dem einige seiner Vorfahren besessen gewesen waren. Er hatte mit fünfzehn die um sieben Jahre ältere Polin Leczinska zur Frau bekommen, weil es an der Zeit war und man befürchtete, dass der unter Schwächeanfällen leidende, oft einsame Knabe durch zu häufige Selbstbefriedigung krank würde. Denn der König war Vollwaise – die Masern und Ärzte mit wenig Sachverstand hatten ihm 1712 innerhalb weniger Monate die Familie genommen.

Mit der Königin hatte Ludwig zwar die fleischliche Lust entdeckt, aber geliebt hatte er die Angetraute nur kurze Zeit. Obwohl sie ihm Jahr für Jahr ein oder sogar zwei Kinder schenkte. Inzwischen war jedoch das Gestrampel in ihrem Bett, unter dem Wust von Decken, unter denen sie sich aus

Angst vor Zugluft verkroch, zur reinen und mühsamen Routine geworden.

Die Furcht vor der göttlichen Ungnade, die Frömmigkeit, zu der man ihn erzogen hatte, kämpften bei Ludwig XV. mit dem Verlangen, sich von holderer Weiblichkeit verführen zu lassen. Die Königin war nicht hässlich, aber durch die ständigen Schwangerschaften schon verbraucht, noch frömmer als er und im Bett einfallslos – er dagegen ein schöner junger Mann, dem man den Beinamen der »Vielgeliebte« gegeben hatte. Wenn er sich ohne Perücke im goldgerahmten Spiegel betrachtete, hatte er das Bild eines Zwanzigjährigen mit dunklem Haar und sinnlichem Mund vor Augen, groß, schlank, elegant. Mit sechzehn hatte er, wie einst sein Urgroßvater, der berühmte »Sonnenkönig«, der zum Zeitpunkt der gleichen Entscheidung allerdings bereits dreiundzwanzig gewesen war, beschlossen, das Reich selbst zu regieren. Das schaffte er nicht so recht, Fleury und andere Minister bestimmten das Geschehen im Land. Trotzdem war *er* der Herrscher und bei den Damen begehrt.

Dabei galt der König als eher schüchtern und ungelenk im Umgang mit den Höflingen. Seinen Repräsentationspflichten kam er mit Mühe nach, sprach aber wenig, konnte sich nur schlecht Namen und Gesichter merken. Lieber zog er sich zum Arbeiten und zu seinen Hobbys – dem Ausgestalten von Teppichen, der Elfenbeinschnitzerei – in seine Privatgemächer zurück. Ihm wohlwollende Familien wie die des Herzogs und der Herzogin von Toulouse taten deshalb alles, ihm die Unsicherheit zu nehmen. Zu ihren Gesellschaften luden sie hübsche junge Damen ein, und im kleinen Kreis wurden Spiele veranstaltet, Gespräche über Literatur, Malerei und Musik geführt. Das freilich schon etwas ältere Fräulein von Charolais weckte in ihm den Geschmack für die Oper, spielte für ihn auch ein wenig die Kupplerin.

Ludwig XIV. war ein Mensch der Öffentlichkeit gewesen, der solcherart seine Macht betont hatte – der neue König fühlte sich eher im erwähnten Kreis wohl oder im Beisein jüngerer Adliger, mit denen er sich in den kleinen Schlössern ringsum traf. So in La Muette, wo er eines Abends, nach erfolgreicher Jagd und einem reichlichen Souper, in Gesellschaft einiger Freunde zu einem Toast auf eine junge Frau ansetzte. Nein, es kam zu keinem Geständnis – so weit, dass er Namen genannt hätte, wagte sich Seine Majestät noch nicht vor. Und doch war es ein Bekenntnis: Der Herrscher, der seiner Gemahlin bisher so treu geblieben war, rang sich zu einer Art Liebeserklärung durch. »Ich stoße mit euch an«, so rief er aus, befeuert von bestem Weißwein, »ich trinke ... auf die Unbekannte!«

»Die Unbekannte? Majestät!« Dem Herzog von Épernon war die Neugier mehr als deutlich anzusehen. »Das könnt Ihr nicht machen! Wenn Ihr so sprecht, seid Ihr fasziniert von dieser Schönen. Verratet uns ihren Namen.«

Der König trank aus und wartete, bis die anderen seinem Beispiel gefolgt waren. Doch er schüttelte den Kopf. »Noch nicht, Monsieur. Das bleibt noch eine Weile mein Geheimnis.«

»Ah, Ihr wollt es nicht preisgeben, Sire. Dann muss es Liebe sein.«

»Nun ja, Vermutungen darf man wohl anstellen«, murmelte ein anderer in der Runde.

Der König lächelte verschwörerisch, hüllte sich aber in Schweigen. Was er verraten hatte, schien ihm schon sehr viel.

2

Fast war es Tradition, dass sich die französischen Könige bei den Ehrendamen ihrer Gemahlinnen – manchmal auch denen ihrer Mütter oder Schwägerinnen – bedienten. So war es bei Agnès Sorel, der schönen Favoritin Karls VII., gewesen, hatte sich mit Anne d'Étampes unter Franz I. fortgesetzt und bei Ludwig XIV. bestätigt, der seine Mätressen vorzugsweise aus diesen Kreisen wählte. Wenn aber zum Beispiel Athénaïs de Montespan ihre Stellung bei der Königin zielstrebig dazu benutzt hatte, zur Geliebten des Herrschers aufzusteigen, so verhielt es sich bei der »Unbekannten«, einer gewissen Louise-Julie de Nesle-Mailly, anders. Von Mademoiselle Charolais aufgrund ihres fröhlichen Wesens ausgewählt, hatte sie es wohl nicht unbedingt darauf angelegt, den König zu ködern. Auch als die gegenseitige Zuneigung wuchs und die beiden ein Paar wurden, blieb Louise zurückhaltend, stellte keine Forderungen.

Sie soll, trotz hübscher langer Beine und lebhafter Augen, nicht die Schönste gewesen sein. Gleichaltrig mit Ludwig und aus altem, wenig begütertem Provinzadel, fiel es ihr dennoch nicht schwer, die bereits matronenhafte Königin auszustechen. Beim ersten intimen Treffen der beiden ging es denn wohl auch gleich zur Sache. Majestät habe sie am Kleid gezupft, erzählte später der Kammerdiener, und sie habe über kalte Füße geklagt. Woraufhin der König ihr ans Bein fasste, sich bis zu den Strumpfhaltern hochtastete und »sich auf sie stürzte«. »Oh, mein Gott«, habe sie geflüstert, »hätte ich geahnt, dass Ihr mich deshalb kommen lasst, wäre ich nicht erschienen.«

Louise-Julie de Mailly, 1710 geboren, war mit sechzehn einem Verwandten, einem Grafen und Hauptmann der Schottischen Garde, angetraut worden, von dem sie aber getrennt lebte. Sie war als älteste von fünf Schwestern in ihrer unaufdringlichen Art genau das Richtige für den jungen König, der oft von Selbstzweifeln geplagt wurde. Eine auf stürmische Eroberung ausgehende Dame wie die Montespan hätte ihn bloß verprellt.

Das Verhältnis begann 1733 und wurde einige Zeit geheim gehalten. Nur wenige Freunde wussten, wer die Schöne war. Wenn sich Ludwig morgens, der Etikette gemäß, aus den Damastkissen seines Staatsbettes schälte, das nur er benutzen durfte, war er vielleicht erst kurz zuvor unter die Decke gekrochen, hatte die Nacht mit der Geliebten in einem anderen Raum verbracht. Während er sich vom Großmeister der Garderobe die Unterjacke, die blaue Schärpe und das Wams reichen ließ, ein Taschentuch von dessen Helfern entgegennahm und den Obersten Küchenmeister mit einem flüchtigen Blick streifte, der bereitstand, bei Bedarf eine Bouillon zu servieren, hatte er möglicherweise noch ihre nackten Brüste vor Augen, den Geruch ihres Parfüms in der Nase. Er spürte noch ihren schlanken Leib unter seinen Händen, sah sie nach Stunden der Zärtlichkeit durch die gut getarnte, mit Ornamenten verzierte Tapetentür ins Nebenzimmer schlüpfen, wo ein Diener geduldig gewartet hatte, bis das Spiel beendet war. Dieser Lakai namens Bachelier brachte die Dame dann auf verschwiegenen Wegen in ihr Appartement zurück.

Louise-Julie indessen genoss die Ehre, vom König begehrt zu werden. Vom Herrscher des mächtigen Frankreich, der wegen häufiger Rachenentzündungen zwar mit rauer Stimme sprach, aber als schönster Mann im ganzen Reich galt. Sie war zweifellos verliebt in ihn, wenn sie auch, nicht anders als er, zumindest anfangs mit ihrem schlechten Gewissen gegenüber der Königin fertig werden musste. Darin glich sie Louise de La Vallière, die ein knappes Jahrhundert früher Ludwig XIV. verfallen war. Die Geschichte wiederholt sich bisweilen sogar im Detail.

Freilich hatte jener Ludwig zu Ehren seiner ersten Mätresse große Feste veranstaltet, sie aufgewertet und schließlich zur Herzogin gemacht. Dass sie mit seinem Glanz nicht mithalten konnte und wollte, hatte er nie verstanden. Für Louise-Julie dagegen gab es weder prunkvolle Feiern noch Titel. Kleine Geschenke und Vergünstigungen wird sie erhalten haben, aber in den Vordergrund rückte sie nicht.

Dass der König sich nach acht Jahren Ehe nun eine Geliebte zugelegt hatte, konnte am Hof nicht verborgen bleiben. Doch es wurde längere Zeit gerätselt, um wen es sich handelte.

Auch zu Ludwigs Gemahlin drangen schließlich die für sie bestürzenden Gerüchte. Es war zu Beginn des Jahres 1734, als ihr Vater Stanislas Leczinski, der einst zum polnischen Herrscher gewählt und von August dem Starken mit Hilfe russischer Verbündeter entthront worden war, seine Tochter Maria über ihren Kummer hinwegtrösten musste. »Es gibt keinen Zweifel mehr, liebster Papa«, flüsterte sie mit Tränen in den Augen, »er hat eine andere.«

»Eine andere? Seine Majestät? Wie kommt Ihr darauf?«

»Die Kammerfrauen haben es mir zugetragen. Der ganze Hof spricht schon davon.«

Sorgen hatte der Vater auch so genug. Nach einer Flucht durch halb Europa war er eben erst wieder in Paris angelangt, hatte alle Hände voll zu tun, die eigenen Angelegenheiten zu ordnen. Ein Jahr zuvor war er nämlich, nach dem Tod Augusts des Starken, in großer Heimlichkeit nach Warschau aufgebrochen, um aufs Neue den Thron zu beanspruchen. Um die Gegner zu täuschen, hatte man sogar einen Doppelgänger in der Öffentlichkeit platziert. Doch es nützte nichts, zum zweiten Mal war er durch russische Truppen verjagt worden, hatte die Krone diesmal August III. überlassen müssen. Als Matrose verkleidet, war er seinen Feinden mit letzter Not entkommen.

Und nun noch das! Leczinski war so stolz gewesen, als 1725 der Prinz von Condé, damals Premier, mit seiner Geliebten, Madame de Prie, aus neunundneunzig Bewerberinnen ausgerechnet seine Tochter für den jungen König ausgewählt hatte. Nach einigem Hin und Her, denn außer einem gebärfreudigen Becken und seinen kaum durchsetzbaren Ansprüchen auf den polnischen Thron hatte Marie nicht viel mit in die Ehe gebracht. Aber ganz gleich welche Interessen Condé seinerzeit verfocht, für die Familie Leczinski war es eine Sternenstunde gewesen. Das positive Ende eines abenteuerlichen Lebens, einer Flucht durch halb Europa, der Bettelei an fremden Fürstenhöfen, der Not und Gefahr. »Lasst uns niederknien und Gott danken!«, hatte Stanislas laut gerufen, als er seinen Damen die unverhoffte Nachricht überbrachte. Kein Zweifel, dass sie diesen Dank aus übervollem Herzen abstatteten.

Frankreich hatte die eigenwillige Entscheidung für Marie übrigens ziemliche Nachteile gebracht. Eine Verlobung Ludwigs mit der jungen spanischen Infantin aus dem Jahr 1722 musste gelöst werden, wodurch sich die südlichen Nachbarn vor aller Welt brüskiert fühlten. Außerdem zog das Engagement für den Schwiegervater kriegerische Auseinandersetzungen mit Russland und Österreich nach sich. Durch diese Querelen in Europa aber verzettelten sich die Franzosen, verloren mehr oder weniger die ohnehin vernachlässigten Überseegebiete aus dem Blick, was die Engländer zum Ausbau ihrer Handelsmacht und ihrer dortigen Besitzungen nutzten.

Diese Nachteile zählten für Leczinski allerdings nicht; ihm war es wichtig, die eigenen Interessen zu wahren. Dabei störte alles, was die Stellung der Tochter schwächte. Zugleich tat ihm Marie auch leid. Er wusste, dass sie den König liebte und außerordentlich gekränkt war. »Wer ist diese Frau«, wollte er wissen, »kenne ich sie?«

»Ich kenne sie ja selbst nicht. Mein Gemahl gibt den Namen nicht preis und trifft sich mit ihr im Geheimen.«

»Habt Ihr ihn darauf angesprochen?«, fragte der Vater.

»Ich habe es versucht, aber ich sehe ihn kaum noch, seit er nicht mehr zu mir … in der Nacht …« Sie zögerte und fügte schließlich hinzu: »Da ich wieder schwanger bin, haben mir die Ärzte geraten, das Bett vorerst nicht mehr mit ihm zu teilen.«

Das leuchtete dem Vater ein, und in diesem Fall konnte er die oft hilflosen, einander widersprechenden Mediziner, deren bevorzugtes Heilmittel bei Krankheiten nach wie vor Klistier und Aderlass waren, auch verstehen. Die schnell aufeinander folgenden Schwangerschaften hatten seiner Tochter nicht gutgetan. Dennoch, wenn sie den König abwies …

»Wir müssen Ruhe bewahren und abwarten«, sagte der Vater besänftigend. »Seine Majestät war Euch immer treu, und wenn das Kind erst geboren ist, kommt bestimmt wieder alles ins Lot.«

»Ich bin so unruhig, so traurig.«

Stanislas wusste, dass Könige nicht ohne Mätresse auskamen, er hatte ja auch eine. Früher oder später würde sich Marie daran gewöhnen müssen. Im Grunde war es sogar besser, wenn Ludwig XV. seine Geliebte noch im Verborgenen besuchte. Das zeigte, dass er sich seiner Sache nicht sicher war. Vielleicht handelte es sich nur um eine flüchtige Beziehung.

»Ihr habt den Dauphin geboren«, sagte er, »und Ihr seid die Königin. Ein kleines Abenteuer Seiner Majestät wird daran nichts ändern. Noch einmal, Ihr müsst Ruhe bewahren! Bestimmt wird dann alles wieder gut.«

3

Hielt sich der Herrscher in Versailles auf, war sein Tag genau geregelt. Zwar ließ er sich morgens nicht immer zur gleichen Zeit wecken, wie einst der »Sonnenkönig«, danach jedoch liefen die Stunden nach einer festgelegten Ordnung ab. Das Aufstehen und Ankleiden im Beisein der Familie und der sich in Scharen drängenden Höflinge, die nach Rang ihren Gruß entboten oder Hilfsdienste leisteten; das Frühstück und die Messe, dann Besprechungen mit Fleury und anderen Ministern. Gab es keine repräsentativen Pflichten, wie zum Beispiel den Empfang eines Gesandten, hatte Ludwig Zeit für private Dinge. Das anschließende Diner war oft eine Sache der Öffentlichkeit. Vor einem Publikum aus Adligen und begüterten Bürgern nahmen die Majestäten ihr Mahl ein, wobei der Herrscher im Gegensatz zum »Sonnenkönig«, der stets ausgiebig tafelte, bescheidener war. Ein Raunen ging aber jedes Mal durch die Menge, wenn Ludwig XV. mit geschicktem Hieb ein Ei köpfte.

Am Nachmittag gab es die Jagd, und beim Souper war der Hunger dann größer. Der Abend zog sich hin, man vergnügte sich bei Theater, Musik und Kartenspiel. Marie Leczinska traf ihren Gatten außerhalb der offiziellen Anlässe nur kurz. So ähnlich war es auch mit den Kindern. Die jüngeren wurden 1738 aus dem Haus gegeben, es handelte sich um zwei Knaben und mehrere Mädchen. Die Prinzessinnen hatten zwar richtige Namen, wurden aber der Bequemlichkeit halber einfach die Erste, Zweite, Fünfte und so weiter genannt.

Marie Leczinska – wie schon erwähnt, sehr oft in anderen Umständen – blieb vor allem auf sich und ein paar Freundinnen beschränkt. Teilnahme an den Repräsentationen im Beisein ihrer Hofdamen, Gebete, fromme Lektüre, ein wenig Musik, Malerei und Handarbeiten dominierten den Alltag. Der Abend wurde auch bei ihr mit Kartenspiel, Kartenlegen oder Gesprächen im kleineren Kreis verbracht. Zu Beginn der Ehe häufig, später selten, gab es nachts Besuch vom König, der seine Pflichten erfüllte. Ein Leben mit Pomp, aber alles andere als aufregend.

Über den Alltag der Mätresse ist weniger bekannt. Als eine der Ehrendamen Maries besuchte sie mit deren Hofstaat die Messe, nahm weitere Pflichten wahr. Darüber hinaus widmete sie sich eigenen Angelegenheiten. Ihrer Garderobe – weit gebauschte Reifröcke waren in Mode –, Handarbeiten, der Lektüre. Man flanierte in den Schlossgärten, ritt aus, nahm an Jagden teil. Ludwig XV. ließ um- und anbauen. Bald konnte er in Versailles über einige Dutzend Räume, die Königin über gut zehn verfügen, und der Geliebten stand nun ein kleines Appartement zur Verfügung. Dass die Nächte von dem Paar fortan ausgiebig genutzt wurden und Louise dem König unterm Baldachin ihrer Lagerstatt Freuden spendete, die ihm bis dahin unbekannt gewesen waren, dürfte sicher sein. Erst jetzt konnte sie sich ihm entspannt und mit allen Fasern ihres Körpers hingeben, denn vorher hatten sich die beiden meist im Park oder in entfernten Winkeln des Palais verabredet, wobei er sich verkleidete, um nicht erkannt zu werden. Da Versailles von Tausenden Höflingen und ihrer Dienerschaft bevölkert war, das Schlosspersonal nicht mitgerechnet, fielen sie auf diese Weise kaum auf. Was dagegen bemerkt wurde, war die wachsende Lockerheit des Königs im Umgang mit anderen. Er wirkte, seit er mit der Gräfin zusammen war, viel freier und gelöster.

In Staatsangelegenheiten mischte sich die Mätresse kaum ein, sie begriff: Das hätte die Majestät verstimmt. Schon der Gemahlin war es seinerzeit schlecht bekommen, dass sie Condé geholfen hatte, Fleury zu attackieren. Übrigens wurden die Geschäfte ohnehin vom Kardinal und seinen Ministern geführt, auch wenn der König das letzte Wort zu haben glaubte. Fleury hatte alle Hände voll zu tun, die durch unbedachte Kriege, durch Missernten und den aufgeblähten Hof bis zum Äußersten angespannten Finanzen der Krone zusammenzuhalten. Der Ämterverkauf war in voller Blüte, und wer seine Titel nicht als Erbe erworben hatte, musste gleichfalls zahlen.

Immerhin war es in den letzten Jahren nach verlustreichen Kämpfen gegen die Russen in Polen und einigen siegreichen Schlachten gegen die Österreicher in Italien zum Frieden gekommen, so dass sich Frankreich etwas stabilisierte. Der Adel in Versailles konnte sich weiterhin dem Müßiggang und damit der Täuschung hingeben, dass im Land alles in bester Ordnung sei.

Der König löste sich nun langsam von den Bedenken, die er wegen seines Ehebruchs noch immer hatte. 1737 spielte das »Journal« eines gewissen Barbier zum ersten Mal öffentlich auf seine Favoritin an, und ein halbes Jahr später, als Marie auf den Rat ihrer Ärzte hin Ludwig weiterhin den Beischlaf verwehrte, packte dieser die Gelegenheit beim Schopf – er bekannte sich zu seiner Beziehung. Es gab ein großes Fest, bei dem Louise-Julie im Mittelpunkt stand. Ostern darauf unterließ es der Herrscher, zur Beichte zu gehen, und da er sich deshalb nicht im »Zustand der Gnade« befand, mussten die Skrofulose-Kranken künftig auf das königliche Handauflegen verzichten, das ihnen Heilung bringen sollte.

In diesen Jahren wurde deutlich, dass der König, was seine Libido betraf, ein echter Nachkomme Heinrichs IV. und Ludwigs XIV. war. Es heißt, dass er sich im Zimmer seines Ersten Kammerdieners nun auch einfacheren Mädchen widmete. Als er dann noch die Fühler nach den Damen der Noblesse ausstreckte, wurde die Mätresse unruhig.

Wir sehen sie in ihrem Schlafgemach mit dem vom blauen Seidenbaldachin überdachten Bett, mit der goldverzierten Uhr auf dem Kamin, den niedrigen, gut gepolsterten Sesseln und den Blütenmustertapeten an den hohen Wänden. Ludwig ist zu später Stunde zu ihr gekommen, ein wenig schuldbewusst, was er aber nicht zeigen will, und obwohl sie ihn nicht zurückweisen kann, gibt sich Louise-Julie verschlossen. Sie hat den Schlafrock, unter dem sie nur ein dünnes Nachthemd trägt, fest um die Schultern gezogen und scheint nicht gewillt, ihm Zugang zu ihren Schätzen zu gewähren, auch wenn sie versteht, dass die Majestät hauptsächlich aus diesem Grund bei ihr ist. Etwas verlegen steht der König da, hat noch nicht einmal die Jacke abgelegt und überlegt offenbar, wie er sich ihr nähern soll.

»Ich hoffe, Ihr habt den Tag gut verbracht, Madame, ich war heute leider durch lästige Pflichten aufgehalten« murmelt er.

»Lästige Pflichten, Sire? Man hat mir zugetragen, dass diese Pflichten ein Kleid mit Silberstickerei trugen und eine Brillantspange im Haar.«

Der König ist verblüfft. Er hat nicht vermutet, dass sein Tête-à-tête mit einer der hübschen Marquisen am Hof beobachtet wurde. Er sucht nach einer Entgegnung. »Was redet Ihr da, Louise. Die Dame, von der man Euch erzählt hat, kam mit einer Bitte zu mir. Es geht um die Heirat ihres Bruders.«

»Und nur deshalb zieht Ihr Euch so lange mit ihr zurück?«

»Keineswegs lange. Da hat man Euch falsch unterrichtet. Seid Ihr eifersüchtig? Dazu gibt es keinen Grund.«

Louise-Julie ist da ganz anderer Meinung, doch sie muss vorsichtig sein. Wenn sie den König zu sehr unter Druck setzt, könnte er sich ganz von ihr abwenden. Besser ist es, ihn mit den ihr gegebenen Mitteln sanft zurückzuholen. »Ich bin nicht eifersüchtig«, lügt sie, »aber gebt zu, dass Ihr mich in letzter Zeit vernachlässigt.« Sie setzt sich aufs Bett, wobei sich scheinbar ungewollt ihr Negligé öffnet.

Ludwig tritt einen Schritt näher. »Wie ich schon sagte – die Pflichten! Doch nun bin ich ja bei Euch.«

»Wollt Ihr denn nicht ablegen, Majestät?« Die Mätresse hält sich noch zurück, richtet sich aber ein wenig auf, so dass ihr wohlgeformter Busen von den Kerzen ringsum ins rechte Licht gesetzt wird. Deutlich zeichnen sich Bauch und Schenkel unter dem Nachthemd ab.

Der König wirft die Jacke auf einen der Sessel »Verzeiht, Liebste«, flüstert er, »dass ich mich Euch in der letzten Zeit so wenig widmen konnte.«

»Bereut Ihr, Majestät? Schwört Ihr, das zu ändern?«

»Ich schwöre es, Liebste, ich schwöre es mit jeder Faser meines Herzens.«

Damit bricht er den Widerstand der Favoritin endgültig. »Wartet, ich helfe Euch«, flüstert sie, schmiegt sich nun an ihn, presst das Gesicht an sein Seidenhemd und beginnt an seinem Hosenbund zu nesteln. Kurz darauf ist die Marquise mit der Brillantspange im Haar vergessen. Geschickter als Louise-Julie könnte sie ihren bebenden Leib, ihre Beine und ihre Brüste bestimmt nicht einsetzen.

Allerdings hatte die Leidenschaft des Herrschers für seine Geliebte zu diesem Zeitpunkt bereits nachgelassen, und das Liebesspiel bewirkte nur noch ab und an Wunder. Durch die Untreue des Königs kam es zu neuen Verstimmungen. Dennoch wäre es Louise beim besten Willen nicht in den Sinn gekommen, dass sie mit einer unglücklichen Entscheidung ihre Laufbahn als königliche Mätresse bald selbst aufs Höchste gefährden würde.

4

Es war Frühling, und sie hielt unschlüssig einen Brief ihrer jüngeren Schwester in der Hand. Wieder einmal beklagte sich Pauline, dass man sie im Kloster versauern ließe. Dabei hatte es für die Familie gar keine andere Möglichkeit gegeben, ihr mit dem begrenzten Budget die nötige Bildung zu verschaffen. Aber das sah die Jüngere natürlich ganz anders.

Da nun kürzlich noch die Mutter gestorben war, widerstrebte es Pauline, nach Hause zurückzukehren. Stattdessen drängte es sie jetzt, wo die Ältere eine so bevorzugte Stellung einnahm, an den Hof! Nun ja, die Mätresse konnte es ihr nicht verdenken. Zwar hatte sie bisher aus gutem Grund gezögert, denn wenn die Schwester bei ihr wohnte – und wo sollte sie sonst hin –, würde es gewiss Einschränkungen geben. Aber vielleicht fand sich für sie hier ja schon bald eine entsprechend gute Partie.

Bis dahin wäre etwas Gesellschaft übrigens nicht schlecht. Jemanden zu haben, mit dem man offen über Probleme sprechen konnte, war eine angenehme Vorstellung. Über die Untreue des Geliebten, von der man nie wusste, wie weit sie führte, oder über das Verhältnis zur Königin. Marie Leczinska mochte sie nicht, das war deutlich. Erst kürzlich wieder hatte Louise das gespürt, als Ludwig sie auf eine kurze Reise mitnehmen wollte. Sie musste bei Ihrer Majestät um Beurlaubung bitten, war sie doch deren Ehrendame. »Geht nur, Gräfin«, hatte die Königin recht giftig erwidert, »schließlich seid Ihr die Mätresse.«

Diese Polin mit ihrer sonderbaren Herkunft, dachte Louise, was spielt sie sich so auf. Kann ich etwa dafür, dass sie ihren Mann vergrault hat? Aber da sie nicht nachtragend war, verrauchte ihr Ärger gleich wieder. Es stimmte ja, dass sie der Königin den Mann weggenommen hatte. Wäre ich an ihrer Stelle, würde ich mich kaum anders verhalten, sagte sie sich.

Sie las den Brief noch einmal und legte ihn zu Paulines

anderen Episteln. Sie musste mit dem König darüber sprechen; noch heute Abend würde sie es tun. Bestimmt hatte er nichts dagegen, und vielleicht spendierte er der Schwester sogar eine kleine Pension. Pauline jedenfalls würde jubeln, wenn sie die gute Nachricht bekam. Louise stellte sich vor, wie dankbar die Jüngere sein würde, und hatte Tränen in den Augen. Ja, ich werde ihr helfen, wir sind doch eine Familie, dachte sie.

5

Pauline war hochgewachsen, mager und sehr lebhaft. Ein eher männlicher Typ »mit der Statur eines Grenadiers«, wie böse Zungen behaupteten. Dass sie sich vorgenommen hatte, den König zu erobern, hätte wohl niemand vermutet. Vielleicht wollte sie anfangs die Position der Schwester auch nur allgemein für sich nutzen. Aber das änderte sich schnell. Schlagfertig und respektlos, ging die Siebenundzwanzigjährige ihre Ziele sehr direkt an. Bei den Treffen Louise-Julies mit Ludwig in dessen »Kleinen Appartements« war sie nun fast immer dabei. Sie verstand es, den Herrscher klug und witzig zu unterhalten.

Sie kam, sah und wurde gleich mit dem Grafen von Vintimille vermählt. Offenbar weil sie da schon beim König gesiegt hatte oder kurz davor stand – man erinnert sich, dass für Mätressen oft willfährige Ehemänner ausgesucht wurden, damit der Schein gewahrt blieb. Ludwig soll dem Grafen das Hemd für die Hochzeitsnacht persönlich überreicht haben – eine große Ehre! Ob der das Recht, wenigstens für diese Nacht bei seiner Gattin zu liegen, danach auch nutzte, ist unklar.

Anfangs freute sich Louise-Julie, dass die Jüngere vor dem König brillierte, nahmen seine Verabredungen mit anderen Damen doch spürbar ab. Als sie merkte, was wirklich gespielt wurde, war es zu spät. Sie wollte sich wehren: »Was findet Ihr an Pauline, Sire, ist mein Teint nicht viel heller und frischer?«

Dass sie chancenlos war, begriff sie nach der Antwort der Majestät: »Stellt lieber keine Vergleiche an, Madame, Ihr würdet bloß verlieren.«

Wir beobachten die beiden Damen bei Freunden des Königs im kleinen Kreis geladener Gäste. Seit den düsteren Zeiten der Madame Maintenon hat sich eine Menge verändert, alles ist viel offener, freundlicher, heiterer geworden. Die Gewänder feiner, die Perücken weniger aufgetürmt, die Räume heller, die Möbel anmutig verziert und nicht mehr so wuchtig.

Vor allem aber werden wieder Gespräche über Literatur, die Kunst allgemein und neue Ideen geführt, für die sich Ludwig aufgeschlossen zeigt, solange sie nicht an der eigenen Macht kratzen. Die Mailly steht weniger im Mittelpunkt als ihre jüngere Schwester, die man durchaus mit der geistsprühenden Montespan vergleichen könnte. Wie sie setzt Pauline ebenfalls all ihre Fähigkeiten und Reize ein, den König zu betören.

Man parliert, man trinkt, Blicke gehen hin und her, treffen sich. Paulines Bewegungen sind lüstern, ihre Augen suchen immer wieder die des Königs und versprechen: Es wird bald geschehen, sehr bald, gewiss noch heute Abend.

»Aber was ist mit Louise?«, fragen seine Augen zurück, »was geschieht mit ihr?« Einige Bedenken hat die Majestät noch.

»Lasst mich nur machen«, sagen da beruhigend ihre Blicke, »es kann nicht so schwer sein, sie loszuwerden. Sie bläst Trübsal, hat schon ziemlich tief ins Glas geschaut.«

Tatsächlich greift die Schwester immer öfter zum Weinglas, und Pauline ermuntert sie noch. Um sich selbst anzufeuern, trinkt sie ebenfalls und prostet Louise-Julie zu. Natürlich ist sie dabei vorsichtiger, weiß auch, dass sie mehr verträgt als die Ältere.

Irgendwann nach Mitternacht merkt der König, dass die Mätresse genug hat. Der nicht erklärte Zweikampf, den er mit einem Kribbeln im Bauch verfolgt hat, ist entschieden. Louise ist todmüde, kann nicht mehr stehen, kämpft mit Übelkeit. Sie muss von Bediensteten in ihre Räume gebracht werden, die sie mit der Jüngeren teilt. Aber da gibt es ja noch andere Gemächer mit anderen Betten. Und so bekommt der König eine vom Wein angeregte, von Lust und Temperament überschäumende, fest entschlossene neue Gespielin aufs Laken, die ihn mit ihren Talenten die Schwester vergessen lässt. Wie auch für einige Zeit alle sonstigen Marquisen, Gräfinnen oder Herzoginnen.

6

Louise-Julie de Mailly resignierte, Pauline nutzte die Gunst der Stunde mit allen ihr zur Verfügung stehenden Mitteln. Ludwig XV., offenbar ernstlich in sie verliebt, griff nun tief in die Staatskasse, was er bei seiner ersten Mätresse nie getan hatte, und kaufte ihr das an der Seine gelegene kleine Schloss Choisy, das er für ihre Rendezvous entsprechend umbauen und einrichten ließ.

Pauline mischte sich aber auch in die Politik ein. Um aus dem Geliebten einen starken König zu machen, intrigierte sie gegen den alt gewordenen Kardinal Fleury und bewirkte, wie der Marquis d'Argenson schrieb, dass der Premier Seine Majestät von da an »nicht mehr länger als eine Viertelstunde pro Woche« zu sehen bekam.

1740 starben Wilhelm I. von Preußen, der »Soldatenkönig«, und einige Monate später Kaiser Karl VI. von Österreich, was zu neuen kriegerischen Auseinandersetzungen führte. Während Wilhelms Nachfolger, Friedrich II., die Situation nutzte, um dem Polenkönig August Schlesien abzunehmen, versuchte das mit Preußen verbündete Frankreich, wie schon von alters her, die Habsburger zu schwächen, indem es Ansprüche des bayrischen Kurfürsten auf den Kaiserthron unterstützte.

Die Friedensjahre waren vorbei. Der Schwertadel, der die Sachsen und Österreicher aufs Haupt schlagen, sich selbst auszeichnen und einen Ausweg aus der Krise im Innern finden wollte, denn Missernten und Hungerrevolten erschütterten stets aufs Neue das Land, drängte auf Einmischung. Ludwig, zunächst zögernd, gab nach. Bald waren Heere nach Böhmen und Hannover, dem Stammland Georgs II. von England, unterwegs, der Österreich unterstützte. Das verlustreiche Hauen und Stechen ließ sich nicht mehr aufhalten.

Pauline allerdings, die ehrgeizig war und den König allzu gern an die Front geschickt hätte, um sich danach mit ihm feiern zu lassen, konnte die Ereignisse kaum noch verfolgen. Der kurzen triumphalen Zeit, in der *sie* die Favoritin Ludwigs gewesen war, schlossen sich Monate einer sehr komplizierten Schwangerschaft an.

Die großen Gefühle, die ihr der Herrscher entgegenbrachte, verhinderten nicht, dass er sich in diesen Monaten manchmal eine dritte Nesle-Schwester, Diane de Lauraguais, ins Bett holte. Mit üppigem Busen und naiver Fröhlichkeit lenkte ihn die geistig wenig bewegliche Herzogin wohl etwas von den Alltagssorgen ab.

Für Pauline jedenfalls endete die Liebschaft mit dem König tragisch; die Geburt ihres Sohnes im Herbst 1741 kostete sie das Leben. Berichtet wird, dass sie mit knapp neunundzwanzig in Anwesenheit ihrer Schwester Louise-Julie in der Nacht zum 11. September unter Schmerzen verstarb. Wogegen ihr Sohn, der dem König sehr ähnlich sah, überlebte und als Demi-Louis (Halb-Ludwig) in die Geschichte einging.

7

»Wie schön diese Frau ist!« Ludwig XV. hatte diese Worte fast inbrünstig ausgestoßen. Seine Begleiter stimmten eifrig zu, doch diesmal geschah das nicht nur pflichtgemäß. Vielmehr war deutlich, dass sie die Meinung Seiner Majestät teilten.

»Ihr habt es getroffen, Sire, man könnte sich auf der Stelle in sie verlieben.« »Ihre Eleganz, ihr Gang, einmalig!«

»Sie weiß sich zu kleiden, ihr Geschmack ist exzellent!«

»Für unsere Damen eine echte Konkurrenz!«

Die so Gerühmte stand mit Mitte zwanzig noch in der Blüte ihrer Jugend, war groß, aschblond und hatte einen blendenden Teint. Durch ihre anmutige Gestalt und in prächtiger Robe machte sie von den Töchtern der Nesles, deren Jüngste sie war, am meisten her. War sie zusammen mit ihrer fünften Schwester, der Marquise von Flavacourt, an den Hof gekommen, um Louise-Julie in der Trauer zu unterstützen? Wohl kaum, denn es zeigte sich bald, dass auch sie ehrgeizigen Plänen nachhing.

Pauline war noch kein halbes Jahr unter der Erde – der König hatte auf seinem Bett, hinter vorgezogenen brokatenen Vorhängen, bittere Tränen um sie geweint. Dann aber kehrte er zu Louise-Julie, seiner früheren Mätresse zurück, die nun über das wunderbare »Chambre bleu« im Schloss Choisy verfügte. Louise war natürlich sehr erfreut, die alten Rechte wiedererlangt zu haben, und ahnte auch diesmal nicht, dass sie erneut gegen eine ihrer Schwestern verlieren würde.

Marie-Anne war eine – welch glückliche Fügung – soeben verwitwete Marquise von Tournelle. Sie hatte es zunächst nicht auf den König abgesehen, war in einen Neffen des ehrgeizigen Herzogs von Richelieu verliebt und durch Vermittlung Louise-Julies nach Versailles gelangt. Trotz der schlechten Erfahrung mit Pauline hatte die Älteste den Schwestern helfen wollen, da sie nach einem Erbstreit den Wohnsitz verloren hatten.

Aber Richelieu, entfernt mit dem berühmten Kardinal aus der Zeit Ludwigs XIII. verwandt, merkte, welchen Eindruck Marie-Anne auf den König machte. Er wollte in den Kronrat und tat alles, damit sie seinen Neffen in Ruhe ließ, sich stattdessen der Majestät zuwandte.

Allerdings schreckte die Schöne zunächst vor dem Skandal zurück, als dritte Nesle Ludwigs Gespielin zu werden. Schon jetzt gab es wegen dieser Affären beißenden Spott in Paris und am Hof.

Auf keinen Fall aber wollte Marie-Anne, wie vorher Pauline, den ersten Schritt tun oder sich ergeben, ohne umworben worden zu sein. Sie ließ den Herrscher erfolglos nachts »an ihrer Tür kratzen« und stellte, wie die Entragues bei Heinrich IV., ihre Forderungen.

Richelieu überzeugte den König, dass er diese stolze Frau erobern müsse, wenn er sie haben wolle. Das war so gar nicht Ludwigs Sache, doch er fügte sich, rang sich die Erklärung ab, »wahnsinnig verliebt in Marie-Anne zu sein«, gewährte zuletzt alles, was sie verlangte: eine Wohnung in Versailles, das »Blaue Zimmer« in Choisy und sogar die Würde einer Maîtresse en titre.

Aber die Tournelle wollte noch mehr. Nicht nur den Titel einer Herzogin, mit dem entsprechenden Landbesitz und den nötigen Einkünften, sondern vor allem den ganzen König. Die ältere Schwester wurde nun wirklich nicht mehr gebraucht! Oder sollte Louise etwa im Nebenraum an der Tür lauschen dürfen, wenn der Herrscher in ihrem, Marie-Annes, Badezimmer weilte, mit der Hand im Wasser plätscherte und danach an ihrem Bett saß, wo sie dinierte? Niemals! Kein Doppel wie bei Pauline!

Der König gab nach und seiner ersten Mätresse endgültig den Laufpass. »Ihr könnt nicht in Versailles bleiben, Madame«, sagte er kühl. »Nicht länger, denn ich liebe Eure Schwester.«

»Aber ich glaubte, dass Ihr mich ebenfalls liebt, Sire.«

»Alles hat seine Zeit. Hingegen erlaube ich, dass Ihr Eure Möbel mitnehmt.«

Was für ein Entgegenkommen – Louise-Julie war am Boden zerstört. Ihre Liebe mit Füßen getreten, sie selbst verstoßen. Da sie, als es möglich gewesen wäre, kaum etwas vom König gefordert hatte, behielt sie auch nichts zurück. Was nicht heißen soll, sie hätte fortan Not gelitten. Sie bekam eine Pension von immerhin vierzigtausend Livres – die oberste Hausdame der Königin zum Beispiel musste sich mit neuntausend begnügen. Trotzdem war sie eben zum zweiten Mal und diesmal ganz brutal ihrer Stellung enthoben worden. Gedemütigt, verbrachte sie noch einige Jahre in Paris, nahe dem Hof und doch so fern. Sie starb 1751, unglücklich und ihre Sünden bereuend. Sie wurde gerade mal einundvierzig Jahre alt;

Marie-Annes wonneverheißender Blick aus leicht schrägen Augen jedoch, die in den Winkeln »à la chinoise« nach oben gezogen waren, ihr wunderbar weißer Busen rangen dem Herrscher weitere Gunstbeweise ab. Im September 1743, als der Hof für einige Zeit nach Fontainebleau übersiedelte, wurden dort die Räume des Monsieur de Rochefoucauld für sie hergerichtet, und im November ernannte sie der König zur Herzogin von Châteauroux.

Bald konnte die neue Mätresse über eine doppelt so hohe Pension wie Louise-Julie verfügen. Sie bekam ein Stadthaus in Paris und fuhr in sechsspänniger Kutsche. Hatte es vor kurzem noch beißenden Spott gegeben, weil sie die dritte Nesle-Schwester war, die den König ins Bett locken wollte – so war sie nun bereits auf dem Höhepunkt der Macht angelangt.

Wobei die Châteauroux ihre Stellung allerdings schon bald verteidigen musste. Es war 1744, als sich eine andere junge Dame im nahen Wald von Sénart aufwendig in Szene zu setzen wusste, um Seiner Majestät bei der täglichen Jagd aufzufallen. Mit einem Fächer bewaffnet, auf dem Heinrich IV. zu Füßen seiner Geliebten Gabrielle d'Estrées kniete, himmelblau gewandet in einer rosa bemalten Kutsche oder umgekehrt rosa gekleidet in einem blauen Gefährt, versuchte eine gewisse Jeanne-Antoinette d'Étiolles auf den König Eindruck zu machen.

In ihrem Buch über diese Frau, die später berühmte Madame de Pompadour, berichten die Brüder Goncourt von einer Abendgesellschaft, bei der die Herzogin von Chevreuse Ludwig XV. auf das wiederholte Erscheinen dieser hübschen jungen Dame aufmerksam machen wollte. Doch unversehens war die Châteauroux bei ihr und trat ihr, um sie zum Schweigen zu bringen, auf den Fuß. Zugleich ließ sie der Étiolles mitteilen, dass sie sich nicht mehr bei den Jagden des Königs blicken lassen solle.

Ihre Macht wollte die Maîtresse en titre übrigens nicht nur für sich, sondern auch für den Ruhm des Geliebten nutzen. Der Österreichische Erbfolgekrieg zog sich hin und verlief anders als erhofft. Es gab Niederlagen durch Kommandeure ohne große Befähigung. Friedrich II. einigte sich bald mit den ehemaligen Feinden und ließ Frankreich im Stich, nachdem er mit Schlesien sein Schäfchen ins Trockene gebracht glaubte.

Als der Kardinal Fleury Anfang 1743 mit neunzig Jahren starb, verkündete Ludwig XV. wieder einmal, die Staatsgeschäfte nun selbst in die Hand zu nehmen. Der Graf d'Argenson und andere Minister sollten ihn dabei unterstützen.

Die Herzogin von Châteauroux hatte sich zu diesem Zeitpunkt bereits viele Feinde gemacht. Durch ihre Forderungen und ihren steilen Aufstieg brachte sie große Teile des Adels, aber auch das Volk gegen sich auf. Zu ihren natürlichen Widersachern, wie der Königin und dem ihr nahestehenden Klerus, gesellten sich Verprellte und Neider am Hof sowie jener Teil der Noblesse, dem die Abhängigkeit Ludwigs XV. von dieser Frau gefährlich erschien.

Was die Mätresse wiederum nicht hinderte, den König in eine bestimmte Richtung zu lenken. Sie wollte, wie schon Pauline, dass er an die Front ging und so das Kriegsglück erneut auf die Seite Frankreichs zwang.

8

»Madame, Ihr tötet mich!« Der König stieß diese Worte halb ernst, halb in gespieltem Zorn hervor. Marie-Anne hatte ihn wieder einmal gedrängt, sich an die Spitze seiner Truppen in Frankreich zu stellen. In ihrem glockenweiten Gewand mit dem tiefen Dekolleté stand sie blitzenden Auges vor ihm. Die Locken ihres vollen Haares kräuselten sich aufsässig um den Kopf, die Halsschlagader pulste unter dem Puder, der die Bleichheit der Haut betonte.

»Umso besser, Majestät. Geziemt es den Königen etwa nicht, wieder aufzuerstehen?«

Diese Riposte entwaffnete den Herrscher. Seine Geliebte war nicht nur zwischen den Kissen wild und verführerisch, sie wusste auch sonst, was sie wollte und wie man ihn nehmen musste. Er fühlte sich bei seiner Ehre gepackt und in dem Bewusstsein gestärkt, dass nur er selbst die nötige Wende herbeiführen konnte. Im Frühjahr 1744 brach er zu seinen Soldaten auf. Der Marschall von Noailles, der bereits einige Schlachten verloren hatte und kein Freund der neuen Mätresse war, begleitete ihn. Er soll erfolglos die Gelegenheit genutzt haben, sie in den Augen des Königs herabzusetzen.

Voller Schwung führte Ludwig seine Bataillone zu einigen Siegen. Er wirkte »aufmerksam, tapfer, rücksichtsvoll, redete mit den Truppen«, urteilte ein Beobachter. Seine Geliebte war sehr angetan von diesen Nachrichten und brach nun, begleitet von ihrer Schwester, Madame Lauraguais, selbst nach Flandern auf. Damit folgte sie dem Beispiel einer anderen edlen Dame, die kürzlich zu ihrem im Feld erkrankten Gatten geeilt war.

Aber Marie-Anne war eben nicht die Ehefrau Ludwigs, und der König bei bester Gesundheit. Deshalb zeigte sich außer ihm auch niemand erfreut über ihr Auftauchen. Man spottete, weil Tunnel zwischen ihren jeweiligen Quartieren angelegt wurden, damit er unbemerkt zu ihr kommen konnte. Dann, im Elsass, wo härtere Kämpfe stattfanden, bekam Ludwig aber doch noch Fieber und Magenkrämpfe. Vielleicht hatte ihn die doppelte Belastung im Pfühl und auf dem Pferd aus dem Gleis geworfen. Jedenfalls mühte sich die Châteauroux vergebens, ihm zur Seite zu stehen. Sie konnte ihm genauso wenig helfen wie seine Feldschere und Ärzte.

Ludwigs Lage wurde äußerst kritisch. Als er sich dem Tod nahe fühlte, bekamen die Priester Oberwasser. Der Bischof von Soissons verweigerte ihm die Sterbesakramente, solange die Mätresse in der Nähe war. Von Angst vor der ewigen Verdammnis gequält, musste der König einer erniedrigenden Reueerklärung zustimmen und die Herzogin aus der Stadt Metz verweisen, wo er sich zu diesem Zeitpunkt aufhielt. Bei ihrer Abreise, die einer Flucht glich, sah sich Marie-Anne beschimpft, und ihre Kutsche wurde mit Steinen beworfen, genauso ging es ihr auch unterwegs. Die offiziellen Routen meidend, kehrte sie schnell nach Paris zurück.

Mit ihrem Manöver wollten die streng katholischen Kreise Terrain zurückgewinnen und Weichen für die Zukunft stellen. Der Tod des Königs schien gewiss, der fünfzehnjährige Dauphin sollte auf keinen Fall den gleichen sündigen Weg gehen wie sein Erzeuger. Deshalb wurden Marie Leczinska und ihr Sohn eilig ans Krankenbett beordert. Doch Ludwig und seine Geliebte hatten Glück, überraschend gesundete der König wieder.

9

Der Graf von Maurepas, Staatssekretär Ludwigs XV., war bleich vor Wut. Er hatte den Befehl, der Châteauroux eine Botschaft zu überbringen. Dass sie nämlich an den Hof zurückkehren und nach der bevorstehenden Heirat des Dauphins Oberste Hausdame bei dessen junger Gattin werden sollte – eine große Ehre. Wie er diese Hure hasste! Ihr genügte es nicht, dass der König, um genau *das* mitzuteilen, bereits selbst bei ihr gewesen war, sie wollte auch noch ihn, seinen Vertrauten demütigen. Sie wusste genau, dass er nicht zu ihren Freunden gehörte.

Die Herzogin indes erwartete ihn schon. Seit ihrer Flucht aus Metz hatte sie die Ereignisse genau verfolgt: Ludwigs Genesung, die einem Wunder gleichkam, seine Eroberung der Stadt Freiburg, seine Abrechnung mit dem Klüngel, der ihm auf dem Krankenbett demütigende Erklärungen abgepresst, ihn gezwungen hatte, die Geliebte zu verleugnen! Ihr tat es gut, dass er es vermied, wieder intime Beziehungen zu seiner Gattin aufzunehmen, dass er Soissons, Rochefoucauld und andere auf ihre Güter zurückschickte, den unfähigen Herzog von Noailles seine Ungnade spüren ließ. Es war zu hoffen, dass sich eine Schmach, wie sie ihnen beiden zugefügt worden war, niemals wiederholte.

Die Mätresse wusste, dass der spöttische, gelackte Maurepas zur Partei der Gegner gehörte, deshalb legte sie großen Wert darauf, ihm selbstbewusst, in all ihrer Schönheit und Pracht zu begegnen. Sie hatte Stunden aufs Ankleiden und ihre Frisur verwandt, sich ungeachtet der Hilfe ihrer Kammerfrauen dabei geradezu erschöpft. Zumal sie sich seit ein paar Tagen nicht wohlfühlte, sogar Fieber hatte.

Das Treffen in ihrem Pariser Haus in der Rue de Bac verlief höflich-steif. Beide verbargen ihre Gefühle. Marie-Anne, in einer mit Brillanten übersäten Robe, gab sich Mühe, ihre Abneigung nicht allzu offen zu zeigen, und auch er schluckte seinen Zorn hinunter. Natürlich ließ sie dem König ausrichten, dass sie sich sehr freue und so bald wie möglich nach Versailles aufbrechen werde.

Als der Graf weg war, traf sie sofort Vorbereitungen für die Abreise. Wenn nur nicht diese Hitzewellen, dieses unangenehme Schwindelgefühl gewesen wären. So ärgerlich es war, sie musste sich hinlegen. Ausgerechnet jetzt! Als hätten sich dunkle Mächte gegen sie verschworen. Wütend und in der Hoffnung, es handle sich nur um eine kleine Schwäche, rief sie ihre Zofen.

Doch es war mehr als die vermutete leichte Erkältung – die Ärzte diagnostizierten eine ernsthafte Lungenentzündung. Aber wieder bekämpften sie diese Krankheit mit Aderlässen, »sieben am Arm und einem am Fuß«, was das Übel nur verstärkte. Der nun doppelt geschwächte Körper hatte dem schweren Leiden nichts mehr entgegenzusetzen, und die junge

Herzogin von Châteauroux, die schönste und ehrgeizigste der fünf Nesle-Töchter, starb am 8. Dezember 1744, wohl ohne den König noch einmal gesehen zu haben.

Mit Hortense de Flavacourt, der einzigen Schwester, die dem Herrscher nicht nachstellte, söhnte Marie-Anne sich noch aus; sie war der Marquise früher zugetan gewesen, hatte sie aber inzwischen mit ihrer Arroganz vor den Kopf gestoßen. Auch Louise-Julie, die zweimal Gedemütigte, eilte wie schon im Fall Paulines ans Krankenbett, wurde jedoch von der ins Delirium Gefallenen bereits nicht mehr wahrgenommen.

Der König, der in Versailles den Krankheitsverlauf mit wachsender Besorgnis über Ärztebulletins verfolgt hatte, zog sich ins kleine Trianon zurück und trauerte ein paar Wochen, indes das Leben am Hof weiterging. Von der Königin wiederum wird berichtet, dass sie noch manchmal von ihrer Rivalin träumte. Einmal soll sie der Kammerfrau verstört von einem Alptraum erzählt haben, in dem die Châteauroux an den Hof zurückgekehrt sei. »Keine Angst, Madame«, erwiderte die Zofe ruhig, »wenn sie zurückkäme, dann bestimmt nicht zu Euch.«

Schon bald wurden auch Gerüchte über eine Vergiftung laut, gewiss unbegründet, doch was war in dieser Hinsicht nicht alles passiert. Nach zwei Monaten jedenfalls hatte sich die Lage wieder beruhigt: Wie Pauline war auch die schöne Marie-Anne nur eine Episode im Leben des sexhungrigen Königs gewesen, und eine neue, willige Favoritin rückte in den Blickpunkt seiner Begierden.

Jeanne Antoinette de Pompadour (1721–1764)

XI. Madame Pompadour: Die Schöne aus dem Bürgertum

1

Charles-Guillaume d'Étiolles, Besitzer eines Landgutes an der Seine und soeben von längerer Reise aus dem Süden Frankreichs zurückgekehrt, zeigte sich äußerst verstört. »Was Ihr mir da mitteilt, Oheim, kann ich weder glauben noch akzeptieren«, klagte er, Tränen der Verzweiflung und der Wut in den Augen. »Jeanne soll mich verlassen haben? Die Frau, die ich mit all meinen Sinnen liebe und die mir erst Ende vorigen Jahres ein Töchterchen geschenkt hat? Widerruft diese schrecklichen Worte, sagt, dass die Nachricht nicht wahr ist!«

Le Normant de Tournehem, sein Onkel, schüttelte den Kopf. »Ich kann meine Worte nicht zurücknehmen, liebster Neffe. Ihr dürft mir glauben, dass es mich selbst schmerzt, eine für Euch so unangenehme Botschaft überbringen zu müssen. Doch sie kommt ja aus Versailles, von Eurer Gattin und Seiner Majestät, unserem König. Dagegen können wir nichts tun und es wäre auch zwecklos, sie nicht für wahr zu halten.«

»Diese Hure«, rief Étiolles, »warum tut sie mir das an? Habe ich sie nicht verwöhnt, wo immer ich konnte? Hat sie mir nicht vor dem Traualtar die ewige Treue geschworen?« Er ballte die Fäuste, vergrub sein Gesicht in einem großen Schnupftuch.

Von Tournehem, seines Zeichens Generalpächter, also einer der wichtigsten Steuereinnehmer und reichsten Männer im Land, empfand durchaus Mitleid mit Charles. Der junge Mann liebte seine Frau wirklich! Was allerdings kaum verwunderte, war sie doch nicht nur gebildet und vielfach talentiert, sondern vor allem sehr attraktiv. Doch wenn Étiolles in seine Gattin vernarrt war, so brauchte das nicht unbedingt auf Gegenseitigkeit zu beruhen. Für Jeanne-Antoinette war die Verbindung wohl in erster Linie eine Vernunftehe gewesen. Sie hatte ihr ein hübsches Vermögen und Anerkennung gebracht. Denn ein stattlicher Mann war der Neffe nun wirklich nicht. Er war klein von Gestalt und sein Gesicht eher hässlich, was er auch wusste.

All das ging dem Onkel durch den Kopf und er sagte sich, dass Étiolles trotz seines großen Kummers nicht ahnungslos gewesen sein konnte. Er musste doch die Meinung seiner eigenen Frau kennen, die stets betonte: Sie würde ihren Mann nie betrügen, es sei denn mit dem König. Er wusste auch um die Prophezeiung einer Wahrsagerin, dass die hübsche Jeanne wie geschaffen für den Herrscher Frankreichs sei, gewissermaßen »ein königlicher Bissen«. Wahrscheinlich hatte der Neffe das für einen Scherz gehalten. Ob er nichts von den Ausfahrten seiner Gattin in den Wald von Sénart gehört hatte, wo Ludwig XV. häufig zur Jagd weilte? Von ihren Versuchen, ihn durch allerhand listige Manöver auf sich aufmerksam zu machen? Wie auch immer, nun gab es Tatsachen, denen man ins Auge sehen musste.

»Ich begreife, dass Ihr tief getroffen seid, mein Freund«, sagte Tournehem deshalb, »aber ich bitte um Contenance. Da sich Eure Gemahlin nur den Wünschen Seiner Majestät fügt, solltet Ihr sie nicht als Hure beschimpfen.«

Der Neffe beachtete den Tadel nicht. »Ich fahre nach Versailles. Ich werde um meine Frau kämpfen!«, rief er.

»Was wollt Ihr damit erreichen? Noch einmal: Sie verlässt Euch, weil der König es will. Also findet Euch damit ab und verzichtet auf große Gesten. Bedenkt besser die Vorteile, die eine solche Verbindung für uns alle bringen kann.«

Das war zu viel für den Neffen. »Vorteile«, schrie er, »ich pfeif darauf! Meine Frau will ich zurück, meinen kleinen Engel. Sonst bleibt mir nur eins, mich in meinen Degen zu stürzen.«

Tournehem, wohl nicht schuldlos an Jeannes »Verrat« – er selbst soll den Neffen zur rechten Zeit auf Reisen geschickt haben –, glaubte nicht ganz an diese Drohung, versuchte aber, Charles zu beruhigen. Vorsorglich wurden die Diener angewiesen, alle Waffen, ja alle scharfen und spitzen Gegenstände außer Reichweite zu bringen. Der nun halb ohnmächtige Gatte wurde auf ein Sofa gesetzt, derweil der Onkel mit Engelszungen weiterhin auf ihn einredete.

Doch so einfach ließ sich Étiolles nicht besänftigen. Er wetterte oder klagte in einem fort, und es dauerte noch Stunden, bis er erschöpft genug war, die Lage gelassener zu betrachten. Was nicht hieß, dass er sich völlig beruhigt hätte. Wie hundert Jahre früher der eifersüchtige und zutiefst beleidigte Gemahl der schönen Madame de Montespan, schien auch er die Kränkung nicht verkraften zu können.

2

Jeanne-Antoinette indes machte sich wenig Gedanken um ihren Gatten; sie war überglücklich. Ihre heimlich gehegten Wünsche waren in Erfüllung gegangen, sie hatte den mächtigsten Mann Frankreichs erobert, der dazu noch als der schönste galt. Bei einem Maskenball im herrlichen Spiegelsaal von Versailles – anlässlich der Hochzeit des Dauphins mit der spanischen Infantin – hatte sie den König erneut nachdrücklich auf sich aufmerksam machen können. In reizvollem Kostüm hatte sie ihn immer wieder gelockt, kurz die Maske gelüftet und schließlich neckisch ihr Taschentuch fallen lassen. Das er galant aufhob, um es ihr nachzuwerfen, als sie durch eine Tür verschwand.

Es war ein prachtvolles Fest mit Tausenden von Menschen gewesen, die alle Säle und Fluren des Schlosses füllten. Vom Salon des Herkules bis hin zu den Wachräumen wimmelte es von edlen Damen in weit gebauschten, farbenfrohen Seidenkleidern, von noblen Herren in Samtroben. Edelsteinschmuck, Perlen. Gold und Silber blitzten an den Gewändern und in den Dekolletés, Gelächter und Scherze hallten durch die Räume. Der Ball hatte von Mitternacht bis zum Morgen gedauert, und der König war, wie auch einige Höflinge seiner nächsten Umgebung, im Kostüm eines Eibenbaums erschienen. Obwohl er die Maske nicht abnahm, hatte Jeanne gleich Bescheid gewusst. Schließlich war alles vom Kammerdiener des Dauphins Binet de Marchais vorbereitet worden, einem entfernten Verwandten, der Ludwig von ihr erzählt und auch die Einladung zum Ball übermittelt hatte.

Dies hatte sich am 25. Februar des Jahres 1745 zugetragen, und seither waren nur wenige Wochen ins Land gegangen. Wochen freilich, in denen sich die Lage für sie grundlegend verändert hatte. Jeanne-Antoinette half dem König, die so jäh gestorbene Herzogin von Châteauroux endgültig zu vergessen und seinen Tag wieder heiteren Gemüts anzugehen – er dankte es ihr mit vielen Liebesbeweisen. So zeichnete er sie aus, indem er Abende mit ihr verbrachte, die sonst der Geselligkeit vorbehalten waren, ließ deswegen sogar einen Ball beim spanischen Gesandten aus.

Er nahm sie auch gegen all die Anfeindungen in Schutz, die sich geradezu zwangsläufig ergaben. War sie doch für den alten Schwertadel, dem bisher die Königsmätressen angehört hatten, nur eine kleine bürgerliche Streberin, die von Finanzleuten wie Tournehem oder den Brüdern Pâris protegiert wurde, eine Zumutung also. Auch wenn man nicht ohne deren Geld auskam – eine solche Person konnte niemals den Anspruch erheben, die offizielle Geliebte des Königs zu werden.

Dazu kam, dass viele andere Damen – und ihre Familien – auf diese Stellung gehofft hatten. Die Herzogin von Lauraguais etwa, eine der verbliebenen Nesle-Schwestern, die den König schon früher getröstet hatte, Madame Rochechouart, entfernt mit Nachkommen der Montespan verwandt und verspottet, weil sie »stets ins Rennen ging, ohne zu gewinnen«, oder auch Madame de Popelinière, Vertraute des Herzogs Richelieu, der einst bereits der Châteauroux den Weg geebnet hatte.

Der König, das wusste die Étiolles, war vom Intrigenspiel und der höfisch-steifen Eleganz dieser Frauen wenig angetan, er hatte es in vertrauter Runde mehrfach zum Ausdruck gebracht. Es ist mein Glück, dachte Reinette, wie sie zu Hause genannt wurde, dass ich von der Natur so reich mit Gaben bedacht bin. Vor dem Spiegel konnte sie feststellen, dass ihre Rundungen sehr gut zur hohen, schlanken Gestalt passten, das bräunlich schimmernde Haar zur weißen Haut, die schmale Nase zu den lebhaften, vom Blauen ins Schwärzliche spielenden Augen. Sie sah mit Befriedigung, dass ihr Gesicht von einem schönen Oval, ihre Zähne makellos waren.

Sie dankte es Tournehem, dem reichen Gönner der Familie, dass sie eine sehr gute Bildung genossen hatte. Er war einst Liebhaber ihrer Mutter gewesen, einer Frau mit zahlreichen Affären, die bisweilen sogar behauptete, er sei ihr leiblicher Vater. Das Verhältnis lag zwar vor ihrer Eheschließung mit einem Heereslieferanten – der Jeanne-Antoinette leider seinen wenig attraktiven Familiennamen Poisson, Fisch, vermacht hatte –, doch was besagte das schon, wenn der Freund im Haus weiterhin ein- und ausgegangen war. Le Normant de Tournehem jedenfalls hatte sich für das Mädchen verantwortlich gefühlt, ihre Erziehung wie Ausbildung gewährleistet, ja ihre Hochzeit befördert und sie finanziell abgesichert.

Er hat mir die besten Tanzlehrer bezahlt, dachte sie dankbar, ich durfte meine Stimme bei Meister Jéliotte schulen, Schauspielunterricht nehmen, beim Dichter Crébillon die Dichtkunst studieren, das wird mir alles noch sehr von Nutzen sein. Aber es ist auch gut, dass man mich andere Künste, wie das Ziselieren auf Kupfer oder das Zeichnen, gelehrt hat. Ich werde dem König Abwechslung auf vielerlei Art bieten können.

Bei dieser letzten Überlegung wurde die junge Dame freilich ein wenig rot, denn ihr kamen die Talente in den Sinn, die Ludwig XV. am meisten schätzte: ihre raffinierte Art, ihn zu verführen und sich ihm mit Leidenschaft hinzugeben. Der

König war ein erfahrener Liebhaber, erfahrener als sie, und sie konnte nur ihr jugendliches Temperament dagegensetzen. Ein Trumpf, den sie ausgiebig nutzte; sie hatte sich die Nächte mit ihm ja häufig genug ausgemalt. Nur manchmal, wenn nach dem ersten Liebesspiel ihre Lust bereits erlosch, seine aber noch ungezügelt andauerte, kamen ihr Zweifel, ob sie seinen Ansprüchen wirklich genügen könne.

Sie wies solche Bedenken stets energisch von sich. Zu Recht, denn in der Tat war die am 29. Dezember des Jahres 1721 geborene neue Favoritin des Herrschers wie geschaffen für die Stellung, die sie schon bald übernehmen sollte. Im Kloster der Ursulinerinnen war sie in geistlichen Dingen unterrichtet, in weltlichen Angelegenheiten durch einflussreiche Bekannte wie die genannten Brüder Pâris oder eben jenen Herrn von Tournehem gefördert worden und besaß Gaben auf vielen Gebieten. Sie konnte gut reiten, verkehrte in den berühmten literarischen Salons von Paris wie denen der Damen Tencin oder Geoffrin und war dort mit dem modernen Gedankengut von Philosophen wie Montesquieu, Voltaire oder Marmontel in Berührung gekommen. Ihr Wissen mochte oberflächlich sein, aber sie hatte die Fähigkeit, es anzuwenden. Für eine Maîtresse en titre fehlte ihr zwar die entsprechende Herkunft, doch sie würde alles tun, diesen Makel durch ihre vielfältigen Vorzüge wettzumachen.

3

Am Ende hatte sich Jeanne-Antoinettes Ehegatte entschlossen, seine Verzweiflung in einem Brief auszudrücken, den er der jungen Frau nun überbringen ließ. Doch ihr Mitgefühl hielt sich in Grenzen. Es gab längst kein Zurück mehr. Jeglichen Kommentar vermeidend, reichte sie das Schreiben dem König, der es mit Interesse las. »Ihr habt einen rechtschaffenen Mann, Madame«, sagte er, als er damit fertig war.

»Gewiss, aber er wird mich mit seiner Eifersucht und seinem Zorn verfolgen.«

Ludwigs Anteilnahme bedeutete nicht, dass er gewillt war, zurückzustecken. »Das wird er nicht, denn wir erwirken die baldige formelle Trennung, untersagen ihm künftig jegliche Beziehungen zu Euch und versüßen ihm diesen Verzicht, indem wir ihn zu einem unserer Generalsteuerpächter ernennen.«

»Ihr seid sehr großzügig, Majestät.« Die junge Frau wusste, dass sich sein Großmut in Grenzen hielt. Das Amt brachte zwar gute Einkünfte, doch war es das des Onkels. Er hatte sich bereit erklärt, es an den Jüngeren abzutreten.

»Für Euch aber werden wir die Räume der Herzogin herrichten lassen.«

Was wollte Jeanne mehr! Damit bekam sie die Wohnung der Châteauroux. Schon jetzt hatte sie die Gemächer einer früheren Mätresse inne, der unglücklichen Louise-Julie de Mailly, die allerdings bescheideneren Luxus boten. Den neuerlichen Gunstbeweis konnte sie nur mit einem gestammelten »Danke, Majestät, ich danke Euch von ganzem Herzen« beantworten.

Ludwig wehrte ab – die Veränderung war ganz in seinem Interesse. Allerdings hatte er sich mit seinen Entscheidungen über einige Widerstände hinwegsetzen müssen. Vor allem die fromme Fraktion mit Jean François Boyer, dem Erzbischof von Mirepoix, sowie dem Dauphin an der Spitze, machte gegen die neue Favoritin mobil. Der König hatte noch Boyers beschwörende Stimme im Ohr, der Madame d'Étiolles Glauben infrage stellte, ihr vorwarf, den ketzerischen Ideen eines Voltaire, eines Fontenelle und anderer anzuhängen. Dieser Geistliche – von Voltaire später der Esel von Mirepoix genannt – hatte sogar gedroht, Binet de Marchais durch den Dauphin vom Hof jagen zu lassen, wenn er sich weiterhin für die junge Dame verwende. Die Gattin des Thronfolgers wiederum weigerte sich, das Wort an sie zu richten, und kündigte an, ihretwegen die königlichen Gemächer zu meiden.

Von wenigen Ausnahmen abgesehen, war der ganze Hof gegen sie. Man mäkelte an ihrem Auftreten herum, rümpfte die Nase über ihre niedere Herkunft. Für den Marquis d'Argenson zum Beispiel war sie »das liebenswürdige Werkzeug niederträchtiger Pläne«. Doch der König war fest entschlossen, bei dieser reizenden Person Kompromisse zu machen. Was nützten ihm die Damen ehrwürdigen Adels, wenn sie ihn nicht zu entflammen vermochten. Jeanne entfachte jugendliches Feuer in ihm, Tag und Nacht hätte er bei ihr liegen können. Was aber ihre kleine Schwäche betraf, manchmal das Französisch der Pariser anzuwenden, Spitznamen wie »Wischlappen«, »Krähe« oder gar »Schwein« zu gebrauchen, so amüsierte ihn das eher. Es würde ihm Spaß machen, sie ein wenig zu erziehen.

Die Geliebte unterbrach seine Gedanken, sie wollte wissen, ob sie sich mit eigenen Ideen an der Gestaltung der künftigen Wohnräume beteiligen dürfe und wann der Umbau beginnen würde. »Schon bald«, erwiderte Ludwig, »natürlich dürft Ihr zur Verschönerung beitragen, mein Engel. Eure Vorstellungen interessieren mich übrigens sehr. Leider fehlt mir dazu im Augenblick die Zeit. Wir befinden uns ja noch immer im Krieg mit Österreich und den Engländern, und ich fürchte, ich komme nicht umhin, selbst nach Flandern aufzubrechen.«

»Eure Abwesenheit wird mich sehr traurig stimmen, Majestät, doch ich hoffe, nein, ich bin ganz sicher, dass Ihr in Kürze siegreich zurückkehren werdet.«

»Ihr solltet die Zeit nutzen, Eure Angelegenheiten zu regeln«, entgegnete der König. »Der Gedanke an Euch wird mich überallhin begleiten, mir Mut und Kraft verleihen.«

4

Im Mai des Jahres 1745 begab sich Frankreichs Herrscher zu seinen Truppen nach Flandern, seine Geliebte aber kehrte für einige Monate nach Étiolles zurück, um das Geschäftliche zu regeln. Was zu ihrer Zufriedenheit gelang – der Gatte hatte sich in sein Schicksal gefügt, die Trennung und Teilung der Güter wurde festgemacht.

Am 11. des Monats kam es in Belgien zur Schlacht von Fontenoy, und der französische Feldherr Moritz von Sachsen besiegte nach wechselvollem Kampfverlauf mit hohen Verlusten auf beiden Seiten den englischen Herzog von Cumberland.

Ludwigs Anteil an diesem Erfolg war nicht unbeträchtlich, sein Mut und seine Umsicht werden wohl zu Recht gerühmt. In der Folge nahmen die Franzosen den österreichisch-englisch-niederländischen Armeen weitere Gebiete ab, und obwohl der Krieg damit nicht beendet war, kehrte der König nun nach Paris zurück, um die Siege prunkvoll zu feiern.

Inzwischen waren die Räumlichkeiten der früheren Mätresse umgestaltet: hell gemusterte Tapeten zierten die Wände des Schlafgemachs, das über der Wohnung des Königs lag, »ein Nest der Verliebten auf Höhe der Vogelnester im Park«, wie sie es nannte. Daneben, im Speisezimmer, stand ein marmorgefliestes Öfchen zum Aufwärmen von Speisen.

Aber Madame Étiolles hatte auch sonst an Terrain gewonnen. Nicht nur, dass sie fast täglich Post vom Geliebten bekam und erwiderte, es wurden auch wichtige Schritte unternommen, ihren bescheidenen Rang anzuheben. Als sie im April erstmals ein Frühstück mit Seiner Majestät eingenommen hatte, war das für manch »Noblen« ein Affront gewesen. Nun wurde das Erlöschen einer Adelslinie genutzt, Madame zur Erbin des frei gewordenen Titels wie Wappens zu machen.

In einem Schreiben, gerichtet an die »Marquise von Pompadour«, übermittelte ihr der Herrscher den betreffenden Erlass, und da der Landbesitz dieser Familie auf den Prinzen von Conti übergegangen war, kaufte Ludwig ihn für die neue Favoritin zurück. Mit geliehenem Geld, dem eines gewissen Pâris-Montmartel, einem der bereits erwähnten Brüder und Bankiers.

Mit Geschick, List und der nötigen Portion Untertänigkeit baute die frischgebackene Marquise ihre Position aus. Schon als Ludwig XV. an der Front weilte, hatten sich einige Helfer, darunter der hochedle Abbé von Bernis, darum gekümmert, sie in Sachen Etikette zu unterrichten, er hatte ihr auch bei der Abfassung ihrer Briefe geholfen. Nun galt es, die Königin günstig zu stimmen, die naturgemäß keine Freundin der Mätresse war.

Die erste sehr wichtige Probe aufs Exempel stellte dabei die offizielle Einführung der Pompadour bei Hof dar. Sie war auf den 15. September 1745 festgesetzt. Jeanne war klug und umsichtig vorgegangen, denn im Gegensatz etwa zur Châteauroux hatte sie Marie Leczinska stets den größten Respekt spüren lassen. Außerdem war die Prinzessin von Conti für die Rolle der unerlässlichen Begleiterin bei diesem Auftritt verpflichtet worden. Der König bezahlte dafür ihre Spielschulden. Diese Dame stattete Ludwigs Gemahlin einen vorbereitenden Besuch ab und ließ durchblicken, dass es gewiss für alle Seiten von Vorteil wäre, die Angelegenheit mit Anstand über die Bühne zu bringen.

Auf jeden Fall vermögen wir uns die Pompadour an jenem für sie so wichtigen Tag im prächtigen Palast von Versailles gut vorzustellen. In Begleitung von vier hochnoblen Damen gleitet sie, mit Diamanten geschmückt, durch die Räume. Ihr seidenes Kleid ist bestickt und nach der Mode gebauscht, ihre Perücke weiß bepudert, ihre Miene heiter. Doch wer weiß, welch Beben sie dahinter verbirgt.

Die Gruppe – von gaffenden Höflingen mit wohlwollenden oder auch spöttischen Blicken bedacht – begibt sich zum wartenden König, dem die Marquise eine dreifache Reverenz erweisen muss. Eine Formsache. Er entlässt die junge Dame, bei der er noch wenige Tage zuvor Abend und Nacht verbracht hat, mit einigen Floskeln. Dann wird es schwierig; beim rückwärtigen Abgang mit Knicksen darf sie in den ausladenden Gewändern, die Schleppen gerafft, nicht stolpern. Vor allem aber sind die Gedanken nun auf die Begegnung mit der Königin zu richten. Von ihrer Reaktion hängt ab, ob es die Pompadour künftig mit einer Feindin mehr zu tun hat oder auf ihre Neutralität hoffen darf.

Beim Anblick Marie Leczinskas dann die erneuten Knickse. Nur nicht die Augen zur gestrengen Dame erheben, die ihre dunklen Tageskleider indes gegen ein helleres, mit goldenen Lilien geschmücktes Brokatgewand getauscht hat! Stattdessen – ohne unziemliche Hast – einen Handschuh abstreifen, den Saum ihrer Robe ergreifen und flüchtig küssen. Alles klappt, nur der Handschuh fällt zu Boden. Doch gelassen hebt ihn eine der anderen Damen auf.

Nun ist die Spannung der anwesenden Höflinge, aber auch die der Pompadour nicht mehr zu überbieten. Was wird Ihre Majestät sagen; eine Bemerkung, sei es zur Frisur, zur Kleidung, ist unerlässlich. Doch wird es etwas Freundliches oder, wie von vielen erwartet, etwas Abwertendes sein?

»Lasst mir doch gelegentlich eine Nachricht über Madame de Saissac zukommen, der ich früher in Paris gern begegnet bin«, murmelt die Königin.

Jeanne-Antoinette ist verblüfft, das Herz schlägt ihr bis zum Hals. Die Saissac zu erwähnen, eine adlige Bekannte ihrer Mutter, ist ohne Zweifel eine Auszeichnung.

»Majestät … eine große Ehre«, stammelt sie. »Euch zu gefallen, ist mein größter Wunsch.«

Die Zuschauer sind mindestens genauso erstaunt. Doch die Königin gibt noch einmal Antwort. Sie spricht zwar so leise, dass man, selbst wenn man an ihren Lippen hängt, kein einziges Wort versteht, aber wie hinterher behauptet wird, sind es zwölf Sätze. Zwölf! Wirklich ein einmaliger Gunstbeweis, auch wenn die Marquise in ihrer Aufregung kaum etwas von dem Gesagten mitbekommt. Was nun im Nachfolgenden immer geschehen mag – man muss ja noch dem wenig geneigten Thronfolger und seiner Gattin die Aufwartung machen –, für diesen Tag ist der Erfolg der Favoritin gesichert.

5

Mit Frauen, die Ludwig XV. nichts oder nichts mehr bedeuteten, ging er oft wenig galant um. Selbst Marie Leczinska musste in seiner Gegenwart lange darauf warten, dass er ihr zu sitzen erlaubte; er schenkte ihr bei geselligen Anlässen wenig Beachtung, ließ sie wochenlang in Ungewissheit, bevor er ihre Spielschulden beglich. Deshalb fiel durchaus auf, dass er sich nunmehr beim Kartenspiel kurz an ihrem Tisch niederließ, ein paar Bemerkungen machte, insgesamt freundlicher mit ihr verkehrte. Zum Jahreswechsel auf 1746 erhielt die Gemahlin von Ludwig sogar ein Geschenk, das freilich zuvor Jeanne-Antoinettes unverhofft verstorbener Mutter zugedacht gewesen sein soll.

Dass der König seine Gattin nun etwas besser behandelte, ging auf den Einfluss der Marquise zurück, und Marie begriff das auch, denn zu Zeiten der Châteauroux hatte sie anderes erlebt. Sie hatte Löcher in der Tür eines ihrer Zimmer entdeckt, durch die sie offenbar belauscht wurde, und sich manche spitze Bemerkung der damaligen Mätresse anhören müssen. Kein Wunder, dass sie die Demut der Neuen mit Wohlwollen zur Kenntnis nahm.

Was nicht bedeutete, sie würde ihr zu weit entgegenkommen. Angebote der Pompadour, bei der Vorbereitung des Abendmahls oder beim österlichen Almosensammeln zu helfen, wies sie mit dem Hinweis zurück, es gäbe dafür genügend geeignete Damen.

Doch am Hof lebten eine Menge Leute, die es schlechter mit der neuen Geliebten meinten: Abgewiesene adlige Damen wie die Lauraguais, einflussreiche Minister wie Richelieu, der mit der Popelinière aufs falsche Pferd gesetzt hatte, oder Maurepas, ein erklärter Feind aller königlichen Mätressen, nutzten die niedere Herkunft der Pompadour, ihre Schwäche im Umgang mit der Etikette, um sie in den Augen des Königs herabzusetzen.

Dazu kam, dass die Marquise im Volk wenig beliebt war. Den niederen Schichten ging es nicht gut, in regelmäßiger Folge brachen Hungersnöte aus, die lang andauernden Kriege und die Verschwendung der oberen Stände führten zu Revolten in vielen Landstrichen. Nun aber schwang sich noch eine Bürgerliche zur Mätresse auf, die durch ihren aufwendigen Lebensstil diese Verschwendung beförderte. Spottverse, Poissonaden – abgeleitet von ihrem Geburtsnamen – kamen in Umlauf, die wahrlich keine Lobgesänge waren. Als die Mutter der Favoritin starb, dichtete man einen Grabspruch:

»Hier ruht, die vom Misthaufen kam,
Ihr Glück gemacht ohne Scham,
Die dem Pächter verkauft ihre Ehre,
Und die Tochter dem Landesherrn.«

Auf sie selbst aber reimte man:

»Sie ist ein kleines Bürgerweib,
Macht Hurerei zum Zeitvertreib,
Stellt Regeln auf nach ihrem Maß.
Macht aus dem Hof ein Hundeloch.
Der stolze König trägt ihr Joch,
Weil so die Glut sie ihm entfacht,
Dass ganz Paris darüber lacht.«

Gegen die Spottverse, die vor allem in Paris und Versailles kursierten, konnte die Marquise nicht viel unternehmen. Sie konnte höchstens Berryers Büttel mobilisieren, des verhassten Polizeipräfekten, der seinen Posten durch ihre Fürsprache erhalten hatte und später Staatsrat, ja Minister wurde. Gegen die Feinde am Hof aber brachte sie ihre Anhänger und Freunde von einst in Stellung. Dazu gehörten die schon erwähnten Brüder Pâris-Montmartel und Pâris-Duverney der eine Bankier, der andere Heereslieferant – die, wie die Gebrüder Goncourt schreiben, »ein System unterstützten, das die Provinz ruinierte, aber immer Geld für den König und die Hauptstadt hatte«. Sie beschafften die Ecus für den Krieg, und mit ihrer Hilfe gelang es der Pompadour, einen wichtigen Gegner zu stürzen: Orry, den Generalkontrolleur der Finanzen.

Auch Mitglieder des Königlichen Rates, wie der Kardinal Tencin, der Graf Saint-Severin und der Marquis de Puisieux zählten zu ihren Verbündeten. Durch den Letzteren bekam sie Einfluss auf den Hauptpostmeister, dessen Kontrolleure die Korrespondenz der Höflinge durchschnüffelten und dem Herrscher besonders interessante Stellen vorlasen.

Der Postmeister, der Polizeipräfekt und die ihr ergebenen Minister hielten sie über die Staatsangelegenheiten und sich anbahnenden Intrigen auf dem Laufenden, doch legte sie ihr Hauptaugenmerk darauf, dem König zu gefallen, sich seine Gunst zu sichern. Von ihm hing ihr Wohl und Wehe ab, wobei das Bett nur *ein* Mittel war, ihn zu binden.

Man sollte meinen, dass Ludwig XV. mit dem Regieren, der Etikette, seinen Feldzügen, dem Kartenspiel, der Jagd, allen möglichen Festlichkeiten, den Reisen zu seinen Schlössern, dem Kinderzeugen und seinen Frauen genug Abwechslung gehabt hätte, doch dem war nicht so. Sättigung und Überdruss beherrschten die Noblesse einer Gesellschaft, die sich nicht mehr erneuern konnte, und so auch den Mann an der Spitze.

Berichtet wird, dass der König, dem noch dazu das überhöhte Selbstwertgefühl seines eitlen Vorgängers fehlte, von steter Langeweile geplagt war. Deshalb sah seine Mätresse ihre erste und wichtigste Aufgabe darin, ihn durch immer neue Einfälle zu unterhalten. Diese Einfälle bezogen sich auf Bälle und andere Festlichkeiten, auf hektische Bautätigkeit, Landschafts- und Gartengestaltung, Außen- und Innenarchitektur, vor allem aber auf die Kunst und das Theater.

Bereits 1742 hatte Hénault, Präsident des Pariser Gerichts, an eine gute Freundin geschrieben: »Ich begegnete einer der hübschesten Frauen, die ich je sah, Madame d'Étiolles. Sie versteht sich ausgezeichnet auf Musik. Ihr Gesang ist voller Fröhlichkeit und bestmöglichem Geschmack. Sie kennt hundert Lieder und im kleinen Theater ihres Landhauses spielt sie die Komödie so schön wie an der Opéra.«

Tatsächlich fühlte sich die Pompadour bei solcher Art von Beschäftigung in ihrem Element, und sie zögerte nicht, die hier schon erwähnten Fähigkeiten für ihre Ziele einzusetzen.

Es begann mit kleinen geistlichen Konzerten und Gesängen während der Fastenzeit, an denen sie selbst mitwirkte. Die eigentliche Idee aber war eine Bühne für Auftritte im Schloss von Versailles. Mimen fand sie unter den Höflingen: Gesang, Tanz und Komödienspiel gehörten zu den Künsten, in denen sich beim Adel übte, wer seine Talente zeigen wollte. Man erinnert sich, dass der »Sonnenkönig« höchstpersönlich Hauptrollen im Ballett übernommen hatte.

Ludwig XV. hegte solche Ambitionen nicht, aber die Mätresse konnte ihn schnell für ihre Pläne gewinnen, und so wurde schon zwei Jahre nach ihrem Einzug in die höchste Gesellschaft mit Molières »Tartuffe« das »Theater der kleinen Appartements« eingeweiht. Weitere Aufführungen, von der Marquise mit großem Engagement vorbereitet, folgten, und wegen des regen Zuspruchs wurde die Spielstätte später durch eine größere ersetzt. Sie konnte an verschiedenen Orten aufgebaut werden und bot nun etwa vierzig Zuschauern Platz.

6

»Ich habe es schon ein paarmal gesagt, meine teure Freundin, und wiederhole es gern!«, rief Ludwig begeistert aus. »Ihr seid die reizendste Frau Frankreichs, und eine bedeutende Künstlerin dazu.«

Man befand sich in den Gemächern der Madame Pompadour, die im verspielten Stil des Rokoko gestaltet waren: lichte

Farben, Muschelornamente, hingehauchte Blumengirlanden, denn das alles entsprach der neuesten Mode. Hier kehrte der König nach dem Coucher, dem öffentlichen Zubettgehen, das von der Etikette vorgeschrieben war und im Grande Chambre stattfand, dem Mittelpunkt des Schlosses, recht gern ein. Denn nicht nur die Schönheit und Verführungskünste der Geliebten lockten ihn, auch die gediegene und zugleich häusliche Atmosphäre zog ihn an.

»Ein lobendes Wort von Euch, Majestät, ist mir die höchste Auszeichnung. Aber Ihr müsst zugeben, dass die anderen genauso viel Anerkennung verdienen. Madame des Sassenage zum Beispiel und die Herzogin von Branca. Um nicht von unseren Herren zu sprechen, vor allem von De Croissy und dem großartigen Herzog von Nivernais.«

»Ihr habt recht. Man sagt ja, dass es Nivernais mit jedem Berufsschauspieler aufnehmen kann. Dennoch, Ihr seid die Hauptperson. Ihr singt, tanzt und spielt nicht nur göttlich, Ihr sorgt auch für alles andere. Die Kostüme sind immer wieder erstaunlich. Ihr seid für die notwendigen Proben zuständig, bestimmt die Dekorationen. Wie stets fügte sich auch heute Abend alles so leicht und reibungslos ineinander. Selbst die Einladungskarten sind ganz entzückend.« Ludwig nahm eins der spielkartengroßen Exemplare in die Hand, auf der groß das Wort »Spectacle« zu lesen war und das eine Colombine auf der Bühne zeigte.

»Mich macht vor allem glücklich, dass unsere Einladungen so begehrt sind«, erwiderte die Pompadour. »Leider müssen wir unter den Gästen immer wieder auswählen. Sogar den Marschall von Noailles musste ich diesmal abweisen.«

Der König lachte. »Er wird es Euch hoffentlich nicht übel nehmen.«

»Ich glaube, doch. Unser wunderbares Theater hat uns viel Anerkennung verschafft, wie Ihr wisst, aber ich mache mir auch Feinde. Ihr wisst ja, dass mir am Hof nicht jedermann Gutes will.«

Auf diesem Ohr war Ludwig taub. Zwar verteidigte er die Mätresse, wenn die Angriffe unverschämt wurden, hielt sich sonst aber zurück. Einige ihrer Gegner, die bereits erwähnten Maurepas oder Richelieu zum Beispiel, Lebemänner mit guten Manieren, schätzte er wegen ihrer langjährigen Dienste und wegen ihres Esprit. »Ihr versteht es ja, Euch zu wehren.«,

»Einige benehmen sich sehr unfreundlich«, beharrte Jeanne. »Vor allem Monsieur Richelieu tut alles, uns bei der Arbeit an unseren Stücken zu behindern. Er hält die Requisiten zurück, erlaubt den Handwerkern nicht, Aufträge für uns auszuführen. Für den kleinsten Hilfsdienst verweigert er die Unterschrift.«

»Aber der Herzog ist nun einmal für die ›Menus Plaisirs‹ zuständig«, wandte Ludwig ein.

Die »Menus Plaisirs« waren eine Art Verwaltung der Mittel für höfische Feste und Amüsements. Stets musste genügend Geld vorhanden sein, um am Hof für Unterhaltung zu sorgen. Selbstredend hätte die Pompadour gern mehr Zugriff auf diese Mittel gehabt.

»La Vallière, unser Theaterdirektor, hat sich bei mir beschwert«, fuhr sie unbeeindruckt fort. »Der Herzog hat ihn kürzlich ein Rindvieh genannt.«

Fast hätte der König laut gelacht, aber er beherrschte sich. Er war verliebt und wollte die Marquise nicht erzürnen. Der Abend war bezaubernd gewesen – sollte er in Missstimmung enden? »Also gut, ich werde mit Richelieu sprechen.«

Jeanne beruhigte sich. »Wir haben für den Winter ein volles Programm. Wir werden den ›Tartuffe‹ wiederholen, Dufresny und Voltaire spielen, Dancourt und Gresset. Wir üben Singspiele von Lully ein, ich denke auch an eine Oper. Unser Orchester ist sehr gut, ich brauchte nur noch einige Musiker. Außerdem könnten wir für den männlichen Part jemanden aus Paris engagieren. Auch Kostümschneider fehlen mir.«

»So viel ich weiß, könnt Ihr über sechs oder mehr *Tailleurs* verfügen, meine Liebe«, unterbrach sie der König. »Ein wenig müssen wir schon an die Kosten denken.«

»Das sind nur geringe Ausgaben, verglichen mit dem Ansehen, Majestät, das wir mit der Kunst erringen können. An allen Höfen Europas wird man uns um das Theater beneiden.«

Das leuchtete Ludwig ein. Diese Aussicht behagte ihm. Er rang sich zu einem Zugeständnis an die Geliebte durch. »Wahrscheinlich habt Ihr recht. Wir werden dafür sorgen, dass Ihr alles bekommt, was Ihr benötigt«, versprach er.

7

Mehrere Winter hindurch, bis ins Jahr 1753 hinein, gelang es der Mätresse, den Hof durch das Theaterspiel in Atem und den König bei Laune zu halten. Sie trat als Elmira im »Tartuffe« auf, als Colette in den »Drei Cousinen« von Dancourt, tanzte im Ballett die Kleopatra, sang in Opern die Olympia und die Galathea. Sie erschien in griechischen, orientalischen oder römischen Kostümen, spielte die adlig-noble Dame, aber auch die Bürgerin, Gärtnerin, Schäferin, schlüpfte sogar in Männerrollen. Ihre Gewänder waren aus Brokat, Seide oder Leinen, raffiniert geschnitten, mit Rosen, Muscheln, Schilf verziert, weit gebauscht nach der Mode der Zeit oder der Antike angepasst, aber immer originell.

Mit dem Theater hatte sie großen Erfolg am Hof. Die Höflinge standen Schlange, um eine Einladung oder gar eine kleine Rolle in einem der Stücke zu ergattern. Die Königin, der Dauphin und seine Gattin, die noch abgewartet hatten, fanden sich bald unter den Zuschauern – natürlich auf gesonderten Plätzen, wo sich auch Ludwig amüsierte. Fast immer waren im Publikum Freundinnen und enge Verwandte der Pompadour anzutreffen: Madame d'Éstrades, Tournehem, ihr Bruder Abel.

Doch neben dem Theater widmete sich die neue Favoritin auch anderen Beschäftigungen, vor allem der Ausgestaltung ihres Besitzes. Karl VII. hatte seinem »Engel« Agnès Sorel dreihundert Jahre zuvor die im Verhältnis noch bescheidene Burg Beauté-sur-Marne geschenkt, Gabrielle d'Estrées, Geliebte Heinrichs IV., bekam neben anderen Häusern ein schönes Palais in Paris, Mätressen wie Diane de Poitiers oder Françoise de Montespan eigneten sich gleich mehrere, oft prachtvolle Schlösser an. Madame de Pompadour hielt sich in dieser Hinsicht nicht zurück. Zum Teil wurden ihr die Ländereien und Gebäude von Ludwig geschenkt, zum Teil erwarb sie die Güter auch mit eigenen Mitteln, was allerdings gleichfalls nur bedeutete: mit Geldern der ihr vom König gewährten Pensionen.

Sie verstand es, weitere Quellen anzuzapfen. So ließ sie sich ihr Eintreten für die vielen Bittsteller gut bezahlen, verhökerte, wenn es nottat, Schmuck, der ja später durch neuen Schmuck ersetzt werden konnte, gewann, wie es heißt, große Summen beim Spiel, kaufte Landbesitz – etwa das Gut Montretout –, um es später günstig wieder loszuschlagen.

Als hätte Schloss Choisy mit seinen Terrassen zum Fluss hinab der Liebe nicht genügt, bekam sie das Landgut Crécy geschenkt, dessen Erwerb den Herrscher 650 000 Livres kostete, und ließ es mit schönem Park nebst Räumen auch für den König völlig neu gestalten. Da dieses Palais mit seinen siebzehn Gemächern in die »kleinen Reisen« des Monarchen zu seinen naheliegenden Schlössern einbezogen wurde, erhielt es vorübergehend eine größere Bedeutung.

Doch der Drang, durch prunkvolle Gebäude und Paläste, durch wunderbare Parks und Gärten herrschaftlichen Glanz zu zeigen, vereinte sich bei der Pompadour mit der Absicht, den König unablässig mittels neuer Ideen zu beschäftigen. So wurde im Juni 1748 auf ihr Bestreben der erste Spatenstich für das reizvolle Schloss Bellevue an der Seine getan, im Februar 1749 die erste von drei Eremitagen aus dem Boden gestampft. Letztere waren, wie schon der Name sagt, auf romantische Art den Behausungen von Einsiedlern nachempfunden, hatten jedoch noblen Ansprüchen zu genügen. Gleichfalls 1748 kaufte die Favoritin von einem königlichen Kammerdiener für 260 000 Livres das Schloss La Celle, das nicht weit von Versailles entfernt lag.

Anfang der fünfziger Jahre richtete sich ihr Interesse auf Paris. Zunächst wurde von Madame ein neues Appartement in der sogenannten Residenz der Gesandten erworben, und weil diese Wohnung anscheinend nicht genügte, für diesmal 730 000 Livres vom Grafen d'Évreux im Faubourg Saint-Honoré ein prachtvolles Haus gekauft, das man abriss und neu aufbaute. Heutzutage ist es weithin als Palais d'Elysées und Sitz des Staatspräsidenten bekannt.

Das alles kostete, wie aus den oben erwähnten Summen zu ersehen, viel Geld, und auch in späteren Jahren, als die Maîtresse en titre sich aufs Mieten von Schlössern verlegte, waren die Ausgaben erheblich. Größere Mittel als für den Kauf mussten dabei noch für Umbau und aufwendige Neugestaltung lockergemacht werden.

Die besten Baumeister der Zeit wie Gabriel, L'Assurance oder L'Isle, die besten Bildhauer, Stuckateure, Maler, Vergolder, aber auch Garten- und Landschaftsarchitekten wirkten an den Prachtbauten mit und wurden fürstlich entlohnt. Maler wie Van Loo, Boucher, La Tour, Nattier, Oudry, Bildhauer wie Falconet, Bouchardon und Pigalle erhielten umfangreiche Aufträge von der Mätresse und von Ludwig XV. selbst. Kostbar gestaltete Tapeten und sorgsam ausgewählte Teppiche fanden Verwendung. An Gold, Silber und edlen Hölzern wurde nicht gespart. Marmorstatuen zierten die Fronten, die Portale und Gärten. Blumen aller Art blühten in den Parks, Laubengänge und Tunnel unter uralten Bäumen führten zu lauschigen Verstecken oder lösten sich mit Kanälen ab, auf denen Boote dahinglitten. Springbrunnen, mit antiken Figuren verziert, plätscherten an den Wegen.

Zu diesen hohen Ausgaben kamen noch die für Mobiliar und Gardinen, für Geschirr und Besteck, Tafeltücher, Bettwäsche und die Uniformen der Lakaien, die je nach Schloss verschieden waren. Die Möbel hatten das Massive der Ära Ludwigs XIV., verloren, Kunstschreiner und Tischler wurden benötigt, die spielerisch-elegante Formen schufen, feinstes Tafelwerk ersannen, sich auf asiatische Lackmalerei verstanden. Die Pompadour hatte auch ein Faible für Porzellan; sie ließ die Zimmer im Sommer mit frischen, im Winter mit Blumen aus diesem edlen Material schmücken, sammelte kostbaren chinesischen und sächsischen Nippes und hatte großen Anteil an der Gründung der berühmten Manufaktur von Sèvres, die 1756 die Fabrikation von Vincennes übernahm und auf ein neues Niveau hob.

8

Die Millionen, die für die Bauwerke und ihre Ausgestaltung aufgebracht werden mussten, fielen ins Auge, wenn sie auch im Vergleich mit den enormen Kosten der Schlesischen Kriege an der Seite des preußischen Königs um einiges geringer waren. Da half es kaum, dass die Mätresse gegen diese Ausgaben ihre Verdienste um die Künste setzte, um das Handwerk, das durch den Bauboom gefördert wurde, oder dass sie auf die Einnahmen verwies, die durch den Handel mit neuen Moden am Hof hereinkamen. Prunk und Verschwendung standen im Gegensatz zum Mangel der unteren Schichten, und Versuche, das immer wieder rebellierende Paris zu befrieden, indem man es von Bettlern und leichten Mädchen säuberte, die das Elend auf dem Land in die Kapitale trieb, führten nur zu neuer Empörung.

Zumal es nicht bei Säuberungen blieb. Damit die Kolonien in Übersee florierten, wurden Arbeitskräfte gebraucht. Schon vor der Herrschaft Ludwigs XV., während der sogenannten Régence, hatte man alle möglichen Leute von der Straße aufgegriffen, um sie nach Louisiana zu schicken, wo vor allem Frauen benötigt wurden. Nun, zum Ende des Jahres 1749, wiederholten sich diese Manöver. Bei hereinbrechender Dunkelheit hielten Polizisten in Zivil junge Mädchen an, zerrten sie in eilig herbeirollende Kutschen und verschleppten sie. Das Ziel war Kanada oder Mississippi – Letzteres, weil eine Seidenraupenzucht aufgebaut wurde. Und da es Kopfgeld gab, machten die Häscher nicht vor unbescholtenen Bürgern, ja nicht einmal vor Kindern Halt.

Um die Bevölkerung zu beruhigen, ließ der Graf d'Argenson, zuständig für die Hauptstadt, überall verkünden, dass es nur gegen das Bettelvolk ginge und leider auch zu Amtsmissbrauch gekommen sei. Doch im Mai 1750 wurde die Stimmung gegen die Obrigkeit weiter angeheizt. Eine aufgebrachte Menge wollte die erneute Verschleppung von Kindern beobachtet haben. Diesmal erfolgten wütende Attacken gegen die Büttel. Der Hass richtete sich zuvorderst gegen den Polizeipräfekten von Paris, Berryer, im Volk Beurrier, der Butterhändler, genannt. Kein Geheimnis aber war, dass es sich bei diesem Mann um einen Günstling der Mätresse und beim Grafen d'Argenson um einen engen Vertrauten des Königs handelte.

9

Die enge Straße, obwohl gepflastert, war ziemlich holprig, so dass die edle Karosse nicht allzu schnell vorankam. Dennoch hatte der Lakai auf dem Bock Mühe, die Pferde anzuhalten. Zu überraschend war dieser aufgeregte Mann, der Kleidung nach ein hoher Adliger, vor ihnen aufgetaucht, hatte gerufen, die Arme gehoben, schien den Rössern sogar in die Zügel greifen zu wollen.

»Monsieur, was, bei allen Heiligen, wünscht Ihr von uns … Oh, entschuldigt, ich habe Euch nicht gleich erkannt.« Der Kutscher wurde vor Verlegenheit unter seiner weiß bepuderten Perücke ganz rot.

Der Vorhang am Fenster der Kutsche wurde zurückgezogen, und das erstaunte Gesicht der Pompadour tauchte auf. »Der Marquis de Gontaut? Was ist denn passiert? Weshalb haltet Ihr uns hier mitten auf der Straße an, erwartet uns nicht, wie verabredet, in Eurem Haus?«

Trotz seiner großen Erregtheit deutete der Marquis eine Verbeugung an. »Es tut mir sehr leid, Madame, aber Ihr dürft auf gar keinen Fall … ich meine, Ihr könnt unmöglich weiterfahren.«

»Nicht weiterfahren … Warum? Ich verstehe Euch nicht.«

»Hat man Euch denn nicht über die Unruhen unterrichtet, die es seit ein paar Tagen in der Stadt gibt?«

Die Marquise zeigte sich wenig beeindruckt. »Ach das. Ja, man hat mir von einigen Strolchen erzählt, die von der Wache festgenommen werden mussten, weil sie gefährliche Gerüchte verbreitet und einen unserer Kommissare angegriffen haben. Ich dachte, das sei erledigt.«

»Ganz und gar nicht, Madame. Das Volk ist aufgebracht. Seit Tagen zieht Pöbel durch die Straßen, bedroht die Beamten und verfolgt sie. Man berichtete mir, dass einige von ihnen fliehen mussten und ein Mann sogar erschlagen wurde.«

Die Pompadour erschrak jetzt doch. »Aber warum lässt die Polizei so etwas zu«, sagte sie, »warum tut Berryer nichts?«

»Im Augenblick hält er es wohl für besser, abzuwarten. Um sich zu retten, musste er selbst sein Haus verlassen. Die Aufrührer sind sehr zahlreich und schrecken vor nichts zurück. Genau deshalb bin ich ja hier. Irgendwie muss bekannt geworden sein, dass Ihr zu mir zum Diner kommt, denn sie haben sich in großer Menge vor meinem Haus versammelt, um Euch abzufangen.«

»Mich abfangen? Was wollen sie von mir, ich habe ihnen nichts getan.«

Diese Worte klangen nach all den Schmähschriften gegen sie reichlich naiv, und Gontaut ging nur indirekt auf sie ein. »In ihrem Hass verlieren die Halunken jeglichen Verstand«, sagte er. »Sie behaupten, ein Herodes, ein Prinz, ließe die Kinder von der Straße aufgreifen, weil er in ihrem Blut baden und damit seine Aussätzigkeit heilen wolle.«

»Was denn um Himmels willen für ein Prinz!«, rief die Pompadour schockiert.

Der Marquis ignorierte ihren Ausruf. »Sie wenden sich besonders gegen Personen höchsten Standes, so wie Ihr es seid, Madame. Ich flehe Euch an, kehrt unverzüglich nach Versailles zurück! Reizt diese Leute nicht. So gern ich Euch heute bewirten würde, ich bin wirklich besorgt um Euch. Sie haben nichts Gutes vor.«

Inzwischen hatte die Menge, die auf sie wartete, etwas bemerkt. Am Ende der Straße tauchten Leute mit Knüppeln auf und man hörte drohende Rufe. Die Marquise hatte zwar nach dem Diner im Kloster Maria Himmelfahrt Alexandrina besuchen wollen, ihre Tochter, an der sie sehr hing, überlegte es sich nun aber anders. Es wurde zu gefährlich.

Zum Wenden war jedoch kein Platz. »Schnell«, rief Gontaut, »dort in die Seitenstraße, noch ist Zeit!«

Auch die Lakaien bekam es mit der Angst. »Wirklich, Madame, wir sollten jetzt fahren.«

»Also gut«, sagte die Mätresse verstört, »man sollte der Dummheit nicht mit Dummheit begegnen. Ein Prinz, der im Blut von Kindern baden will, was für ein Unsinn! Ich hoffe, Ihr kommt nicht selber in Schwierigkeiten, Monsieur. Wir sehen uns ein anderes Mal.«

Der Vorhang wurde zugezogen, der Kutscher trieb die Pferde an, und die Karosse ratterte eilig davon.

10

»Was Verrücktheit betrifft, so solltet Ihr die der Pariser kennen«, schrieb die Pompadour kurz darauf an ihren Bruder, der in jenen Wochen Italien bereiste. »Ich glaube nicht, das es etwas Dümmeres gibt, als anzunehmen, man lasse ihre Kinder zur Ader, damit ein aussätziger Prinz in Blut baden kann.« Und sie fügte hinzu: »Im Augenblick ist Paris ruhig. Die Gerichte sammeln Beweismaterial, und man wird einige Leute hängen. Um die Bevölkerung für ihre Dummheit zu strafen, haben der König und seine Familie inzwischen darauf verzichtet, den Weg durch die Stadt zu nehmen.«

In der Tat hatten die Vorfälle Ludwig ziemlich erschreckt. Es war nicht bei den Feindseligkeiten gegen die Mätresse und der Malträtierung einiger Büttel geblieben, es hatte auch Rufe gegeben, nach Versailles zu ziehen und das Schloss, das »auf unsere Kosten« erbaut wurde, niederzubrennen. Beunruhigt hatte der Graf d'Argenson die Stadtausgänge in Richtung Versailles durch Truppen abriegeln lassen. Der König aber ließ eine neue Straße anlegen, auf der er von seinem Palast zu den Schlössern Compiègne oder Saint-Cloud kam, ohne die Kapitale tangieren zu müssen. »Ich werde mich doch nicht vor diesem üblen Volk sehen lassen, das behauptet, ich sei ein Herodes«, erklärte er.

Die Reaktionen des Herrschers, seiner Familie, des Hofadels und auch der Mätresse zeigen, wie wenig die Mächtigen von der Situation begriffen. Zwar war die Pompadour mit den Gedanken der Aufklärung in Berührung gekommen, mit den Thesen Montesquieus von der Gewaltenteilung, mit dem Deismus Voltaires – sie machte den Dichter, der ihr in Briefen und Versen schmeichelte, zum Hofhistoriografen, führte Theaterstücke von ihm und Rousseau auf –, aber zu einem Verständnis für die Lage der überall im Land aufbegehrenden Bauern und der hungernden Städter führte das nicht. Es wurde weiterhin gebaut, gefeiert, verschwendet.

Dabei glaubte sich die Favoritin durchaus im Recht, zumal sie bei dem, was sie für ihre Aufgaben hielt, alles gab. Neben dem Bühnenspiel, ihrer Mitarbeit an der Ausgestaltung vieler Bauwerke, der Teilnahme an Festlichkeiten und der Jagd, die der König über alles, sie allerdings weniger liebte, führte sie einen regen Briefwechsel, mischte sich in die Politik ein, wehrte Intrigen ab, durch die man sie stürzen wollte, fädelte, um ihre Position zu festigen, selbst welche ein und erfüllte ihre Pflichten gegenüber der königlichen Familie.

An die Herzogin von Lützelbourg, mit der sie über Jahre hinweg korrespondierte, schrieb sie 1749: »Das Leben, das ich führe, ist schrecklich, ich habe kaum eine Minute für mich. Wiederholungen und Vorstellungen zweimal pro Woche, ständige Reisen … Wichtige, ja unerlässliche Pflichten: Königin, Dauphin, Dauphine … Urteilen Sie, ob man da noch atmen kann, bemitleiden Sie mich und klagen Sie mich nicht an.«

Da die Mätresse dem König in vielem näher war als seine Minister, schaffte sie es, einige ihrer erbittertsten Feinde auszuschalten, so den Grafen von Maurepas, der sie ständig attackierte und mit Spottversen verfolgte. Sie verdächtigte ihn des geplanten Giftmordes an ihr und erreichte, dass er auf seine Güter verbannt wurde. Auch den Einfluss des Herzogs von Richelieu vermochte sie zurückzudrängen, der ihr nicht nur in Bezug auf ihr kleines Theater Steine in den Weg gelegt hatte. Im Gegensatz dazu brachte sie nun ihre Günstlinge in Stellung und stärkte innerhalb weniger Jahre beträchtlich die eigene Macht.

Die Marquise, 1752 zur Herzogin ernannt, strebte für sich eine Gleichstellung mit dem hohen Adel an. Sie war nicht übermäßig religiös, doch schien es ihr nun richtig, tiefen Glauben vorzutäuschen. Um Ehrendame der Königin zu werden, bot sie zum Beispiel ihrem Mann an, zu ihm zurückzukehren. Dem entsprechenden Brief lag freilich ein Wort des Herrschers bei, dass er dies nicht billige, woraufhin Étiolles dankend verzichtete. Damit hatte er sich aber endgültig von ihr losgesagt und die Kirche einen Grund weniger, sich den Wünschen der Mätresse zu widersetzen.

Ihr Wille galt nun fast so viel wie der des Königs selbst. Minister, die ihr Bericht erstatten mussten, lobte sie: »Fahrt fort, ich bin mit Euch zufrieden.« Oder sie tadelte: »Gebt Euren kleinlichen Beamtenstandpunkt auf, und Ihr werdet die Dinge so betrachten wie ich.« Sie bedachte Bittschriften mit den Worten: »Wir werden sehen«, führte Gespräche mit Gesandten oder teilte ihnen im Namen des Königs mit, dass die Majestät vorderhand keine Zeit für sie habe. Sie ließ sich, der höfischen Etikette gemäß, durch den Geliebten das Recht zusprechen, bei Empfängen zu sitzen, indes alle anderen stehen mussten. Sie nahm bei der Messe und im Theater ihren gesonderten Platz ein; ihr Haushalt war aufwendig, ihre Lakaien entstammten Häusern ältester Noblesse.

Auch die eigene Familie wurde von der schönen Dame aufs Beste versorgt. In der Kapuzinerkirche von Paris ließ sie ein Mausoleum bauen, wohin der Leichnam ihrer Mutter überführt wurde. Dem Vater – ein relativ simpler Mann, der, einst der Unterschlagung bei Getreidelieferungen für das Heer beschuldigt, aus dem Land geflohen und später rehabilitiert worden war – wurden hohe Schulden erlassen, 1750 bekam er das Landgut Marigny zugesprochen.

Ihr Bruder Abel wurde zunächst zum Monsieur de Vandière ernannt, erhielt nach dem Tod des Vaters dessen Besitz und den Titel eines Marquis de Marigny und stieg schließlich zum Generaldirektor für Bauwesen, Gärten, Künste und Manufakturen auf. Diese Funktion erfüllte er treulich, enttäuschte die Mätresse aber insofern, als er Ehrgeiz vermissen ließ. Nach der Meinung einiger Geschichtsschreiber zu bescheiden, nach der anderer zu blass, erlangte er nie den Glanz, in dem ihn die Schwester gern gesehen hätte.

Madame Pompadour studierte das Leben der Montespan und war wie sie bemüht, ihre mit dem Ehemann gezeugte Tochter dem vornehmsten Adel zu verbinden. Sie ließ Alexandrine einer Prinzessin gleich in einem angesehenen Kloster erziehen und versuchte, Beziehungen zu höchsten Kreisen anzubahnen: zu einem Nachkommen des Königs mit seiner früheren Mätresse Pauline de Vintimille, zum Sohn Richelieus, ihres Erzfeindes, und zuletzt noch zu einem Abkömmling des Herzogs von Chaulnes. Doch der König zeigte sich im ersten Fall wenig geneigt, Richelieu lehnte dankend ab, und die Verabredungen mit de Chaulnes konnten nicht verwirklicht werden, weil die Tochter zehnjährig überraschend an einer fiebrigen Erkrankung starb.

Des Mädchens Tod war ein schwerer Schlag für die Marquise, denn mit Ludwig hatte sie keine Kinder. Es war zu mehreren Fehlgeburten gekommen, die ihre nicht gerade robuste Gesundheit noch zusätzlich untergruben. Die sexuelle Lust ihres königlichen Partners zu befriedigen, dessen Zuneigung zu einem guten Teil von ihren Fähigkeiten auf diesem Gebiet abhing, war inzwischen eine ihrer schwierigsten Aufgaben. Kein Zweifel, dass sie auch hier Erfindungsreichtum walten ließ, den üblichen Duftwässern und Parfüms weitere hinzufügte, ihren Gliedern und ihrem Körper das Äußerste abverlangte, damit der Herrscher zufriedengestellt wurde, doch all ihr Bemühen reichte nicht aus. Bestenfalls in der ersten Zeit konnte sie mit seiner Begehrlichkeit mithalten.

11

Die Herzogin von Brancas, einst Freundin der Châteauroux und jetzt eine Vertraute Madame Pompadours, setzte eine besorgte Miene auf. »Sind das die Dinge, mit denen Ihr Eure Gesundheit ruiniert?«

Auf dem Tisch stand eine halb geleerte Tasse Schokolade, die starken Vanilleduft und einen dumpfen Geruch nach Moschus ausströmte. Eine Gemüsesuppe, zubereitet mit Sellerie und Trüffeln, befand sich in einem Gefäß daneben.

»Woher wisst Ihr …? Hat Euch etwa Madame Hausset davon erzählt? Ich hatte ihr befohlen, darüber zu schweigen.«

»Werft Eurer Kammerfrau nicht vor, dass sie sich mir anvertraut hat«, sagte die Brancas. »Sie wusste sich nicht anders zu helfen, denn Ihr wollt offenbar keine Vernunft annehmen.«

»Keine Vernunft?« Die Mätresse, die beim Erscheinen der

Freundin aufgestanden war, ließ sich bedrückt in einen ihrer Sessel sinken. »Aber ich muss das tun. Dieses Ambra im Getränk, diese Sellerie- und Trüffelsuppen erfüllen einen ganz bestimmten Zweck. Es ist eine Kur!«

»Schöne Kur, die Eure Haut durchscheinend macht und Euch zum Skelett abmagern lässt. Wie lange schluckt Ihr dieses Gift schon?« Die Herzogin führte die Tasse an die Nase und verzog angewidert das Gesicht. »Wer hat Euch bloß zu solchen Mitteln geraten und weshalb? Euch, die Ihr sonst allen Alchimistenkram und Aberglauben von Euch weist!« Sie nahm die Tasse und ging damit zum Kamin, in dem ein Feuer flackerte.

»Nicht«, sagte die Pompadour mit zitternder Stimme, »tut das bitte nicht!«

Die Brancas ließ sich durch diese eher zaghaft geäußerten Worte keineswegs aufhalten. Resolut kippte sie den Trunk ins Feuer, das kurz aufzischte. Die Reste im Gefäß schüttete sie hinterher.

Die Pompadour brach in Tränen aus. »Ich mache das doch, weil es das Blut erhitzt«, protestierte sie.

»Weshalb, großer Gott, wollt Ihr Euer Blut erhitzen?«

»Muss ich das wirklich erklären? Der König, er hat so viel Kraft und Leidenschaft. Ich fürchte …« Sie begann heftig zu schluchzen.

»Ihr macht Euch also Sorgen um seine Liebe«, sagte, durch die Tränen gerührt, die Herzogin. »Aber glaubt mir, teuerste Freundin, das braucht Ihr nicht. Jedermann weiß doch, wie Euch Seine Majestät verehrt. Besucht Euch der König nicht, ob wir nun hier in Versailles, in Compiègne, Fontainebleau oder an anderem Ort sind, am Tage und fast jede Nacht?«

Die Mätresse stöhnte auf. »Das ist es ja gerade, er besucht mich, doch ich … Wirklich, es fällt mir sehr schwer, darüber zu sprechen und so etwas einzugestehen. Aber da ich mich auf Eure Verschwiegenheit verlassen kann …« Sie stockte.

»Auf jeden Fall könnt Ihr das. Erzählt ruhig, Sprechen

erleichtert.« Die Herzogin trat zu ihr und legte ihr die Hand auf die Schulter.

»Heute Nacht in meinem Bett«, murmelte die Pompadour, »der König verließ es, ohne dass wir zum Eigentlichen gekommen wären – Ihr versteht! Unter dem Vorwand, es sei ihm zu heiß, und das geschah nicht zum ersten Mal. Ich habe große Angst, seinen Wünschen nicht mehr genügen zu können.« Sie schluchzte erneut auf und klammerte sich an den Arm der Freundin. »Glaubt Ihr, dass er sich eine andere Mätresse nehmen wird?«

Das konnte die Brancas natürlich nicht ausschließen. Aber sie wusste um die Qualitäten der Favoritin und war ihr ehrlich zugetan. Also versuchte sie zu widersprechen.

»Nein, bestimmt nicht. Ihr seid doch eins mit Seiner Majestät, und es ist kein Geheimnis, was für große Stücke er auf Euch hält. Er ist an Euch gewöhnt, darauf dürft Ihr bauen. Alles wird wieder ins Lot kommen, wenn Ihr Euch nicht mit Gewalt und mit diesen Giften aufzupeitschen versucht. Das schadet Eurem Körper und zugleich Eurer Seele.« Und nach kurzem Nachdenken fügte sie hinzu: »Schont Euch lieber, seid so schön, so erfrischend und geistreich wie bisher. Reibt Euch nicht auf, trachtet danach, etwas weniger zu arbeiten, das ist das Beste, um dem König zu gefallen, es wird Euch auch in der Liebe weiterhelfen.«

Ganz getröstet war die Pompadour nicht, aber ihre Tränen versiegten. Sie raffte sich auf. »Ihr habt recht, ich werde mich frisch machen und eine Bouillon zu mir nehmen. Vielleicht kommt Seine Majestät ja nachher noch zu mir … Ihr meint also, ich sollte diese Mittel nicht mehr verwenden?«

»Auf gar keinen Fall«, erwiderte entschieden die Brancas.

12

Es ist nicht sicher, ob Ludwig XV. seiner Geliebten bis in die fünfziger Jahre hinein treu war, doch sollte es gelegentliches Fremdgehen gegeben haben, so blieb das für die Mätresse ohne Folgen. Weitaus kritischer wurde es für sie, als die Leidenschaft des Königs zu erkalten begann. So erschien eines Tages Collin, ihr Sekretär, in einer delikaten Angelegenheit bei ihr: »Madame, es ist notwendig, dass Ihr Euch diese Briefe anschaut.«

»Briefe? Bringt Ihr mir gute Nachricht?«

Der Sekretär schien verlegen. »Bitte seht selbst. Den hier vielleicht zuerst.«

Etwas irritiert nahm die Pompadour das zusammengerollte Schreiben entgegen, das an eine ihr unbekannte Frau gerichtet war. Sie bedachte Collin mit einem fragenden Blick.

»Es sind Kopien«, sagte der Sekretär, »der Ehemann hat sie angefertigt und mir mit der Bitte übergeben, sie baldmöglichst an Euch weiterzureichen. Da ich wissen wollte, worum es ging, hat er mich über das Geschriebene informiert. Er wollte unbedingt, dass Ihr den Inhalt zur Kenntnis nehmt.«

Langsam ahnte die Mätresse, dass die Sache von Bedeutung war. Sie begann zu lesen, und das Blut stieg ihr zu Kopf. Ja, das betraf sie, wenn auch von ihr selbst nicht die Rede war. Es betraf sie sogar sehr, denn es handelte sich um einen in zärtlichen Worten gehaltenen Brief Seiner Majestät an eine offenbar hübsche junge Dame. »Ich verstehe«, murmelte die Marquise.

Ohne ein weiteres Wort überreichte ihr der Sekretär die zweite Epistel, eine Antwort. Wieder stieg der Herzschlag der Mätresse: »Majestät«, las sie, »ich kann nicht beschreiben, wie glücklich mich Eure Zeilen machen. Ich wünsche nichts sehnlicher, als Euch wiederzusehen. Ich freue mich schon sehr auf den Maskenball in Versailles, von dem Ihr mir erzähltet. Bis bald, in tiefster Verehrung, Eure …«

Der Puls der Pompadour raste. Sie knüllte das Billet in der Hand zusammen, bezwang sich dann aber und glättete es wieder. »Wie ist ihr Gemahl an diesen Brief gekommen?«

»Er scheint noch nicht lange verheiratet und sehr eifersüchtig zu sein«, erwidert Collin. »Äußerst wohlhabend offenbar, er besitzt ein schönes Haus in Paris. Wie er berichtet, hatte seine Gattin ihr Portefeuille im Salon liegen lassen, ein neues, sehr hübsches Täschchen, das ihm sofort auffiel. Es enthielt ein Porträt Seiner Majestät und die Briefe.

»Die Neugier der Ehemänner sei gelobt«, sagte die Marquise mit düsterem Blick. »Ihr habt richtig daran getan, Monsieur, den Mann zu empfangen. Ihr könnt Euch jetzt zurückziehen. Aber kein Wort zu wem auch immer.«

Der Sekretär, ein langjähriger Vertrauter der Pompadour, der ihr schon früher geholfen und den sie dann nach Versailles geholt hatte, verließ mit einer Verbeugung den Raum. Er hoffte nicht weniger als seine Herrin, dass sie den Angriff abwehren konnte; sein eigenes Wohl hing davon ab.

Nachdem Collin gegangen war, verfiel die Marquise in tiefes Grübeln. Sollte sie mit Ludwig über die heikle Angelegenheit sprechen? Besser nicht, die direkte Konfrontation war das letzte Mittel. Da bis zu dem besagten Maskenball noch Zeit war, konnte sie sich mit Berryer beraten, der möglicherweise einen Weg wusste. Sie ließ umgehend nach ihm schicken.

Und tatsächlich, der Polizeipräfekt, mit allen Wassern gewaschen, brachte Seine Majestät dazu, die kaum begonnene Liebschaft abzubrechen. Er behauptete, die betreffende Dame rühme sich in ganz Paris der Gefühle, die sie dem Herrscher eingeflößt habe, und zeige seinen Brief überall herum. Als Beweis übergab er die Kopie.

Ludwig XV. war äußerst indigniert. Eine Weile sagte er gar nichts, dann murmelte er: »Ich muss zugeben, dass der Herr Polizeileutnant gut informiert ist.«

»Leider ist mir kaum Positives über die Dame bekannt, Sire. Man erzählt, sie sei eine recht durchtriebene Person.«

Das war gelogen, aber dem König war die Sache bereits viel zu öffentlich. Er mochte nichts mehr damit zu tun haben.

»Sie behauptet, sie käme nur zum Maskenball, um Euch zu treffen«, fügte Berryer hinzu.

Ludwig setzte eine hoheitsvolle Miene auf. »Das wird sie auf keinen Fall. Teilt ihr mit, Monsieur, dass Madame in Versailles nicht erwünscht ist.« Und er zerriss die Kopie in winzige Stücke.

Es war nicht die einzige Affäre, die dem Monarchen arglistig ausgeredet wurde. Mal handelte es sich bei der begehrten Dame angeblich um eine Person, die des Königs nicht würdig war, mal hatte ihr Geliebter eine unangenehme Krankheit, die nach den warnenden Worten seines Dieners Lebel »schwieriger zu heilen sei als die Skrofeln«.

13

Die Mätresse musste weiterhin auf der Hut sein. Gefährlich wurde es zum Beispiel im Jahr 1752, als einige ihrer Gegner, darunter die einstige Freundin, Madame d'Éstrades, und der Graf d'Argenson, beide eifersüchtig auf die wachsende Macht der Favoritin, eine Intrige zu ihrem Sturz anzettelten.

Zu diesem Zeitpunkt hatte die Pompadour bereits durchblicken lassen, dass ihre Beziehung zum König nur noch platonisch sei. Das geschah zum Teil aus taktischen Gründen: Sie wollte ihr Verhältnis zu den sogenannten Devoten verbessern, speziell zum Thronfolger und zu Mesdames, seinen Schwestern, die Jeanne untereinander nur »Maman Putain« nannten. Aber sie litt auch an einer chronischen Gebärmutterentzündung und hatte deshalb zunehmend Schwierigkeiten beim Geschlechtsverkehr.

Doch platonisch oder nicht – als ein gewisser Monsieur de Stainville der Pompadour eines Tages wieder mal einen Brief des Königs aushändigte, diesmal gerichtet an eine gewisse

Charlotte-Rosalie de Choiseul-Romanet, musste sie reagieren. Sie machte Ludwig XV. eine Szene und brachte ihn dazu, einen Schritt zu unterlassen, der ihre Abdankung hätte bedeuten können.

Denn diese Romanet, eine Nichte der Madame d'Éstrades und gerade erst verheiratet, war von den Verschwörern mit voller Absicht auf den König angesetzt worden. Sie war bereits Ehrendame bei Ludwigs Töchtern und hatte sich, um das zu erreichen, sogar auf Empfehlungen der nichtsahnenden Mätresse stützen können.

Weshalb die in diesen Dingen so misstrauische Favoritin nichts merkte, ist schwer zu erklären, wird die Romanet doch als jung, schön und liebreizend beschrieben. Außerdem soll sie, wie die Pompadour seinerzeit selbst, jedermann kundgetan haben, dass sie ihrem Gatten stets die Treue halten würde, es sei denn, der König selbst interessiere sich für sie.

Vielleicht verhinderte die Éstrades, inzwischen Geliebte d'Argensons, dass der Favoritin solcherlei Bekenntnisse zu Ohren kamen.

Nachdem Ludwig die ersten Nächte mit der schönen Madame verbracht hatte, rang sie ihm den erwähnten Brief ab, in welchem er ihr alle möglichen Ehren versprach und wohl auch andeutete, durch sie die Pompadour ersetzen zu wollen. Im ersten Überschwang – oder weil sie Hilfe bei einem Antwortbrief erhoffte – zeigte sie das Schreiben ihrem Vetter, der, wie sie wusste, ebenfalls kein Freund der Mätresse war.

Doch der ins Vertrauen gezogene Stainville verhielt sich anders als erwartet. Wohl weil er sich einigen Vorteil davon erhoffte, händigte er der Pompadour, trotz der Vorbehalte, die er gegen sie hatte, die Botschaft des Königs aus. Indiskretion aber war dem Herrscher sehr zuwider. Dass die Choiseul-Romanet die Affäre mit Seiner Majestät nicht als Geheimnis behandelt hatte, betrachtete er als unverzeihlichen Fehler, und sie wurde umgehend vom Hof verwiesen. Genau wie ihr Mann, den keinerlei Schuld traf. Sie starb wenige Monate später nach der Geburt ihres Kindes, allem Anschein nach ein Bastard Ludwigs XV.

14

Madame d'Éstrades durfte den erneuten Triumph der Pompadour, die nun zur Herzogin aufstieg, noch eine Weile »genießen«, sie musste erst zwei Jahre später unter einem Vorwand die Stellung räumen und den Hof verlassen. Den Grafen von Argenson traf es weniger hart; der König hielt an ihm fest, und er behielt seine Ämter bis zum Attentat eines gewissen Damiens, das 1757 einige wichtige Personen zu Fall brachte.

Der Graf von Stainville indes, bekannter unter seinem späteren Titel des Herzogs von Choiseul, stieg durch Protektion der Favoritin zum Botschafter in Rom, Wien und schließlich zum Außenminister auf. Sein Verrat an der jungen Cousine hatte sich also ausgezahlt.

Ludwig XV. aber hielt nichts von sexueller Enthaltsamkeit und tröstete sich fortan mit anderen Damen. Es folgten die Jahre des berüchtigten »Hirschparks«, eines in Wirklichkeit für königliche Verhältnisse bescheidenen Hauses mit einem Appartement für längere oder kürzere Aufenthalte der von ihm begehrten und durch seinen Kammerdiener Lebel zugeführten Mädchen. Der Name rührte von einem Wildgehege her, das einst Ludwig XIII. für Jagdzwecke in Versailles geschaffen hatte. Der »Sonnenkönig« hatte dort Wege anlegen und Pferdeställe bauen lassen, später kamen andere Gebäude hinzu. Unter Ludwig XV. dann wurde das erwähnte Haus erworben, das abgelegen genug schien, um für die notwendige Geheimhaltung zu sorgen.

Der »Hirschpark« war kein Freudenhaus, in dem sich Huren tummelten, bot aber dem triebhaften Herrscher die Möglichkeit, seine Lust mit immer wechselnden Damen auszukosten. Unten gab es einen kleinen Pferdestall, im ersten Stock Salon,

Küche, Bade- und Ankleideräume. Eine Hausdame betreute die jeweils Erwählte, eine Köchin und ein paar Bedienstete sorgten dafür, dass es ihr und ihrem hohen Besucher an nichts fehlte. Dieses Liebesnest existierte etwa fünfzehn Jahre lang bis zur Zeit der du Barry und wurde erst dann weiterverkauft. Sobald Ludwig einer der Frauen überdrüssig war, verheiratete man sie und fand sie mit einer je nach Bedeutung unterschiedlich hohen Geldsumme ab. Auch für die Neugeborenen, die nicht ausblieben, wurde in bescheidenem Rahmen gesorgt.

Dass die Pompadour selbst die Idee für den »Hirschpark« entwickelte, dürfte ein Gerücht sein, aber es war ihr ohne Zweifel lieber, wenn Ludwig XV. sich auf diese Art vergnügte, statt eine neue Mätresse zu wählen. »Das Herz des Königs ist es, auf das ich es abgesehen habe«, erklärte sie gegenüber Madame Hausset. »All die kleinen Mädchen ohne Bildung werden ihn mir nicht rauben. Dagegen wäre ich weniger ruhig, müsste ich mit ansehen, wie eine hübsche Dame vom Hof oder aus der Stadt ihn zu erobern versuchte.«

So erhaben diese Sätze auch klingen mögen, so souverän die Mätresse auch mit ihrer Situation umzugehen schien – die Kränkung ist nicht zu überhören. Aber mit derartigen Gefühlen durfte sie sich nicht aufhalten, gab es doch immer wieder Bemühungen am Hof, ihr den König ganz abspenstig zu machen. Einige Damen blieben standhaft, wehrten die Annäherungsversuche Seiner Majestät ab, andere, wie die schöne und impertinente Marquise de Coislin, vorgeschickt vom Prinzen Conti, der über sie in der Außenpolitik mitmischen wollte, bemühten sich dagegen, die Gunst der Stunde zu nutzen.

Wir beobachten die hochnoblen Damen am Kartentisch. Die Pompadour hat einen anstrengenden Tag hinter sich, wirkt abgespannt, nervös. Sie spielt schlecht und verliert, was die anderen zu fröhlichen Bemerkungen veranlasst. Vor allem die Coislin tut sich hervor. Ihre Worte aber sind spitz, ihre Blicke herausfordernd. Bewusst spielt sie va banque und erklärt dann triumphierend: »Ich bin nicht zu schlagen, meine Lieben. Ich habe drei Könige in der Hand.«

Scheinbar wendet sie sich damit an alle, aber die Mätresse begreift, dass nur sie gemeint ist. Es geht das Gerücht, diese Person habe bereits einige leidenschaftliche Nächte mit Ludwig verbracht.

»Man sollte sich nie zu sicher sein«, sagt die Pompadour.

»In dem Fall bin ich es schon.«

»Manchmal braucht man noch ein paar andere Trümpfe.«

Die Coislin lächelt nur. Was weitere Trümpfe angeht, so besitzt sie diese durchaus. Sie richtet sich auf, zeigt etwas mehr von ihrem aus dem Dekolleté lugenden Busen.

Die Mätresse ist verunsichert. Gern würde sie eine scharfe Antwort geben, aber sie darf sich nicht provozieren lassen, denn die Dame scheint wirklich gefährlich zu sein. Sie hat starke Freunde und kennt keinerlei Scham. Auf den König aber kann man sich nicht verlassen. Trotz der langjährigen Verbindung mit ihm – Ludwig XV. kann heute den Vertrauten spielen und sie schon morgen vom Hof verbannen. Mancher Minister weiß ein Lied davon zu singen.

Sie bewahrt mühsam die Ruhe, verlässt baldmöglichst die Runde. Sie bittet den König um ihren Abschied, doch er antwortet nicht gleich. Das erlaubt ihr, sich mit dem Abbé Bernis zu beraten. Vielleicht kann der etwas in ihrer Sache unternehmen.

Bernis half tatsächlich, er sandte Ludwig einen gewagten, aber aufrichtigen Brief. Er hielt ihm vor, dass er mit einer neuen Mätresse nicht nur die Pompadour tief verletzen, sondern darüber hinaus auch seinen Ruf und seinen Interessen, zum Beispiel bei der Kaiserin, schaden würde. Mit diesem Schreiben hätte er sich den Zorn des Herrschers zuziehen können, doch er hatte Glück. Der König ging in sich und ließ die Coislin fallen. So gelang es der Herzogin, die sich weiterhin bescheiden Marquise nannte, auch diesen heftigen Angriff abzuwehren.

Aber immer neue Rivalinnen tauchten auf. Sie hießen Madame de Popelinière, Gräfin von Forcalquier, Prinzessin von Robecq, und mitunter war die Favoritin nahe daran, aufzugeben.

Selbst Mädchen aus dem »Hirschpark«, wie die gerade mal fünfzehnjährige Irin Louise O'Murphy – genannt La Morphine –, Tochter eines Pariser Schusters und begehrtes Malermodell, spielten bisweilen eine Rolle, die Jeanne nicht gleichgültig sein konnte. Zumal sich immer Leute fanden, die das ausnutzten. In diesem Fall war es die Gattin eines durch die Pompadour benachteiligten Heerführers, die ihr zu schaden versuchte.

Den Mädchen im »Hirschpark« gegenüber gab sich der König meist als polnischer Adliger aus. Die edle Dame aber verriet das Geheimnis an die Morphine und stachelte sie auf, ihn über das Verhältnis mit der Marquise zu befragen.

Was auch diesmal ein grober Fehler war und zum Abbruch jeglicher Beziehungen führte. Die bereits schwangere junge Frau wurde umgehend verabschiedet und mit einem Offizier verheiratet. Da er 1757 in der Schlacht bei Roßbach fiel, war sie bald Witwe. Freilich verhalf ihre Schönheit ihr später zu weiteren, wie es heißt »recht vermögenden« Ehegatten.

15

Da die fleischliche Liebe im Leben der Mätresse kaum noch eine Rolle spielte, musste sie sich dem König auf andere Weise unentbehrlich machen. Ihn zu unterhalten und mitunter mehrmals am Tag die gleichen Jagderlebnisse aus seinem Mund anzuhören, reichte dabei nicht aus. Wichtiger war ihr Rat in innen- wie außenpolitischen Dingen. Sie hatte es geschafft, in Versailles die begehrten, einst von der Montespan bewohnten Räume unter den Gemächern Ludwigs zu bekommen, und bemühte sich, an allen Angelegenheiten der königlichen Familie – Heiraten, Geburten, Rückkehr der Töchter aus dem Kloster – regen Anteil zu nehmen. Sie studierte die Geschichte der Françoise Maintenon, die den alternden »Sonnenkönig« so lange an sich gebunden hatte, und erreichte, wie einst diese heimliche Königin, dass Sitzungen des Großen Rates in ihren Gemächern abgehalten wurden. Sie empfing, wie bereits erwähnt, Minister und Gesandte in ihrem »Salon de laque rouge«, dem »Roten-Lack-Salon«, pflegte zudem eine umfangreiche diplomatische Korrespondenz.

In religiösen Fragen verhielt sich die Marquise vorsichtig. Wir sehen sie bei der Lektüre moderner Bücher, so des berühmten Werkes »Vom Geist der Gesetze«. Sie folgt nicht nur den Zeilen, sondern macht sich auch Notizen. 1751 schreibt sie einen lobenden und zugleich diplomatischen Brief an den Autor Montesquieu, in dem es unter anderem heißt: »Wir wollen ein wenig plaudern … Sie erklären, es sei unmöglich, dass die christliche Religion in Europa weitere fünfhundert Jahre Bestand haben könne. Nun, es ist wahr: Die meisten Priester tun, was sie können, um sie durch ihren Ehrgeiz und ihre Unduldsamkeit zu vernichten. Die Welt war lange Zeit blind … fängt aber jetzt an, sich ihrer Augen zu bedienen. Ich fürchte, die Philosophen werden … von dieser Fähigkeit nur zu eifrigen Gebrauch machen. Die christliche Religion ist Wahrheit, ein Heiligtum, ein Trost. Es geht nicht darum, sie auszurotten, sondern ihre Missbräuche abzustellen …«

Mit dieser Haltung versuchte sie auch Ludwig XV. in dem andauernden Streit zu unterstützen, der in jener Zeit zwischen Anhängern des sogenannten Jansenismus und dem übrigen Klerus tobte. Zumal dies mehr als ein Glaubenskampf war, hatten die Jansenisten doch starke Positionen im Parlement von Paris und anderen Gerichtshöfen inne. Zum Teil den neuen Ideen gegenüber aufgeschlossen, zum Teil aber auch stark moralisierend und oft konservativer als die Jesuiten um den eifernden Erzbischof der Hauptstadt, Christophe de

Beaumont, wollte dieser reiche Amtsadel, der aus dem Bürgertum aufgestiegen war, Einfluss auf die königlichen Gesetze nehmen und stellte ein Gegengewicht zur allmächtigen Monarchie dar. Nicht ohne Grund wurden die widerspenstigen Gerichtsbeamten von Ludwig XV. als eine Bande von Republikanern beschimpft.

Gewiss ist, dass die Pompadour sich oft die Klagen ihres Geliebten über die Sturheit beider Seiten anhören musste, und wenn sie mit einigen Herren des Parlements auch ganz gut zurechtkam, so ergriff sie doch stets für ihn Partei. Sie suchte die Vertreter der Gerichtshöfe vom Widerstand gegen Ludwig abzubringen und stärkte dadurch ihren Einfluss auf ihn auch in diesen Dingen.

Begonnen hatte dieser Religionsstreit hundert Jahre zuvor mit einem Buch des Bischofs Jansenius, in dem er eine vom gängigen Glauben abweichende These über die göttliche Gnade vertrat. Nach langen und harten Auseinandersetzungen, in denen das berühmte Kloster Port-Royal eine maßgebliche Rolle spielte, erließ Papst Clemens XI. 1713 die Bulle Unigenitus, die den Jansenismus ein weiteres Mal als Ketzerei verdammte. Die Anhänger der verfemten Richtung legten ihre Überzeugung zwar nicht ab, verhielten sich aber einige Jahrzehnte ruhig. Doch nach dem Tod des mächtigen Kardinals Fleury 1743 gewannen sie neue Anhängerschaft, was den erwähnten Erzbischof Beaumont bewog, religiösen Beistand – zum Beispiel für Sterbende – durch seine Priester nur gewähren zu lassen, wenn ein schriftlicher Nachweis der Glaubenstreue vorlag. Ein Schritt, der zu Unruhe unter der Bevölkerung und zu Gegenmaßnahmen der Gerichtshöfe führte. Priestern, die Sterbesakramente verweigerten, wurden strenge Strafen angedroht.

In den fünfziger Jahren nahm der Streit solche Ausmaße an, dass der König nicht mehr umhin konnte, einzugreifen. Obwohl ihm die Priester eigentlich »lieber waren als die Langröcke vom Parlement«, weil sie ihn nicht »ständig bevormunden wollten«, musste er etwas gegen den unnachgiebigen Erzbischof unternehmen. Da dieser bei seiner Weigerung blieb, Jansenisten vor dem Tod die Beichte zu ermöglichen, verbannte Ludwig ihn und einige andere Kleriker 1754 aufs Land und unterstützte das Vorgehen des Pariser Parlements gegen die Jesuiten. Das Ende der Auseinandersetzung war das freilich noch lange nicht.

16

Neben diesen Vorgängen und privaten Geschehnissen – außer der Tochter starb 1754 auch der Vater der Pompadour – war es vor allem die Außenpolitik, die den Alltag der Favoritin bestimmte. Ihr widmete sie sich mit aller Kraft, und obwohl der Schaden, den sie Frankreich mit ihrem Ehrgeiz zufügte, beträchtlich war, unterschied sie sich doch von jenen Mätressen, die nicht über den höfischen Dunstkreis hinausdachten.

Im 17. und 18. Jahrhundert vollzogen sich im westlichen Europa, bedingt durch das Anwachsen der Produktivkräfte und die Eroberungen in Übersee, große Veränderungen. Die stärksten Mächte, Österreich, Spanien, Frankreich und England, waren wirtschaftlich allesamt vorangekommen, wobei die Briten einen Vorsprung hatten. Der Einflussbereich der Habsburger war sehr viel kleiner geworden – wie Frankreich rieb man sich in kontinentalen Kämpfen auf. Im östlichen Teil des nach wie vor zersplitterten Deutschland aber hatte sich mit Preußen ein neuer Staat gebildet, der in den wesentlichen Fragen Anspruch auf Mitsprache erhob.

Friedrich II. mochte es nicht, wenn Frauen regierten, ihm waren Austrias Maria Theresia und Russlands Elisabeth zuwider. Seine besondere Verachtung jedoch galt der Pompadour, die ja nur eine Mätresse war und zudem noch dem Bürgertum entstammte. Die Châteauroux hatte er aus Bündnisgründen noch gelobt, ihre Nachfolgerin aber nannte er Hure und

»Unterrock IV«. Als Voltaire ihm ihre »ehrerbietigsten Grüße« überbringen sollte, erklärte er, er kenne diese Frau nicht.

Kein Wunder also, dass ihn die Pompadour zu hassen begann und die Allianz mit Preußen, die noch von den Schlesischen Kriegen her Bestand hatte, nicht unbedingt erneuern wollte. Ludwig war vom Verhalten des Preußenkönigs gegenüber seiner Mätresse gleichfalls wenig angetan, wogegen ihn Friedrichs wachsende Macht im Osten nicht allzu sehr beunruhigt haben mag. Störender erschien ihm Englands ständig zunehmender Einfluss auf den Meeren und in den Kolonien. Maria Theresia wiederum war daran interessiert, die Preußen zu schwächen, indem sie den ehemaligen Erzfeind und Widersacher Frankreich auf ihre Seite zog. Sie versprach, das Bündnis mit Georg II. von England aufzukündigen, wenn Ludwig einen Pakt mit Österreich einging.

Allerdings waren die königlichen Ratgeber in dieser Sache unterschiedlicher Meinung. D'Argenson, Machault und einige andere hielten an der traditionellen Gegnerschaft zu Österreich fest, wirkten in diesem Sinne auf den Herrscher ein. Der Graf von Kaunitz, Gesandter Maria Theresias, der das zur Kenntnis nahm, konzentrierte sich deshalb voll auf die Pompadour. Er bot in Geheimverhandlungen das oben erwähnte Entgegenkommen an, schmeichelte ihr in Reden und Briefen.

Dabei arbeitete die Zeit insofern für ihn, als die Briten in den Kolonien und im Seekrieg immer aggressiver wurden. Die Franzosen fühlten sich gedemütigt, und da 1756 der Vertrag mit Friedrich II. auslief, wurde eine Entscheidung notwendig. Nach einigem Hin und Her konnte sich die Mätresse durchsetzen. Ein weiteres Einlenken der Kaiserin, die Prinz Conti bei der Wahl zum polnischen König zu unterstützen versprach, territoriale Zugeständnisse in den Niederlanden machen wollte und dort auch Häfen im Seekrieg zur Verfügung stellte, gaben den Ausschlag. Nicht ohne Einfluss blieb dabei natürlich die respektvolle Behandlung der Maîtresse en titre durch Maria Theresia.

Es war die sogenannte »Umkehr der Bündnisse«, Frankreich nunmehr an der Seite Österreichs, Preußen im Schulterschluss mit England. Den beiden erstgenannten Mächten gesellten sich wenig später Russland und Schweden hinzu.

Doch die Mätresse konnte sich nur kurze Zeit im Ruhm ihrer Erfolge sonnen. Im Januar 1756 hatte Friedrich II. seinen Vertrag mit den Engländern geschlossen, im Mai unterzeichneten die Kaiserin und Ludwig XV. ihren »Defensivbund«. Der Preußenkönig indes hielt sich nicht mit Kriegserklärungen auf. Er fiel mit seinen Truppen in Sachsen ein, das auf Seiten der Habsburger stand, kurz darauf in Böhmen, und der Siebenjährige Krieg war im Gange.

Ein Krieg, durch den die Marquise schmerzhaft aus all ihren Träumen gerissen wurde. Die gegen sie wirkenden Minister, ein Heer, das der Erneuerung bedurfte, vereitelte Steuerreformen wie die von Machault, der ausnahmsweise einmal hatte alle Stände mit Abgaben belegen wollen, verhinderten die erhofften Erfolge. Nach Anfangssiegen gab es heftige Niederlagen, zum Beispiel im November 1757 bei Roßbach gegen Friedrich II. In Nordamerika und Indien wurden die Franzosen geschlagen, und obwohl die Spanier halfen und die Pompadour sogar ihr privates Vermögen einsetzte, damit Kriegsschiffe gebaut werden konnten, wurde die Flotte von England mehrfach besiegt. Viel zu wenig hatte man in dieser Hinsicht in der Vergangenheit investiert.

17

»Sire, es ist angespannt.« Der Bedienstete, der Ludwig XV. am 5. Januar des Jahres 1757 diese Nachricht überbrachte, konnte nicht wissen, dass der Palast von Versailles schon Minuten später einem Tollhaus gleichen würde. Auch der König, der den Nachmittag mit seiner Tochter Victoire, Madame Pompadour und dem Dauphin verbracht hatte, ahnte nichts von den folgenden Ereignissen. Es war abends gegen sechs und er wollte ins Trianon, um dort in Ruhe das Fest der Heiligen Drei Könige zu begehen. Zusammen mit dem Duc d'Ayen, Kapitän der Leibgarde, verließ er den Kleinen Wachsaal und war gerade im Begriff, die Kutsche zu besteigen, als ihn unvermutet ein heftiger Stoß in die rechte Seite traf. Ein Mann in grauem Umhang, den Hut in die Stirn gezogen, hatte sich unbemerkt genähert und ihm einen Messerstich versetzt.

Im ersten Augenblick begriff niemand, was geschehen war, nicht einmal der Angegriffene selbst. Er stolperte und wollte sich empört umdrehen, verspürte aber plötzlich einen scharfen Schmerz. Die betreffende Stelle ertastend, merkte er, dass seine Hand voller Blut war.

Der Attentäter war ein paar Schritte zurückgewichen und eine Stimme aus dem Hintergrund fragte: »Wer ist der Kerl mit dem Hut? – Wie um Antwort zu geben, rief der König: »Ich bin verwundet. Es war der Mann dort. Nehmt ihn fest, aber tötet ihn nicht.«

Allgemeiner Tumult brach aus. Während sich die Wachleute im Schein des bleichen Mondes und flackernder Fackeln auf den Angreifer stürzten, der keinerlei Anstalten zur Flucht machte, versuchten der Herzog d'Ayen, der Dauphin und einige Lakaien, den Herrscher zu stützen. Da niemand wusste, wie gefährlich die Wunde war, führte man den König in seine Gemächer, indes laute Rufe nach den Ärzten ertönten.

Der Attentäter, ein etwa vierzigjähriger Mann mit Namen Damiens, wurde in die Wachstube gebracht und entkleidet. Man fand Geld bei ihm sowie das Messer, mit dem er zugestochen hatte. Sein Hut trug eine Nummer, die Eins, einer der Gründe, derentwegen man zunächst an eine Verschwörung glaubte. Aber der Mann, obwohl mit glühenden Zangen gefoltert, behauptete, aus eigenem Antrieb gehandelt zu haben. Seine Waffe sei keineswegs vergiftet, er habe den König nicht töten, sondern nur leicht verwunden wollen. Eine Mahnung, damit sich Seine Majestät wieder dem rechten Glauben zuwende.

Ludwig XV. liebte es, mit dem Todesgedanken zu spielen, er redete oft darüber. Zu dem früheren Minister Maurepas hatte er einmal gesagt, er fürchte, wie Heinrich IV. zu sterben – den ein gewisser Ravaillac ermordet hatte. Obwohl die ihm zugefügte Verletzung nur oberflächlich war, stand er unter Schock, glaubte sterben zu müssen. Er wies den Dauphin an, den Obersten Rat einzuberufen und zu leiten, was bis dahin noch nicht vorgekommen war, und schloss sich mit seinem Beichtvater ein. Briefe der Reue erreichten in den folgenden Tagen die Königin – die Mätresse dagegen blieb ohne jede persönliche Nachricht.

18

Es war ein Degenstich mitten ins Herz: »Madame, Seine Majestät befiehlt Euch, umgehend Versailles zu verlassen.« Ohne eine Spur Mitleid hatte der Marineminister Machault diese furchtbaren Worte ausgesprochen. Wie viel hatte die Pompadour für ihn getan, und wie dankte er es ihr nun! Er war im Volk verhasst, trotzdem hatte sie ihn für das Amt eines Großsiegelbewahrers vorgeschlagen, aber das zählte offenbar nicht. Spätestens seit der »Umkehr der Bündnisse« gehörte er zu den Gegnern. Arrogant und kalt hatte er vor ihr gestanden, sich zwar der Form halber nach ihrem Befinden erkundigt und ein paar weitere belanglose Sätze geäußert, doch das änderte nichts an seiner Botschaft.

Inzwischen war er wieder gegangen, und die Mätresse saß wie betäubt in ihrem Sessel. So also sah das Ende einer einzigartigen, glanzvollen Laufbahn und, jawohl, das Ende einer großen Liebe mit vielen Stunden glühender Leidenschaft aus. Sie wurde abgeschoben, entfernt wie eine gewöhnliche Dirne.

Die Marquise weinte, erhob sich, um zur Tür zu gehen, und sank wieder auf ihren Stuhl zurück. Sie fühlte sich einer

Ohnmacht nahe, war nicht einmal in der Lage, nach dem Abbé Bernis zu rufen, der vor Machaults Auftauchen bei ihr gewesen war. Er, die Herzogin von Brancas, einige andere Freunde und ihr Bruder hatten ihr in diesen schweren Tagen beigestanden, da die Gegner nur auf ihren Sturz warteten. Ein Sturz, der nun Wahrheit zu werden schien!

Wobei das Schlimmste, der Tod des Königs, zum Glück nicht eingetreten war. Hätte Ludwigs Sohn die Macht übernommen, eine Entwicklung, die in den ersten Stunden nach dem Attentat sehr wohl gedroht hatte, hätte sie gleich alle Hoffnung aufgeben können. Doch obwohl der Geliebte sie anscheinend nicht sehen wollte, war sie wieder zuversichtlicher geworden. Quesnay, Leibarzt der Majestät und als aufgeklärter Mann kein Freund der frommen Kräfte am Hof, hatte sie auf dem Laufenden gehalten. Dem König war nichts Ernstliches passiert, nur der Schreck hielt ihn noch immer im Griff. Er hatte nicht wirklich damit gerechnet, dass man ihn, den Souverän, angreifen könne, und war nun allen möglichen Argumenten zugänglich. Dem Gedanken zum Beispiel, dass er in sich gehen und jene beseitigen müsse, die ihn auf falsche Wege führten. Wie seine langjährige Mätresse! War es das, was ihn bewog, sie zu verstoßen, ohne dass sie eine Silbe zu ihrer Verteidigung vorbringen konnte?

Die Marquise raffte sich auf und läutete nach den Freunden, die im Vorzimmer warteten. Bernis stürzte als Erster herein, ihm folgte die Herzogin. »Ich muss gehen, mein lieber Abbé, muss das Schloss verlassen.« Erneut schossen ihr Tränen in die Augen.

»Was ist geschehen, Madame? Bitte beruhigt Euch.«

»Ich sagte es doch! Machault hat mir den Befehl Seiner Majestät überbracht.«

Die Brancas reichte ihr einen Silberbecher mit Nektar aus Orangenblüten, denn ein Glas vermochte die zitternde Hand der Pompadour nicht festzuhalten. Nachdem sie getrunken hatte, wurde sie etwas ruhiger. Empört schilderte sie das Auftreten des Ministers. »Dann werde ich jetzt Anweisung geben, mein Haus in Paris herzurichten und alles für die baldige Abreise vorzubereiten«, schloss sie.

Die Freunde waren bestürzt, wussten aber keine andere Lösung. Man wies die Lakaien an, Koffer herbeizuschaffen. Bis unverhofft die Marschallin von Mirepoix ins Zimmer trat, die der Pompadour schon manchen guten Rat gegeben hatte. »Wozu all das Gepäck, Madame, Ihr wollt wirklich weg?«

»Was soll ich anderes tun, wenn mein Herr es befiehlt?«

»Seid Ihr sicher, dass der Befehl wirklich von Seiner Majestät kommt? Nur wer die Partie aufgibt, hat verloren.«

Zumindest die letzten Worte waren richtig, und die Mätresse beruhigte sich. Ihr Kampfgeist, eine ihrer Stärken, erwachte wieder. Die Marschallin hatte recht, so schnell durfte sie nicht klein beigeben. Gemeinsam beriet man eine Weile und beschloss, nur so zu tun, als reise sie ab. In Wirklichkeit sollte sie in Versailles bleiben. Das konnte zwar gefährlich werden, wenn wirklich der König den Befehl gegeben hatte, doch in diesem Fall war sowieso alles verloren.

Von den Feinden der Pompadour war Ludwig beschworen worden, auf die im Volk geschmähte Mätresse zu verzichten, und es mag sein, dass er ernstlich darüber nachgedacht hatte. Als er sich aber nach einigen Tagen aus dem Bett erhob, suchte er sie unvermutet wieder auf. Ein langes Gespräch zwischen beiden folgte, und bald wurde klar, dass nicht ihre Gegner gesiegt hatten. Einer nach dem anderen wurden Machault, Conti und schließlich auch Graf d'Argenson abgelöst. Besonders gegen den Letzteren hatte die Pompadour noch einmal all ihre Kraft aufwenden müssen. Anstelle des Comte de Rouillé wurde nach einigem Hin und Her Bernis zum Staatssekretär des Äußeren ernannt. Damit waren die Fronten geklärt, die Gegner des Bundes mit Österreichs Kaiserin endgültig ausgeschaltet.

19

Damiens musste für sein Majestätsverbrechen schwer büßen. Von den Grausamkeiten des Mittelalters, der Folter, die in den Jahrhunderten bis zur Französischen Revolution weiterhin angewendet wurden, blieb auch er nicht verschont. Die Zeit der Aufklärung, wie das 18. Jahrhundert genannt wird, erhielt ihren Ruf durch seine Philosophen, überragende Köpfe wie Bayle, Montesquieu, Voltaire, d'Alembert, Diderot, Rousseau, Holbach, Helvétius und viele andere, nicht durch den Verzicht auf blutrünstige Strafen.

Der Attentäter, der aus kleinen Verhältnissen stammte, bei den Jesuiten und mehreren hohen Herren gedient hatte, darunter einem mit dem König unzufriedenen Richter, war ein religiöser Fantast und Fanatiker. Im wirren Streit jener Jahre zwischen den Jansenisten und den Jüngern Loyolas sorgte seine Tat für riesiges Aufsehen, und er konnte nicht auf eine gnädige Justiz hoffen. Man schlug ihn, brannte ihn mit glühenden Zangen, goss Blei in seine Wunden und beging weitere Scheußlichkeiten, bevor er im Büßerhemd öffentlich Abbitte tun musste. Das Ende kam für den Gemarterten dann auf dem Grève-Platz in Paris, wo er gevierteilt, das heißt von Pferden zerrissen wurde, die man an Arme und Beine des Delinquenten spannte.

Wie fast jede öffentliche Hinrichtung war auch diese ein Schauspiel, zu dem die Massen strömten, bei dem Fensterplätze für gutes Geld vermietet wurden, und bei dem die Zuschauer, die auch die Dächer der umliegenden Häuser besetzt hielten, applaudierten, wenn sich ein Körperteil vom Rumpf löste. Vor allem die Damen zeigten dabei offenbar Standhaftigkeit. »Keine der anwesenden Frauen«, heißt es in einem Bericht des »Journal«, »und sie waren in großer Anzahl erschienen, wandte sich von den Fenstern ab, indes die meisten Männer das Spektakel nicht ertragen konnten, ins Zimmer zurücktraten und bisweilen sogar ohnmächtig wurden.«

»Wie ich die armen Pferde bedaure!«, soll eine gewisse Madame Préandeau bei dieser Gelegenheit ausgerufen haben.

Ob Madame Pompadour die schreckliche Hinrichtung als normal befand, ist nicht überliefert. Obwohl sie mit der Aufklärung sympathisiert und Ludwig XV. in lockerer Runde davon überzeugt haben soll, das bedeutendste Werk jener Zeit, die »Große Enzyklopädie« Diderots und d'Alemberts, von der Verbotsliste zu streichen, stand die Tat Damiens auf einem anderen Blatt. Sein Messerstich hatte sie nicht weniger getroffen als den Geliebten. Sie war durch ein kurzes, aber sehr tiefes Tal gegangen, in welchem ihre Gedanken nur auf die Majestät und das eigene Schicksal gerichtet waren.

Berichten von Augenzeugen zufolge war sie nach diesem Ereignis um Jahre gealtert. Abgemagert und von angegriffener Gesundheit, mühte sie sich, die dahinwelkende Schönheit durch viel Rouge und Puder, durch Spitzen, Rüschen und anderen Flitter auszugleichen. Nachdem Ludwig sich erneut zu ihr bekannt hatte, war ihre Macht indes größer denn je. Und so schickte sie sich an, ihren Wunschtraum zu verwirklichen. Gemeinsam mit Österreich wollte sie den verhassten Preußenkönig in die Schranken weisen und auch als Siegerin über die Engländer in die Geschichte eingehen.

Freilich standen dem einerseits die Realität, andererseits ihre begrenzte Fähigkeit entgegen, die richtigen Heerführer auszuwählen. Zunächst wurde der relativ erfolgreiche, aber schon alte Marschall d'Estrées verdrängt, der ihrem Günstling Paris-Duverney, dem Armeelieferanten, nicht passte. Zögernd nahm sie in der Folge den von ihr wenig geliebten Richelieu als General hin, da er ein paar Siege verbuchen konnte. Doch er nutzte die errungenen Vorteile nicht, und sie entschloss sich, einen gewitzten, aber militärisch unfähigen Günstling, den Prinzen von Soubise, in die Schlacht zu schicken. Es kam zu den Niederlagen von Roßbach und Krefeld.

Der Staatssekretär des Äußeren, Bernis, begriff offenbar, dass zeitweilige Erfolge das Desaster nicht aufhalten konnten, und wurde durch den Herzog von Choiseul abgelöst, der einst seine Nichte an die Pompadour verraten hatte. Die Finanzlage jedoch blieb miserabel. Steuern auf Wein, Schnaps und den für das Volk wichtigen Schnupftabak wurden erhoben, Sparmaßnahmen angeregt. Man schmolz Silberschmuck ein, zahlte weniger Bestechungsgelder und Pensionen, kürzte Einkünfte – die Marquise selbst reduzierte ihre Ausgaben nur wenig.

Das alles aber konnte die Lücken im Staatshaushalt nicht schließen. Durch die Verluste in Übersee war eine wichtige Einnahmequelle verstopft, der Handel insgesamt florierte nicht mehr. Es wurde schwierig, die schlecht ausgebildeten, demoralisierten Truppen in Deutschland weiter zu versorgen, und die Streitereien zwischen den verschiedenen Befehlshabern taten ein Übriges.

Sieben Jahre dauerte der blutige Krieg, den die Politik der Pompadour und ihrer Minister heraufbeschworen hatte, und als es 1763, begünstigt durch die allgemeine Erschöpfung wie durch einen Wechsel auf dem russischen Thron, endlich zum Friedensschluss kam, hatte Frankreich seine Kolonien bis auf kleinere Gebiete in Indien und einige Antilleninseln eingebüßt. Seine Schiffe waren zu großen Teilen vernichtet, die finanziellen Verluste ungeheuer. Auch Österreich hatte sein Ziel, Schlesien wieder in die Hand zu bekommen, nicht erreicht.

20

Doch nicht nur die Niederlagen im Krieg machten der Pompadour zu schaffen – auch unter den täglichen Anstrengungen verfiel sie zusehends, litt immer häufiger unter Erkältungen, Husten und Atemnot. Kurz waren die Augenblicke des Glücks, wie zum Beispiel 1759, als Maria Theresia ihr mit einem kostbaren Geschenk schmeichelte, einem kunstvoll lackierten Schreibpult, in das ein Porträt der Kaiserin eingearbeitet war und für das sie sich überschwänglich bedankte.

Um ihre körperliche Schwäche zu verdecken, trug sie nicht mehr die leichten luftigen Kleider von einst, sondern schwere Stoffe wie Brokat und Samt, reich mit Gold, Silber oder Perlen verziert, dazu auffälligen Schmuck. Eins dieser Gewänder soll einen Wert von mehr als zweiundzwanzigtausend Livres besessen haben, eine Summe, für die man ein Haus hätte erwerben können.

Auch die Spottverse und Schmähungen gegen sie setzten ihr zu. Hatte man ihr früher die Herkunft angekreidet, ihren Ehrgeiz, den König ins Bett zu bekommen und die Macht zu erobern, so kam jetzt der Vorwurf hinzu, mit dem ehemaligen Feind zu paktieren, der noch vor kurzem die eigenen Brüder oder Söhne hingemetzelt hatte. Auch die Verschwendungssucht der Mätresse wurde weiter angeprangert, und wenngleich alles oft grässlich übertrieben war, geschah es doch nicht grundlos. Ludwig XV., einst vom Volk als der »Vielgeliebte« bezeichnet, und sie, die sich seinem Lebensstil bedingungslos angepasst hatte, verkörperten nun den prunkvollen, aber erfolglosen Staat, der langsam verfiel.

Der König indes ließ sich nach wie vor von kleinen Affären aufmuntern, und erneut musste die Mätresse auf der Hut sein. Im Frühjahr 1761 gelang es einer Anwaltstochter aus Grenoble, Ludwig XV. auf der Lagerstatt zu beglücken. Diese lüsterne Schönheit namens Anne Coupier de Romans bezirzte ihn mit ihrem langen schwarzen Haar – mit dem sie sich angeblich ganz hätte zudecken können –, mit ihren dunklen, orientalisch anmutenden Augen derart, dass er ihr nicht den »Hirschpark« zumutete, sondern sie in einem eigenen Haus besuchte. Schon bald brachte sie ein Kind zur Welt. Der Junge wurde im Januar 1772 geboren und vom König insofern anerkannt, als man ihn auf den Namen Louis-Aymé de Bourbon in die Kirchenbücher eintrug. Kein Wunder, dass bei der Pompadour die Alarmglocken läuteten.

Die junge Dame, die zudem als intelligent galt, war sehr stolz auf das Königskind und genoss eine gewisse Bevorzugung. So durfte sie im Schlosspark von Marly, in dem unter Ludwig XIV. die Technik für die Wasserspiele im acht Kilometer entfernten Versailles installiert worden war, spazieren wie sonst nur die Höflinge.

Aber die Romans hatte einerseits Feinde, die keine zweite Pompadour wollten, und andererseits einen schlechten Ratgeber, einen Abbé de Lustrac. Er drängte sie, für sich und den Sohn mehr Rechte zu fordern. Dem folgend, meldete sie Ansprüche an, indem sie in der Öffentlichkeit immer wieder auf die Herkunft des Babys hinwies, was dem König, wie wir von früheren Affären her wissen, zuwider war. So groß war seine Neigung offenbar nicht, dass er die Dame auf längere Zeit erwählt und die vertraute Gefährtin deswegen verstoßen hätte. Oder es erging ihm wie einst bei der Marquise von Coislin, von der Charles Duclos, ein Schriftsteller und Philosoph, sagte, sie hätte, »statt das Begehren des Königs zu schüren …, sich ihm so schnell ergeben, dass sie es erstickte«. Da sie sich ihm »angeboten« hätte, »wie eine Hure«, wäre sie auch »wie eine Hure genommen und fallengelassen« worden.

Zumindest schaffte es die Romans, für einiges Aufsehen zu sorgen. Sie zeigte sich mit ihrem Jungen in den Gärten der Tuilerien und im Wald von Boulogne, wo sie im Gras sitzend den Kleinen stillte. Was die Pompadour veranlasst haben soll, sich eines Tages dort in Begleitung ihrer Kammerfrau ein Bild von Mutter und Sohn zu machen. Den Hut tief ins Gesicht gezogen, damit sie nicht erkannt würde, musste sie anerkennen: Beide waren sehr hübsch. Ihr selbst aber wurde wieder einmal schmerzlich bewusst, dass ihr ein Kind vom König versagt geblieben war. Da nützte es auch wenig, dass Ludwig im Park von Versailles für sie ein Miniaturpalais zu bauen begann, das Kleine Trianon, eine Art Entschädigung, wie meist, wenn er glaubte, sie durch eins seiner Verhältnisse verletzt zu haben.

21

Noch einmal, anlässlich der Friedensfeiern 1763, zeigte sich die Mätresse in Paris, nahm in den extra errichteten Logen neben der königlichen Familie Platz. Da war sie schon ziemlich krank und hatte gewiss höchst zwiespältige Gefühle. Sie hatte mit den Truppen gebangt, Briefe an die Heerführer geschrieben, in denen sie auf Siege hoffte, Niederlagen analysierte und beklagte, Verweise oder Lob aussprach – nun war es vorbei. Der »heimliche Premier«, wie sie seinerzeit vom Marquis d'Argenson genannt worden war, gab die Macht mehr und mehr an Choiseul ab, den Günstling und Staatssekretär für Äußeres, mittlerweile auch Generalkontrolleur der Finanzen. Sie gönnte sich jetzt sogar Ruhezeiten, in denen sie dem König nicht zur Verfügung stand, zog sich in ihre Paläste zurück. Am Ende des Jahres gab es dann noch ein ganz besonderes Kulturerlebnis: Die Familie Mozart war an den Hof geladen, und das Wunderkind Wolfgang Amadeus spielte auch in ihrem Haus in Paris.

Im Winter 1763 zu 1764 weilte die Marquise im Schloss Choisy, das besser zu heizen war als das kalte Versailles. Es ging ihr nicht gut, sie litt wohl an Tuberkulose, wurde von einer chronisch gewordenen Lungenentzündung gequält. Der König, besorgt, besuchte sie täglich oder sandte Boten.

Am 7. April 1764 – es war etwas wärmer geworden – kehrte die Mätresse nach Versailles zurück. Seit kurzem fühlte sie sich besser, sie konnte wieder im Bett schlafen, was ihr einige Zeit wegen ihrer Atemnot verwehrt gewesen war, und auch kurze Ausfahrten machen. Doch sie war dicker geworden, schwerfällig in ihren Bewegungen und gelblich im Gesicht, was sie mit Rouge oder giftigem Bleiweiß zu übertünchen suchte, sie keuchte und hustete. Kaum in ihren Gemächern angekommen, verschlechterte sich ihr Zustand wieder.

Wir sehen sie auf einem Stuhl, den ein Flaschenzug nach oben, in die Räume des Königs, hievt – die Geheimtreppe kann sie nicht mehr bewältigen. Doch ihre Diener merken, dass heute auch diese Beförderung zu viel wäre. So sitzt sie, die gerade mal dreiundvierzig Jahre zählt, in ihrem Sessel, hält sich krampfhaft und schwer atmend aufrecht und überdenkt die Stationen ihres Lebens. Was für ein steiler Aufstieg und welche Mühen! Sie hat ihn geliebt, ihren schönen König, hat stürmische Nächte mit ihm, glanzvolle und bittere Tage an seiner Seite verbracht. Nein, sie bereut nichts. Die ersten Jahre vor allem waren ein einziger Triumph, wenn sie auch immer um ihn kämpfen und stets damit rechnen musste, gestürzt zu werden. Er hat es ihr mit Pracht und Reichtum vergolten, besonders aber damit, dass er ihr fast uneingeschränkte Macht überließ. Seine Liebe freilich unterscheidet sich von ihrer, ist viel mehr den fleischlichen Genüssen zugewandt und sehr unbeständig.

Sie will nicht rechnen, denn sie hat es so gewollt, obwohl sie sich einiges anders vorgestellt hatte. In Bezug auf seine Treue vielleicht und auch auf den Ruhm, den sie durch das Bündnis mit der Kaiserin zu erlangen hoffte. Dieser abscheuliche Preußenfürst, seine Hunde soll er nach ihr, Maria Theresia und der Zarin benannt haben. Ein Jammer, dass es nicht gelungen ist, ihn für seine Gemeinheiten zu züchtigen.

»Seine Majestät, Madame!«

Sie reißt sich von ihren Gedanken los, und da steht er auch schon vor ihr, noch immer ein schöner Mann, obgleich älter geworden, wuchtiger, nicht mehr ganz so frisch.

»Wie fühlt Ihr Euch heute, meine Teure?«

»Wie ich mich fühle? Recht gut, Sire …« Sie bekommt einen Hustenanfall, der sie minutenlang schüttelt, einfach nicht aufhören will. Dann: »Es ist nur … ach was … wir wissen ja beide, dass es mit mir zu Ende geht. Ich habe heute … mein Testament ergänzt, das ich bereits vor ein paar Jahren aufsetzen ließ.«

Es war 1757 gewesen, als es ihr gleichfalls sehr schlecht ging. Sie hatte ihren Millionenbesitz sorgsam aufgelistet, die

Verwandten, Freunde, ihr zahlreiches Personal bedacht: Ärzte, Lakaien, Kammerfrauen, Köche, Reitdiener, Kutscher, Türhüter, Sänftenträger, Gärtner, Schneider, Garderobieren, Mägde. Dem berühmten Naturforscher und Philosophen Buffon hatte sie ihre Tiere – Hund, Papagei und Wickelschwanzaffen – zur Betreuung übergeben.

Der König erwidert nichts, aber sie sieht ihm an, dass er keine große Hoffnung mehr auf ihre Gesundung setzt.

»Ich bitte Euch sehr, Majestät, mein Haus in Paris, das Hôtel d'Evreux, als mein letztes Geschenk anzunehmen, wenn ich nicht mehr bin. Es könnte Euren Enkeln als Palais dienen. Außerdem möchte ich, dass meine geschnittenen Steine Eurer Sammlung hinzugefügt werden.«

»Sprechen wir doch nicht über das Erbe, Madame.« Ludwig ist gerührt, er nimmt ihre Hand. Tränen treten ihm in die Augen.

»Ich weiß, dass es nur Angehörigen der königlichen Familie zusteht, in Versailles zu sterben«, fährt die Kranke fort. »Ich werde Anweisung geben, mich nach Paris bringen zu lassen.«

Ludwig schüttelt den Kopf. »Unsinn, meine Liebe. Ihr bleibt hier. In diesem Punkt werden wir nicht der Etikette folgen.«

»Danke, Majestät, danke. Ich glaube, es wird nicht mehr lange dauern.«

Wenige Tage danach fühlte sich die Pompadour so schlecht, dass sie mit Ludwigs Einverständnis den Beichtvater rufen ließ. Sie hatte sich noch von ihren Günstlingen und Freunden Soubise, Gontaut, Choiseul, Collin verabschiedet, es heißt auch, dass ihr der König ein letztes Mal die Hand geküsst hätte, bevor er sich endgültig zurückzog.

In ihrem Sessel sitzend, denn nur so bekam sie noch Luft, erhielt die Marquise die letzte Ölung. Man hatte ihren Ehemann benachrichtigt – sie waren ja nur nach Gütern getrennt –, er erschien aber nicht. Als der Priester sie verließ, blitzte noch einmal ihr Humor auf. »Wenn Ihr noch einen Augenblick wartet«, soll sie gesagt haben, »komme ich gleich mit.«

Tote durften nicht im Königspalast bleiben, das war Gesetz. Am Palmsonntag, dem 15. April 1764, starb Jeanne-Antoinette de Pompadour, keine vierundvierzig Jahre alt. Der von ihr so geliebte König sagte für den Abend das Große Gedeck ab, als er es erfuhr, speiste nur mit einigen Freunden der Mätresse. Er soll sich erleichtert gezeigt haben, weil es nun vorbei war, was aber nicht bedeuten muss, dass er keine Trauer empfand.

Die Verstorbene wurde der Sitte gemäß entkleidet und in einem Leichentuch aus der Wohnung getragen. Die ehrgeizige, auf Macht versessene, Reichtum und Prunk liebende, gegenüber Feinden wenig nachsichtige, für Schmeichelei empfängliche Favoritin, die aber auch großzügig und dankbar sein konnte, in vielerlei Hinsicht talentiert war, unter Umständen sanftmütig und humorvoll, die das Kunsthandwerk und die Kunst insgesamt gefördert hatte, war nur noch ein verwesender Körper, dessen Konturen sich unter der leichten Leinenhülle fast schamlos abzeichneten.

Am Tag der Beerdigung herrschte miserables Wetter. Als der Zug mit dem Leichnam in Richtung Paris davonrollte, stand der König im Regen ohne Kopfbedeckung auf dem Balkon eines seiner Kabinette und schaute der einstigen Geliebten hinterher, bis nichts mehr vom Konvoi zu sehen war. Dann trat er in den Raum zurück und murmelte: »Das war die einzige Ehre, die ich ihr noch erweisen konnte.«

Ludwig XV. ließ nicht, wie Heinrich IV., eine Wachspuppe anfertigen, die er wochenlang besuchte, tat sich aber mit einer neuen Favoritin schwer. Fehlte ihm die Marquise? Begriff er, dass sie nicht so einfach zu ersetzen war? Seine Gattin, Marie Leczinska, jedenfalls schrieb kurze Zeit nach dem Tod der Pompadour: »Man fragt nach ihr, da sie nun nicht mehr ist, so wenig, als hätte sie nie existiert. So ist die Welt, es lohnt wirklich nicht, sie zu lieben.«

Aber wie nun immer – von allen Königsmätressen, auch

denen außerhalb Frankreichs, hat diese Frau in der Geschichte die meisten Spuren hinterlassen. Lag es an ihrer Schönheit, ihrem Charme, ihren Talenten, der Art, wie sie jahrelang dem König diente und doch die Fäden in der Hand hielt? Man kreidete ihr die fatalen politischen Wendungen an, die sie herbeigeführt hatte, oder rühmte sie wegen ihres Kunstverstandes, der Förderung von Architektur, Malerei und Theater, wegen ihres Engagements bei der Gründung der Militärakademie und der Manufaktur von Sèvres. Sie fand sich mit dem »Hirschpark« ab und starb früh, in der Blüte ihrer Jahre, die doch schon keine Blüte mehr war. Am Ende hat all das zu ihrer skandalumwitterten Berühmtheit beigetragen. Genauso wie ihr ungeheurer Reichtum an Häusern, Ländereien und Kunstschätzen – obwohl sie stets knapp an Bargeld war –, wie die Tatsache, dass sie aus dem Bürgertum in höchste Adelskreise aufgestiegen war, wie die Verschwendung, die sie betrieb, um ihre Stellung zu behaupten, wie ihre Tändelei mit der Aufklärung und ihre Einmischung in jegliche Staatsangelegenheiten.

Beim Volk waren königliche Mätressen fast immer unbeliebt. Aus gutem Grund, verkörperten sie doch Prasserei, Hurentum und Geltungssucht in besonderem Maße. Der Pompadour gab man dazu noch die Schuld an den Niederlagen im Feld, den Gebietsverlusten und den zweihunderttausend Toten des Siebenjährigen Krieges, an der Verelendung und dem allgemeinen Niedergang Frankreichs. In ihren letzten Jahren hatten sich die Spottverse gegen sie vervielfacht. Als Grabspruch kursierten die Zeilen:

»Die hier liegt, war zwanzig Jahre Jungfrau,
Hure sieben Jahr, acht Jahre Kupplerin.«

Diderot, der von der Mätresse stärkere Impulse für ein aufgeklärtes Königtum erhofft hatte, schrieb enttäuscht: »Was ist von dieser Frau geblieben, die uns an Menschen und Geld erschöpft, ohne Ehre und Energie zurückgelassen hat, nachdem sie das politische System Europas umstieß? Der Vertrag von Versailles, der dauern wird, solange er dessen fähig ist, der »Amor« von Bouchardon, der immer bestaunt werden wird, ein paar von Guay gravierte Steine, die spätere Sammler mit Bewunderung erfüllen, ein schönes kleines Gemälde von Van Loo, das man hin und wieder betrachtet, und ein Häufchen Asche.«

Voltaire, von Jeanne-Antoinette de Pompadour mit Ehren und Ämtern bedacht, trauerte dagegen sehr um sie. Er fand es absurd, dass ein alter Schreiberling wie er weiterleben dürfe, während eine schöne Frau »die brillanteste Laufbahn der Welt« nicht fortsetzen könne. »Sie besaß Güte in ihrer Seele und Gerechtigkeit im Herzen«, erklärte er. »All dem begegnet man nicht jeden Tag.«

Jeanne du Barry (1743–1793)

XII. Jeanne du Barry: Eine Dame mit Vergangenheit

1

Étienne François de Choiseul, der mächtige Außenminister, ließ den Blick prüfend über die Gestalt der jungen Dame im weißen Musselinkleid schweifen, die nun schon zum zweiten Mal vor ihm stand. Innerhalb weniger Tage! Dass sie diese Audienzen bekam, war auf die Fürsprache hochgestellter Adliger zurückzuführen, was ihn zunächst verwundert hatte. Das Mädchen schien ihm zwar leidlich hübsch, aber mit ihrem Strohhut auf dem blonden Haar eher bescheiden bürgerlich oder gar vom Land. Ihr Begehren, einem Armeelieferanten, dem sie ihr ganzes Geld überantwortet habe, die Aufträge zu belassen, kam ihm eher verworren vor.

Erst als der Minister fragte, ob die junge Frau aus eigenem Antrieb gekommen sei und was sie mit dem Lieferanten verbinde, wurde ihm einiges klarer. Unter den Personen, auf die sie sich berief, erwähnte sie einen Grafen du Barry, und nun kam Choiseul ein Verdacht. Diesen Namen hatte er schon gehört. War der Mann nicht wegen seiner anrüchigen Lebensführung verschrien? Es hatte sich herumgesprochen, dass er in Paris Spielsalons betrieb und mittellose junge Mädchen an Herren vermittelte, die gut bezahlten. Sollte es sich bei der Bittstellerin um eine Kreatur dieses Menschen handeln?

Er schob den Gedanken beiseite. Zwar war der Ausschnitt der vor ihm stehenden Dame etwas tiefer als schicklich, aber das schien ihm nicht ungewöhnlich. Um den Adressaten dringlicher Wünsche günstig zu stimmen, griffen auch ehrbare Frauen zu solchen Mitteln.

De Choiseul war kein Kostverächter. Obwohl mit seinem roten Haar und der Knubbelnase eher hässlich, schätzten ihn die Damen wegen seines Frohsinns und seines charmanten Auftretens. Allerdings wählte er seine Mätressen stets standesgemäß. Im vorliegenden Fall sah er dagegen keinen Anlass, sich der Frau nur wegen einiger verheißungsvoller Blicke, die sie ihm zugeworfen hatte, huldvoll zuzuwenden.

Er wimmelte sie ab. Zumal ihm noch einfiel, dass besagter du Barry auch in Geschäfte verwickelt sein sollte, die mit Lieferungen an Truppen in Korsika zu tun hatten. Wertvolle Staatsgelder versickerten dort, und der Minister war gerade dabei, diese Vorgänge zu überprüfen. Die schlechte Finanzlage Frankreichs erforderte alles andere, als Leuten unter die Arme zu greifen, die vielleicht im alten Stil weiterwirtschafteten.

Für ihn war die Angelegenheit erledigt. Jeanne Bécu jedoch, die sich zu dieser Zeit Mademoiselle Vaubernier nannte und schon bald als Gräfin du Barry bekannt werden sollte, konnte mit ihrem Auftritt nicht zufrieden sein. Sie hatte sich gut vorbereitet, mit Absicht schlicht, aber nach ihrer Überzeugung so verführerisch wie stets gekleidet. Man sagte ihr nach, dass sie – in welcher Gewandung auch immer – hinreißend schön sei, und ihre Wirkung auf Männer war Hunderte Male bewiesen. Nur dieser Choiseul hatte mit keiner Wimper gezuckt. Er war ganz offenbar empfindungslos wie ein Holzklotz.

Jeanne hakte die Sache ab, im Grunde war sie nicht deswegen nach Versailles gekommen. Sie war auf ein noch höheres Wild angesetzt und nun umso mehr entschlossen, es zur Strecke zu bringen. Seit vier Jahren bereits war die mächtige Pompadour tot, und der König hatte seither keine neue Favoritin an der Seite. Obwohl es, wie alle Welt wusste, so manches Manöver gegeben hatte, ihn einzufangen. Gerade Choiseuls Schwester, die Herzogin von Gramont, sollte in dieser Hinsicht mehrere sehr direkte Versuche unternommen haben, ihm ihr Talent im Bett zu beweisen.

Jeanne durchwanderte nachdenklich die Korridore und Säle des riesigen Schlosses. Niemand hinderte sie daran, denn der Palast war von tausenden Personen bewohnt, nicht nur Höflingen aller Art, auch Dienstboten, Zofen und sogar Bittsteller wie sie selbst bevölkerten die Gänge. Man musste nur schicklich gekleidet sein und einen triftigen Grund für den Besuch haben.

Sie war von der Größe und Pracht des Bauwerks überwältigt. Von all dem Marmor und Gold, den Brokat- und Seidenstoffen, Gobelins, lackierten Möbeln, wunderbaren Skulpturen, großen Bildern, von denen die hohen Herren und Damen stolz auf sie herabschauten! Als sie den berühmten Spiegelsaal betrat, in dem es gleißte und glitzerte, traf sie auf ihr vervielfachtes Ebenbild. Sie betrachtete ihre schlanke Gestalt im betont schlichten Kleid, das makellose Gesicht mit der schmalen Nase, den klaren blauen, ein wenig schrägen Augen unter der glatten Stirn, ihre dichte blonde Lockenfülle, und war zufrieden. Wie zur Probe formte sie die vollen Lippen zu einem kleinen Kuss und freute sich, dass hundert Jeannes aus den Spiegeln ringsum zurückküssten. Nein, sie brauchte den Vergleich mit der jungen Pompadour nicht zu scheuen. Sogar heute, da sie weitgehend auf Puder und Schminke verzichtet hatte, war sie sich dessen sehr wohl bewusst.

Die Niederlage beim Minister war vergessen. Auch die zurzeit düstere Stimmung am Hof berührte sie wenig. Zwar lag die Königin, Marie Leczinska, im Sterben, und auch die Trauerfälle der letzten Jahre drückten den König und seine Familie nieder – der Thronfolger und ein Enkel waren gestorben –, aber sie lebte ja nicht im Schloss unter den Höflingen, die nur noch von einer Messe zur anderen pilgerten und mit gedämpften Stimmen durch Hallen, Gänge und Parks wandelten. Nein, sie musste sich all dem nicht anpassen, konnte sie selbst sein. Und jetzt war sie darauf gespannt, den König ganz aus der Nähe zu sehen, denn man hatte ihr erklärt, dass er bald hier vorbeikäme.

Als er dann tatsächlich im Saal erschien, wo sich alle möglichen Leute eingefunden hatten, um für Sekunden seine Aufmerksamkeit zu erhaschen, auf ein Wort hofften, das sie vor den anderen auszeichnete, blieb er kurz stehen. Sein Blick glitt abwesend über die Reihen der Höflinge und Diener, ohne lange an einem Punkt zu verweilen. Bis er auf ein unbekanntes Gesicht traf, auf Augen, die den seinen mit einem überraschend freimütigen Lächeln begegneten. Wo doch jedermann sonst nur geflissentliche Trauer zeigte!

Ludwig XV. stutzte und betrachtete einen Moment lang die jugendfrische Gestalt im weißen Kleid, bevor er weiterging. Verstört oder gar verärgert wegen ihres Lächelns schien er nicht zu sein, obwohl er doch bemerkt haben musste, dass ihr Verhalten von der Etikette abwich.

2

Jeannes gutes Aussehen wird vor allem der stattlichen Figur ihres Großvaters Fabien Bécu zugeschrieben. Der stammte aus bäuerlichen Verhältnissen, hatte es in Paris immerhin zum Gastwirt gebracht und aufgrund seiner körperlichen Vorzüge eine Gräfin von Cantigny verführen, ja sogar ehelichen können. Nachdem deren Vermögen verbraucht und sie selbst gestorben war, verdingte er sich als Koch in einem Schloss nahe der heimatlichen Gemeinde Vaucouleurs. Er hatte den klangvollen Namen seiner Gemahlin angenommen und heiratete nun in die Familie der Hausherrin ein. Mit seiner zweiten Frau zeugte er sieben Kinder, eins offenbar so schön wie das andere. Bis auf Jeannes Mutter, Anne Bécu, die sich eine fragwürdige Freiheit als Näherin bewahrte, dienten alle bei adligen Herrschaften.

Anne Bécu war in der Liebe recht großzügig und besserte ihr schmales Budget durch einige Sous auf, die sie von Offizieren der örtlichen Garnison für ihr Entgegenkommen erhielt. Jeannes Vater allerdings soll ein ebenfalls ansehnlicher Mönch aus einem Kloster gewesen sein, in dem ihre Mutter Bettlaken nähte. Offenbar hatte sie diese mit ihm auch gleich eingeweiht. Seinen Namen, Gomard de Vaubernier, gab Anne aber zunächst nicht preis.

Jeanne Bécu kam in jenem Vaucouleurs im August 1743 zur Welt. Sie gelangte vierjährig mit ihrer Mutter nach Paris, wo bereits eine Schwester, die »schöne Hélène«, ehrbar und in guter Stellung lebte. Der Grund für den Umzug war jedoch nicht sie, sondern ein Zahlmeister aus der Kapitale, ein Monsieur Dumonceaux, der Anne ein zweites Kind gemacht hatte. Als das Baby dann starb, nahm er, sicherlich nicht zur Freude seiner italienischen Mätresse, Mutter und Tochter in sein Haus.

Anne arbeitete nun als Köchin, Jeanne indes gewann das Herz der Italienerin und erste Erkenntnisse darüber, wie angenehm es sich im Wohlstand leben lässt. Sie durfte mit den duftenden Flakons und Schminktöpfchen, den vergoldeten Bürsten und Kämmen der Mätresse spielen.

Leider ging das nicht lange so. Die Mutter heiratete einen von Dumonceaux ausgesuchten Mann, der zwar pockennarbig, doch viel jünger als sie war und mit dem Amt eines Lagerverwalters der Armee versorgt wurde. Jeanne aber war eine Erziehung bei den ehrbaren Nonnen eines Pariser Klosters zugedacht. Sie blieb dort neun Jahre, wurde nur gelegentlich von der Mutter besucht.

3

Mit fünfzehn verließ Jeanne Bécu das Kloster, wo man sie in Religion und Hauswirtschaft unterrichtet hatte, aber auch in Musik und Zeichnen, da sie vor allem für Letzteres Talent besaß. Sie ging bei einem jungen Friseur in die Lehre, der sich so heftig in sie verliebte, dass er die Wohnung mit ihr teilte. Ebenso sein kleines Vermögen, denn anspruchslos war die junge Dame anscheinend schon damals nicht. Der Liebhaber verschuldete sich über alle Maßen und musste sogar ins Ausland fliehen. Vermutet und zugleich angezweifelt wird, dass aus dem Verhältnis eine Tochter hervorging, die ein Onkel Jeannes als sein Kind aufzog.

Es folgte eine Stellung als Gesellschafterin bei der Witwe eines Steuerpächters, die Jeanne wieder mit der Welt der Reichen in Berührung brachte. Da sie ihre Gunst jedoch den beiden verheirateten Söhnen der Hausherrin schenkte, und wohl auch noch die Annäherung einer der Ehefrauen jener beiden Männer abwehren musste, wurde sie den Posten bald wieder los.

Die inzwischen Neunzehnjährige fand einen neuen Lehrherrn im Besitzer eines bekannten Pariser Modegeschäfts. Hier war sie zwar nur eine angehende Putzmacherin unter vielen, doch handelte es sich um ein exklusives Haus, in dem die reichsten und vornehmsten Kunden einkauften. Wie andere Mädchen auch konnte die Bécu, die nun den Namen ihres Vaters Vaubernier annahm, Verabredungen treffen und mit ihren sicherlich schon ausgereiften Liebeskünsten ihren Lohn aufbessern. In den Polizeiberichten jener Zeit ist sie bereits als eine »Grisette« erwähnt, »die willens ist, alles anzunehmen, was sich ihr bietet … und die sich von Männern aushalten lässt, ohne mit ihnen verheiratet zu sein«. Sie sei aber – man beachte den feinen Unterschied! – »keine Prostituierte oder gar Straßendirne«.

Wichtig wurde für Jeanne eine Begegnung im Jahr 1763, als sie vom Hofmaler Drouais zur Enthüllung einer Reiterstatue Ludwigs XV. eingeladen wurde. Durch eine Tochter ihres Chefs, eine begabte Künstlerin, war ihr Zeichentalent gefördert worden, und sie hatte auch schon Modell gestanden. Bei den Malern der Stadt war sie, wie Jahre vorher die lüsterne O'Murphy, eine von Ludwigs flüchtigen Geliebten, wegen ihrer Schönheit begehrt.

Bei dieser Enthüllung nun – gefeiert wurde die Beendigung des Siebenjährigen Krieges, der dem Land vor allem Schulden, Niederlagen und den Verlust der meisten Kolonien eingebracht hatte – wurde der bereits erwähnte Jean-Baptiste du Barry, ein Abenteurer und Geschäftemacher, auf Jeanne aufmerksam. Er stammte aus verarmtem Adel, hatte sein schmales Erbe durchgebracht, Frau und Kind in der Provinz zurückgelassen und bestritt nun seine Ausgaben vor allem damit, dass er hübsche Mädchen an reiche Libertins vermittelte. Er galt als einer der verdorbensten Männer in Paris, ein Ruf, den er wohl ständig zu festigen suchte. Doch sammelte er auch Kunst, verkehrte mit Dichtern und lebte auf großem Fuß, weil er bei den Vermittlungen seiner Damen höchste Preise erzielte. Ohne Zweifel schätzte er den Wert Jeannes, die er anfangs für die Befriedigung eigener Bedürfnisse auserkoren hatte, sofort richtig ein.

Jean du Barry bezog auch Einkünfte aus Lieferungen für die Truppen in Korsika, und da Jeannes Stiefvater als Lagerist für die französische Armee arbeitete, gab es Gemeinsamkeiten. Bei einer späteren Befragung durch die Polizei erklärte Mama Bécu, dass die Tochter damals gegen Zahlung eines bestimmten Betrages ins Haus du Barrys übergesiedelt sei. Der »Abkauf« dürfte aber nicht minder im Sinne der zielbewusst nach Höherem strebenden, leichtlebigen Neunzehnjährigen gewesen sein.

Jeanne, in ihren Kreisen als »l'Ange«, »der Engel«, bekannt – Vaubernier war im Kloster Bruder Ange gewesen –, besaß Bildung und Talent. Sie lernte schnell, sich entsprechend ihrem neuen Status zu kleiden und zu verhalten. Eine weitere Wende trat in ihrem Leben ein, als du Barry seinen Sohn am Hof unterbringen wollte. Um ihn zum Pagen zu machen, bedurfte es der Fürsprache eines Mannes mit großem Einfluss, der über den zweifelhaften Ruf des Grafen hinwegsah. Du Barry gewann dafür den Herzog von Richelieu, einen Gegner der verstorbenen Pompadour und langjährigen Vertrauten des Königs. Als Gegenleistung bot er dem Edelmann seine liebreizende Gespielin an.

Dies war die Vorbereitung auf eine Karriere, wie sie sich die kleine Putzmacherin trotz ihres Verlangens, in den Adel aufzusteigen, sicherlich nicht im Traum hatte vorstellen können. Das Verweilen beim zweiundsiebzigjährigen Herzog soll ihr übrigens fünfzig Louisdor eingebracht haben, für sie damals noch ein kleines Vermögen.

4

»Nun, mein Freund, was haben Eure Erkundigungen ergeben?« Der König schaute seinen Kammerdiener so gespannt an, dass der alte Mann sein Erstaunen nur mit Mühe verbergen konnte. Eine solche Erregung hatte er bei der Majestät lange nicht mehr bemerkt, und er kannte sich bei seinem Herrn aus.

Lebel war nicht nur ein langjähriger und wirklich treuer Diener, sondern auch Ludwigs Vertrauter in sexuellen Dingen. Er empfahl dem Herrscher Damen fürs Bett oder erfand kleine hässliche Geschichten, die sie ihm, falls nötig, vermiesten. So war es schon zu Zeiten der Pompadour gewesen, die häufig gefährliche Rivalinnen ausschalten musste. Der Kammerdiener hatte seine Hand im Spiel gehabt, als Mademoiselle Romans ins Kloster abgeschoben wurde, und verhindert, dass ein gewisses Fräulein Dorothy zum Zuge kam. Diesem jungen Mädchen, das am Hof bereits große Beachtung fand, hatte er einen Freund mit einem ansteckenden Leiden angedichtet.

»Wie es scheint, ist sie eine Dame von Stand, Majestät«, gab der Diener jetzt zur Antwort. »Man kennt sie unter dem Namen de Vaubernier. Ihre Schönheit wird gerühmt.«

»Das überrascht mich nicht. Habt Ihr sie getroffen, ihr meine Einladung überbracht?«

»Gewiss, Majestät.« Lebel zögerte. Ihm war bewusst, dass er mit der »Dame von Stand« gemogelt hatte. Der Name du Barry war keine Empfehlung, man erwähnte ihn eigentlich besser nicht vor Seiner Majestät. Andererseits hatten Richelieu und er die Begegnung im Spiegelsaal arrangiert, um den

König von seinen tristen Gedanken abzulenken, und das schien zumindest zu gelingen.

»Und? Wird sie kommen?«, fragte der Herrscher ungeduldig.

»Wie könnte es anders sein, Sire.« Der Kammerdiener gab sich reservierter, als er wollte. Hoffentlich hatte er das Richtige getan.

Ludwig XV. bemerkte nichts von dieser Zurückhaltung, er rieb sich zufrieden die Hände. Die Melancholie der letzten Jahre, die sich oft bis zum Trübsinn gesteigert hatte, und das stetige Zaudern waren mit einem Mal Vergangenheit. Selbst für den »Hirschpark« hatte er zuletzt kaum noch Interesse gezeigt.

»Vielleicht sollten wir mit dem Treffen warten, bis wir das Gesundheitszeugnis haben«, murmelte Lebel.

Ein Attest war Pflicht. Nichts fürchtete Ludwig so sehr wie eine Geschlechtskrankheit. Er sagte: »Gut, gut, ich hoffe, wir bekommen es schnell, damit ich sie bald kennenlernen kann.«

»Wie Majestät befehlen«, gab der Lakai trocken zur Antwort.

5

Lebel tat seine Pflicht, und der achtundfünfzigjährige Monarch verliebte sich in Jeanne wie ein Jüngling. Fraglich ist eine Überlieferung, nach der sie ihn gleich beim ersten Empfang, als die üblichen Hofknickse absolviert waren, auf den Mund geküsst haben soll. Dass beide bald zur Sache kamen, dürfte dagegen unbestritten sein. Auf diesem Gebiet war die Majestät schon immer schnell gewesen und die Edelhure unschlagbar. Gewiss verstand sie sich noch besser auf die Liebeskünste als seine früheren Mätressen. Bekannt ist auch, dass sich solche Damen damals der »Baptême d'ambre«, der Ambra-Taufe, unterzogen, das heißt, ihr Geschlecht parfümierten. Sie verhalf dem wahrlich erfahrenen Praktiker »zu einigen Freuden, die mir völlig neu waren«, wie der König dem Herzog d'Ayen erklärte. »Das hängt damit zusammen, dass ihr nie im Bordell wart, Majestät«, hätte der erwidert.

Doch auch der natürliche Liebreiz der jungen Geliebten, ihr Geschick, sich zu kleiden und zu frisieren, ihre schlichte, möglicherweise angeborene Eleganz und ihre Sauberkeit – sie nahm morgens öfter ein Bad, was zu damaligen Zeiten ungewöhnlich war – dürften dem Herrscher gefallen haben. Hinzu kam eine – wenngleich oberflächliche – Bildung: Sie las Shakespeare und französische Klassiker wie Racine und Molière, verstand es, allerhand fröhliche Geschichten zu erzählen, die den stets Gelangweilten unterhielten.

Dass seine neue Favoritin kein unbeschriebenes Blatt war, wusste der König. Man hatte ihm von ein paar Affären der jungen Frau erzählt, und zum Herzog von Richelieu soll er schon nach den ersten Nächten gesagt haben: »Eure Jeanne gefällt mir. Sie hat es als Einzige in Frankreich geschafft, mich meine sechzig Jahre vergessen zu lassen.«

Die Einzelheiten ihrer bewegten Vergangenheit kannte der Herrscher allerdings nicht, er wollte sie auch nicht zur Kenntnis nehmen. Der Hof sah mit Überraschung und Abscheu, dass sich eine Halbweltdame niederster Herkunft anmaßte, den König mit Beschlag zu belegen. Schon die bürgerliche Pompadour war damals eine Zumutung gewesen, immerhin aber Ehefrau eines Monsieur d'Étiolles. Die Bécu-Vaubernier dagegen war mit einem stadtbekannten Zuhälter liiert. Das Ganze war ein Skandal!

Als Lebel merkte, dass es sich nicht, wie erwartet, um ein flüchtiges Abenteuer handelte, packte ihn das große Zittern. Selbst ihm war eine Mätresse dieser Couleur nicht geheuer, und die unangenehmen Details über ihre Vergangenheit hatte er dem Herrscher ja bisher verschwiegen. Bei den Männerbekanntschaften der Vaubernier, ihren Onkeln und Tanten, die in Pariser Adelshäusern dienten, würde es nicht lange dauern, bis die Wahrheit herauskam. Vorsichtig begann der alte Diener, den König aufzuklären.

Doch der verschloss die Ohren. Wenn Jeanne nicht von Adel war, musste man sie eben in diesen Stand erheben. Wenn sie keinen Ehemann hatte, würde man einen für sie finden. Die Andeutungen aber, die ihr Vorleben betrafen, nahm er höchstens dem Diener übel.

Dass die Majestät sich so über alle Etikette hinwegsetzte, nur zum Schein einige Regeln einhielt, verwundert nicht. Der lüsterne König, der wie sein Urgroßvater, Ludwig XIV., Rechte für sich in Anspruch nahm, die er anderen sofort verweigert hätte, brauchte nichts zu begründen, denn er sah sich als Souverän. In Jeanne hatte er die Frau gefunden, die ihn alle Niederlagen und Kränkungen der letzten Jahre vergessen machte. Den Streit mit den Parlements, den Gerichtshöfen, die seine Steuererhebungen ablehnten, den Hass des Volkes, das immer wieder rebellierte und ihn mit Schmähschriften verfolgte, die Tatsache, dass er mit seinen Armeen von Preußen und Engländern geschlagen worden war. Ob der Satz »Nach mir die Sintflut« in der Tat von ihm stammt, ist nicht verbrieft, aber dass der Adel im steten Niedergang begriffen war, die Staatsfinanzen nicht mehr ausgeglichen werden konnten und die Kritik am absolutistischen System von den Gegnern aller Schichten immer heftiger wurde, bleibt unbestritten.

Am 24. Juni 1768 starb die Königin, der sich Ludwig in den letzten tristen Jahren nochmals ein wenig angenähert hatte. Inzwischen fieberte er freilich bereits wieder neuen Freuden mit Jeanne entgegen. Seine Trauer hielt sich deshalb sehr in Grenzen. Er hatte es eilig, nach Compiègne zu kommen, wo die Schöne jetzt häufiger in einer Kutsche zu sehen war. Noch war sie sich ihrer Sache nicht sicher. Sie wusste nur, dass sie nicht im »Hirschpark« landen wollte. Das hatte ihr du Barry eingeschärft.

Überhaupt du Barry! Es war klar, dass er nun persönliche Ansprüche aufgeben musste. Auch waren die ersten Arrangements ohne ihn zustande gekommen. Doch seine Ziele lagen höher. War Jeanne erst Mätresse, würde ihr der König die Kassen öffnen. Aus diesem Grund scheute der Graf keine Kosten, die Ehemalige mit prächtiger Garderobe und schöner Kutsche auszustatten, so dass sie den nötigen Glanz zeigen konnte. Dass alles auf Pump geschah, störte ihn nicht.

Denn schon brauchte man ihn wieder. Ein Ehemann musste her. Weil er verheiratet war, kam du Barry selbst nicht in Frage, doch es gab da noch einen kleinen, dicken, als Invalide aus Übersee zurückgekehrten Bruder in der Provinz. Ein Heiratsvertrag wurde aufgesetzt und am 1. September des Jahres die Trauung vollzogen. Jeannes Eltern und sogar ihr leiblicher Vater, der einstige Mönch, der inzwischen eine Karriere als Priester und Beichtvater vermögender Damen gemacht hatte, waren anwesend.

Graf Guillaume du Barry, der auserkorene Ehemann, hatte sich mit einigen Schnäpsen Mut angetrunken. Er sah die Braut vielleicht doppelt, aber auf jeden Fall zum ersten und letzten Mal. Es war klar, dass er kein Recht auf ihre Einkünfte oder das Vermögen bekam, das bereits etliches an Diamanten, Kleidung und Geld betrug. Er wurde jedoch für seine Zustimmung mit einer entsprechenden Summe abgefunden. Später berief er sich beim Schuldenmachen ebenfalls auf Jeanne und – wie er es prahlerisch ausdrückte – auf »seinen Schwager, den König«.

Jean-Baptiste du Barry dagegen erfand ein Wappen, mit dem die Karosse der Mätresse geschmückt wurde, und so war fast alles für den Aufstieg in die noble Gesellschaft vorbereitet. Nur der Etikette war noch nicht Genüge getan. Wenn der König Jeanne dauerhaft zu sich holen wollte, musste sie offiziell bei Hof eingeführt werden. Gewissermaßen ein Ritterschlag. Hierfür brauchte man aber eine Dame höchsten Adels als Bürgin, was äußerst schwierig zu bewerkstelligen war. Keine wollte für »so eine« ihren Ruf aufs Spiel setzen.

6

Choiseul war wütend. Er schob die Papiere zusammen, die auf seinem Schreibtisch lagen, und sprang auf. »Was Ihr mir da erzählt, Béatrice, kann nicht wahr sein«, sagte er. »Der König will diese Hure bei Hof präsentieren? Eine Prostituierte, die mit kleinen Ladenbesitzern, Friseuren und Offizieren im Bett gelegen hat? Sie ist ja nicht einmal besonders hübsch. Als sie damals bei mir vorsprach, hielt ich sie für ein dummes Ding vom Land.«

Seine Schwester, die Herzogin von Gramont, war nur in einem Punkt anderer Meinung. Ein reizvolles Aussehen gestand sie der du Barry bis zu einem gewissen Grad zu. »Vom Land oder nicht«, murmelte sie, »dass die Dirne hässlich ist, wäre gelogen. Man muss es den Mönchen lassen, sie machen schöne Kinder.«

»Jedenfalls ist sie eine Zumutung für uns«, wetterte der Minister.

»Da kann ich unmöglich widersprechen. Wer hätte gedacht, dass unser Herrscher so tief sinken würde. Es genügt ihm nicht, ihr die Röcke zu heben wie all seinen sonstigen Weibsbildern.«

»Da war die Marquise, bei allem, was man gegen sie ins Feld führen konnte, doch von anderem Kaliber«, stöhnte der Bruder. »Ich weiß gar nicht, wie ich diese Geschichte den Gesandten erklären soll. Ständig kommen Anfragen. Im Ausland ist man entweder entsetzt oder belustigt, meist sogar beides.«

»Der König macht sich und uns lächerlich«, bestätigte die Gramont.

»Er wird niemanden finden, der sich die Blöße gibt, die kleine Hure bei Hof vorzustellen«, sagte de Choiseul hoffnungsvoll.

»Da wäre ich mir nicht so sicher. Die Dirne hat ihn behext, sie braucht bloß die Beine zu spreizen, und er gewährt ihr alles. War es bei der Pompadour nicht ähnlich? Da fand sich zunächst auch niemand, der sie bei Hof einführen wollte. Und doch erwies ihr dann sogar eine Prinzessin den wertvollen Dienst. Man musste der Conti bloß die Spielschulden bezahlen, damit sie einwilligte.«

Choiseuls Optimismus verflog. »An all dem sind nur Lebel und Richelieu schuld«, murmelte er. »Aber der alte Lebel hat es ja nun gebüßt.«

In der Tat war der Kammerdiener – möglicherweise wegen der Aufregungen der letzten Wochen – vor kurzem gestorben. Die Herzogin hielt sich nicht mit seinem Ableben auf. »Wir müssen etwas unternehmen«, verlangte sie.

»Was denn unternehmen? Ihr habt es selbst erwähnt – Seine Majestät ist vernarrt in sie!«

»Trotzdem. Wenn die Hure noch mehr Einfluss nimmt, gewinnt nur Richelieu.

Das war richtig und konnte dem mächtigen Minister nicht gefallen. Richelieu war immer ein Gegner gewesen. Er hatte die Pompadour bekämpft und damit auch ihn, der ihr seinen Aufstieg verdankte. Aber noch wollte Choiseul nicht glauben, dass sich diese lachhafte Affäre lange hinzog. Er machte sich selbst Mut. »Diese Dirne wird niemals Maîtresse en titre«, sagte er, »lassen wir einfach die Zeit für uns arbeiten.«

Man sah seiner Schwester an, dass sie von diesem Vorschlag nichts, aber auch gar nichts hielt.

7

Jeanne Vaubernier, die nun eine Gräfin du Barry war und auf der Leiter der Ehrbarkeit eine weitere Stufe erklommen hatte, konnte den König zwar durch raffinierte Liebesdienste fesseln, sie konnte aller Welt deutlich machen, welch neue Lebensfreude er durch sie empfand – dass man ihr deswegen respektvoller begegnet wäre, erreichte sie nach wie vor nicht. In Compiègne, Fontainebleau und neuerdings auch in Versailles, wo

Ludwig sie im Zimmer des verstorbenen Lebel untergebracht hatte, war sie die meiste Zeit mit sich allein. Außer von ihm wurde sie von allen geschnitten. Man grüßte sie nicht, sprach nicht mit ihr, dachte erst recht nicht daran, sie zu besuchen. Sie hätte den Geliebten gern auf die Jagd begleitet – solange sie nicht am Hof eingeführt war, musste sie darauf verzichten.

Besonders die königliche Familie, die nach dem Tod Marie Leczinskas neben dem kindlichen Dauphin hauptsächlich aus Mesdames bestand, Ludwigs unverheirateten Töchtern, zeigte offen ihre Verachtung. Diese Damen gehörten zur frommen Partei am Hof, den sogenannten »Devots«, und hatten auch schon gegen die frühere Mätresse intrigiert. Als Feindinnen Choiseuls, der es eher mit den Philosophen der Aufklärung hielt, kämpften sie gewissermaßen an zwei Fronten.

Jeanne aber brauchte jemanden, mit dem sie sprechen und der ihr Ratschläge geben konnte – am besten eine Frau. Denn ihr ehemaliger Liebhaber du Barry hätte durch seine Anwesenheit zu viel verderben können. Wohlweislich hielt er sich deshalb im Hintergrund, nahm nur über seinen Sohn, der mittlerweile in Versailles als Page diente, und über andere Mittelsmänner Kontakt auf. Doch er hatte die glänzende Idee, seine jüngere Schwester ins Spiel zu bringen. Claire Françoise, genannt Chon, eine kluge und recht gebildete Person, war nicht gerade hübsch, wusste aber als Gesellschafterin der neuen Favoritin den König schnell für sich einzunehmen.

Chon war keine Françoise Montespan, die ihrer Freundin den »Sonnenkönig« ausgespannt hatte, und keine Pauline Vintimille, die ihrer Schwester das Gleiche mit Ludwig XV. angetan hatte. Sie war offenbar eine wirkliche Gefährtin und half Jeanne, das Dirnenhafte abzustreifen, das ihr noch anhing – wenngleich es im Bett unbestreitbar nützte. Sie hatte schnell begriffen, dass Naivität und Überschwang am Hof eher schädlich waren. Vor allem aber stärkte sie das Selbstbewusstsein der Freundin, nahm ihr die Furcht, gegen alle allein zu stehen. Was mitunter sehr vonnöten war, zum Beispiel als ihre große

Hoffnung auf die erwähnte Einführung bei Hof zu platzen drohte.

Wie schon bei der Pompadour und wie von Choiseul erhofft, hatte es großer Anstrengungen bedurft, eine Dame von Stand für diese Aufgabe zu gewinnen. Eine Gräfin von Béarn, eine alte und etwas verstaubte Adlige, hatte extra aus der Provinz herbeigeholt werden müssen; der König hatte ihre Schulden beglichen und zugesagt, ihre Söhne zu befördern, die in der Armee dienten. Doch nun war es so weit. Endlich stand der Termin der Repräsentation fest, und Jeanne atmete auf. Zu früh, wie sich herausstellte. Plötzlich traf die Nachricht ein, dass alles wieder abgesagt würde: Die edle Dame habe sich den Knöchel verstaucht.

Wir stellen uns die Mätresse beim Erhalt dieser für sie schrecklichen Botschaft vor. In Tränen aufgelöst, sitzt sie im feinseidenen Negligé auf dem Bett. Chon hat sich auf den Boden gekniet und hält ihre Hand. »Nur jetzt nicht klein beigeben«, sagt sie. »Ewig kann Madame ihren Fuß nicht pflegen. Und wenn sie herbeihinkt, sie wird ihre Pflicht erfüllen!«

»Bestimmt war es Absicht. Die alte Vettel will sich nur vor der Verantwortung drücken. Vielleicht hat sie sich den Knöchel gar nicht verknackst.«

»Auf das unschöne Wort Vettel sollten wir besser in Zukunft verzichten, das bringt nur Ärger.« Chon tätschelt Jeanne die Hand.

»Aber es stimmt doch. Richelieu hat mir erzählt, wie lange man sie bitten und was man ihr alles versprechen musste, damit sie zusagt. Und nun, wo es ernst wird, kriecht sie ins Bett.«

»Das wird nicht nur uns verärgern, sondern auch den König«, sagt Chon und erhebt sich. »Er wird es dieser Gräfin nicht durchgehen lassen. Wir müssen Ruhe bewahren.«

»Aber wie lange soll ich noch warten? Ohne die Einführung bei Hof bin ich nichts. Alle hassen mich. Wenn ich mit der Kutsche an den feinen Damen und Herren vorbeifahre, wenden sie mir den Rücken zu. Wie soll ich da ruhig sein?«

Die Schwägerin geht im Zimmer auf und ab. Sie ist ebenfalls nervös, gibt aber nicht nach. »Ihr habt des Königs Liebe und werdet das durchstehen, Jeanne. Nur Euch gelingt es, ihn glücklich zu machen. Ich weiß, wie schwierig Eure Lage ist. Aber wir dürfen uns nichts anmerken lassen. Zieht Euch jetzt an und macht Euch schön. Wir wollen ausgehen und allen zeigen, dass wir durch nichts zu erschüttern sind. Das heißt«, fügt sie mit einem aufmunternden Lächeln hinzu, »schön seid Ihr ja auch so. Doch jetzt, versteht Ihr, müsst Ihr in Schönheit geradezu erstrahlen!«

Jeannes Situation jedoch wurde noch kritischer. Zum einen durch Schmähschriften und gehässige Verse, die mit Choiseuls Billigung gegen sie in Umlauf gebracht wurden – sogar ein derb-lästerliches Theaterstück kam zur Aufführung –, zum anderen durch einen Unfall des Königs. Wenige Tage später stürzte er vom Pferd, und da es ihm nicht besonders gut ging, bekamen die »Frommen« Oberwasser. Ludwigs Töchter im Verein mit den Priestern betrachteten das Ereignis als eine Strafe für sein lasterhaftes Leben. Eine neue ehrenhafte Heirat wurde ins Gespräch gebracht; die Geliebte durfte nicht zu ihm.

Aber der Herrscher hatte sich schon einmal, zu Zeiten der Châteauroux, durch solche Vorhaltungen einschüchtern lassen – das sollte sich nicht wiederholen. Ihm war wohl bewusst, dass es nach einem so sündhaften Leben auf eine letzte große Sünde nicht mehr ankam. »Sie ist schön, sie gefällt mir, und das genügt«, schrieb er an Choiseul. »Wenn ich will, werden alle vor ihr niederknien.« Die Tränen der du Barry, ihre Hingabe und wilde, wenn auch berechnende Leidenschaft, als er sie doch wiedersah, taten ein Übriges. Am 22. April 1769 war es dann endlich so weit – Madame von Béarn musste ihre Aufgabe erfüllen.

8

Einführungen bei Hof waren stets wichtige gesellschaftliche Ereignisse, in diesem Fall hatte die Sache noch dazu einen sensationellen Anstrich. Man lehnte die Hure ab, wollte ihren Auftritt aber nicht verpassen. Schon bei der bürgerlichen Vorgängerin Jeannes war das so gewesen. In den Sälen drängten sich die bepuderten Perücken, brillantbesetzten Jabots und mit Diamanten verzierten gebauschten Kleider. Auch das Volk eilte herbei und klebte am Zaun des Palastes, um die frühere Putzmacherin und Konkubine bei ihrem Eintreffen zu beobachten.

Wer in diesen Tagen darauf gewettet hatte, Madame du Barry würde es nicht schaffen, bei Hof präsentiert zu werden, zog den Kürzeren. Kaltblütig fuhr sie mit zehn Minuten Verspätung in den Schlosshof ein, ließ die Gesellschaft und sogar den König warten. Der hatte sie für diesen Auftritt allerdings gut ausgestattet, hatte ihr Diamanten im Wert von hunderttausend Livres zum Geschenk gemacht und Richelieu gebeten, für ein prächtiges Kleid zu sorgen.

Als die junge Frau dann in einem weißen, mit Gold, Silber und Brillanten geschmückten, weit schwingenden Reifrock aus der Kutsche stieg und die Marmortreppe hinauf den Versammelten entgegenschritt, war es wohl ihr oberstes Ziel, die Gegner durch ihre Schönheit und Souveränität zu beeindrucken, denn überzeugen konnte sie sie kaum. Stundenlang hatte der Coiffeur an ihrer hochgetürmten Frisur gewerkelt, strahlend und gewandt handhabte sie ihre Schleppe, machte die vorgeschriebenen Knickse, bevor sie vor dem König auf die Knie sank. Der Béarn fiel bestimmt ein Stein vom Herzen, und Ludwig war hingerissen von diesem Auftritt. Niemand konnte diese edle Dame eine gewöhnliche Dirne nennen! Selbst seine verschnupften Töchter empfingen sie weniger steif und ablehnend als gewollt.

9

Nach der erfolgreichen Einführung bei Hof war die du Barry nun Maîtresse en titre und zu wichtigen Ereignissen zugelassen. Bei den Messen in der königlichen Kapelle bekam sie den Platz der Pompadour, sie durfte auch an den öffentlichen Essen des Dauphins teilnehmen. Im Versailler Palast erhielt sie die Zimmer der verstorbenen Schwiegertochter Ludwigs, die einst gleichfalls der Pompadour gehört hatten und in den sogenannten »Kleinen Appartements« direkt über den Räumen des Geliebten lagen. Über eine geheime Treppe konnte er sie jederzeit besuchen.

Madame du Barry gewann Terrain, denn der König stand in allem hinter ihr. Und doch schnitt man sie weiterhin. Nahm sie ohne ihn an einem besonderen Ereignis teil, blieb der Platz neben ihr leer, bat sie zu einer Gesellschaft, wurde das ignoriert. Nur wenn Ludwig XV. selbst einlud, was einem Befehl gleichkam, folgte man missmutig der Aufforderung. So war bei einem abendlichen Diner im Château de Bellevue einmal sogar Choiseul anwesend. Zu einer Annäherung mit der Mätresse, die das damals noch gewünscht hätte, kam es nicht.

Zu diesem Zeitpunkt hätte wohl niemand – und am wenigsten der mächtige Kriegs- und Außenminister – vermutet, dass ihn die Feindschaft mit der »Hure« später einmal das Amt kosten würde. Freilich war das nur *ein* Grund für seinen Sturz. Choiseul unternahm zwar einiges, das Land zu stabilisieren, führte aber auch jene den Habsburgern verbundene Politik weiter, die dem Land so große Niederlagen eingebracht hatte. Das konnte auf Dauer nicht gutgehen. Durch sein Engagement für die Heirat des Dauphins – der später als Ludwig XVI. und Bürger Capet in die Geschichte einging – mit der Österreicherin Marie Antoinette konnte er seine Stellung nur noch kurzzeitig aufwerten und behaupten.

Ein scharfer Gegner Choiseuls war der Herzog d'Aiguillon, und die neue Favoritin brauchte keine große Mühe, sich diesen entfernten Verwandten Richelieus zum engen Freund zu machen. Im höfischen Intrigenspiel war er auf- und abgestiegen. Als junger Mann in die Châteauroux verliebt, hatte er Versailles verlassen, nachdem sie des Königs Mätresse geworden war, und stieg, nach einigen Erfolgen im Krieg gegen die Engländer, zum Gouverneur der Bretagne auf. Dort versuchte er mit harter Hand Steueredikte des Herrschers durchzusetzen, geriet jedoch mit den rebellischen Parlements in Konflikt, die ihre Privilegien schützen wollten. Der König musste seine Erlasse zurücknehmen und d'Aiguillon absetzen. Zu dieser Entscheidung aber hatte Choiseul, dessen Eintreten für die Gerichtshöfe bekannt war, nicht unwesentlich beigetragen, weshalb sich die beiden wie die Pest hassten.

Doch d'Aiguillon fiel nur vorübergehend in Ungnade. Seine Mutter hatte beim Aufspüren jener alten Dame mitgewirkt, die Jeanne du Barry bei Hof einführte. Der König vergalt es, indem er den Herzog zum Rittmeister seiner Garde machte, ein sehr begehrtes und einflussreiches Amt, das auch Choiseul für seine Verwandten angestrebt hatte. Natürlich wussten beide Männer, dass die Mätresse Ludwigs Entscheidung beeinflusst hatte, und die Sympathien verteilten sich entsprechend. Sehr wenig wahrscheinlich ist dagegen die manchmal vertretene Ansicht, d'Aiguillon und die du Barry hätten die Dummheit wie den Mut besessen, miteinander zu schlafen.

Nach und nach schwenkten einige zumeist ältere Herrschaften zur Mätresse über. Sie gaben entweder dem Druck des Königs nach oder hofften, wie der Prinz Condé, ein Cousin Ludwigs, der neuer Kriegsminister werden wollte, auf Vergünstigungen. Zu Ehren der du Barry gab er im Sommer 1769 ein großes Fest in Chantilly. Richelieu sorgte dafür, dass Damen wie die Gramont nicht auf der Gästeliste standen. So weit, so gut – doch auf die Favoritin warteten weitere Prüfungen.

10

»Was glaubt Ihr, Chon, ob sie der Kleinen all diese Lügen und Schändlichkeiten erzählt haben, mit denen sie mich quälen und beleidigen? Sie ist noch so jung. Wird sie begreifen, wie viel Bosheit hinter den Geschichten steckt?«

»Ihr dürft Euch das nicht einreden, Jeanne. Mit der kleinen Habsburgerin gibt es Wichtigeres zu besprechen. Bedenkt doch, wie neu und unbekannt ihr unser Land, der Hof, alles hier in Frankreich sein muss. Gar nicht zu reden vom Bräutigam.« Die Schwägerin lachte.

»Gewiss habt Ihr recht. Aber ich bin trotzdem so aufgeregt, so unruhig.«

Das Gespräch drehte sich um Marie Antoinette, die junge Erzherzogin von Österreich und künftige Gattin des Dauphins. Erst seit zwei Tagen war sie in Frankreich, und Versailles wie Paris fieberten der bevorstehenden Hochzeit entgegen. Das Staatssäckel war alles andere als gefüllt, doch wieder einmal und gerade deshalb sollte Glanz gezeigt werden. Künstler und Handwerker unter der Leitung des berühmten Architekten Gabriel arbeiteten seit Wochen daran, in Versailles die entsprechende Szenerie für die Festlichkeiten zu erschaffen.

»Ihr braucht nicht unruhig zu sein, Ihr habt die Einladung nach La Muette erhalten!«

Das war richtig und ein nicht zu unterschätzender Erfolg für die Mätresse. Beim Souper in diesem Palais würde Marie Antoinette die Mitglieder der künftigen Familie kennenlernen, zu der Jeanne ja nicht gehörte. Dennoch hatte sie sich um die Vergünstigung bemüht, dabei zu sein, war nicht dem Rat einiger Freunde gefolgt, sich vorübergehend auf das großartige Schloss Louveciennes zurückzuziehen, das ihr der König vor kurzem geschenkt hatte.

»Das stimmt. Diese Einladung ist mehr wert als der schönste Schmuck. Was für eine Blamage, wenn der König mich nicht hätte dabeihaben wollen. Meine Feinde hätten gejubelt.«

»Ihr habt sie erneut eines Besseren belehrt«, sagte Chon. »Bestimmt werdet Ihr einen blendenden Eindruck machen. Zeigt mir doch noch einmal das neue Kleid, das Ihr tragen wollt.«

Nichts tat Jeanne du Barry lieber. Auf Schmuck, Frisuren und Kleider verstand sie sich, das war ihre Welt. Sie hatte sich prunkvolle Gewänder anfertigen lassen, wofür eine immense Summe zu zahlen war. Doch über Geld machte sie sich keinerlei Gedanken. Der König hatte ihr eine Pension von zweihunderttausend Livres ausgesetzt, die er demnächst sogar noch erhöhen wollte.

»Ihr werdet wunderbar aussehen«, murmelte die Schwägerin, als sie das prächtige silberfarbene Gewand mit den Rubinen und den Goldstickereien betrachtete. »Ihr müsst acht darauf geben, dass Ihr die Braut nicht aussticht.«

»Wie mir der König erzählte, ist die Kleine ganz reizend. Ich will sie auf keinen Fall ausstechen, ich möchte vielmehr, dass wir uns gut verstehen.«

»Das werdet Ihr«, erwiderte Chon mit betonter Zuversicht. Ganz so sicher, wie sie tat, war sie sich aber nicht.

Der bedeutsame Abend in La Muette, vor dem sich die Mätresse insgeheim doch etwas gefürchtet hatte, verlief einigermaßen harmonisch. Chon hatte recht gehabt: Es erwies sich, dass die Vierzehnjährige noch keine Ahnung hatte, um wen es sich bei der schönen Dame handelte, zu der Seine Majestät immer wieder hinüberblickte. Ganz unbefangen fragte sie nach ihr. Die es gehört hatten, lächelten peinlich berührt, zogen es vor, zu schweigen. Schließlich sagte die Herzogin von Noailles, der Braut als »Madame Etikette« zugeteilt: »Die Gräfin du Barry ist da, den König zu unterhalten.«

»Dann will ich ab jetzt ihre Rivalin sein«, gab fröhlich Marie Antoinette zur Antwort.

Nach einer anderen Version war es Österreichs Botschafter, der die erwähnte Auskunft gab, und die Vierzehnjährige soll daraufhin festgestellt haben, dass die Dame »sehr hübsch«

sei. Doch schon bald wurde Marie Antoinette genauestens eingeweiht. Dabei taten sich Ludwigs Töchter, vor allem die Älteste, Adelaide, besonders hervor. Nicht gerade mit Choiseul befreundet, hassten sie noch um einiges mehr die Mätresse, die nach ihrer Meinung am sittenlosen, sündhaften Verhalten ihres Vaters schuld war. Von ihnen aufgeklärt, entwickelte die junge Braut sehr schnell eine offen zur Schau getragene Feindschaft gegen die »Hure«.

Diese Feindschaft verstärkte sich noch durch einige an und für sich lächerliche Ereignisse wie den Streit um Sitzplätze im Theater von Choisy. Um den König zu beschäftigen, versuchte die du Barry die Tradition der Pompadour wieder aufleben zu lassen. Zwar spielte sie nicht selbst mit, doch wählte sie die Stücke aus. Ohne großen Erfolg, nur Ludwig schien sich bei den langatmigen Klassikern und seichten zeitgenössischen Komödien zu amüsieren. Madame du Barry fehlte einfach der Glanz und das Können der früheren Favoritin.

Bei einer Aufführung in Choisy, einem der Schlösser, die der Hof während der sogenannten »kleinen Reisen« in die Umgebung aufsuchte, kam es zum Eklat zwischen der Mätresse und ihren Feindinnen. Damen aus dem Gefolge Marie Antoinettes, darunter die Herzogin von Gramont, hielten Plätze besetzt, die für die Maîtresse en titre und ihre Gesellschaft reserviert waren. Es kam zum Streit, und Jeanne beklagte sich beim König, der Choiseuls Schwester daraufhin aus Versailles verwies.

Als Gattin des Thronfolgers war Marie Antoinette nun Erste Dame am Hof. Niemand durfte von selbst das Wort an sie richten, solange er nicht wenigstens einmal von ihr angesprochen worden war. Nach dem Theaterstreit aber war das Tischtuch zwischen ihr und der Mätresse endgültig zerschnitten. So schwieg sie Jeanne gegenüber eisern, was zum Politikum wurde.

Der König wünschte ein Ende dieser Fehde, und darin traf er sich mit der Kaiserin Maria-Theresia, die den Franzosen auf keinen Fall noch mehr verärgern wollte. Ohne Ludwig XV. zu informieren, hatte sich Österreich nämlich inzwischen an der Teilung Polens beteiligt, mit Russland und Preußen ein Geheimabkommen geschlossen, was Versailles stark gegen den Strich ging.

Aber Marie Antoinette interessierten diese diplomatischen Verwicklungen wenig. Zwar »liebte sie den König von Herzen«, wie sie einmal ihrer Mutter schrieb, sah aber in der du Barry die »dümmste und impertinenteste Person, die man sich denken kann«. Die Österreicherin hatte ihren eigenen Kopf und war auch verwöhnt, weshalb es eines langen Anlaufs sowie heftiger Schelte der Kaiserin bedurfte, ehe die Tochter im Januar 1772 endlich ihrer Forderung nachkam. Mit dem Satz: »Heute sind viele Leute in Versailles«, erwies sie der Mätresse die Ehre. Zugleich aber soll sie dem Botschafter ihres Heimatlandes erklärt haben, dass sie mit »dieser Frau« zum ersten und letzten Mal gesprochen habe.

11

Die du Barry war Angriffen und Demütigungen von allen Seiten ausgesetzt. Wir sehen sie am Schminktisch, im durchsichtigen Negligé, das sie so gern trägt, in Tränen gebadet, denn wieder einmal hat man ihr eine jener hässlichen Karikaturen »zukommen lassen«, die in Umlauf sind.

Auf dem Blatt ist sie in vollem Hofstaat dargestellt. Sie sitzt aufgedonnert auf einem Weinfass, und die Anspielung ist klar. Ein junger Adliger, der sie verhöhnen wollte, war mit einer angeblichen Duchesse de Tonneau – Herzogin vom Fass – in Fontainebleau aufgekreuzt. Wie man allerdings bald erfuhr, handelte es sich in Wirklichkeit um eine bekannte Pariser Prostituierte.

»Weshalb ist man so gemein zu mir«, schluchzt Jeanne, »was habe ich ihnen Böses getan?«

Der König streicht ihr über den Kopf, er weiß nicht recht, wie er sie trösten soll. »Ihr dürft das nicht ernst nehmen, Liebste«, sagt er, »sie missgönnen mir einfach das Vergnügen, in die Schönheit vernarrt zu sein. Aber seid dessen gewiss: Wir werden die Schuldigen finden und bestrafen!«

»Es ist so schändlich, so bedrückend, Majestät.« Die Mätresse wischt sich die Tränen ab und versucht zu lächeln. Zugleich hebt sie den Kopf und lenkt damit seinen Blick auf ihren wohlgeformten Busen.

Ludwig greift nach der Zeichnung auf dem Schminktisch. Er zerreißt das Blatt und wirft die Fetzen in den Kamin. »Weg mit dem Schmutz, wir sollten uns damit überhaupt nicht abgeben.«

»Choiseul ist an allem schuld. Der Mann, der hinter dieser Unverschämtheit steckt, soll ein Neffe von ihm sein«, murmelt die du Barry. Sie wendet sich dem König zu und legt die Stirn an seine Brust. Durch Negligé und Hemd schimmert verlockend ihr nackter Rücken.

Ludwig versucht, einen klaren Kopf zu bewahren. Er schätzt die Fähigkeiten des Herzogs, der ihn erst kürzlich wieder seiner unbedingten Gefolgschaft versicherte. Noch hat er sich nicht zwischen der Geliebten und dem Minister entschieden. Allerdings sollte Choiseul endlich die Tatsachen akzeptieren. »Ich sagte es schon, wir werden die Schuldigen finden«, wiederholt er. »Jetzt jedoch lasst uns von etwas anderem sprechen.«

»Nur sprechen, Majestät?«, flüstert Jeanne. Ihre Stimme klingt inzwischen verführerisch, ein Tonfall, der den König in Erregung versetzt. Er streift das Negligé von ihren Schultern, bedeckt ihren Hals mit Küssen. Sie aber umschlingt ihn mit beiden Armen, beginnt an seiner Robe zu nesteln. »Choiseul und die Gramont sind schuld«, wiederholt sie. »Die beiden beleidigen mich, denken sich immer neue Demütigungen aus. Ihr dürft das nicht länger dulden.«

»Nein, meine Liebste, nein«, stammelt der König, der nun zugleich ihr Herrscher und ihr Gefangener ist. Im wahrsten

Sinne des Wortes, denn sie hat seine Beine zwischen ihre Schenkel geklemmt, presst sich mit allen Fasern ihres Körpers an ihn.

Nach und nach entkleidet sie ihn und er sie, wobei er es leichter hat. Die cremefarbene, samtene Chaiselongue, auf die sie sinken, ächzt ein wenig, leistet aber den von ihr erwarteten Dienst. Chon, die im entscheidenden Moment beinahe hineingeplatzt wäre, wird zum Glück nicht entdeckt und kann sich unauffällig zurückziehen.

12

Choiseul wurde nicht nur die Feindschaft zur Mätresse, sondern auch seine Innen- und Außenpolitik zum Verhängnis. Im Streit mit den bretonischen Gerichtshöfen stellte sich Ludwig letztlich doch auf die Seite d'Aiguillons, und der Vorschlag des Ministers, dem befreundeten Spanien in einem Konflikt mit den Briten um die Falklandinseln aktiv zur Seite zu stehen, erzürnte ihn. Dies hätte zu einem neuen Krieg mit England geführt, den das krisengeschüttelte Frankreich absolut nicht gebrauchen konnte.

Der Graf du Barry – nicht Jeannes Ehemann, sondern ihr ehemaliger Geliebter – war von Choiseul stets zurückgewiesen und mit Verachtung gestraft worden. In Absprache mit einigen Beamten der Außenabteilung intrigierte er jetzt gegen den Minister. Aber auch Günstlinge des Herzogs, der Kanzler Maupeou und der Finanzminister Terray, waren gegen den Krieg und schwenkten zur Mätresse über. Ob Madame du Barry nun, unterstützt von Chon, Ludwig die entscheidende Absage an den spanischen König eingeflüstert hat, wie einige behaupten, ist kaum zu klären. Auf jeden Fall wurde der Krieg verhindert und ihr mächtiger Feind entlassen. Wie üblich in solchen Fällen, musste sich Choiseul sogleich auf seine Güter zurückziehen.

Nach einigem Zögern ernannte der König d'Aiguillon zum Außenminister. 1771 ließ er die Parlements umbilden, wobei sie wichtige Rechte verloren. Er versuchte, die absolute Macht zu festigen, indem er selbstherrlich auftrumpfte wie einst sein Urgroßvater, Ludwig XIV. Aber er besaß weder den Ehrgeiz noch den Willen seines Vorgängers, und alles blieb Flickschusterei.

Choiseul wurde bemitleidet; bei seinem Weggang von Paris kam es zu einem großen Menschenauflauf und verstopften Straßen. Der Hass gegen den Herrscher und seine Favoritin aber wuchs. Zumal Jeanne nun noch in die Politik eingegriffen hatte, von der sie nichts verstand. Wie einst die Pompadour hatte sie Diplomaten empfangen und mit Vertretern der Parlements debattiert. Sie war überall präsent, so etwa im Frühjahr 1771 bei den Feiern, die in Paris für den schwedischen Kronprinzen gegeben wurden. Wobei auffiel, dass sich dieser junge Mann oft in den »Petits Appartements« aufhielt, zu denen ihre Gemächer gehörten.

Dass der König seiner Mätresse nahezu hörig war, stärkte ihr Selbstbewusstsein umso mehr. Nach Choiseuls Vertreibung befand sie sich auf dem Höhepunkt ihrer Macht. Ludwig besprach im Bett wichtige Staatsangelegenheiten mit ihr – morgens, wenn sie ihr Bad nahm, lasen die Kammerfrauen Briefe von Leuten vor, die ihr schmeichelten und um ihre Hilfe ersuchten. Beim Ankleiden und danach drängten sich die Bittsteller; später kamen Juweliere, Goldschmiede und Tuchhändler, denn jedermann wusste um ihre Großzügigkeit bei Einkäufen. Provinzbeamte, Steuerpächter, Bankiers und Baumeister legten Pläne vor oder baten um Unterstützung. Was für eine Herausforderung für die so schnell nach oben gekommene einfache und leichtlebige Frau aus der Provinz, die sich immerhin redlich bemühte, diese ungewohnten Aufgaben zu erfüllen!

Die Verschwendungssucht der Favoritin war ungeheuer. Trotz ihrer üppigen Einkünfte – ihre Pension war auf eine

Million zweihunderttausend Livres jährlich angewachsen, was heute etwa einer Million Euro entspricht – überzog sie oft ihr Budget. Doch der König kam ja all ihren Wünschen nach, und so wusste man, dass die Rechnungen irgendwann bezahlt wurden. Stoffe, Brillanten, Diamanten, Perlen, Gold, Silber, Mobiliar oder Gemälde, nur das Beste vom Besten zählte. Zweifellos hatte sie Geschmack, aber die Kleider aus weißer oder malvenfarbener Seide, mit Pailletten besetzt und Brüsseler Spitze verbrämt, kosteten Tausende Pfund. Berühmt waren ihr kostbares Mieder, auf dem Diamanten ein Streifen- und Blumenmuster bildeten; ein außergewöhnlich prunkvolles Edelsteincollier, ein Diadem aus Gold und Amethysten, vom Hofjuwelier Aubert nach byzantinischem Vorbild gefertigt, und ihre Juwelensammlung insgesamt, die, in Gold oder Silber gefasst, große Saphire und Smaragde, eine Unzahl von Perlen und Brillanten enthielt.

Auch das von den Juwelieren Böhmer und Bassenge geschaffene Halsband für gut anderthalb Millionen Livres, das Mitte der achtziger Jahre für einen Betrug in großem Stil benutzt wurde und Königin Marie Antoinette in höchste Bedrängnis brachte, soll zunächst für Madame du Barry bestimmt gewesen sein. Da Ludwig XV. starb, bevor er die Rechnung begleichen konnte, gelangte es nicht in ihren Besitz.

Als ein für den König erwähltes Luxusgeschöpf brachte die Mätresse einen großen Teil des Tages mit Schminken, Frisieren und Ankleiden zu. Viele Bedienstete, Zofen, Coiffeure waren um sie herum, Maler porträtierten oder zeichneten sie. Je weiter sie auf die dreißig zuging, desto mehr bemühte sie sich, das makellose Bild ihrer Schönheit zu erhalten, denn das war ihr großer Trumpf. Um andere Damen auszustechen, kreierte sie neue Moden, trug zum Beispiel Schmuck unterschiedlicher Couleur, also graue und rosa Perlen in einer Kette, Rubine und Saphire zugleich, was bis dahin nicht üblich gewesen war.

Ihr Schloss und ihr Pariser Stadthaus waren mit prächtigen Möbeln und Gemälden ausgestattet. Ihr Bett in Louveciennes bestand aus kostbaren Hölzern, wurde von einem hohen Baldachin auf gedrechselten Säulen überragt und mit schweren Vorhängen ausgestattet, die ein Rosenmuster trugen. Ein weißer seidener Teppich lag auf den Stufen. Der Pavillon im kunstvoll angelegten Park war ein Meisterwerk der Architektur.

Der König hatte Jeanne einen indischen Pagen geschenkt, Zamore genannt, der ihr nicht von der Seite wich. Er war beim übrigen Personal wenig beliebt, doch sie verwöhnte ihn, machte ihn zum Haushofmeister des Schlosses. Aber er musste sich all ihren Launen fügen, was ein Grund gewesen sein dürfte, dass er ihr später, zur Zeit der Revolution, nicht die Treue hielt.

Terray, der Finanzminister, versuchte die Verschwendung am Hof einzuschränken. Er brachte den König dazu, mit seinen Mitteln vernünftiger umzugehen, indes reichte seine Überzeugungskraft nicht aus, auch die Mätresse zur Minderung ihrer Ausgaben zu bewegen.

Doch es gab auch eine andere Seite der Madame du Barry. Sie besaß durchaus ein Gefühl für Gerechtigkeit und war bereit zu helfen, wenn sich jemand in Not befand, ob er nun hochgestellt war oder nicht. Vor allem in den ersten Jahren am Hof finden sich dafür viele Beispiele.

13

»Sehr geehrter Herr Kanzler,

in Euren Gesetzen bin ich nicht bewandert, doch finde ich sie barbarisch und bar jeder Menschlichkeit bzw. Vernunft, wenn ihretwegen ein armes Geschöpf verurteilt wird, nur weil es ein Kind tot zur Welt gebracht hat, ohne die Behörden davon in Kenntnis zu setzen. Genau das scheint hier aber der Fall zu sein, wie aus Papieren hervorgeht, die ich in Händen halte. Dieses Mädchen fleht Euch um Gnade an, denn es wird offenbar nur verurteilt, weil es die Vorschriften nicht kannte oder die Geburt des ohnehin toten Kindes aus natürlicher Scham nicht noch in alle Welt hinausposaunen wollte.

Ich appelliere in dieser Sache an Eure Aufmerksamkeit und Euren gerechten Sinn. Das arme Ding verdient es, begnadigt zu werden. Im äußersten Fall aber bitte ich Euch, wenigstens die Strafe zu mildern …«

Jeanne du Barry steckte den Federkiel in ihr vergoldetes Tintenfass zurück, blies, um sie zu trocknen, vorsichtig auf die noch feuchte Schrift und reichte das Blatt der Schwägerin. »Glaubt Ihr, dass es so in Ordnung ist?«, fragte sie mit ihrer angenehmen, leicht lispelnden Stimme.

Chon hatte, wie so oft, beim Abfassen des Briefes geholfen. Sie verstand es, klug zu formulieren, hatte sie sich doch in ihrer Heimat, der Gascogne, in Künstlerkreisen bewegt, selbst Verse und Episteln geschrieben. »Ich denke, dass alles gesagt ist«, erwiderte sie. »Monsieur Maupeou wird beeindruckt sein.«

»Ich will nur an das Herz des Kanzlers rühren. Ich kann mich gut in die Lage der jungen Frau versetzen. Es ist noch nicht so lange her, dass ich …« Sie verstummte.

Chon wusste, was Jeanne sagen wollte. Die Zeit, da sie mit solchen Mädchen auf Du und Du gestanden hatte, lag wirklich noch nicht lange zurück. Damals hätte ihr durchaus Ähnliches widerfahren können. Nun ja, die Vergangenheit der Favoritin ließ man wohl besser ruhen. »Es ist sehr schön, dass Ihr Euch Euer Mitgefühl bewahrt habt«, murmelte sie.

»Für die Beamten sind das nur Paragraphen, versteht Ihr. Sie haben keine Ahnung von den Leuten, die sie mit einem Federstrich dem Verderben preisgeben.«

»Regt Euch nicht auf, Liebe. Was Ihr macht, ist großartig, und Ihr werdet Euer Ziel ganz bestimmt erreichen. Aber nun ruft einen Boten herbei, damit der Brief schnell zum Kanzler gelangt.«

»Das will ich tun.« Die Mätresse seufzte. »Ich werde auch den König über den Fall unterrichten.«

Chon hielt das nicht unbedingt für notwendig. »Vielleicht sollten wir abwarten, wie Monsieur Maupeou auf Euren Brief reagiert. Meint Ihr nicht, dass Seine Majestät mit wichtigeren Dingen beschäftigt ist?«

»Aber dem armen Mädchen muss unbedingt geholfen werden, Chon.«

»Ich bin überzeugt, dass das geschehen wird«, sagte die Schwägerin.

Der Kanzler, der seine Stellung festigen wollte, entsprach dem Wunsch der Favoritin ohne Zögern – die Verurteilte kam frei. Doch Jeanne du Barry erwirkte auch in schwierigeren Fällen Hilfe. So in der Angelegenheit eines jungen Offiziers, der desertiert war und dem durch ihre Fürsprache vergeben wurde, oder in der Sache eines alten gräflichen Ehepaares. Die beiden Gatten sollten enthauptet werden, weil sie sich, verarmt und überschuldet, mit Gewalt der Vertreibung aus ihrem Schloss widersetzt hatten. Bei der Verteidigung ihres Besitztums hatten sie den Gerichtsvollzieher und einen Beamten getötet, weshalb es für ihr Leben anscheinend keine Rettung mehr gab.

Jeanne du Barry aber, durch ihre einstige »Anstandsdame«, die Gräfin von Béarn, informiert, warf sich dem König zu Füßen und erwirkte die Begnadigung. Was ihr beim Adel Anerkennung brachte, wusste man doch, dass Ludwig in solchen Dingen eher hart blieb und einmal getroffene Entscheidungen nicht gern durch sein Veto widerrief.

Wenngleich dieser Fall nicht ohne Beigeschmack ist, denn durch das Paar waren mehrere Menschen zu Tode gekommen, so zeigt sich doch auch hier das Mitgefühl der Favoritin. Der Hofadel hielt sich mit derlei Fragen im Allgemeinen nicht auf. Zwar mag es ein Tropfen auf den heißen Stein gewesen sein, wenn die du Barry, wie auch beschrieben wird, arme Bäuerinnen, besonders Wöchnerinnen, unterstützte. Doch es beweist, dass man diese Frau nicht nur als die große Verschwenderin und Hure eines alternden Königs betrachten sollte.

Ludwig XV. selbst war übrigens stolz auf ihre Güte. Einmal hatte er ihre Bitten zunächst schroff abgelehnt, besann sich dann aber und erklärte freundlich, er freue sich, dass der erste Gefallen, den er ihr erweisen solle, ein Gnadengesuch sei.

14

Nachdem Choiseul durch das sogenannte Triumvirat d'Aiguillon, Maupeou und Terray ersetzt war, das mit restriktiven Maßnahmen verzweifelt die Finanzkrise zu bekämpfen suchte, beschäftigte sich die Maîtresse en titre kaum noch mit Politik. Wie alle Favoritinnen versorgte sie ihre Familie und die des einstigen Liebhabers mit Pensionen und Posten. Adolphe, der Sohn des Ehemaligen, erhielt den Posten des Oberstallmeisters bei Seiner Majestät und heiratete in den Adel ein. Für die Trauung durfte das junge Paar sogar die königliche Kapelle nutzen. Freilich musste sich der Bräutigam mit einem verarmten Edelfräulein vom Land begnügen, denn die Hofnoblesse scheute sich nach wie vor, Verbindungen mit den du Barrys einzugehen. Immerhin soll die Braut so schön gewesen sein, dass Herrscher und Mätresse aus gegensätzlichen Gründen unruhig wurden. Von Jeanne ist in diesem Zusammenhang die saloppe Bemerkung überliefert, dass ein Ausrutscher des Königs dann »wenigstens in der Familie bliebe«.

Auch der »ehrliche du Barry«, ein weiterer Bruder ihres früheren Geliebten, wurde verehelicht und bekam zur Mitgift seiner Frau noch fünfhunderttausend Livres als Geschenk. Die eigene Mutter, ihre Schwester Hélène, der Vater und eine kleine Nichte, möglicherweise Jeannes Kind aus jüngeren Jahren, wurden ebenfalls fürstlich, wenn auch nicht ganz so großzügig bedacht.

Die du Barry förderte Schriftsteller und andere Künstler, die um Aufträge buhlten oder um einen Platz in der Akademie. Im Kloster hatte sie sich einige literarische Kenntnisse aneignen können, die sie nutzte und erweiterte. Sie schaffte sich eine große Bibliothek an, bei der es ihr allerdings mehr um die kostbar verzierten Einbände der Bücher ging. Sie soll sich beim König auch für die Rückkehr Voltaires nach Frankreich und für einen Mitarbeiter Diderots an der Großen Französischen Enzyklopädie verwandt haben, diesmal jedoch ohne Erfolg. Voltaire, der schon die Pompadour besungen hatte, bedankte sich dennoch mit schmeichlerischen Versen.

In Bordeaux wurde ein Schiff auf ihren Namen getauft, was sie mit großem Stolz erfüllte. Andererseits kursierten ständig Geschichtchen, die sie verunglimpften und lächerlich machten. Darin hieß es, sie habe in Louveciennes, wo sie prunkvolle Feste gab, Orgien gefeiert, im Bett halbnackt Kunsthandwerker oder Modemacher empfangen oder den päpstlichen Gesandten gebeten, ihr das goldene Nachtgeschirr zu reichen.

Wahr oder halbwahr – die Mätresse konnte sich fast alles erlauben. Als Ludwigs jüngste Tochter Louise zu Beginn der siebziger Jahre ins Kloster ging, glaubte er, dass sie damit seine unsterbliche Seele retten wolle, und besuchte sie zu langen Gesprächen. Louise mühte sich, ihn von der du Barry wegzubringen und ihm eine neue Königin schmackhaft zu machen. Die neunzehnjährige Fürstin de Lamballe, die dafür ins Auge gefasst wurde, war bereits Witwe und hatte die Unterstützung des Klerus; sie war auch mit Marie Antoinette befreundet.

Bei der Favoritin läuteten die Alarmglocken, aber sie begriff bald, dass sie sich keine Sorgen zu machen brauchte. Ludwig XV., der auf ihren Wunsch hin bereits den »Hirschpark« hatte schließen lassen, fühlte sich neuen Herausforderungen sexueller Art wohl nicht mehr gewachsen. Richelieu gestand er in jener Zeit ein, dass ihn bei nun schwindender Manneskraft nur noch Jeanne befriedigen könne.

Kurzzeitig hoffte sie, selbst Königin zu werden, versuchte Ludwig für diesen Plan zu gewinnen. Zeitzeugen versichern, dass sie durchaus über das nötige aristokratische Auftreten verfügte. Ludwig schien auch nicht abgeneigt, doch ihr Ehemann, der gewiss Nachteile befürchtete, machte Schwierigkeiten. Die Ehe der du Barry hätte so nur mit päpstlicher Einwilligung geschieden werden können.

Aber wenngleich die Mätresse dieses große Ziel nicht erreichte – sie hatte inzwischen die Macht einer Königin und benahm sich entsprechend. Nur zu gern ließ sie sich hofieren. Wenn sie etwas haben wollte, Porzellan aus Sèvres, Schmuck, einen aufs Kostbarste ausgestatteten Pavillon in Louveciennes, nutzte sie all ihre Möglichkeiten. Beim Kauf der wertvollen Kunstsammlung Crozat stach sie den Botschafter Katharinas von Russland aus; den Maler Vernet zwang sie, ein bereits veräußertes Gemälde an sie abzugeben. Ein anderer Maler, Fragonard, weigerte sich, ein Bild nach ihren Wünschen zu ändern. Sie nahm ihm das Werk nicht ab, immerhin bekam er aber eine Entschädigung.

Louveciennes und ihre sonstigen prächtigen Häuser hingen voller schmeichlerischer Porträts der schönen Dame, und auf den von ihr veranstalteten Festen zeigte sie nach Meinung des österreichischen Botschafters »ein so unanständiges Maß an Luxus, dass es ein Schlag ins Gesicht des darbenden Volkes« war. Aufwendige Geschenke erhielt, wer vorgab, ihr Freund zu sein. Mit dem Angebot kostbarer Ohrringe versuchte sie sogar, Marie Antoinette zu bestechen. Die Dauphine allerdings, im Umgang mit Geld genauso leichtfertig wie die Mätresse, blieb unerbittlich.

15

»Ich bin außer mir, Messieurs. Was wollt Ihr unternehmen, um die Pläne dieses Schurken zu verhindern? Fünftausend Louisdor verlangt er und eine Rente, die er an Frau und Sohn vererben kann. Es ist unverschämt, ach was, ungeheuerlich!«

Jeanne du Barrys Wangen, sonst nur von einem schwachen Rosé überhaucht, glühten. Sie zitterte vor Empörung und zugleich flossen die Tränen. Die Männer, an die ihre Worte gerichtet waren, der Polizeipräfekt und der Außenminister, sahen sich betreten an. Selten hatten sie die Mätresse so erbittert und aufgelöst gesehen.

»Wir haben bereits einiges in die Wege geleitet, Madame, um diesen Banditen hinter Gitter zu bringen«, sagte d'Aiguillon. Aber er hält sich ja in London auf. Die dortigen Behörden sind unseren Wünschen wenig zugänglich.«

Sartine, der Polizeipräfekt, räusperte sich. »Nun ja, die Engländer haben durchblicken lassen, dass sie unsere Beamten nicht daran hindern würden, den Mann zu ergreifen. Leider sind erste Bemühungen fehlgeschlagen.«

Die Mätresse hatte bereits davon gehört. Geheimagenten des Polizeipräfekten hatten dem Abenteurer Théveneau de Morande aufgelauert, waren aber von seinen Anhängern verprügelt und in die Themse geworfen worden. Dabei musste dieser Halunke, der sie, Jeanne, zu erpressen versuchte, unschädlich gemacht werden, plante er doch eine Schmähschrift zu verbreiten, in der bis in alle Einzelheiten ihre angeblichen Anfänge in einem Pariser Freudenhaus geschildert waren.

»Ist das alles, was Ihr zu berichten habt? Wie konnten sich Eure Polizisten so unglaublich dumm verhalten. Habt Ihr keine besseren Leute?« Wenn die Mätresse wütend war, nahm sie keinerlei Rücksicht auf höfliche Umgangsformen.

D'Aiguillon gab sich Mühe, sie zu besänftigen. Sein Wohl und Wehe hing von dem der Favoritin ab. »Wir werden weitere Anstrengungen unternehmen, Gräfin.«

»Aber welche? Wir haben nicht viel Zeit.«

»Ich denke, wir müssen die Strategie ändern, Madame«, nahm der Polizeipräfekt den Faden auf. »Dieser Mann ist ein übler Schurke, doch manchmal kommt man mit Verhandeln besser zum Ziel. Die Summen, die er fordert, sind enorm. Aber es muss ja nicht dabei bleiben.«

»Durch Verhandlungen gewinnen wir auch Zeit«, fügte der Außenminister hinzu.

Das letzte Argument leuchtete der Mätresse noch am ehesten ein. Sie beruhigte sich etwas. »Zeit, na gut«, lenkte sie ein, »doch wer soll solche Verhandlungen führen?«

Die beiden Herren schwiegen einen Moment. Eine bedeutsame Pause! Dann sagte Sartine: »Da bietet sich jemand an, dessen Name gegenwärtig in aller Munde ist. Ein gewisser Monsieur de Beaumarchais.«

Das war in der Tat überraschend. Der frühere Uhrmacher und Musiklehrer, der gerade als Autor von Theaterstücken Furore machte, hatte erst kürzlich einen aufsehenerregenden Prozess verloren. Zu Unrecht, wie er selbst und das Volk von Paris glaubten, das die Richter und ganz besonders den Kanzler Maupeou hasste, stand er doch an der Spitze der vom Herrscher kürzlich eingesetzten unbeliebten neuen Parlements. Mit einer brillanten Streitschrift, den »Mémoires«, hatte sich der Literat gegen das Urteil zu wehren versucht. Sie wurde den Verkäufern in Paris aus den Händen gerissen.

Natürlich kannte auch die Mätresse diesen Namen. Wie die meisten Leute hatte sie sich bei der Lektüre der bissigen Pamphlete amüsiert und Teile davon sogar in Louveciennes zur Aufführung gebracht. Ludwig XV. allerdings war ein Gegner des scharfzüngigen Rebellen. Der Schriftsteller erhielt einen Tadel, es wurde angeordnet, die »Mémoires« zu verbrennen.

»Beaumarchais als Agent des Polizeiministers, das dürfte dem König nicht gefallen«, erwiderte die du Barry.

D'Aiguillon hatte sich offenbar mit Sartine abgesprochen. »Vielleicht kann man Seine Majestät überzeugen, dass der Schreiberling trotz seiner Fehler hier der richtige Mann ist.«

»Er ist, wie soll ich sagen, sehr gerissen«, fügte der Polizeipräfekt hinzu, »und nach den Schlägen, die man ihm versetzt hat, würde er es gewiss als eine Art Rehabilitation empfinden.«

»Vor allem hat er durch den Prozess sein gesamtes Vermögen verloren«, sagte d'Aiguillon. »Er braucht dringend Geld.«

»Wer sollte eine so schwierige Aufgabe sonst bewältigen?«, ergänzte Sartine.

Es war ein Strohhalm, nach dem die Mätresse greifen musste. Aber auch Beaumarchais, dem die Gerichtshöfe untersagt hatten, sein neues Stück, den »Barbier von Sevilla«, aufzuführen, betrachtete den Auftrag als Chance. So wurde er von Sartine nach London geschickt, wo er in zäher Arbeit die Forderungen des Erpressers herunterhandelte. Die bereits ausgedruckten Exemplare der Schmähschrift wurden in seiner Anwesenheit vernichtet. Jeanne war noch einmal glimpflich davongekommen.

Beaumarchais dagegen profitierte nicht von seinem Einsatz. Als er endlich nach Frankreich zurückkehrte, war Ludwig XV. tot, und die Gräfin ins Kloster verbannt. Wer aber hätte seinem Nachfolger die Rechnung für den Dienst an einer Konkubine präsentieren wollen, die inzwischen aller Rechte beraubt war?

16

Sechs Jahre war die du Barry mittlerweile Geliebte des Königs, der nun, mit dreiundsechzig, nicht mehr über die Kräfte von einst verfügte. Er fühlte sich körperlich geschwächt, hatte Mühe, aufs Pferd zu steigen, und war auch seelisch in schlechter Verfassung. Immer öfter beschäftigte er sich mit dem Sterben. Das Ableben einiger ihm nahestehender Höflinge bedrückte ihn, und für die Freuden im Bett bedurfte es anscheinend starker Anreize. So ist ein Dialog mit seinem Leibarzt überliefert, in dem er bekannte: »Ich werde wohl alt, es ist Zeit, die Rösser zu zügeln.« Der Doktor aber erwiderte: »Majestät, es genügt nicht, sie zu zügeln, Ihr solltet sie aus dem Geschirr nehmen.«

Anfang 1774 musste die Favoritin den Karneval in ihrem Pariser Palais ohne den König feiern. Sie und ihre Anhänger stellten beunruhigt fest, dass neue Prediger sogar hier in Versailles das Lotterleben der Majestät geißelten. Ludwig konnte sich nicht entschließen, seinen schärfsten Kritiker, den Abbé

Beauvais, vom Hof zu verweisen. Der verglich ihn mit Salomon, der im Abschaum der Lüsternheit neue Befriedigung gefunden hätte, und kündigte während der Karwoche von der Kanzel herab an: »In vierzig Tagen wird Ninive zerstört sein.«

Madame du Barry war abergläubisch; als ihr eine Weissagung zu Ohren kam, nach der im April des Jahres eine hohe Dame am Hof ihre letzte Rolle spielen werde, bezog sie das auf sich und geriet in Panik. Doch noch einmal gab es einen Aufschub. Ludwig XV. hielt dem Druck stand. Er legte zu Ostern keine Beichte ab, was hieß, dass er sein Verhältnis zu ihr nicht zu beenden gedachte. Die beiden zogen sich ins Trianon zurück, um dort einen ruhigen Frühling, den Duft der Blumen und den Anblick blühender Erdbeersträucher zu genießen.

Doch lange konnte man sich der Entspannung nicht hingeben. Ende April erkrankte Ludwig, und seine Tochter Adelaide holte ihn nach Versailles zurück. Was zunächst nur für eine fiebrige Erkältung gehalten worden war, stellte sich bald als ein nicht leicht zu kurierendes Leiden heraus. Aderlässe und Klistiere verschlimmerten die Sache nur. An die zwanzig Ärzte gingen bei Ludwig XV. ein und aus, ohne helfen zu können. Seine Töchter und das Thronfolgerpaar hätten die Geliebte gern ferngehalten, der König aber verlangte nach ihr, und so wachte sie vor allem nachts an seinem Bett. Selbst dann noch, als man begriff, dass es sich um die Pocken handelte, die äußerst ansteckend waren, damals viele Menschen dahinrafften oder zumindest fürchterlich entstellten. Eine mutige Haltung! Für die Mätresse muss der Gedanke, sich zu infizieren, grausam gewesen sein. Selbst wenn sie die Seuche überlebt hätte, wäre sie wahrscheinlich von Narben gezeichnet gewesen, hätte ihr größtes Kapital verloren, ihre Schönheit.

Der König hatte die Krankheit schon einmal gehabt, war aber mit dem Schrecken davongekommen. Aus diesem Grund glaubte er sich immun. Als deutlich wurde, dass es ihn erneut getroffen hatte, enthielt man ihm die Nachricht zunächst vor.

Ludwig bemerkte es schließlich selbst, bereute, seine Geliebte einer solchen Gefahr ausgesetzt zu haben, und schickte sie fort. Er verfiel zusehends – stechender, fast unerträglicher Geruch erfüllte das Krankenzimmer. Nur noch seine Töchter und einige wenige Höflinge wagten es, ihn aufzusuchen.

Am 7. Mai 1774 legte Ludwig XV. die Beichte ab, am 10. des Monats starb er. Sein mit Pusteln übersäter, schon verwesender Leichnam wurde in einem Bleisarg zum königlichen Friedhof von Saint-Denis gebracht. Das Volk begrüßte seinen Tod voller Spott mit den Jagdrufen, die er so oft ausgestoßen hatte, und schon bald kursierten Verse wie:

»Seinen Geist gab Ludwig auf,
Was für'n trister Lebenslauf!
Bebt, ihr Diebe, flüchtet, Huren,
Euer Vater ging euch verloren.«

Viele hofften nun auf den neuen König und seine Gemahlin, Marie Antoinette. Dass endlich auch die Mätresse ausgespielt hatte, dürften nur ihre Günstlinge wie d'Aiguillon, ihre Verwandten und die Clique der du Barrys bedauert haben.

17

Wie gut zweihundert Jahre zuvor Anne d'Étampes oder wenig später die schöne Diane de Poitiers so wurde auch Jeanne du Barry des Hofes verwiesen. Zunächst hielt sie sich bei d'Aiguillon auf, doch gleich nach Ludwigs Hinscheiden brachte man sie, von Soldaten bewacht, ins Kloster Pont aux Dames, ein düsteres Gemäuer.

Ihre Wohnung war nun eine karge Zelle, in der sich die damastene Bettwäsche, die sie hatte einpacken lassen, sehr sonderbar ausgenommen haben muss. Nur eine einzige Zofe stand ihr noch zur Verfügung. Mit ihr konnte sie die Vergangenheit und den Geliebten beweinen, dem sie wohl wirklich zugetan gewesen war.

Was die gestürzte Mätresse nicht wusste – die Verbannung in dieses Kloster hatte sie Ludwig XV. selbst zu verdanken. Sein Beichtvater verlangte ihm den entsprechenden Befehl ab, weil der König nur so seine unsterbliche Seele retten könne.

Wer sich von den du Barrys sonst noch am Hof aufhielt, wurde vertrieben. Vor allem Marie Antoinette, die neue Königin, empfand, wie sie in Briefen an ihre Mutter schrieb, höchste Genugtuung darüber.

D'Aiguillon behielt zunächst seine Ämter, musste dann aber doch abtreten. Erster Ratgeber und damit einer der wichtigsten Männer Ludwigs XVI. wurde ein in doppelter Hinsicht *alter* Bekannter. Maurepas war einst von der Pompadour davongejagt worden, weil er sie in scharfen Versen angegriffen hatte.

Mit Turgot übernahm ein befähigter Ökonom das Amt des Finanzministers. Als Realist strebte er energisch Reformen an, liberalisierte den Getreidehandel, hob die Binnenzölle und den Wegezoll der Bauern auf. Als er jedoch die oberen Stände zur Kasse bitten wollte und gegen die Steuereintreiber vorging, musste er seinen Hut nehmen. Fünfzehn Jahre waren es noch bis zum Ausbruch der Großen Französischen Revolution.

Jeanne du Barry spielte nicht mehr ganz oben mit, landete bei ihrem Sturz aber einigermaßen weich. Einerseits war sie anpassungsfähig, andererseits beließ man ihr den in wenigen Jahren angehäuften Besitz. Sie verzichtete im Kloster auf große Allüren, gewann so das Vertrauen der Nonnen und der Äbtissin. Die Zeit dort brachte ihr sogar Ruhe und ein Stück Erholung. Nach einem Jahr konnte sie der Abtei wieder den Rücken kehren, denn der junge König war nicht so rachsüchtig, wie es zunächst ausgesehen hatte, und Choiseul, den sie am meisten fürchtete, hoffte vergeblich auf neue Macht.

Versailles und dessen Umkreis waren der du Barry untersagt, was vielleicht den Vorteil hatte, dass sie nicht mehr alle

Schmähschriften über sich zu lesen bekam. Bestimmt aber kannte sie die »Annecdotes«, die 1775 anonym erschienen und, als eine derb-satirische Darstellung ihrer angeblichen Ausschweifungen mit dem König, riesige Verbreitung im Volk und bei Hof fanden.

Jeanne konnte zunächst nicht nach Louveciennes zurück und war in ihrer Bewegungsfreiheit eingeschränkt. Doch selbst wenn sie bei d'Aiguillon einen Kredit aufnehmen musste – der Kauf eines zweihunderttausend Pfund teuren Schlosses beweist, dass ihr genug Möglichkeiten blieben. Der frühere Minister wiederum strich als Abfindung für seine Dienste nebenbei eine halbe Million Livres ein.

In Saint Vrain, dem erwähnten neuen Besitz, konnte sich die Mätresse offenbar den Luxus von einst leisten, sie hatte zwar einige Juwelen verkaufen müssen, um fällige Rechnungen zu begleichen, verfügte aber erneut über zahlreiche Bedienstete, gab prunkvolle Feste, verwöhnte die Verwandten. Dabei spielten die du Barrys, die sich inzwischen meist einen anderen Namen zugelegt hatten, kaum noch eine Rolle, sie kümmerte sich vor allem um die eigene Familie. Zum Beispiel schenkte Jeanne der Mutter und ihrem Stiefvater ein komfortables Wohnhaus. Sie durfte das Geld erneut mit vollen Händen ausgeben, denn erstaunlicherweise wurde ihre Pension – wohl im Gedenken an Ludwig XV. – nochmals erhöht. Tat es not, konnte sie kostbare Möbel, Nippes und Gemälde verkaufen, ohne dass ihre Sammlungen wesentlich an Wert einbüßten. Immerhin spricht für sie, dass sie größere Summen für wohltätige Zwecke spendete und die Armen ihrer Gegend in harten Hungerwintern unterstützte.

Jeannes Schicksal hätte sich wie das der Diane de Poitiers in Wohlstand und Ruhe vollenden können, wäre der Absolutismus nicht seinem Ende entgegengetrieben. Blinden Auges – denn die Reformen, die Finanzminister wie Necker, Calonne und Brienne durchzusetzen suchten, indem sie Abgaben auch für die höheren Stände erheben oder Dienste für die Feudalherren streichen wollten, scheiterten am Widerstand des Adels und der Kirche. Zugleich wurden in Versailles weiterhin Millionen verprasst oder an Adlige verschenkt. Ein neuer Krieg gegen die Engländer um Kolonien in Übersee ruinierte die Kassen; Dürren und harte Winter trieben die Brotpreise in schwindelerregende Höhen. Die Bauern und Bürger stöhnten unter der Last der Steuern; das rebellische Gedankengut der Kritiker des Königtums, die vorerst freilich meist nur eine aufgeklärte Monarchie anstrebten, verbreitete sich in allen Schichten.

Auch die Gräfin du Barry, die inzwischen mit dem englischen Adligen Henry Seymour ein eher demütigendes Liebesverhältnis gehabt hatte und nun Mätresse des reichen Herzogs von Brissac war, las Rousseaus naturverbundene Romane und Choderlos de Laclos' »Gefährliche Liebschaften«, die das lästerliche Leben der feinen Gesellschaft geißelten.

Sie war nun doch nach Louveciennes zurückgekehrt und wieder im Besitz der dort angehäuften Schätze. Ihr Liebhaber gehörte zum hohen Adel, hatte wichtige Ämter inne und konnte es sich leisten, sie weiterhin zu verwöhnen. Genau wie früher fuhr die Mätresse in einer sechsspännigen Kutsche aus und ließ Kleider fertigen, die ein Vermögen kosteten. Sie empfing bedeutende Persönlichkeiten, so einen gewissen Grafen von Falkenstein, bei dem es sich in Wirklichkeit um den Kaiser von Österreich handelte, Joseph II. Er wollte den jungen König zu einer kleinen Operation überreden, damit der endlich den erhofften Thronfolger zeugen konnte.

Die du Barry war mit der Zeit etwas fülliger geworden, mit nicht mehr ganz so makelloser Haut, aber sie war noch immer schön. Die ebenfalls schöne, leichtlebige und um einiges jüngere Königin, die nach Josephs Einflussnahme endlich auch Kinder gebar, verwehrte ihr nach wie vor den Zugang zum Hof und verharrte in Abneigung, doch das störte die Gräfin nicht mehr, denn mittlerweile gingen genug adlige Gäste bei ihr ein und aus.

Ihr Freund Brissac tändelte mit den rebellischen Geistern in Paris und glaubte, dass man die Welt zum Besseren wandeln könne, ohne viel von den eigenen Privilegien aufzugeben. Ihn kränkte, dass er bei all seinen Verdiensten nicht zu einem der hundertvierzig Notablen des Landes gewählt worden war, die in den achtziger Jahren Reformen im Sinne des Königs durchsetzen sollten – hielt man ihn doch offenbar für zu liberal. In der Tat ließ er als Gouverneur der Hauptstadt den Dingen seinen Lauf und war mit dem rebellischen Herzog von Orléans, dem späteren Philippe Egalité, befreundet. Dieser Herzog, bekannt für seine liberalen Ideen, hatte den Erlös aus dem Verkauf eines wertvollen Gemäldes den Armen der Kapitale zur Verfügung gestellt. Gemeinsam mit der Gräfin empfing Brissac auch den Schweizer Bankier Necker auf Louveciennes, der zum zweiten Mal Finanzminister geworden war und das Land vor dem Zusammenbruch retten sollte.

Die Zeichen standen deutlich auf Sturm, doch am Vorabend der Revolution ahnte bei Hofe niemand etwas davon. Eine Marquise de la Tour de Pin schrieb später: »Wir lachten und tanzten über einem gähnenden Abgrund und glaubten, die Leute begnügten sich damit, dass man über die Abschaffung allen Missbrauchs redete. Wir meinten, Frankreich stehe vor seiner Wiedergeburt.«

Das Letztere war zwar nicht falsch, aber den schmerzvollen Weg dorthin und die ganz andere Art der Auferstehung sah keiner voraus.

18

Man schrieb den 14. Juli 1789. Madame du Barry saß in ihrem nach englischem Vorbild gestalteten Garten, im Schatten einer Eiche, ein Buch im Schoß. Madame Vigée-Lebrun, die bekannte Malerin, hatte ihre Staffelei aufgestellt, um die Herrin von Louveciennes zu porträtieren. Vielleicht war das unter der Taille gegürtete Kleid diesmal nicht so günstig gewählt wie sonst, ließ der tiefe Ausschnitt ungewollt erahnen, dass die Gräfin die fünfundvierzig überschritten hatte. Das Gemälde, so hoffte sie, würde dennoch ein weiteres Mal ihre Schönheit zeigen. Sie fühlte sich gut. Der Tag war herrlich, die Sonne schien, und vom nahen Fluss fächelte ein leichter Wind herüber.

»Brissac meint, man müsse den Generalständen etwas Zeit lassen, damit es wieder zu Ruhe und Ordnung im Land kommt«, sagte die du Barry. »Die Veränderungen seien alles in allem notwendig gewesen.«

»Das scheint mir sehr großzügig gedacht. Ich kann das Getöse dieses Monsieur Mirabeau nicht ausstehen. Man hat den König gezwungen, eine Nationalversammlung von Rebellen zu akzeptieren. Sie reden zwar von Gleichheit und Brüderlichkeit, wollen uns aber nur unsere Rechte nehmen.«

»So schlimm wird es schon nicht kommen. Wahrscheinlich müssen wir einiges aufgeben, doch Mirabeau ist ja selbst von Adel. Obwohl ich zugebe, dass ich ihn gleichfalls wenig sympathisch finde.«

Die Künstlerin, gut mit Marie Antoinette bekannt und einst Mätresse des Ministers Calonne, blieb skeptisch. »Außer diesem unseligen Mirabeau sind da ja noch diese anderen Geiferer. Die Händler, Handwerker und kleinen Priester. Sie bersten vor Wut, wollen alles umstürzen.«

Für einen Augenblick musste Jeanne du Barry an ein Gedicht denken, das ihr Brissac kürzlich gezeigt hatte. Es verhöhnte ihn, weil er, wie es darin hieß, eine Prostituierte und Hure des einstigen Königs zur Geliebten genommen hätte. Vor Leuten, die so etwas schrieben, fürchtete auch sie sich. Andererseits hatte sie in ihrem Leben schon so viele Schmähungen erdulden müssen!

»Würdet Ihr bitte den Kopf etwas nach links nehmen«, sagte die Malerin. »Ja, so ist es gut.«

In diesem Moment wurde die ländliche Stille durch ein fernes Knattern unterbrochen. Eine Art Feuerwerk, das offenbar in Paris gezündet worden war. Sie starrten in Richtung Stadt, deren Kirchturmspitzen von hier aus zu sehen waren. Rauch stieg in den klaren Himmel.

»Was ist das für ein Qualm?«, fragte erschrocken Madame du Barry, die aufgesprungen war.

Erneut knallte es, leiser und dann wieder laut, in rascher Folge. »Gewehrfeuer«, erwiderte die Vigée-Lebrun. »Ihr habt doch auch schon an Manövern teilgenommen.«

»Ein Manöver in Paris? Wieso?«

»Ich glaube ja gar nicht, dass es so etwas ist«, murmelte die Malerin, »das war nur ein Vergleich. Es ist wohl eher«, sie zögerte, wirkte plötzlich verstört, »Aufruhr, Krieg des Pöbels. Ich denke, wir sollten jetzt besser abbrechen. Ich komme ein andermal wieder.«

Wenig später, die Malerin war überstürzt davongeeilt, traf ein Bote von Brissac ein. Madame habe gewiss von den Tumulten in der Hauptstadt gehört, sie solle sich nicht beunruhigen. Eine aufgebrachte Menge habe sich Gewehre verschafft und verlange die Wiedereinsetzung Neckers, der leider von Seiner Majestät entlassen worden sei. Aber bestimmt würde sich alles einrenken.

Doch es sollte sich nichts mehr einrenken. Der Hof hatte versucht, Truppen zusammenzuziehen, aber das Volk, vorwiegend Aufständische aus der Gegend um das Palais Royal, hatte die Arsenale geplündert und sich bewaffnet. Danach war man zur Bastille gezogen, dem verhassten Staatsgefängnis. Die Festung, Symbol der Despotie, war gestürmt worden, ein Ereignis, das seinen Widerhall in ganz Europa fand. Es war Blut geflossen. Die auf Piken gespießten Köpfe der kleinen Besatzung wurden durch die Stadt getragen.

Nun entwickelten sich die Dinge so ungeheuer schnell, dass der Hofadel nicht aus dem Schrecken herauskam. Überall in den Provinzen erhoben sich die Bauern, zerstörten Herrenhäuser und Schlösser, zerrissen Schuldscheine und Dokumente, die ihnen Abgaben auferlegten.

Am 4. August des Jahres 1789 unterbreiteten einige adlige Abgeordnete der Nationalversammlung – die mehrere Wochen zuvor vom Dritten Stand proklamiert worden war – den Vorschlag, die feudalen Rechte der Herren auf dem Land abzuschaffen.

Viele Angehörige der oberen Stände flohen ins Ausland, so auch die Malerin Vigée-Lebrun. Als am 26. August die berühmte Erklärung der Menschenrechte über Freiheit, Gleichheit und Brüderlichkeit verkündet wurde, gab es von den progressiven Vertretern des Adels noch Zustimmung, doch stellte sich sehr bald heraus, dass die Ungleichheit in keiner Weise aufgehoben war. Das beschlossene Wahlrecht zum Beispiel berücksichtigte nur die besitzenden »Aktivbürger«, etwa ein Sechstel der französischen Bevölkerung.

Gegen die soziale und zivile Rechtlosigkeit aufbegehrend, entwickelte die Revolution nun ein zerstörerisches Tempo. Die königliche Familie wurde durch einen »Marsch der Weiber« auf Versailles und anschließende Tumulte gezwungen, nach Paris in die Tuilerien überzusiedeln. Ihr Schicksal entschied sich endgültig, als im Juni 1791 die Flucht aus dem Land misslang.

Es kam, vom stimmgewaltigen Danton und anderen gefordert, der revolutionäre Terror, dessen prominentes Opfer Ludwig XVI. wurde. Das Haupt des nunmehr zum einfachen Bürger erklärten Louis Capet fiel am 21. Januar 1793, zu einem Zeitpunkt, da der Krieg mit Österreich längst im Gange war. Der Herzog von Braunschweig hatte die Zerstörung der Hauptstadt angekündigt, falls man dem Monarchen oder seiner Familie ein Haar krümme, was die Revolutionäre in ihrer Wut bestärkte.

Marie Antoinette, wegen ihrer Verschwendungssucht von den Revolutionären besonders gehasst, wurde am 16. Oktober des gleichen Jahres guillotiniert.

19

Die Erstürmung der Bastille mag die Mätresse verstört haben – ungeachtet dessen verhielt sie sich weiterhin recht sorglos. In Louveciennes lebte man ja zunächst auch noch ruhig – die Gräfin wurde dort als Wohltäterin betrachtet, und vielleicht baute sie sogar ein bisschen darauf, dass ihre Wurzeln nach unten reichten, ins Volk. Dabei war sie durch und durch Royalistin, führte ihr Luxusleben trotz schwindender Einnahmen fort und setzte auf die Widerstandskraft des Ancien Régime. Als zwei Offiziere der königlichen Garde an ihr Tor klopften, die beim erzwungenen Auszug Ludwigs aus Versailles verwundet worden waren, fanden sie sofort Aufnahme und Pflege. Die Favoritin Ludwigs XV. verkaufte auch Diamanten, deren Erlös in einen geheimen Fonds für den Kampf gegen die Revolution floss, und mietete in Paris Quartiere für royalistische Treffen.

Ganz unbeobachtet blieben diese Aktivitäten gewiss nicht. Vor allem Zamore, der langjährige bengalische Diener, wenig zufrieden mit seiner untergeordneten Rolle, hielt sich viel in Pariser Kneipen und Clubs auf, in denen republikanische Ansichten verbreitet wurden. Er war wohl nicht der Einzige im Schloss, der mit der Revolution sympathisierte.

Im Januar 1791 kam es zu einem für die Gräfin du Barry einschneidenden Ereignis. Noch war die Revolution nicht bis zu ihren Toren vorgedrungen, wenngleich es in Worten den einen oder anderen bösen Angriff gab. So von Marat, einem der schärfsten Gegner des alten Regimes, der in seinem Blatt »L'ami du peuple« vermerkte: »Die Nationalversammlung« habe »in einem Jahr kaum ein Viertel von dem ausgegeben, was der alte Sünder Ludwig XV. für die letzte und kostspieligste seiner Huren vergeudete.«

Die Mätresse dürfte den »Volksfreund« Marats kaum gelesen haben, auch in jenem Januar nicht, da sie zu einem Bankett des Geliebten in Paris weilte, das er ihr zu Ehren gab – es sollte ein wenig heitere Ablenkung bringen. Doch als sie am Morgen nach der Feier erwachte, erfuhr sie zu ihrem Schrecken, dass in Louveciennes inzwischen Diebe am Werk gewesen waren. In ihrem Schlafzimmer war der Schrank aufgebrochen worden, in dem sie ihren wertvollsten Schmuck aufbewahrt hatte. Die Juwelen, Gold und Silber, alles war weg.

Es scheint, dass die politischen Wirren für sie in diesem Augenblick nicht mehr zählten. Wir sehen sie, eilig ins Schloss zurückgekehrt, in Tränen zerfließend auf ihrem Bett sitzen, die Hände vors Gesicht geschlagen; die Erinnerungen, die mit jedem einzelnen Stück verbunden sind, wiegen schwer, vor allem aber zählt der Wert des Geschmeides.

Die Diener und Zofen um sie herum verharren bestürzt und stellen Mutmaßungen an; die Leiter lehnt ja noch außen an der Mauer, die Räuber müssen einen Zuträger gehabt haben, sie wussten bestens Bescheid. Aber wie auch immer, sie sind über alle Berge. Hat denn der Schweizer Gardist nichts gemerkt, der zum Schutz vor den sich in der Nähe herumtreibenden dunklen Gestalten extra aufs Gelände bestellt worden war? Hat der Lakai, der im Nebenraum schlief, nichts gehört?

Juwelen und Diamanten liebte die Mätresse am meisten, durch Schmuck war sie verführbar, ließ sich kaufen. Nun kam noch dazu, dass sie in Schulden steckte, hatte sie es doch nie gelernt, sich einzuschränken. Leichtsinnig war sie gewesen, dass sie ihre Schätze so schlecht abgesichert hatte, das begriff sie. Aber was auch geschehen war, sie musste die Juwelen zurückhaben.

Die Gefahr missachtend, die sie heraufbeschwor, indem sie ihren Reichtum öffentlich machte, zog sie ihren Juwelier zu Rate, listete die verlorenen Stücke auf. Genau wurden jeder Ring, jedes Collier, jede Brosche beschrieben und für die Wiederbeschaffung wurde eine hohe Belohnung ausgesetzt. Die Aufstellung war mehrere Seiten lang; im Detail wurden die Besonderheit und Kostbarkeit der Artikel dargestellt. Das Ganze ging an die Polizei im Ort und in der Kapitale, wurde von dort aus weiterverbreitet. Trotz des Aufruhrs überall im Land funktionierten noch die alten Verbindungen.

Und tatsächlich, einen Monat später kam die Nachricht aus London, der Schmuck sei aufgetaucht. Ein Juwelier, dem die Schätze angeboten worden waren, hatte Verdacht geschöpft. Die Diebe waren verhaftet, doch der Gräfin Anwesenheit in England sei nötig, um die Stücke zu identifizieren.

Hoch erfreut traf Madame du Barry Reisevorbereitungen. Von vier Bediensteten, dem Juwelier und einem Vertrauten Brissacs begleitet, setzte sie nach London über. Die Sache erwies sich jedoch als kompliziert. Da der Raub nicht in England geschehen war, wurde der Schmuck zunächst einbehalten. An dieser Lage konnte sie auch durch weitere Reisen in den folgenden Monaten nichts ändern. Der Fall müsse in Frankreich weiterverhandelt werden, hieß es. Die Behörden in Paris aber hatten anderes zu tun, als sich um die Juwelen einer Person zu kümmern, die, wie man heute sagen würde, durch ihre Vergangenheit belastet war.

Finanziell wusste sich die du Barry trotz hoher Gerichts- und Aufenthaltskosten nach wie vor zu behaupten. Von ihrem Bankier erhielt sie einen Kredit, der ihr umfangreiche Mittel in London sicherte. Damit konnte sie nicht nur eigene Ausgaben bestreiten, sondern auch die Emigranten unterstützen, bei denen sie verkehrte. Einige dieser Leute standen wiederum mit der royalistischen Exilregierung, dem Bruder Ludwigs XVI. und dem Prinzen von Condé in Verbindung, die in Koblenz eine gegenrevolutionäre Armee aufstellten.

Es war kein Wunder, dass die Mätresse in ihren Handlungen bespitzelt wurde. Einerseits kümmerte sich – im Auftrag der Engländer – ein Mann namens Forth um sie, leistete ihr wertvolle Dienste und besuchte auch Brissac in Paris. Er beobachtete die Lage in Frankreich und sollte wohl Königstreuen zur Flucht verhelfen.

Andererseits wurde sie in London aber auch von einem der Revolutionäre ins Visier genommen, einem gewissen Blache, der über ihre Besuche Protokoll führte. Sie hatte keine Ahnung von seiner Existenz, doch war er für sie äußerst gefährlich. denn er berichtete genauestens über ihre Verquickung mit Vertretern des Ancien Régime.

Desgleichen hatte sich Georges Greive, ein revolutionärer Agitator, der den Adel hasste, gemeinsam mit dem ehemaligen Koch der du Barry und ihrem einstigen Liebling, dem Bengalen Zamore, auf die Herrin von Louveciennes eingeschossen. Es ist gut möglich, dass diese drei oder zumindest einer von ihnen die nötigen Informationen für die Schmuckdiebe lieferten. Später, während des Prozesses gegen die Mätresse, behaupteten sie allerdings, der Diebstahl sei von ihr nur vorgetäuscht worden, um Verbindung zu den Emigranten herstellen zu können.

Ende August 1791 kam Jeanne du Barry von ihrer vorletzten Englandreise nach Frankreich zurück und fand eine brisante Situation vor. Nach der gescheiterten Flucht des Königs ins Ausland waren er und seine Familie zu Gefangenen geworden. Am 17. Juli hatte die Nationalgarde unter der Menge, die nach der Republik verlangte, ein Blutbad angerichtet, was die Lage noch zuspitzte.

Der harte Winter brachte neue Hungerunruhen und im Jahr 1792 kam es auf Betreiben der damals herrschenden Gruppe der Girondisten zum Krieg gegen Österreich. Für die katastrophalen Niederlagen anfangs wurde royalistischer Verrat verantwortlich gemacht. Die Menge drang in die Tuilerien ein und löste die königliche Garde auf. Deren Kommandant war inzwischen der Herzog von Brissac. Wenig später brachte ein außer Kontrolle geratener Rebellentrupp ihn und weitere Gefangene auf grausame Weise um.

Obwohl die du Barry im September dieses Jahres miterleben musste, wie der Kopf ihres Geliebten nach Schloss Louveciennes gebracht und mit großem Triumphgeschrei unter den Fenstern zur Schau gestellt wurde, kam sie selbst einigermaßen unbeschadet davon. Berichtet wird, dass ihr der blutige

Anblick des abgehackten Hauptes erspart blieb, weil sie vorher in Ohnmacht fiel.

»Die Revolution fraß« zwar, wie es der Journalist Camille Desmoulins kurz vor seiner Hinrichtung 1794 formulierte, »ihre Kinder«, hatte es aber zu Beginn vor allem auf die Vertreter der alten Ordnung abgesehen. Als träfe das nicht auf sie zu, führte Madame du Barry nach dem ersten Entsetzen über den schrecklichen Tod Brissacs ihr Leben weiter. »Inmitten all der Schrecken und Grausamkeiten … bin ich bei guter Gesundheit«, schrieb sie wenig später, »an Kummer stirbt man nicht.«

Sie war zutiefst verstört, doch noch gehörte ihr das Schloss Louveciennes, und während erneut viele Adlige aus dem Land flohen, plante sie eine weitere Reise nach England. Es sollte ihre letzte sein.

20

Diesmal waren es die Spiegel des von Forth für sie gemieteten Londoner Hauses, die ihr Bild wiedergaben. Sie sah nicht so heiter aus wie auf den Gemälden in ihrem berühmten Pavillon in Louveciennes, im weißen Musselinkleid oder adretten Jagdkostüm. In ihrem dunklen Trauergewand wirkte sie etwas bedrückt. Sie sei zweiundvierzig Jahre alt, hatte sie gegenüber den Zollwächtern in Calais behauptet, obwohl das nicht mehr ganz stimmte, die fünfzig waren fast erreicht. Nun ja, ein wenig rundlicher war sie geworden, es wurde auch schwieriger, die Fältchen unter der Schminke zu verbergen, aber insgesamt hatte sie sich gut gehalten. Die Augen waren noch groß und blau wie früher, die hellblonden Haare von schöner Fülle, das Gesicht strahlte Liebreiz aus.

Dem Herzog von Rohan, der um so vieles jünger war als sie, schienen die kleinen Makel jedenfalls nichts auszumachen. Wenn die drei Kleider geliefert werden, die ich gestern in der Saint James Street bestellt habe, dachte sie, werde ich den

Bauch besser kaschieren können. Besonders das schwarze für den Abend wird mir gut stehen, obwohl ich so große Ausgaben vielleicht nicht mehr machen sollte.

Doch was hieß schon große Ausgaben! Gut vierhunderttausend Livres hatte sie in diesen Wochen verschenkt oder auf höchstes Risiko hin verliehen. Die eine Hälfte war an La Rochefoucauld gegangen, einen Kardinal, der das Geld für die zahlreich nach England geflohenen Priester brauchte, nagten die doch ohne ihre Pfründe und Pensionen plötzlich am Hungertuch. Die andere Hälfte hatte als Anleihe der neue Freund erhalten, der zurück nach Frankreich wollte, um die royalistischen Aufstände in der Vendée zu unterstützen. Seine Güter waren der Pfand, aber bis die wieder etwas einbrachten, konnte es dauern.

»Du hast dich in riesige Schulden gestürzt«, sagte die Mätresse laut zu ihrem Spiegelbild, »da kommt es auf ein paar bescheidene Einkäufe nicht mehr an.« – Als Rohan wenig später überraschend zu Besuch kam, liebten sie sich mit verzweifelter Leidenschaft. Obwohl oder vielleicht gerade weil es schlechte Nachrichten gab. Ludwig XVI. wurde der Prozess gemacht, und für die Truppen der österreichisch-preußischen Koalition, die im September durch die Kanonade von Valmy geschlagen worden waren, gab es weiterhin nur Niederlagen.

»Ich kann nicht mehr lange in London bleiben«, sagte der Herzog, als sie zur Ruhe gekommen waren, »ich muss mich unbedingt um meine Güter in der Bretagne kümmern.«

»Werden sie es wagen, den König zum Tod zu verurteilen?«

»Das befürchte ich, Liebste, sie schrecken vor nichts zurück.«

»Die arme Marie Antoinette«, murmelte die Mätresse, »sie hat mich immer gehasst, aber das alles zählt nicht mehr.«

»Ihr habt recht. Heute zählt nur noch der Hass gegen diese Barbaren.«

»Ich werde gleichfalls nach Frankreich zurückkehren. Ich habe ihnen erklärt, dass ich nicht emigrieren will«.

»Aber das ist viel zu gefährlich!«, rief Rohan aus. »Nur hier seid Ihr sicher. Ich würde es nicht überleben, wenn Euch Leid geschähe.«

»Ich muss es für Brissac tun«, erwiderte die Mätresse, »für seine Tochter, die Herzogin Mortemart, es geht um das Erbe, das nicht in falsche Hände fallen darf. Aber seid beruhigt, sie haben nichts gegen mich in der Hand.«

Rohan sah das anders, doch er versuchte vergeblich, sie von ihrem Vorhaben abzubringen.

21

Offensichtlich gab es verschiedene Gründe, die Madame du Barry zu dem unglückseligen Schritt trieben, den Kanal wieder in Richtung Frankreich zu überqueren. Sie hatte ihr Visum bereits überzogen und die Nachricht erhalten, dass ihr Besitztum nun konfisziert sei, was sie nicht hinnehmen wollte. Sie hoffte, für sich und die Mortemart Brissacs reiches Erbe sichern zu können, und schließlich zog es sie wohl auch zu ihrem Geliebten Rohan, der bereits in Frankreich weilte.

Doch ihre Heimkehr konnte nichts anderes als der Weg ins Verderben sein. Tatsächlich verbuchte sie noch einen Erfolg, erhielt Louveciennes für kurze Zeit wieder zugesprochen und konnte sich eines ersten Angriffes von Greive erwehren, der ihr Verbindungen zur Konterrevolution nachzuweisen suchte. Dabei bekam sie Unterstützung durch einen gewissen La Valléry, einen gemäßigten Vertreter der Versailler Administration.

Vielleicht glaubte die Mätresse das Schlimmste überstanden zu haben, als Bewohner der Umgebung eine Petition für sie einbrachten, die der Bürgerin du Barry Wohltätigkeit und Barmherzigkeit gegenüber den Armen bescheinigte. Aber angesichts der erbitterten Feindschaft zwischen Republikanern und Royalisten, angesichts des Zorns der Revolutionäre auf die Vertreter des alten Systems konnte das nur naiver Irrglaube sein. In Flugblättern wurde nun der Tod der Kurtisane von Louveciennes gefordert, und ein Gesetz vom 17. September 1793 richtete sich genau gegen Personen wie sie, »die durch ihre Handlungen, Worte, Verbindungen oder ihren Briefverkehr die Tyrannei befürwortet und sich als Gegner der Freiheit erwiesen hatten«.

Am 23. September 1793 wurde Madame du Barry von jenem Greive verhaftet, der sich einen Freund Franklins und Marats nannte und es schon lange auf sie abgesehen hatte. Ganz ohne Zweifel war dieser Mann ein Fanatiker und sah in der Mätresse die Verkörperung lästerlichster Sitten der Tyrannei, gegen die man ohne Erbarmen vorgehen musste. Sie versuchte noch, einiges sie belastendes Material zu vernichten, doch das gelang nicht mehr.

Im Gefängnis von Sainte-Pélagie war sie dann zusammen mit Frauen verschiedenster Couleur eingesperrt, mit edlen Damen, Dirnen, Gegnerinnen und Anhängerinnen der Revolution, die, wie die berühmte Madame Roland, den rigiden Kurs nicht mittragen wollten. Sie versuchte, sich zu behaupten, indem sie Briefe an ihr bekannte Persönlichkeiten und den Sicherheitsausschuss schrieb, doch die Bekannten waren längst entmachtet, und ihre Schreiben wurden nicht beantwortet. Bis zuletzt glaubte sie, die nun als Bürgerin Vaubernier-du-Barry unterzeichnete, dass sie dem Schlimmsten entgehen könne, wenn sie sich nur ins rechte Licht setzte. Sie hoffte es selbst dann noch, als Marie Antoinette unter dem Fallbeil starb.

In letzter Minute wandte sie sich mit einem Brief sogar an den unerbittlichen Vertreter der revolutionären Anklage, den Jakobiner Fouquier-Tinville: »Bürger Öffentlicher Ankläger, ich hoffe, Ihr kommt bei sachlicher Prüfung dieser unseligen Angelegenheit, besonders bei den Beschuldigungen, die Greive und seine Leute gegen mich vorgebracht haben, zu dem Schluss, dass ich das Opfer einer Verschwörung bin, mit der man mich zugrunde richten will. Ich war niemals emigriert und hatte nie die Absicht dazu, ich habe die Emigranten niemals mit Geld unterstützt und ebenso wenig verbotenen Briefwechsel mit ihnen gepflegt …«

Dieses Schreiben, in dem sie auch über ihre »wohlbekannten Beziehungen zum Bürger Brissac« sprach, »die mir durch die Umstände der Zeit aufgezwungen wurden«, half so wenig wie die Rede ihres Verteidigers vor Gericht am 6. Dezember. Ihr Tod war von vornherein beschlossene Sache, hatte sie ihr Leben doch »mit einem Despoten« geteilt, »der das Blut und das Vermögen seines Volkes der Befriedigung seiner schamlosen Freuden opferte«.

Die Anklage erfasste besonders die letzten Jahre der du Barry. So sei sie »nach dem denkwürdigen Sieg des französischen Volkes« Werkzeug und zugleich Mitschuldige der Emigranten geworden, habe den im Land gebliebenen Gegnern Hilfe und Unterschlupf gewährt, an Trauerfeiern für den toten König teilgenommen und sich sogar mit »dem infamen Pitt getroffen, dem unversöhnlichen Feind des menschlichen Geschlechts« – der englische Minister, der unter anderem führend am Entstehen der antifranzösischen Koalition beteiligt war, hatte ihr eine Silbermünze mit dem Porträt Georgs III. geschenkt, auf die sie sehr stolz war. Man warf der Mätresse auch vor, Schätze versteckt und den Schmuckdiebstahl in ihrem Schloss nur vorgetäuscht zu haben, um mit den ins Ausland Geflüchteten Verbindung aufnehmen zu können. Greive, Blache und der einst von ihr so gehätschelte Zamore traten als Zeugen gegen sie auf, was die »Urteilsfindung« gewiss beschleunigte.

Die leichtlebige letzte Königin hatte den Todesspruch mit Fassung aufgenommen, darin so manchem Vertreter des Ancien Régime gleich, der darauf bedacht war, in Würde zu sterben. Auch Revolutionäre bis hin zu Robespierre und Saint-Just, als es denn an ihnen war, den Kopf unters Fallbeil zu legen, zeigten eine stoische Haltung. Die einstige Mätresse aber war für heroische Posen nie geschaffen gewesen. Sie verriet bei

Befragungen Bekannte wie den Diener, der ihr beim Vergraben von Kostbarkeiten geholfen hatte, in der Hoffnung, ihr eigenes Leben zu retten. Als ihre Hinrichtung verkündet wurde, stieß sie einen jämmerlichen Schrei aus und verlor das Bewusstsein.

Die Enthauptung war für den nächsten Tag angesetzt und wieder suchte sie verzweifelt nach einer allerletzten Rettung. Auf ihrem Besitztum und in Marly, was in der Nähe lag, hatte sie weiteren Schmuck, Taschen voller Goldmünzen, kurz, Schätze jeglicher Art versteckt. Die Revolution aber brauchte jedes Pfund, jeden Silberling. Warum, so dachte sie, sollte man ihr nicht das Leben schenken, wenn sie kooperierte und ihre letzten Reichtümer anbot.

Am Morgen des Hinrichtungstages verlangte die Mätresse nach einem verantwortlichen Beamten, dem sie den Handel vorschlagen konnte, und bekam den gewünschten Besuch. Drei Stunden lang kämpfte sie um ihre Begnadigung, gab nach und nach alles preis, was sie wusste, und erreichte doch nichts. Als die Männer gegangen waren, denen sie ihre Geheimnisse anvertraut hatte, kamen die Wächter zurück. Man schnitt ihr die Haare ab, steckte sie in einen grauen Kittel und setzte sie auf den Karren, der zum Richtplatz gefahren wurde. Mit ihr saßen ihr Bankier und seine Söhne auf dem Wagen, die wegen Unterstützung der Emigranten gleichfalls zum Tode verurteilt worden waren.

Erst jetzt begriff die einstige Favoritin Ludwigs XV., dass es vorbei war. Sie weinte und jammerte die ganze Fahrt über, schlug mit aller Kraft um sich und schrie um Hilfe. Auch auf dem Richtplatz wehrte sie sich, bis ihr Kopf fiel, während sie die Henker zugleich anflehte, ihr nicht weh zu tun.

Jeanne du Barry, die letzte Maîtresse en titre Frankreichs, verlor am 8. Dezember 1793 im Alter von fünfzig Jahren ihr Leben. Viele Bedienstete, die ihr bis zuletzt die Treue gehalten hatten, mussten ihr tragisches Schicksal teilen, und auch ihr einstiger Freund und Zuhälter, Jean-Baptiste du Barry, endete wenig später unter der Guillotine.

Ob er in seiner letzten Stunde wohl noch einmal an die kleine, über alle Maßen hübsche Putzmacherin dachte, die ihm einst den größten Coup seines Lebens ermöglicht hatte?

Ende

Bildnachweis:

Jean Fouquet: Madonna mit Kind, um 1450
Léopold Massard: Françoise de Foix, comtesse de Châteaubriand, Picture Collection, The New York Public Library, Astor, Lenox and Tilden Foundations
Anne de Pisseleu, Duchesse d'Étampes, picture-alliance, © Selva/Leemage
Diane de Poitiers, anonym
Ambroise Dubois: Portrait de Gabrielle d'Estrées en Diane chasseresse
Catherine Henriette de Balzac d'Entragues, anonym
Achille Devéria: Louise de La Vallière
Zéphirin Belliard: Françoise-Athénaîs de Rochechouart de Mortemart, marquise de Montespan
Pierre Mignard: Portrait de Françoise d'Aubigné, Madame de Maintenon, um 1694
Marie-Anne de Mailly-Nesle, Marquise de La Tournelle, Duchesse de Châteauroux, Rasterdruck nach Stich, anonym
François Boucher: Die Marquise von Pompadour, 1756 bpk / Bayerische Staatsgemäldesammlungen / Sammlung der HypoVereinsbank AG
Elisabeth Vigée-Lebrun: Madame du Barry, 1782

ISBN 978-3-360-01984-4

Umschlaggestaltung: Buchgut, Berlin
unter Verwendung eines Fotos von picture alliance / akg-images
Druck und Bindung: CPI Moravia Books GmbH

Ein Verlagsverzeichnis schicken wir Ihnen gern:
Das Neue Berlin Verlagsgesellschaft mbH
Neue Grünstr. 18, 10179 Berlin
Tel. 01805/30 99 99
(0,14 €/Min., Mobil abweichend)

Die Bücher des Verlags Das Neue Berlin erscheinen in
der Eulenspiegel Verlagsgruppe.

www.das-neue-berlin.de